Opération bague au doigt

La famille dont elle rêvait

MAISEY YATES

Opération bague au doigt

Traduction française de
ROSELINE AULIAC

Passions

HARLEQUIN

Collection : PASSIONS

Titre original :
WANT ME, COWBOY

HARPERCOLLINS FRANCE
83-85, boulevard Vincent-Auriol, 75646 PARIS CEDEX 13
Service Lectrices — Tél. : 01 45 82 47 47

www.harlequin.fr

ISBN 978-2-2804-1621-4 — ISSN 1950-2761

- 1 -

Copper Ridge, Oregon,
Le 1er novembre 2018

RECHERCHE FEMME EN VUE MARIAGE

Riche rancher et homme d'affaires peu sociable, je souhaite rencontrer une femme dans la perspective d'un mariage. Elle devra m'accepter tel que je suis, avec ma barbe, mes sautes d'humeur, mon soi-disant manque de sensibilité et mes escapades en montagne. J'attends d'elle qu'elle soit bonne cuisinière et qu'elle me donne un enfant ou deux, le nombre exact étant négociable.

Le 5 novembre 2018
Version révisée pour approbation le 6 novembre :

Rancher et homme d'affaires prospère, je souhaite trouver une épouse appréciant la vie à la campagne. Bien que content de mon existence actuelle, je commence à ressentir la solitude et désire rencontrer une femme qui accroîtra mon sentiment de satisfaction. J'aime le camping, les longues randonnées en montagne et je préfère une nuit à la belle étoile à une soirée en ville. J'aspire à une vie de famille traditionnelle avec une épouse et des enfants.

— Ce texte est très mauvais !

Poppy Sinclair leva les yeux de son ordinateur et affronta le regard gris ardoise de son patron, lequel agitait furieusement sous son nez le brouillon de l'annonce qu'il avait lui-même rédigée et qu'elle avait jugé bon de corriger.

— L'*original* était très mauvais, répliqua-t-elle froidement.

— Mais il avait le mérite de la franchise.

— Sauf qu'il te faisait passer pour un rustre.

— Mais j'en *suis* un, répliqua Isaiah, nullement perturbé par cette constatation peu flatteuse.

Il était en paix avec lui-même, songea Poppy avec une pointe d'admiration. Mais son attitude poserait problème s'il voulait trouver une épouse. Car peu de personnes l'acceptaient tel qu'il était.

— Je n'aurais jamais mentionné : « une femme qui accroîtra mon sentiment de satisfaction ». À quoi cela rime-t-il, Poppy ? s'exclama-t-il, furieux.

Poppy connaissait Isaiah depuis qu'elle avait dix-huit ans. Elle était habituée à ses sautes d'humeur. À sa brusquerie. À son manque total de subtilité.

Mais d'une certaine façon, elle n'avait jamais réussi à s'habituer à *lui* en tant qu'homme.

Chaque fois qu'elle le voyait, elle en avait le souffle coupé. Pas seulement parce qu'il était beau. Beaucoup d'hommes l'étaient, notamment son frère Joshua, lequel était aussi plus sociable.

Mais Isaiah était… comme une sorte d'herbe-à-chats pour Poppy. Il lui donnait envie de ronronner et de se frotter contre lui pour qu'il la caresse.

Même quand il était en mode ermite.

Car les contacts humains n'étaient pas son fort. C'était une des raisons pour lesquelles Poppy avait toujours été un atout pour lui sur le plan professionnel. Son travail consistait, entre autres, à prendre des notes pendant les réunions puis à donner à Isaiah son point de vue sur le déroulement de la séance et les participants. Il était un homme d'affaires brillant, très doué pour les chiffres. Mais pour ce qui était des relations humaines… il avait des progrès à faire.

Comme le prouvait son annonce. Elle avait de quoi surprendre par sa forme et son contenu, mais elle révélait surtout sa détermination à trouver une compagne.

La faute à ses frères, Joshua et Devlin.

Il y a deux ans, Devlin avait épousé Mia, la meilleure amie de leur sœur Faith.

Puis, c'était Joshua qui avait succombé au mariage, victime d'un projet insensé de leur père. En effet, le patriarche de la famille Grayson avait mis une annonce dans un quotidien national pour trouver une épouse à son fils. En représailles, Joshua avait mis sa propre annonce, mais en prenant le contre-pied de son père pour lui apprendre à se mêler de ses affaires.

Sauf que son annonce s'était retournée contre lui. Ou plus exactement, elle avait tourné à son avantage puisqu'il avait épousé Danielle, une des candidates. Depuis, tous deux vivaient très heureux avec le demi-frère de Danielle, encore bébé, qu'ils élevaient comme leur fils.

C'était après leur mariage qu'Isaiah avait formé son projet.

Un beau matin, il avait expliqué à Poppy que ces unions avaient clarifié un certain nombre de choses dans son esprit. Le mariage était une institution vénérable dont il souhaitait faire partie. Il voulait de la stabilité et des enfants, mais il n'avait aucune inclination pour l'amour.

Et il n'avait pas besoin de lui dire pourquoi.

Elle le *savait*.

Rosalind.

Mais elle se gardait bien de prononcer le prénom de celle qu'elle considérait comme sa sœur de foyers d'accueil, et lui aussi. Il n'empêche qu'elle se souvenait des terribles conséquences de la trahison de Rosalind.

Le chagrin d'Isaiah. Son refus d'aimer à nouveau.

À cet instant, il la contemplait fixement, son regard dur reflétant une énergie qu'elle avait du mal à définir. Une grande froideur se peignait sur ses traits. Cette froideur n'était pas là avant Rosalind. Et elle proclamait haut et fort à la gent féminine que son cœur était indisponible.

Cela n'empêchait pas le cœur de Poppy de tressauter dans sa poitrine chaque fois qu'Isaiah pénétrait dans une pièce ou qu'il se penchait vers elle — comme maintenant —, tandis que lui parvenait un soupçon de sa senteur boisée, si érotique pour ses sens en émoi.

Il était une véritable contradiction, depuis son chapeau de cow-boy jusqu'à ses bottes. Un homme doué pour les chiffres, mais aimant les activités de plein air et bâti comme un bûcheron.

Seigneur ! Il était son tourment secret.

Rien qu'à le regarder, elle avait la tête qui tournait. Il avait de larges épaules auxquelles elle brûlait d'envie de se raccrocher ; une taille et des hanches minces, autour desquelles elle rêvait d'enrouler ses jambes ; et des avant-bras musclés qu'elle aurait voulu lécher.

Il la transformait en un être pétri de frustration sensuelle. Lui seul lui faisait cet effet, et ce depuis qu'elle le connaissait. Mais à son grand désespoir, elle le laissait indifférent.

— Je ne veux tromper personne, expliquait-il.

— Soit. Mais ton objectif *est* de séduire une femme, non ?

Cette pensée sinistre lui noua l'estomac. Mais la jalousie

était inutile. Si Isaiah avait voulu d'elle, il aurait eu tout le temps de s'en rendre compte.

À son grand soulagement, il se redressa et se mit à arpenter le bureau.

— Mon argent contribuera à la séduire.

Comme si l'argent résolvait tous les problèmes !

— Ne préférerais-tu pas que cette femme s'intéresse à toi en tant qu'être humain ?

Elle savait que c'était stupide de poser cette question à Isaiah Grayson. Mais elle était son amie en même temps que son employée. Il était donc de son devoir de l'aider à rédiger son annonce. Même si elle n'en avait aucune envie.

Même si elle préférait qu'il ne trouve personne.

Mince ! Dire qu'elle se targuait d'être son amie !

Mais son attirance pour lui ne l'incitait pas à l'altruisme.

— Comme tu l'as précisé tout à l'heure, je suis un rustre, répliqua-t-il, pince-sans-rire.

— C'est toi qui l'as dit. Je t'ai simplement fait remarquer que ton annonce risquait de te *faire passer* pour un rustre.

Il eut un geste impatient de la main.

— Quoi qu'il en soit, je ne trouverai pas la femme parfaite, et nous le savons tous les deux. Je serai content si une femme accepte de m'épouser et de dépenser mon argent.

Elle exhala un lourd soupir, ignorant stoïquement que son pauvre cœur mutilé ressemblait à une boule de papier froissé, jetée négligemment à la poubelle.

— Et d'abord, pourquoi *veux-tu* te marier, Isaiah ?

— Je te l'ai déjà expliqué. Pour suivre l'exemple de Joshua et Devlin.

— D'accord. Mais pourquoi maintenant ?

— Je n'ai jamais eu l'intention de demeurer célibataire toute ma vie, répondit-il simplement.

— Est-ce ton horloge biologique qui te rappelle à l'ordre ? plaisanta-t-elle.

— D'une certaine façon. Mais l'explication est avant tout logique. Je suis proche de ma famille. Tôt ou tard, mes frères et ma sœur auront des enfants. Joshua et Danielle ont déjà un fils. C'est une bonne chose que les cousins soient d'un âge rapproché.

Elle se mordit l'intérieur de la joue.

— Tu as donc décidé qu'il était temps de te marier ?

— Oui. Et l'expérience de Joshua prouve qu'on peut réussir un mariage à condition d'avoir un objectif commun. En somme, c'est un peu comme une équation mathématique.

Ah, Isaiah et ses maudits chiffres, songea-t-elle, dépitée.

Elle s'abstint sagement de répondre, persuadée qu'il avait tort. Non qu'elle s'y connaisse beaucoup en matière de relations… de quelque nature que ce soit.

Enfant, elle avait été ballottée de foyer d'accueil en foyer d'accueil. Il lui avait fallu attendre l'époque du lycée pour connaître enfin deux années de stabilité dans la même famille. C'était là qu'elle avait rencontré Rosalind, la seule sœur d'accueil avec qui elle avait noué des liens d'amitié durables. Elles avaient partagé une chambre et discuté longuement de leurs avenirs respectifs qu'elles espéraient plus radieux que celui d'enfants placées.

Depuis, Poppy considérait qu'elle s'était forgé une vie agréable… si l'on exceptait le fait qu'elle n'avait jamais eu de relation amoureuse.

Car fantasmer sur son patron ne comptait pas.

— La seule chose qui me plaît quand je sors avec une femme, ce sont les rapports sexuels, remarqua-t-il.

Elle était tellement mortifiée qu'elle l'aurait volontiers frappé pour cette précision inutile.

— En fait, quand on y réfléchit bien, poursuivit-il, une

relation s'apparente à une transaction. Le mariage est un accord juridique qui procure plusieurs avantages : le sexe, bien sûr, mais aussi la tenue du ménage, les enfants…

— Bien sûr, les enfants.

Elle avait ignoré sa première allusion aux enfants, mais cette fois-ci, elle ne put en supporter davantage. Inconsciemment, elle pressa ses mains sur son ventre avant de les retirer promptement.

Elle devait à tout prix éviter de penser à Isaiah, aux enfants et au fait qu'il avait l'intention d'en avoir avec une autre femme qu'elle.

Hélas, comment y parvenir alors qu'il suscitait en elle ce genre de réaction viscérale ?

Alors qu'elle était éperdument amoureuse de lui ?

Mais il ne l'avait jamais regardée avec les yeux de l'amour.

Elle l'avait rencontré par l'intermédiaire de Rosalind. Quand Poppy avait eu dix-huit ans, elle était sortie du système de placement sans nulle part où aller. Tout ce qu'elle possédait était contenu dans un sac fourre-tout en tapisserie qu'une mère d'accueil lui avait offert des années auparavant.

Elle n'avait eu personne vers qui se tourner, mis à part Rosalind. Elles étaient toujours restées en contact, même quand son amie avait trouvé un emploi à Seattle et qu'elle avait commencé à sortir avec un homme merveilleux sur lequel elle ne tarissait pas d'éloges.

Elle avait répondu à l'appel de détresse de Poppy et l'avait hébergée chez elle. Elle avait même demandé à son petit ami de lui faire passer un entretien d'embauche car il recherchait une assistante pour le seconder dans l'entreprise de construction où il travaillait.

C'était ainsi qu'en l'espace d'un après-midi, Poppy

avait trouvé un logement, décroché un emploi et perdu son cœur.

Elle l'avait perdu de façon immédiate et irrévocable — comme le prouvaient les dix années écoulées —, pour un homme inaccessible.

Son patron. Le petit ami de Rosalind. Isaiah Grayson.

Mais son statut de patron de Poppy avait duré plus longtemps que son statut de petit ami de Rosalind. Peu après, il était devenu son fiancé, puis son ex.

Cela faisait si longtemps que Poppy vivait avec un cœur partagé. Même après la séparation d'Isaiah et de Rosalind, elle continuait de se soucier d'eux deux. Toutefois, elle évitait toute allusion à Rosalind devant son patron.

En revanche, Rosalind ne s'interdisait pas d'évoquer Isaiah. Cela dit, c'était elle qui l'avait trompé. Par sa faute, Isaiah avait perdu une importante transaction commerciale et failli ruiner la start-up qu'il avait créée avec son frère, ce qui avait occasionné une brouille momentanée entre les deux hommes.

Quant à Poppy ?

Elle avait aimé Isaiah pendant qu'il fréquentait Rosalind. Elle l'avait aimé pendant qu'il soignait son cœur blessé après la trahison de cette même Rosalind. Elle avait continué à l'aimer bien qu'il ait décidé d'exclure l'amour de sa vie. Et elle l'aimerait pendant qu'elle ferait passer un entretien aux postulantes souhaitant devenir son épouse.

Alors, oui, elle avait toutes les raisons d'être désespérée.

Pour couronner le tout, il avait prononcé le mot *sexe* devant elle comme si cela ne risquait pas de la blesser dans sa chair. Il avait parlé d'enfants comme si cela ne risquait pas d'attiser sa nostalgie d'une vie de famille.

Décidément, les hommes étaient stupides. Mais celui-ci les surpassait tous !

— Occupe-toi de faire paraître l'annonce originale.

— Non, je ne le ferai pas.

— Je pourrais te virer.

Il se pencha à nouveau vers elle, et elle sentit son souffle se bloquer dans sa gorge.

— Pour insubordination, martela-t-il.

Son cœur s'affola dans sa poitrine. Elle aurait voulu mettre son trouble sur le compte de la colère. De la contrariété. Mais elle savait que ce n'était pas le cas.

Elle fit un effort pour se ressaisir.

— Puisque tu ne m'as pas virée à ce jour, tu ne le feras jamais. Et de toute façon, ajouta-t-elle sur un ton appuyé, je suppose que c'est moi qui serai chargée de faire passer un entretien aux candidates et de les sélectionner en fonction de tes critères. Si c'est le cas, la publication de l'annonce révisée me faciliterait grandement la tâche.

À sa grande surprise, il parut considérer son argument.

— En effet. C'est toi qui te chargeras des entretiens.

Elle avait beau s'y attendre, sa déclaration lui fit l'effet d'un coup de poignard en plein cœur. C'était donc décidé. Elle devrait s'entretenir avec l'épouse potentielle d'Isaiah. L'homme dont elle était tombée amoureuse quand elle était une adolescente stupide et qu'elle continuait d'aimer alors qu'elle était une presque trentenaire stupide.

Il existait une foule de raisons qui l'avait toujours empêchée de lui dévoiler ses sentiments, la trahison de Rosalind et ses conséquences mises à part.

Elle aimait son travail. Elle aimait la famille d'Isaiah, qu'elle avait appris à bien connaître au cours des dix années écoulées et qu'elle considérait presque comme sa famille.

Qui plus est, elle n'était pas le genre de femme pouvant prétendre à l'amour d'Isaiah. Pas avec le lourd bagage qu'elle traînait. Sa mère avait disparu quand elle avait deux ans, la laissant à la garde de son père qui la négligeait.

Malgré tout, elle menait une vie agréable.

Ses moyens de subsistance étaient bien supérieurs à ceux qu'elle avait imaginé avoir un jour. Gray Bear Construction était une entreprise florissante, et la fusion entre Jonathan Bear et l'entreprise Grayson deux ans auparavant avait été un succès encore plus grand que celui escompté. Et tous les employés en avaient profité.

Elle habitait dans la petite ville de Copper Ridge, Oregon. Au début, elle avait trouvé cela déroutant, ayant toujours vécu à Seattle, mais elle s'y était habituée. Si le rythme de vie était moins stressant, il y avait aussi moins d'occasions de faire des rencontres, et les gens finissaient par passer beaucoup de leur temps libre avec leurs collègues de travail. Elle n'avait rien à redire à cela. Elle appréciait Faith et avait sympathisé avec la femme de Joshua. C'était simplement… qu'elle aurait préféré une coupure plus franche avec Isaiah.

Cela dit, elle ne faisait rien pour modifier cet état de choses.

— Rédige l'annonce comme tu veux, dit-il à la fin. Quand tu auras trouvé la candidate idéale, tu le sauras.

— Je le saurai, répéta-t-elle, sans conviction.

— Oui. Personne ne me connaît mieux que toi, Poppy. Je te fais confiance pour choisir l'épouse qu'il me faut.

Sur quoi, il sortit du bureau, la laissant anéantie.

Le plus terrible, c'est qu'elle était *apte* à lui choisir une épouse parfaite. Une femme qui lui faciliterait la vie et qui lui accorderait les moments de liberté dont il avait besoin. Une femme belle et fabuleuse au lit.

Oui, elle savait exactement comment Isaiah Grayson imaginait l'épouse parfaite.

Hélas, elle possédait très peu des qualités requises.

Quel dommage ! Elle aurait tant voulu être l'heureuse élue.

Mais les rêves étaient pour les autres femmes. Il en avait toujours été ainsi. Ce serait donc une autre femme qui réaliserait le rêve de Poppy reléguée au rôle d'entremetteuse.

- 2 -

— J'ai fait passer une annonce dans le journal, déclara Isaiah.

— Pour quoi faire ?

Joshua leva les yeux de son ordinateur et contempla son frère, intrigué.

Assis dans le salon attenant à leurs bureaux, Joshua, Isaiah et leur jeune sœur Faith savouraient leur café du matin.

— Pour trouver une épouse.

Faith recracha son café dans sa tasse.

— Quoi ?

— J'ai fait passer une annonce pour trouver une épouse, répéta-t-il.

Franchement, il ne comprenait pas sa réaction disproportionnée. Après tout, c'était par le biais d'une petite annonce que Joshua avait trouvé son épouse Danielle.

— Tu n'es pas sérieux ! s'exclama Joshua.

— Je m'attendais à ce que toi, au moins, tu sois solidaire !

— Pourquoi *moi* ?

— Parce que c'est par ce moyen que tu as rencontré Danielle. À moins que tu ne l'aies oublié ?

— Non, je ne l'ai pas oublié. Cependant, je n'ai pas passé cette annonce en pensant sérieusement que j'allais trouver une épouse. Je voulais prouver à papa que *son* annonce était une idée stupide.

— Mais il s'est avéré qu'elle ne l'était pas, rétorqua Isaiah. Je souhaite me marier et j'ai pensé que c'était un moyen commode de me trouver une épouse.

Faith le contempla, sidérée.

— Voyons, tu ne parles pas sérieusement !

— Bien sûr que si.

À cet instant, la porte d'entrée s'ouvrit, et Poppy pénétra dans la pièce, vêtue d'une robe à pois lumineuse. Ses cheveux bruns étaient ramenés en un chignon sur la nuque, à l'exception de quelques boucles qui encadraient son visage.

— Je t'en prie, Poppy, intervint Faith. Dis-moi que mon frère plaisante et qu'il n'a pas mis une annonce pour trouver une épouse.

Poppy regarda tour à tour Isaiah et Faith.

— Il ne plaisante pas, et tu le sais.

— Tu étais au courant ? insista Joshua.

— Bien sûr. À ton avis, qui va se charger des entretiens ?

Cette question valut à Isaiah deux regards horrifiés.

— Et alors ? Qui d'autre allait s'en charger ? répliqua Isaiah, nullement perturbé.

— Tu ne vas même pas t'entretenir avec ces femmes dont l'une d'elles deviendra ton épouse ? s'indigna Faith.

— Je fais confiance à Poppy. Si ce n'était pas le cas, elle ne serait pas mon assistante.

— Tu es complètement cinglé ! lança Faith avant de sortir en trombe de la pièce.

Comme Joshua continuait à siroter son café, Isaiah se tourna vers lui.

— Pas de commentaire ?

— Oh ! si, j'en ai. Mais je te connais suffisamment pour savoir qu'ils ne changeront rien. Alors, je les garde pour moi. Qui plus est, j'ai du travail, dit-il, récupérant son ordinateur et son café.

Isaiah se retrouva donc seul dans la pièce avec Poppy. Elle ne le regardait pas ; elle fixait le couloir, son expression indéchiffrable. Elle avait un profil délicat, une peau sombre et veloutée, de longs cils recourbés et des lèvres pulpeuses. Son cou était long et élégant, et le corsage de sa robe soulignait sa poitrine généreuse.

Il serra les dents. Il n'avait pas l'habitude de détailler Poppy de cette façon. Mais elle était belle. Il l'avait toujours su. Même quand il était avec Rosalind.

Elle avait quelque chose d'indéfinissable. De spécial.

Peut-être parce qu'elle lui donnait l'impression d'être un peu plus ancrée dans la réalité. Ou parce qu'elle avait une liberté de parole avec lui que n'avaient pas la plupart des gens.

Quoi qu'il en soit, elle était irremplaçable. Elle était son baromètre dans la gestion de ses affaires. Elle l'aidait à analyser chaque situation pour qu'il en tire le meilleur parti. Elle avait le souci du détail. Elle s'occupait de tout ce qu'il n'aimait pas faire, lui permettant ainsi de se consacrer aux tâches dans lesquelles il excellait.

Bref, elle était son meilleur atout dans l'entreprise.

Il faudrait qu'il le lui dise un jour. Ou qu'il lui achète un autre collier de perles. Mais la dernière fois, elle s'était mise en colère. Il n'empêche qu'elle portait son collier. D'ailleurs, elle le portait aujourd'hui.

— Ils ont raison, dit-elle finalement.

— À quel sujet ?

— Quand ils disent que tu es cinglé.

— Qu'importe ce qu'ils pensent. Je me trouve sain d'esprit.

— Évidemment, soupira-t-elle. En réalité, je ne pense

pas que tu sois cinglé, mais c'est une mauvaise idée d'avoir mis cette annonce.

— Pourquoi ?

— C'est une façon tellement impersonnelle de trouver une épouse !

— Quels autres choix me reste-t-il ? Je dois rencontrer une femme que je ne connais pas, sortir avec elle, lui faire un brin de cour. Nous devrons découvrir nos points communs et nos divergences. Au moins, l'annonce me facilitera les choses.

— Peut-être mérites-tu mieux que cela, dit-elle avec une gentillesse inhabituelle.

— Peut-être cette méthode *me* convient-elle mieux.

— Je n'en sais trop rien.

— Je te fais entièrement confiance dans le domaine professionnel. Mais pour le reste, je sais ce qui est le mieux pour moi.

— Ce n'est pas ce que je souhaite pour toi.

À cet instant, un étrange courant passa entre eux, et l'étincelle qui traversa son regard marron éveilla quelque chose en lui, qu'il ne sut définir.

— J'apprécie ta sollicitude.

— Oui, ma sollicitude, répéta-t-elle.

— Bon. Il est temps de nous mettre au travail. Tu as des candidatures à examiner.

— Entendu.

— Oh ! tu accorderas une préférence aux blondes.

Poppy cilla, puis toucha lentement sa chevelure brune.

— Bien sûr.

Sur quoi, elle pivota sur ses talons et sortit de la pièce.

Isaiah ne s'était pas attendu à ce que son annonce remporte autant de succès. Finalement, Poppy avait peut-être eu raison de la reformuler. Il avait, semblait-il, reçu un nombre record de candidatures, même s'il ignorait combien de femmes avaient répondu à celle de son frère.

Il ne se sentait pas vraiment en concurrence avec lui car il était presque impossible de comparer leurs efforts. D'une part, l'annonce qu'avait fait publier leur père dépeignait Joshua de façon plus flatteuse que ne l'avait fait Poppy avec lui.

D'autre part, quand Joshua avait rédigé la sienne, il avait proposé un mariage factice assorti d'une compensation financière importante.

Ce genre d'annonce avait dû attirer un plus grand nombre de femmes, supposait Isaiah.

Mais la qualité l'intéressait davantage que la quantité.

Et il était confiant dans le succès de sa démarche.

Il croyait aux vertus du mariage. C'était la romance qu'il excluait.

Ou plutôt, le genre de romance qu'il avait connue.

Car il ne pouvait pas nier l'existence de l'amour. Après tout, ses parents s'aimaient toujours après quarante années de mariage. Mais il n'était pas comme ses parents, d'un naturel chaleureux. *Compatissant.*

Il était un homme aux opinions et aux sentiments tranchés dans un monde tout en nuances. Il ne se souciait pas de ces nuances, et il n'aimait pas être obligé d'en tenir compte.

Mais il n'était pas irrationnel pour autant.

Pourtant, il l'avait été une fois. Avec Rosalind. Les cinq années qu'il avait vécues avec elle avaient été les plus belles de sa vie. Du moins, c'est ce qu'il avait pensé jusqu'à ce qu'elle le trahisse et manque détruire la start-up qu'il avait créée avec son frère.

Ou plus exactement, c'était lui qui avait failli la détruire sous le coup du désespoir.

Du moins, cette expérience avait eu le mérite de lui

apprendre comment lui et ses instincts réagissaient sous l'influence de l'amour. Et il n'était pas près d'oublier la leçon.

Âgé de vingt-six ans lors de cette mésaventure, il lui avait été facile d'ignorer que ses difficultés relationnelles et son refus de s'ouvrir à nouveau à l'amour signifiaient qu'il demeurerait célibataire toute sa vie. Mais maintenant qu'il en avait dix de plus, cette réalité devenait plus difficile à ignorer. Et quand il songeait à l'avenir, il n'aimait pas l'idée de finir ses jours seul.

Il avait donc décidé de changer la donne. Après tout, c'était la chose logique à faire quand on n'était pas satisfait de son sort. Un changement de situation ne lui paraissait pas hors de portée. Et il s'employait à le mettre en œuvre.

Voilà pourquoi Poppy faisait actuellement passer un entretien à la troisième candidate. Isaiah avait insisté pour que toute personne répondant à l'annonce vienne à Copper Ridge pour être interrogée. Si elle ne se donnait pas la peine de se déplacer, c'est qu'elle n'était pas digne de considération.

Il se renversa contre le dossier de son fauteuil et contempla avec satisfaction son bureau soigneusement rangé. Tout était à sa place, comme toujours. Comme cela devait être. Et bientôt, sa vie personnelle serait en ordre, elle aussi.

La porte du bureau de Poppy s'ouvrit, et une jeune femme blonde et svelte en sortit. Sur le plan physique, elle correspondait tout à fait à son type de femme, et c'était important. Sur le plan émotionnel, il était peut-être un peu détaché, mais pour le reste, tout fonctionnait parfaitement, merci bien.

Dans un mariage, le sexe était un facteur important. Il avait l'intention d'être fidèle à son épouse. Et puisqu'il s'engagerait avec elle sur le long terme, il était important qu'elle corresponde à son type de femme.

Peu après le départ de la candidate, Poppy déboula dans le couloir, ébouriffée et visiblement furieuse. Avec le temps, il avait appris à reconnaître ses humeurs. Parce que c'était souvent une question de survie. Poppy était une des rares personnes qu'il n'intimidait pas. Il devrait en être contrarié. Après tout, elle était son employée et à ce titre elle devrait se montrer plus respectueuse.

Mais il ne lui en voulait pas. Il l'appréciait telle qu'elle était.

Cependant, à cet instant, on aurait dit qu'elle avait envie de le tuer. Quand son regard orageux accrocha le sien, il songea brièvement qu'un homme moins courageux serait tenté de s'enfuir à toutes jambes.

Mais il n'était pas ce genre d'homme.

Il se cala donc dans son fauteuil, prêt à l'affronter.

— Elle était stupide, décréta Poppy.

Il haussa un sourcil interrogateur.

— As-tu testé son QI ?

— Je ne parle pas de son intelligence, répliqua Poppy d'un ton cinglant. Quoique. Toute femme répondant à ce genre d'annonce…

— Douterais-tu de mon charme ?

— Non. Je doute de ton bon sens.

— Explique-moi plutôt pourquoi tu la trouves stupide.

— Parce qu'elle n'a aucune idée de ce dont tu as besoin. Tu es un homme occupé et tu vis en zone rurale. Tu ne vas pas l'emmener dans des réceptions tous les soirs. Or, elle semble persuadée que parce que tu es riche, les mondanités feront partie du marché. Je lui ai donc expliqué que tu ne te rendais qu'à un nombre limité de manifestations à caractère professionnel, que tu le faisais à contrecœur et que la personne qui t'accompagnerait devrait se montrer polie et gracieuse pour compenser ton côté ours.

L'espace d'un instant, il se demanda s'il devait se formaliser du franc-parler de Poppy. Puis il décida que non. Parce qu'elle avait raison. Il connaissait ses forces et ses faiblesses.

— Elle a été déçue, poursuivit Poppy. Voilà pourquoi je dis qu'elle est stupide. Elle considère ce mariage sous l'aspect d'un job. Un job à perpétuité. Et elle veut y trouver son intérêt.

Il fronça les sourcils, perplexe.

— À l'évidence, chacun de nous devra y trouver son intérêt. Il est question d'un *mariage* et non d'un poste dans l'entreprise.

Toutefois, il comprenait pourquoi elle voyait les choses sous cet angle. Son annonce comportait des conditions strictes. Et au départ, il l'avait rédigée en pensant à *lui*.

— Vraiment ? J'en doute. Tu ne veux pas d'une femme qui risquerait de te causer des désagréments.

— Je ne suis pas en train d'acheter une voiture !

— Non, mais tu cherches avant tout à faire un mariage arrangé dans ton intérêt.

— Considère plutôt ces entretiens comme des rencontres en ligne, avec un objectif plus pointu et plus direct, suggéra-t-il.

— Tu demandes à ton assistante de te choisir une épouse, riposta-t-elle, scandant chaque mot, comme s'il ne comprenait pas ce qu'il lui demandait.

Elle le fixait, fronçant ses sourcils délicats et affichant une moue boudeuse.

Physiquement, Poppy n'était pas du tout son type. Elle n'était pas grande et ne possédait pas de longues jambes comme il les aimait, mais elle arborait souvent des talons aiguilles avec ses robes vintage des années 1950 et elle avait des courbes généreuses. Ses cheveux bruns et bouclés étaient coiffés en un chignon sophistiqué d'où s'échappaient quelques mèches rebelles au fil des heures.

Il la trouvait belle, même si elle n'était pas le genre de femmes qui l'attirait en temps normal.

Il ne savait pas trop pourquoi il remarquait tous ces détails maintenant. Peut-être à cause du rai de lumière qui mettait en valeur son visage à l'ovale délicat et sa peau veloutée couleur acajou rehaussée d'une pointe de rose au niveau des joues, sans doute due à la colère, mais qui lui allait bien.

Ses lèvres étaient délicatement ourlées — boudeuses ou non — et du même rose que ses joues.

— Je ne vois pas ce que tu veux dire, remarqua-t-il, mettant fin à son examen.

— Simplement que tu montres aussi peu d'intérêt personnel pour trouver une épouse que si tu achetais un véhicule utilitaire.

Il s'abstint de préciser que s'il achetait une voiture il ferait un essai sur route et qu'il n'avait rien suggéré d'aussi grossier avec les femmes qui venaient se présenter.

— Combien de candidates te reste-t-il à voir aujourd'hui ? demanda-t-il, décidant d'ignorer la petite démonstration d'indignation de Poppy.

— Trois.

Il y avait quelque chose dans la crispation de sa mâchoire et dans son regard buté qui l'incitait à lui demander ce qui la contrariait.

Mais là encore, il s'abstint sagement.

— Est-ce que ma sœur t'a remis l'estimation du coût de son dernier projet ?

Poppy cilla, surprise.

— Quoi ?

— Faith t'a-t-elle remis le coût estimatif de son projet ?

De toute façon, je finirai par le corriger, mais j'aimerais savoir à combien elle l'évalue.

— Je connais la marche à suivre, Isaiah. Je suis simplement déroutée par ta façon de sauter du coq à l'âne.

— Je m'implique dans mon travail. Ces projets sont importants. C'est même grâce à eux si je suis milliardaire.

— Et aussi grâce au talent d'architecte de Faith. Crois-moi, je respecte le travail que chacun fait ici. Mais le changement de sujet m'a paru un peu abrupt.

— Que cela ne t'empêche pas de te remettre au travail.

Elle lui lança un regard courroucé.

— Tu es impossible, tu le sais ?

Bien sûr. Il l'avait toujours été. La question lui semblait superflue, mais il y répondit quand même :

— Oui, je le sais.

Elle tapa du pied — un pied fin et élégant, chaussé de talon aiguille.

— Faith ne me l'a pas remis, fulmina Poppy.

— Tu viens de trépigner devant moi.

Elle écarta les bras d'un geste impuissant.

— Parce que tu te conduis envers moi de façon stupide.

— Explique-toi. Je ne comprends pas, dit-il, perplexe.

— Je n'ai pas besoin que tu me comprennes.

— Mais tu as besoin que je te verse ton salaire. Je suis ton patron.

Contre toute attente, elle blêmit.

— Évidemment, j'en ai besoin. Parce que tu es mon patron.

— En effet.

— Rien que mon patron.

— Je le suis depuis dix ans, remarqua-t-il, ne comprenant pas très bien pourquoi elle se hérissait.

— C'est vrai.

Sur ce, elle fit volte-face et retourna dans son bureau, fermant la porte avec force.

Isaiah se redressa.

Il avait du travail à faire. Voilà pourquoi il avait confié à Poppy le soin de lui choisir une épouse. Mais avant d'aller trouver Faith pour lui réclamer son estimation chiffrée, il avait besoin de caféine. Il envoya un texto à Poppy dans ce sens.

Il vit apparaître trois points de suspension sur son écran, puis ils disparurent.

Ils réapparurent et disparurent à nouveau. Enfin, il y eut un laconique :

Bien sûr.

Restait à espérer que son café ne serait pas empoisonné.

Trois heures et trois entretiens plus tard, Poppy regrettait de ne pas avoir cédé à son envie d'envoyer une émoticône « doigt d'honneur » à Isaiah en réponse à sa demande de café.

C'en était trop ! Comment un patron osait-il demander à son assistante de lui choisir une épouse ? Aucune assistante qui se respectait ne devrait se voir confier une mission aussi insensée. A fortiori Poppy pour qui ces entretiens constituaient une véritable torture émotionnelle. Elle devait interroger chacune des candidates pour établir leur éventuelle compatibilité avec Isaiah. Puis elle devait leur parler de celui qu'elle connaissait mieux que n'importe quel être au monde. Et pendant tout ce temps, ses paroles résonnaient à ses oreilles : « Je suis ton patron. »

Elle était son e*mployée.*

C'était ainsi que cet homme pragmatique et rigide la voyait alors qu'elle le considérait comme un ami.

Son meilleur ami. Presque un parent.

À une exception près : elle était amoureuse de lui et avait parfois des fantasmes érotiques à son sujet.

Mais s'il lui prenait l'envie de faire la sieste aujourd'hui, les seuls rêves qu'elle ferait seraient violents. Oh ! comme elle aimerait lui planter un stylo dans la poitrine !

Bon. Peut-être pas dans la poitrine. La blessure risquerait d'être mortelle. Mettons, dans le bras. Mais alors, l'encre et le sang tacheraient sa chemise. Elle devrait la lui ôter…

D'accord. Manifestement, elle était capable d'avoir en même temps des rêves de vengeance et des rêves érotiques.

— Je ne transigerai pas sur les chatons.

La remarque de la sixième blonde de la journée interrompit ses divagations.

Toutes ces blondes se ressemblaient, comme des boîtes de coloration alignées sur un rayonnage de supermarché.

— Je…

Poppy cilla, éberluée, s'efforçant de comprendre ce que son interlocutrice voulait dire.

— Comme… un jouet sexuel… Ou… ?

La blonde fronça le nez.

— Je veux simplement avoir un chaton. Ce n'est pas négociable.

Poppy tenta d'imaginer Isaiah Grayson avec un chaton chez lui. Il avait des chats dans l'écurie de son ranch. Il avait aussi des chevaux et du bétail, mais pas de chaton. Toutefois, puisqu'il avait déjà plusieurs animaux, il ne verrait sans doute pas d'inconvénient à en avoir un de plus.

— Je… J'en prends note.

— Oh ! poursuivit la blonde prénommée Lola, je peux aussi faire un nœud avec une queue de cerise au moyen de ma langue.

Poppy ferma les yeux et se retint de se ruer hors de la pièce pour aller assommer Isaiah.

— Ça plaît aux hommes, précisa Lola.

Bon. Si elle n'avait pas de chance avec les hommes, c'était peut-être parce qu'elle ne faisait pas de tours avec sa langue. À vrai dire, elle n'avait jamais essayé.

— C'est bon à savoir, remarqua Poppy.

Elle serra les poings, s'efforçant de maîtriser ses pulsions meurtrières et son chagrin.

Il se pouvait très bien qu'une des femmes avec qui elle avait discuté aujourd'hui dorme avec Isaiah Grayson pour le reste de sa vie. Ce serait la seule et unique femme avec qui il coucherait désormais. Celle qui le rendrait à jamais inaccessible pour Poppy.

Celle qui réduirait à néant ses fantasmes.

Bien sûr, elle l'avait su dès la publication de l'annonce. Mais à cet instant, cette évidence la frappait avec une force accrue.

« Je suis ton patron. »

Son patron. Et non son ami. Et non son amant. Jamais il ne serait son amant.

Peut-être ne choisissait-il pas sa future épouse comme il choisirait une nouvelle voiture, mais une chose était sûre, il avait autant de considération pour Poppy qu'il en avait pour une agrafeuse. Efficace et utile quand il en avait besoin.

— Bien. Je vous recontacterai, déclara sèchement Poppy.

— Pourquoi est-ce *vous* qui faites passer les entretiens aux postulantes ? S'agirait-il d'une sorte de concubinage ?

Poppy faillit s'étouffer tant elle était horrifiée.

— Non. Je suis l'assistante de M. Grayson. Pas sa femme.

— Cela me serait égal, poursuivit Lola. Je trouve ce mode de vie intéressant. Avoir quelqu'un avec qui partager la charge des enfants et de la maison. Et aussi le sexe.

— Encore une fois, je ne suis pas sa femme, martela Poppy à travers ses dents serrées.

— Il devrait envisager la question.

— Vous voulez dire, me prendre pour épouse ?

— Nous prendre toutes les deux comme concubines.

— Je lui en ferai part, assura Poppy, pince-sans-rire.

Elle exhala un long soupir de soulagement et de rage mêlés quand Lola partit enfin.

Elle avait cru qu'elle pourrait mener à bien cette tâche, mais elle s'était trompée. C'était au-dessus de ses forces.

« Je suis ton patron. »

Dire qu'elle travaillait pour lui depuis dix ans !

Pourquoi était-elle restée aussi longtemps ? Elle avait acquis une bonne expérience professionnelle. Elle avait aussi des économies. Certes, elle était très bien payée, mais elle pouvait gagner la même chose dans une grande entreprise à Seattle. Elle n'avait aucune raison de demeurer à Copper Ridge aux côtés d'un homme qui ne l'appréciait pas, piégée dans cet enfer sans fin, désirant quelque chose qu'elle n'aurait jamais.

Rien ni personne ne la retenait ici.

Sauf l'idée ridicule qu'Isaiah avait de l'amitié pour elle.

Bon. Les paroles d'Isaiah avaient peut-être dépassé sa pensée. Après tout, elle s'était montrée insolente, et il l'avait remise à sa place. Mais ce n'était pas une raison pour qu'elle continue de le côtoyer douze heures par jour.

Il faisait partie de sa vie professionnelle et de sa vie sociale. Il était son fantasme vivant. C'était trop pour un seul homme. Beaucoup trop.

Quand elle fit irruption dans son bureau, le cœur battant, il leva les yeux de son ordinateur, l'air intrigué. Cet homme avait le don d'enflammer son sang dans ses veines et de mettre tous ses sens en émoi. Oh ! oui, elle le désirait. Même à cet instant. Elle brûlait d'envie de se jeter dans ses bras.

Non ! Il fallait que cela cesse.

— Je démissionne, annonça-t-elle, les mots sortant de sa bouche en un triomphe glorieux.

Ils frappèrent leur cible.

Mais ils la frappèrent aussi par un effet boomerang, et elle comprit qu'elle ne pourrait pas les retirer. Peut-être devrait-elle essayer.

Non, surtout pas.

— Tu *démissionnes* ?

— Oui. Te trouver une épouse ne devrait en aucun cas faire partie de mes attributions. Tout ceci est ridicule ! Je viens de passer les vingt dernières minutes à discuter avec une femme qui veut que je précise dans la rubrique « talents particuliers » qu'elle peut nouer une queue de cerise avec sa langue !

Il esquissa un sourire amusé.

— Eh bien, c'est un talent qui pourrait avoir des applications intéressantes…

— Je m'en doute. Mais pourquoi suis-je obligée de discuter avec une femme visiblement obnubilée par ton pénis ?

À peine eut-elle prononcé ces mots qu'elle prit conscience de leur énormité. Ses mains se mirent à trembler et le rouge de la honte colora ses joues. Elle n'arrivait pas à croire qu'elle venait de lui parler de son pénis. Les yeux dans les yeux.

— Je ne m'étais pas rendu compte que ces entretiens pourraient te poser un problème.

— Bien sûr que non. Tu ne te rends compte de *rien* ! Tout ce qui t'intéresse, c'est le chiffre d'affaires. Et accessoirement, trouver une épouse qui t'aidera à gérer ta maison et à organiser ta vie. Or, selon ces critères, je peux dire que *j'ai été* ton épouse pendant ces dix dernières années, Isaiah. N'est-ce pas ce que tu recherches ? Une assistante personnelle pour ta maison. Un clone de *moi* capable de préparer tes repas, s'occuper du ménage et… et… faire les choses que font les épouses.

Les sourcils froncés, il se renversa contre le dossier de son siège.

Voyant qu'il ne disait rien, elle poursuivit sa diatribe :

— Je démissionne. Tu devras te charger toi-même de te trouver une épouse. Tout à l'heure, tu as dit que tu étais mon patron. Eh bien, tu ne l'es plus.

— Voyons, Poppy, sois raisonnable, dit-il, plaquant ses grandes mains viriles sur le plateau de son bureau et se levant.

Elle s'obligea à détourner les yeux de ses mains, aussi problématiques que le reste de son corps.

— Non ! Cette situation est tellement insensée qu'il est injuste de ta part de me demander d'être raisonnable.

Ils demeurèrent un moment à s'affronter du regard, puis elle pivota lentement sur ses talons, le cœur meurtri.

— Attends ! dit-il.

Elle s'arrêta mais ne se retourna pas. Elle sentait le regard d'Isaiah rivé entre ses omoplates.

— Tu as raison. Je n'y avais pas pensé jusqu'à maintenant, mais ce que je recherche, c'est une version personnelle de toi. Une assistante qui régira tous les domaines de ma vie.

Une étrange sensation s'empara d'elle, comme si son destin se jouait à cet instant. Elle retint son souffle, luttant contre le besoin de se retourner.

— Poppy, dit-il lentement. Je pense que tu devrais m'épouser.

- 3 -

Quand Poppy se retourna pour lui faire face, son expression était calme. Placide. Il n'était pas très physionomiste, mais il connaissait Poppy. Son visage était expressif. Elle avait un sourire éclatant et des froncements de sourcils menaçants, et l'absence de l'un ou de l'autre avait de quoi l'inquiéter.

— Pardon ?

— Tu as dit toi-même que j'avais besoin de quelqu'un comme toi, et tu as raison. Et comme je ne suis pas homme à choisir un pis-aller, pourquoi chercherais-je ailleurs ? Tu es la meilleure assistante personnelle que j'aie jamais eue.

— Je doute que tu en aies eu une avant moi.

— C'est hors de propos, dit-il, balayant sa remarque d'un revers de la main. J'apprécie la façon dont nous travaillons ensemble. Et je ne vois pas pourquoi nous ne pourrions pas étendre notre coopération à la sphère privée. Nous formons une bonne équipe, toi et moi.

Finalement, l'expression de Poppy s'anima, mais de façon ténue.

— Une bonne équipe, répéta-t-elle, les mots sonnant creux dans sa bouche.

— Oui, depuis le début. Tu m'as accompagné lors de chaque évolution de notre activité. Depuis l'époque où nous travaillions dans une grande entreprise jusqu'au jour où nous avons créé la nôtre. Depuis le moment où nous nous sommes développés jusqu'à la fusion avec Jonathan Bear. Et c'est en partie grâce à toi et à ta maîtrise de tous les détails pratiques que je dois ma belle réussite.

— Et tu penses que je pourrais… faire la même chose sur un plan plus personnel ?

— Oui, répondit-il simplement.

— Il y a néanmoins un petit problème, remarqua Poppy dont les joues virèrent au rose foncé.

Elle demeura là, à le fixer pendant un long moment avant de reprendre la parole :

— Une épouse ne se contente pas de s'occuper du ménage et des repas. *C'est* le rôle d'une gouvernante.

— J'en suis conscient.

— Une épouse est censée…

Elle baissa les yeux, s'empourprant de plus belle.

— Tu n'éprouves pas ce genre d'attirance pour moi.

— Tu sais très bien que mon désir de me marier n'a rien à voir avec l'amour et la romance.

— Le sexe.

Le mot retentit comme une mini-explosion dans la pièce.

— Être une épouse a quelque chose à voir avec le sexe.

Bien sûr, elle avait raison. Quand il lui avait fait sa demande en mariage inopinée, il n'avait pas pensé à cet aspect des choses, mais maintenant qu'elle en parlait…

Il se mit à l'examiner, comme il l'avait fait tout à l'heure. Mais cette fois, au lieu de se contenter d'apprécier sa beauté d'un point de vue abstrait, il s'autorisa une exploration un peu plus personnelle.

Sa peau lisse paraissait veloutée, comme un beau fruit. Il l'avait déjà remarqué. Mais ce n'était pas son seul atout. Ses seins semblaient être d'une taille parfaite pour épouser la paume de ses mains, et ses hanches avaient une courbe extrêmement sensuelle. Ses jupes, trop longues à son goût, ne dévoilaient guère ses jambes mais elles soulignaient la finesse de ses chevilles.

Il s'imaginait agenouillé devant elle pour lui ôter ses talons aiguilles. Et lui mordiller une cheville.

Oh ! oui. Ce qu'il voyait lui convenait.

— Je ne pense pas que ce sera un problème, dit-il.

Sous le coup de la surprise, Poppy entrouvrit ses lèvres pulpeuses avant de se ressaisir.

— Qu'en sais-tu ? Nous n'avons… jamais échangé un baiser ni même une accolade, Isaiah.

— Parce que tu es mon assistante.

— Et toi, l'ex-fiancé de Rosalind.

Isaiah serra les dents, en proie à un soudain accès de colère. Pourquoi diable évoquait-elle Rosalind ? Que venait-elle faire dans cette discussion ?

Bien sûr, c'était à la demande de son ex-fiancée qu'il avait engagé Poppy, mais sa rupture avec Rosalind était de l'histoire ancienne, et il ne faisait plus le lien entre les deux jeunes femmes.

Par ailleurs, il n'avait pas le cœur brisé. À l'époque, il avait éprouvé du chagrin, mais surtout de la colère et de l'humiliation. Il en avait voulu à Rosalind de l'avoir ridiculisé et détourné de son travail. Il avait failli ruiner la start-up qu'il venait de créer avec son frère et que Faith devait rejoindre.

Parce qu'il s'était conduit comme un imbécile. Parce que, pour la seule et unique fois de sa vie, il avait laissé son cœur lui dicter sa conduite.

Mais il ne referait plus jamais cette erreur.

— Rosalind n'a rien à voir avec le sujet qui nous occupe, répliqua-t-il.

— Elle fait partie de ma vie.

— C'est un détail dont nous pourrons discuter plus tard. Ou pas du tout.

— Tu n'as aucune envie de m'épouser, argua Poppy.

— Détrompe-toi. Plus j'y réfléchis, plus cette décision me paraît pertinente. Et tu me connais suffisamment pour savoir que quand j'ai décidé quelque chose, je m'y tiens.

— Entêté et pervers, voilà ce que tu es ! riposta-t-elle, exaspérée. Comment oses-tu me demander de t'épouser après m'avoir obligée à faire passer des entretiens à des candidates au mariage à longueur de journée ?

— Tu as menacé de démissionner. Et je ne *veux* pas que tu partes. Je préfère t'avoir auprès de moi dans tous les domaines de ma vie plutôt que de ne plus te voir du tout.

— Je n'ai pas menacé de rompre notre amitié, Isaiah.

— Je te vois essentiellement au bureau.

— Et tu apprécies davantage la satisfaction que te procure mon travail que celle que te procure notre amitié, c'est ça ?

Une question épineuse s'il en fut ! Il avait le sentiment qu'une réponse honnête de sa part lui attirerait les foudres de Poppy.

— Les deux sont indissociables, dit-il, espérant se montrer diplomate. En effet, puisque nous passons la plupart de notre temps ensemble au bureau, le plaisir de ta compagnie va de pair avec la satisfaction que me procure ton travail.

Poppy exhala un petit cri rageur.

— Tu es… Oh ! tu es…

Bon. Puisqu'elle lui objectait qu'ils ne s'étaient jamais embrassés ni donné l'accolade, et qu'il en avait assez de l'entendre argumenter, il ne voyait qu'une solution à cette situation.

Il s'avança jusqu'à l'endroit où se tenait Poppy, telle une rose fragile, puis il noua ses bras autour de sa taille et l'attira contre lui.

— Voici l'accolade qui te faisait défaut.

Prise de court, elle le contempla, les yeux écarquillés et les lèvres entrouvertes.

Contre toute attente, il sentit son cœur s'affoler, et le vague trouble qu'il ressentait depuis un moment s'accrut et se transforma en autre chose. De l'excitation. Du désir. Jamais il n'avait regardé Poppy de cette façon. Jamais.

Et maintenant, il se demandait s'il avait délibérément fait preuve de réserve envers elle ; s'il avait volontairement ignoré combien elle était belle à cause de toutes les raisons qu'elle venait de mentionner.

Le fait qu'elle était son assistante et l'amie de Rosalind.

— Isaiah…

Il prit sa joue soyeuse au creux de sa paume et s'inclina vers elle. Il émanait d'elle une délicate fragrance florale mêlée d'incertitude. Et il se sentit encore plus attiré par elle.

— Et voici ton baiser.

Il posa ses lèvres sur les siennes, attendant… il ne savait quoi.

Il avait toujours considéré l'attirance sexuelle comme une pulsion directe et sans équivoque. C'était une des choses qu'il appréciait dans la relation sexuelle. On ne se perdait pas en conjectures. C'était honnête et nullement choquant. S'il voyait une femme qui lui plaisait, il l'abordait. Il ne se demandait jamais s'il aimerait l'embrasser. Parce qu'il en avait envie rien qu'en la regardant. Mais avec Poppy…

Une seconde avant que leurs lèvres se touchent, il s'était demandé comment ce serait d'embrasser une femme qu'il connaissait depuis si longtemps. Qu'il avait toujours considérée comme un élément essentiel de sa vie, mais jamais sous l'angle de la sexualité.

Puis toutes ces pensées s'envolèrent parce que les lèvres de Poppy étaient d'une douceur et d'une saveur incomparables. Il ne se souvenait pas d'avoir goûté quelque chose d'aussi exquis.

Tout naturellement, il lui releva la tête pour avoir un meilleur accès à sa bouche et prolonger son baiser. Puis il attira son corps moelleux tout contre le sien, grisé de sentir le doux renflement de sa poitrine contre son torse.

Il attendit un moment pour voir si elle allait planter ses griffes sur lui et le repousser.

Mais elle n'en fit rien. À la place, elle exhala un doux soupir. Puis elle entrouvrit sa bouche, comme une invitation à aller plus loin.

Et c'est ce qu'il fit. Il glissa sa langue entre ses lèvres et prit un avant-goût des tendres profondeurs de sa bouche.

Aussitôt, un éclair de plaisir le traversa de part en part, l'onde de choc se répercutant jusque dans son bas-ventre.

Il eut soudain l'impression de se retrouver au milieu d'un violent orage alors que l'instant d'avant le ciel était dégagé.

Il n'avait jamais rien ressenti de tel. L'idée que Poppy — cette femme qui avait été une constante dans sa vie — dissimule un tel pouvoir de séduction le bouleversa jusqu'au tréfonds de son être. Il n'aurait jamais cru cela possible.

Dans son univers, l'alchimie avait toujours été évidente et instantanée. Il n'aurait jamais imaginé qu'elle puisse exister de façon latente, sous la surface.

Et pourtant, il devait se rendre à l'évidence, il existait une alchimie entre Poppy et lui, qui avait été dormante tout ce temps.

Soudain, elle enserra son visage entre ses paumes douces et lui rendit son baiser avec une ferveur qui le surprit et l'émerveilla.

Et il allait en profiter.

Parce que si c'était une éventuelle absence d'alchimie

entre eux qui inquiétait Poppy, il était plus qu'heureux de la rassurer sur ce point.

La soulevant prestement du sol, il la déposa sur le plateau de son bureau. Puis il captura à nouveau sa bouche et profita de sa stupeur pour s'immiscer entre ses jambes.

Ou peut-être n'avait-il rien calculé. Peut-être tout ceci était-il dans l'ordre des choses, sans retour en arrière possible maintenant que leurs lèvres s'étaient touchées.

Après tout, pourquoi reviendraient-ils en arrière ? Si elle ne pouvait pas nier l'alchimie entre eux… et si cette alchimie aboutissait à sa conclusion naturelle… elle n'aurait plus aucune raison de refuser sa demande en mariage.

Glissant une main le long de sa cuisse en direction de son genou, il lui souleva une jambe et l'enroula autour de sa hanche tandis qu'il se plaquait contre elle.

Par chance, l'ampleur de sa jupe lui facilitait la manœuvre. Son sexe était tellement dur qu'il en était douloureux.

À trente-six ans, il avait une beaucoup plus grande maîtrise de soi que quand il était jeune. Pourtant à cet instant, il n'avait jamais eu autant de mal à se dominer.

C'était illogique. Une erreur mathématique.

Mais il s'en fichait.

Lentement, il fit remonter son autre main le long de son flanc et la referma sur son sein. Oh ! oui, il avait vu juste. D'une rondeur parfaite, son sein remplissait sa paume. Il le pressa doucement, et Poppy poussa un grognement de protestation avant de détacher sa bouche de la sienne.

Ses yeux remplis de larmes le fixaient avec reproche.

— Arrête, dit-elle, le repoussant pour lui échapper.

— Quoi ?

Il prit une profonde inspiration pour essayer de retrouver son sang-froid.

Arrêter était la dernière chose qu'il voulait. Il brûlait d'envie de la déshabiller et d'embrasser chaque parcelle de sa peau si soyeuse. Il brûlait d'envie qu'elle se trémousse sous lui et qu'elle le supplie. Il brûlait d'envie de se fondre en elle et de lui faire perdre toute retenue.

Poppy.

Son amie. Son assistante.

— Comment oses-tu ? s'insurgea-t-elle. Comment oses-tu me manipuler avec… le sexe ? Tu es mon ami, Isaiah. Je te faisais confiance. Et tu essaies de me contrôler comme tu contrôles tout dans ta vie.

— Non. Il ne s'agit pas de manipulation, se défendit-il. Au début, je voulais simplement nous prouver quelque chose à tous les deux.

Puis il s'était laissé emporter par le flot de désir qu'elle avait fait naître en lui.

— Je n'en crois rien. Tu es… Je démissionne, lança-t-elle, passant en trombe devant lui et sortant de la pièce.

Pour la première fois depuis longtemps, il se sentit rejeté.

Et cela le blessa beaucoup plus qu'il n'aurait cru.

Ce soir-là, après avoir troqué sa robe contre un pyjama, Poppy se lova sur son canapé, en proie au désespoir.

D'habitude, sa petite maison au bord de l'océan lui était d'un grand réconfort. Elle représentait un symbole de sécurité inespéré pour une fille comme elle.

Mais maintenant, plus rien ne lui apparaissait comme un refuge. La ville tout entière lui faisait l'effet d'une prison.

Une prison dont les barreaux étaient Isaiah Grayson.

Il fallait que cela cesse.

Elle déglutit avec peine, le cœur au bord des lèvres. Elle allait démissionner, vendre sa maison et s'installer dans une autre ville. Elle resterait encore un peu en contact avec Isaiah, puis elle couperait les ponts.

Car elle ne représentait pas pour lui ce qu'il représentait pour elle. Et pas seulement sur le plan amoureux. Non.

Isaiah ne la comprenait pas. De la même façon qu'il avait du mal à comprendre ses interlocuteurs. Parce qu'il voyait le monde selon sa propre logique.

En revanche, il avait su profiter de l'attirance qu'elle éprouvait pour lui — son secret le plus intime.

Jamais une femme n'aurait réagi aussi passionnément à son baiser si elle n'avait pas été très attirée par lui.

Elle s'était trahie. À moins qu'il n'ait su depuis toujours à quel point elle était éprise de lui. Peut-être s'était-il même… moqué d'elle.

Non. Il n'aurait pas fait cela. Il n'était pas cruel. Mais il avait peut-être attendu le moment propice où ses sentiments lui seraient d'une quelconque utilité.

Exhalant un gémissement de désespoir, elle s'enroula dans une couverture et se pelotonna sur le canapé.

Elle avait embrassé Isaiah Grayson.

Mais pas seulement.

Il l'avait touchée.

Et il avait eu une érection, juste là, contre son ventre.

Mais après tout, il était un homme, et beaucoup de ses congénères fantasmaient sur des poupées gonflables. Sa réaction n'avait donc rien de très étonnant.

Sauf qu'elle l'avait prise au dépourvu.

Elle ferma les yeux. Isaiah. Cet homme qui représentait absolument tout pour elle l'avait *demandée en mariage* !

Elle pourrait l'épouser et empêcher une autre femme de l'avoir.

Ainsi, tu serais prête à épouser un homme qui ne t'aime pas. Qui te considère comme un élément de confort dans sa vie.

Cette pensée la fit rire. Bien sûr, il y avait quelque chose de pathétique dans ce constat. Mais elle avait passé presque toute son enfance et son adolescence dans des familles d'accueil. La plupart du temps, elle avait vécu avec des personnes qui ne l'aimaient pas. Certaines l'avaient même trouvée encombrante. Alors, en épousant Isaiah, elle aurait des conditions de vie nettement meilleures que celles qu'elle avait connues, enfant.

Mais il y avait eu Rosalind. Grande et blonde. Le type de femme d'Isaiah. Tandis que Poppy était tout le contraire.

Comment pouvait-elle lutter contre ce handicap ? Isaiah ne manquerait pas de faire des comparaisons entre elles deux.

Il la déteste, mais pas toi.

Bon. C'était vrai. Rosalind avait toujours cherché à obtenir ce qu'elle voulait. À l'époque, elle était tombée éperdument amoureuse d'un milliardaire. Sa trahison avait anéanti Isaiah et blessé Poppy par la même occasion. Car elle avait beau vouloir Isaiah pour elle seule, elle ne supportait pas de le voir malheureux.

Aujourd'hui, Rosalind avait épousé son milliardaire et menait une vie dorée, dont elle n'aurait même pas osé rêver étant enfant.

Rosalind prenait ce qui l'intéressait sans se soucier des sentiments d'autrui.

Certes, c'était faire preuve d'égoïsme, mais à cet instant, Poppy était très tentée de se comporter comme son amie.

Réaliser son rêve en faisant fi des sentiments et des conséquences. Isaiah deviendrait son mari. Il l'embrasserait. Elle le verrait nu…

Elle serait *sienne.*

Elle lui appartiendrait de cette façon intime qui la faisait tant fantasmer.

Elle ne serait plus seule.

Bien sûr, elle ne l'était pas vraiment. Rosalind avait de l'affection pour elle. Sinon, elle ne l'aurait pas aidée quand elle s'était retrouvée dans le besoin. Mais Rosalind pensait surtout à elle. Si toutes deux restaient en contact, c'était surtout grâce à Poppy.

Il n'empêche que Rosalind était sa seule famille. Mis à part les Grayson.

Et si elle épousait Isaiah, elle ferait partie de leur clan.

Soudain, on frappa à la porte d'entrée. Trois coups sonores. Elle savait qui était son visiteur.

À croire qu'elle l'avait fait surgir comme par magie.

Sauf qu'elle ne se sentait pas prête à l'affronter.

Elle examina sa tenue : un pyjama, un T-shirt et pas de soutien-gorge. Non, décidément, elle n'était pas prête à l'affronter. Malgré tout, elle se leva.

Parce qu'elle ne pouvait *pas* l'ignorer alors qu'elle n'arrivait pas à y voir clair dans ses pensées et ses sentiments. Il se pouvait qu'en le regardant, la réponse fuse, telle une évidence : *il faut vraiment que je démissionne*.

À moins… qu'elle se laisse tenter.

Et qu'elle le tente, par la même occasion.

Désemparée, elle enroula la couverture autour de ses épaules et alla ouvrir la porte.

— Que fais-tu ici ?

— Je suis venu te raisonner.

— Tu perds ton temps, maugréa-t-elle.

— Pourquoi ?

— Parce que je suis une femme déraisonnable.

Sur quoi, elle pivota sur ses talons et pénétra dans sa petite cuisine, suivie d'Isaiah.

Elle se retourna pour lui faire face, et sa respiration se bloqua dans sa gorge. Il était superbe avec ses yeux gris ardoise, ses pommettes sculptées et sa barbe qui le rendait plus accessible — parce que sans elle, il serait trop beau. Et ses lèvres…

Elle les avait embrassées.

Bon. Elle avait intérêt à reprendre ses esprits. D'autant qu'il l'observait attentivement.

— Tu m'as mise dans tous mes états, accusa-t-elle.

Il se contenta de la fixer sans broncher.

— Je suis même capable de me rouler par terre pour évacuer mon trop-plein d'émotions, et tu n'aimerais pas cela du tout. Alors, il vaut mieux que tu t'en ailles.

Une étincelle traversa le regard d'Isaiah, lui communiquant de la chaleur et alimentant le désir douloureux qui brûlait en elle.

— Il faut que tu revoies ta position, Poppy.

Sa voix grave et envoûtante lui donnait envie d'accepter tout ce qu'il lui ordonnerait de faire.

— Démissionner ou t'épouser ? demanda-t-elle, reculant d'un pas.

Mieux valait qu'elle se tienne un peu à distance. Elle était capable de se jeter sur lui — pour le frapper ou l'embrasser, allez savoir.

— Les deux.

Juste au moment où elle pensait que la situation ne pouvait pas être pire que ce qu'elle était !

— Ta demande en mariage est très déconcertante. Tu le sais, n'est-ce pas ?

— Oui. Tu me l'as bien fait comprendre.

— Je veux dire par là qu'un patron qui veut inciter une employée à demeurer dans l'entreprise lui propose une augmentation de salaire. Mais une demande en mariage… !

— Ce n'est pas uniquement pour t'empêcher de partir que je t'ai demandé de m'épouser, argua-t-il.

Elle eut une moue dubitative.

— Je n'en crois pas un mot.

— C'est pourtant la vérité, assura-t-il, son regard rivé au sien.

Son cœur s'affola dans sa poitrine. Elle n'avait aucune raison de douter de sa parole. Isaiah était un homme franc et sincère, et c'était une des qualités qu'elle appréciait le plus chez lui. Il disait toujours ce qu'il pensait. Ce n'était pas dans sa nature de tricher ou de manipuler les gens. Et cet après-midi, dans la confusion du moment, elle avait commis une erreur en l'accusant de l'avoir manipulée.

Il n'empêche qu'il était autoritaire et sûr de lui.

Et il mettrait tout en œuvre pour arriver à ses fins.

— Est-ce que tu as poussé le baiser aussi loin pour me prouver quelque chose ?

— Non. C'est à *moi* que je voulais prouver quelque chose. Parce que tu as raison. Si nous nous marions, il faut qu'il y ait une attirance entre nous.

— En effet, admit-elle, la gorge sèche.

— Pour être honnête, je n'avais jamais pensé à toi de cette façon.

Son aveu lui fit l'effet d'un coup de couteau en pleine poitrine. Réprimant un gémissement de douleur, elle se contenta de hocher la tête.

— Mais il y a indéniablement une alchimie entre nous, poursuivit-il. Et elle m'a pris au dépourvu. Je suppose qu'il en a été de même pour toi.

Elle cilla, stupéfaite. Il ignorait vraiment que sa réponse à son baiser n'avait pas été soudaine et imprévisible ?

Oui, elle se rendait compte qu'il n'en avait pas eu conscience.

Isaiah donnait souvent l'impression d'être insensible, voire brutal, parce qu'il ne se donnait pas la peine de mesurer ses propos pour les rendre plus acceptables à ses interlocuteurs. Cela signifiait que si elle l'avait pressé de questions pour savoir s'il avait voulu utiliser ce baiser contre elle, il l'aurait admis sans détour.

— Je suis désolée, dit-elle.

Il la contempla avec perplexité.

— Pourquoi t'excuses-tu ?

— Parce que je t'ai accusé de me manipuler, et c'était injuste. Bien sûr, tu es loin d'être un modèle de gentillesse ou de sensibilité, mais tu n'es pas fourbe.

— Tu m'apprécies, remarqua-t-il, l'air satisfait.

— Évidemment. Sinon, je ne t'aurais pas supporté pendant dix ans, que le salaire soit bon ou non. Mais je suppose que toi aussi tu m'apprécies. Du moins, jusqu'à un certain point.

— Nous allons bien ensemble. Tu ne peux pas le nier.

— Vraiment ? Ce matin, tu voulais que je donne la préférence aux blondes. Alors, tu comprendras que ta soudaine demande en mariage me laisse dubitative.

— Es-tu amoureuse d'un autre homme ?

Quelle idée risible ! Elle n'était pas sortie avec un homme depuis… Elle préférait ne pas compter. C'était trop déprimant.

— Non, admit-elle, la gorge nouée. Mais est-ce si illusoire de vouloir rencontrer le grand amour ?

— Je pense que l'amour ne convient qu'à un nombre restreint de personnes et que la majorité des couples nouent une sorte de partenariat. C'est, selon moi, la forme de mariage la plus viable.

— Mais tu ne peux pas considérer l'amour comme quantité négligeable !

Il balaya son argument d'un revers de la main.

— La passion s'émousse avec le temps. Ce qui compte dans un couple c'est la complicité et la volonté de se soutenir l'un l'autre. Mes parents en sont le meilleur exemple.

Elle le dévisagea un long moment, le cœur meurtri. Il se tenait devant elle, la demandant en mariage, mais c'était comme s'il se tenait de l'autre côté d'un mur, inaccessible.

— Et tu… ne seras jamais amoureux ?

— Je *l'ai été*, répondit-il simplement.

Seigneur ! Il y avait quelque chose de terriblement douloureux dans cette vérité. Il avait aimé Rosalind, et elle avait bénéficié de la seule tentative qu'il était prêt à faire dans ce domaine. Comme c'était injuste ! Si Poppy avait eu droit à l'amour d'Isaiah, elle l'aurait préservé jalousement et l'aurait fait fructifier pour qu'il dure l'éternité.

Mais elle n'aurait jamais cette chance. Parce que Rosalind l'avait précédée et avait tout gâché.

À l'époque, elle avait été un peu jalouse de Rosalind, puis elle lui en avait voulu d'avoir blessé Isaiah. Mais maintenant, après l'aveu terrible qu'il venait de faire, elle était absolument furieuse contre elle.

Parce qu'à la suite de cette expérience malheureuse, Isaiah avait verrouillé son cœur à double tour.

Soudain une pensée terrible lui traversa l'esprit. Si le cœur d'Isaiah lui était inaccessible, il se pouvait qu'une autre femme très spéciale sache lui redonner le goût du bonheur.

Face à cette affreuse perspective, elle était partagée.

Si tu ne l'épouses pas, tu lui offriras une chance de rencontrer cette femme.

Elle serra les dents et ferma les yeux pour essayer d'endiguer son chagrin. Le voir épouser une autre femme était déjà assez douloureux. Mais l'idée qu'il tombe amoureux d'une autre la crucifiait.

Bien sûr, si elle était généreuse et désintéressée, elle voudrait le voir heureux.

Mais elle ne l'était pas. Et elle n'avait aucune envie de perdre la seule chance d'être aimée par lui, si infime soit-elle.

— J'y réfléchirai, dit-elle finalement.

- 4 -

— Je ne partirai pas d'ici avant d'avoir réglé cette affaire, dit-il.

— Je ne suis pas une transaction commerciale, Isaiah !

Il fit un pas en avant, et elle sentit sa résolution faiblir. Après tout, à quoi bon se rebeller ?

C'était lui qui était aux commandes. Il l'avait toujours été.

Parce qu'elle l'aimait.

Parce qu'il était son patron.

Parce qu'il parvenait à rester détaché, et elle non.

Elle voyait bien qu'il réfléchissait à sa prochaine manœuvre. Qu'il était difficile pour lui de considérer ce mariage autrement que comme une transaction commerciale.

Avec du sexe.

— Tu n'es pas sérieux, dit-elle.

— Si, je le suis toujours.

— Tu penses pouvoir te marier en faisant abstraction des *sentiments*, mais il y a aussi la question du sexe, et pour moi elle est insurmontable. Je ne peux pas, Isaiah.

Il y avait plusieurs raisons à cela, notamment son inexpérience en la matière. Mais elle s'abstiendrait de l'évoquer.

— Le baiser était très agréable, argua-t-il.

Comme si cela devait calmer toutes ses inquiétudes !

— Tu ne peux pas comparer un baiser au sexe, répliqua-t-elle, consciente que c'était un piètre argument.

— Tu penses que ce sera un problème ?

— En tout cas, ce sera bizarre.

Terrifiant serait un terme plus approprié.

— Tu fais une fixation sur le sexe, dit-il simplement. Laissons ce sujet de côté.

— Tu ne peux pas l'écarter d'un revers de main, protesta-t-elle.

— Pourquoi ?

— Parce que c'est un sujet important. Omniprésent.

— Laissons-le de côté, insista-t-il. Parlons plutôt des avantages que peut te procurer un mariage avec moi.

— Des avantages pour *moi* ?

— Oui, évidemment. Je me doute que tu n'accepteras pas un arrangement qui ne profiterait qu'à moi. Jusqu'à maintenant, je ne t'ai présenté aucun argument décisif, susceptible de te donner envie de m'épouser.

— Et tu penses que mon problème est là ?

— En partie. Ma famille t'aime beaucoup, Poppy, et c'est une bonne chose. Car je suis très proche d'elle. Il est donc important que mon épouse s'entende bien avec mes parents et avec mes frères et ma sœur. Et j'ai le sentiment que tu les aimes aussi…

Elle ferma les yeux. Oh ! oui, elle aimait les Grayson ! C'était la seule famille fonctionnelle qu'elle avait rencontrée au cours de son existence. C'était grâce à eux si elle savait que ce genre de famille existait en dehors des sitcoms. Sans les Grayson, elle n'aurait eu aucun cadre de référence pour ce type de normalité. Un couple vivant ensemble depuis des décennies. Des enfants adultes aimant leurs parents et leur rendant régulièrement visite. Des frères et une sœur travaillant ensemble en bonne intelligence et se souciant les uns des autres.

Des fêtes en famille, joyeuses et turbulentes, où elle était invitée.

Oh ! oui, faire partie de la famille Grayson était un argument de poids.

Mais ce qu'Isaiah ne semblait pas comprendre, c'est que l'argument décisif, c'était lui.

Un homme de chair et de sang. Avec des exigences charnelles. Et il lui avait demandé de laisser le sexe de côté ! Comme si c'était possible.

— Et puis, tu aimes mon ranch, poursuivit-il. Tu aimes y faire des randonnées à cheval. Imagine un peu. Tu en profiterais tous les week-ends.

— Mais j'aime ma maison, protesta-t-elle.

— Mon ranch est beaucoup mieux.

Que cet homme était exaspérant ! Sauf qu'il avait raison. Sa maison conçue par sa sœur était un bijou de technologie et d'ingénierie architecturale, mélangeant harmonieusement le rustique et le moderne. Poppy ne lui trouvait absolument aucun défaut.

Bâtie dans la montagne au milieu d'un paysage enchanteur, elle était une sorte de paradis sur terre pour Poppy.

Il avait aussi fait construire une écurie hébergeant plusieurs chevaux. Et l'année dernière, il lui avait appris à monter à cheval.

— Et je suppose que tu veux des enfants.

Sa remarque la ramena brutalement à la réalité.

— Je croyais que nous ne parlerions pas de sexe.

— Il n'est pas question de sexe mais d'enfants.

— Tes parents ne t'ont-ils pas appris comment se font les bébés ?

Il se renfrogna.

— J'avoue que je n'ai pas suffisamment réfléchi à la question des enfants quand j'ai décidé de trouver une épouse par le biais d'une petite annonce.

Elle leva les yeux au ciel, exaspérée.

— Vraiment ?

— Oui. Je savais que je voulais des enfants, mais j'y pensais de façon abstraite, sans réfléchir au genre de mère que je souhaiterais pour eux. Une chose est sûre, tu seras une mère fabuleuse.

Elle cligna des yeux pour refouler ses larmes.

— Qu'est-ce qui te fait dire cela ?

— Je te connais bien. Durant ces dix années, j'ai observé la façon dont tu t'occupais de moi et de l'entreprise. La façon dont tu gérais les détails de ma vie professionnelle et celle de Joshua et Faith. Je t'ai observée avec le fils de Joshua.

— J'ai grandi dans des foyers d'accueil, remarqua-t-elle. Je ne connais pour ainsi dire rien à la famille.

— Cela fera de toi une mère encore plus attentionnée parce que tu sauras précisément ce qu'il ne faut pas faire.

Elle eut un rire sans joie.

— Comme disparaître dans un brouillard d'héroïne. Oui, je ne le sais que trop.

— Tu te sous-estimes, Poppy. Tu sais communiquer avec les gens, anticiper leurs désirs et leurs besoins. Tu es organisée et efficace.

— On croirait que tu vantes les mérites d'un logiciel !

— Tu es chaleureuse et parfois gentille. Mais pas avec moi.

— Tu ne m'apprécierais pas si j'étais trop gentille.

— C'est vrai. Et tu n'hésites pas à me tenir tête. Pour toutes ces raisons, nous irions très bien ensemble.

Il paraissait si sincère et si confiant, alors qu'elle ne savait plus où elle en était.

C'était trop beau. Cela ressemblait trop à ses rêves les plus fous — sans l'ingrédient essentiel. L'amour.

Bien sûr, elle avait vu de nombreuses personnes réaliser

leurs rêves. Mais pour une fille comme elle, ballottée de foyer d'accueil en foyer d'accueil, comment aurait-elle pu imaginer avoir un jour…

Une vie avec Isaiah ?

Des enfants ?

Une famille à elle ?

Isaiah avait été tout simplement inaccessible.

Et aujourd'hui, il lui proposait de réaliser son rêve.

Comment pourrait-elle refuser ?

— Tes parents ne doivent pas savoir que tout ceci est factice, dit-elle.

— Tu acceptes de m'épouser ?

Bouleversée, elle s'efforça à nouveau de refouler ses larmes.

— Ils ne doivent pas savoir, répéta-t-elle.

— Rien n'est factice puisque nous aurons un vrai mariage.

— Ils ne doivent pas savoir que tu as fait passer une annonce et que tu… élargis simplement le champ de mes attributions. D'accord ?

— Poppy…

— Ils ne doivent pas savoir que tu n'es pas amoureux de moi.

Elle en mourrait de honte si jamais ses merveilleux parents apprenaient que ce mariage n'était qu'un arrangement. Ils avaient toujours souhaité ce qu'il y avait de mieux pour leurs enfants et ils voulaient très certainement qu'Isaiah rencontre le grand amour, comme Joshua et Devlin.

— Ils ne le sauront pas.

Le désespoir la submergeait. Elle ne savait plus vraiment ce qu'elle attendait de lui. Qu'il accepte ses conditions ? Qu'il lui dise qu'il avait des sentiments pour elle ? Qu'il l'embrasse ?

— Sinon, tout est fini entre nous.

— C'est d'accord.

— Bien.

L'espace d'un instant, elle pensa qu'il *allait* l'embrasser à nouveau. Craignant de ne pas pouvoir le supporter, elle lui tendit la main. Il fronça les sourcils, perplexe, mais il la prit et la serra lentement.

Des fiançailles en pyjama, scellées par une poignée de main. Question romantisme, il y avait mieux !

Il relâcha sa prise, et elle crut qu'il allait partir. Mais il l'attira contre lui et captura sa bouche, faisant naître en elle un flot de sensations.

Puis le baiser prit fin aussi vite qu'il avait commencé.

— Non. Ce ne sera pas un problème, dit-il.

Cette fois, elle croyait vraiment qu'il allait partir. C'est ce qu'il était censé faire. Mais contre toute attente, il l'embrassa à nouveau.

Elle se sentait étourdie. Et elle avait envie de continuer à l'embrasser. Pourtant, elle ferait mieux de le repousser. Elle avait vu avec quelle facilité elle s'était abandonnée dans ses bras, cet après-midi.

Mais ils étaient fiancés. Ce baiser était dans l'ordre des choses.

Chassant ses scrupules, elle savourait ce baiser ô combien exquis quand il la plaqua contre le mur en poussant un grognement guttural.

Elle ne connaissait pas cette facette d'Isaiah, se rendit-elle compte. Ce n'était plus le patron ni l'ami posé et rationnel qu'elle avait côtoyé durant toutes ces années. C'était…

Isaiah en tant qu'homme.

Bien sûr, elle avait toujours su qu'il était un homme de chair et de sang, sinon elle n'aurait jamais autant fantasmé sur lui. Mais elle n'avait pas *vraiment* su comment ce serait d'être l'objet de son désir. Elle ne se serait jamais doutée que cet homme si détaché dans la vie courante puisse se montrer aussi passionné s'agissant de sexe.

Le sexe !

Le moment était sans doute venu de lui dévoiler son petit secret.

Mais peut-être se contenterait-il d'un baiser et ne feraient-ils pas l'amour.

Il inclina la tête de côté et approfondit son baiser, mêlant sa langue à la sienne et embrasant ses sens. Puis il agrippa l'ourlet de son T-shirt et le fit passer par-dessus sa tête.

Elle haleta, prise de court. Elle n'avait pas de soutien-gorge et se sentait complètement exposée. Ses tétons se durcirent tandis qu'il les contemplait, son regard gris ardoise, d'habitude si froid et si réfléchi, s'embrasant sous le feu du désir.

— Comment ai-je pu l'ignorer ? demanda-t-il, perplexe.

— Ignorer quoi ?

Elle était tellement troublée qu'elle claquait des dents en lui posant cette question.

Alors, elle comprit qu'elle avait peur de se trahir. Peur de lui laisser deviner les sentiments qu'elle avait pour lui. Elle se sentait capable de reléguer son amour pour Isaiah dans un recoin de son cœur pendant qu'elle prendrait possession de son corps — et qu'elle se l'approprierait au lieu de permettre à une autre femme de l'avoir —, mais elle ne supporterait pas qu'il découvre à quel point elle l'aimait.

Tout au long de sa vie, elle avait trop souffert de voir son amour rejeté. Elle ne prendrait pas le risque que cela se reproduise.

— Ignorer à quel point tu es belle, dit-il.

Il paraissait si sincère, et elle avait tellement envie de le croire.

Grisée par son compliment, elle promena ses doigts sur ses joues et sa barbe soyeuse.

Désormais, elle pouvait s'autoriser ce genre de caresses.

Le baiser dans son bureau avait été si abrupt et si choquant que, tout en l'appréciant, elle n'en avait pas mesuré toute la portée. Elle n'avait pas pris conscience de tous les changements qu'il impliquait.

Auparavant, elle s'abstenait de tout geste intime envers Isaiah.

Et maintenant… elle pouvait donner libre cours à son envie de le toucher. Et elle allait en profiter.

Se haussant sur la pointe des pieds, elle pressa doucement ses lèvres sur les siennes. Elles étaient chaudes, fermes et plus délectables que tout ce qu'elle avait goûté auparavant.

Lentement, elle traça le contour de sa lèvre inférieure avec sa langue, l'explorant. Le savourant.

C'était l'aboutissement de dix années de fantasmes. Et elle avait la ferme intention de les réaliser tous.

Glissant les mains dans les cheveux d'Isaiah, elle pressa ses seins nus contre son torse.

Il avait gardé son T-shirt, mais elle ne voulait aucun obstacle entre eux. Absolument rien.

En proie à la passion, elle n'avait plus aucun amour-propre.

L'espace d'un instant, elle s'écarta de lui, et le regard d'Isaiah se reporta aussitôt sur ses seins.

Cette attirance physique qu'il ressentait pour elle serait son salut. Il s'intéresserait davantage à ses charmes qu'à ses sentiments. Il ne se demanderait jamais ce qu'elle ressentait pour lui. Tant qu'il se focaliserait sur son corps, il ne remarquerait jamais la flamme de l'amour dansant dans ses yeux.

Le sexe serait pour elle le moyen d'exprimer son trop-plein de sentiments envers lui.

Et c'est ce qu'elle allait faire.

Dès maintenant.

Elle noua ses bras autour de son cou et se plaqua contre lui, revendiquant sa bouche ; donnant libre cours à tous ses fantasmes ; mettant toute son âme dans son baiser.

Avec un grognement sourd, il enroula un bras autour de sa taille et glissa l'autre sous ses cuisses, puis il la souleva de terre et la plaqua contre lui. Elle noua ses jambes autour de sa taille et ne protesta pas quand il sortit de la cuisine pour se diriger vers sa chambre.

Elle savait exactement ce qui allait suivre.

Mais le moment était venu.

Si elle était tout à fait honnête avec elle-même, elle savait pourquoi elle n'avait jamais fait cela auparavant.

Elle attendait Isaiah.

Elle l'avait toujours attendu.

Une vérité ridicule et humiliante qu'elle avait soigneusement refoulée. Mais qu'importait, désormais ?

Elle allait épouser Isaiah.

Elle allait vivre avec lui.

Une petite bulle de joie fragile se forma dans sa poitrine, grossissant au fil des secondes.

Elle allait réaliser son rêve. Avoir l'homme qu'elle aimait.

Elle poussa un petit cri quand il la fit basculer sur le lit avant d'ôter son T-shirt en un tournemain. Les yeux écarquillés, elle le contempla tout à loisir, admirant son torse sculptural recouvert juste ce qu'il fallait de duvet brun, lequel se prolongeait en une ligne médiane qui disparaissait sous la ceinture de son jean.

Cet endroit mystérieux l'intéressait au plus haut point. Et bientôt sa curiosité serait satisfaite.

Mais quand elle le vit détacher la boucle de sa ceinture, la réalité s'insinua peu à peu en elle.

C'était sans doute sa réaction instinctive face aux bonnes choses qui survenaient dans sa vie.

Le miracle ne durait jamais longtemps. Les autres femmes obtenaient ce qu'elles voulaient, mais c'était rarement son cas.

De fait, elle ne représentait pas un second choix pour Isaiah après la splendide Rosalind.

Elle ne représentait même pas son dixième choix.

Elle arrivait bonne dernière après la kyrielle de femmes qu'il avait rencontrées dans des bars au fil des ans et après les fausses blondes qui avaient défilé dans son bureau aujourd'hui, suite à la parution de l'annonce.

En somme, elle était son dernier recours.

Du moins, cette fois-ci, il te considère comme un recours possible. Est-ce si important que tu arrives en dernier ?

Finalement, non.

Parce qu'elle voulait être choisie, même si c'était en dernier ressort.

Voyant qu'il abaissait lentement la fermeture Éclair de son jean, elle chassa toutes ces pensées indésirables et l'observa, hypnotisée, pendant qu'il faisait glisser lentement son pantalon et son sous-vêtement le long de ses hanches, dévoilant une ligne de muscles presque obscènes et une toison brune avant que le tissu descende encore plus bas et l'expose complètement.

Elle s'efforça de ne pas le fixer, bouche bée. Elle n'avait jamais vu un homme nu auparavant. Et elle n'avait jamais envisagé de voir Isaiah dans le plus simple appareil. Bien sûr, elle en avait rêvé. Mais elle n'aurait jamais imaginé que cela arrive un jour.

— À ton tour, maintenant, dit-il d'une voix rauque.

— Je…

La nervosité la paralysait. Ôter son pyjama était au-dessus de ses forces.

Par chance, il eut pitié d'elle. Il s'allongea à ses côtés et tout en l'embrassant, glissa une main sous la ceinture de son pyjama. Sa paume était chaude et caressante sur ses fesses, et elle propulsa ses hanches en avant, se heurtant à son érection.

Elle haleta contre sa bouche, et il approfondit son baiser, cueillant son sein au creux de son autre main et titillant son mamelon jusqu'à ce qu'il devienne dur et hypersensible.

Timidement, elle plaqua ses mains contre son torse musclé. Elle les contempla un instant, puis leva les yeux vers lui avant de reporter son attention sur ses mains.

Elle touchait la peau nue d'Isaiah, exulta-t-elle.

C'était tellement incroyable !

Les sourcils froncés, il l'observait avec son sérieux habituel, sans la brusquer.

Alors, s'enhardissant, elle promena ses doigts le long de son torse, s'aventurant plus bas. Elle sentit sa bouche devenir sèche à mesure qu'elle palpait ses abdominaux ciselés et qu'elle poursuivait sa lente exploration. Elle marqua une pause, puis du bout du doigt, elle suivit la ligne de duvet médiane et s'arrêta juste au-dessus de son membre viril.

Elle n'osait pas le toucher faute de savoir *comment* procéder.

Alors, il posa sa main sur la sienne et la guida vers son érection.

Elle réprima un halètement quand il l'encouragea à enrouler ses doigts autour de son sexe impressionnant.

Il était si chaud. Doux et dur à la fois. Craignant d'être maladroite, elle leva les yeux vers lui. Et soudain, toute sa peur s'envola. Parce que Isaiah — cet homme si maître de lui, si sûr de sa capacité à tout contrôler — semblait totalement perdu.

La tête rejetée en arrière, il avait les traits détendus, les yeux clos, et les lèvres entrouvertes. Elle pressa doucement son pénis, et il laissa échapper un grognement guttural.

À cet instant, c'était elle qui avait le contrôle. Le pouvoir.

Une première dans leur longue relation.

Comme c'était exaltant ! Jamais elle n'avait éprouvé un tel sentiment de puissance.

Une pulsation se mit à battre au creux de son entrecuisse, et le désir la submergea. Elle se sentait vide à cet endroit. Son intimité était lisse et moite, signe qu'elle désirait Isaiah de tout son être. Mais elle n'en éprouvait ni gêne ni sentiment de vulnérabilité. Ils étaient à égalité. C'était… excitant. Grisant. Ici, dans son lit étroit, elle n'avait pas à redouter de se consumer de désir pour Isaiah.

Comment le pourrait-elle puisqu'il la désirait avec la même force ?

Maladroitement, elle caressa son pénis sur toute sa longueur, et il grogna à nouveau.

Comme cet homme était beau !

Il représentait tout ce qu'elle avait toujours désiré. Il était fait pour elle. Il avait capturé son cœur et peuplé ses fantasmes dès l'instant où elle l'avait rencontré.

Mais elle n'eut pas le temps de réfléchir plus longuement car elle se retrouva allongée sur le dos, Isaiah positionné au-dessus d'elle. D'un mouvement souple, il lui ôta son pyjama et sa culotte.

Puis il s'inséra entre ses jambes et, se saisissant de son pénis, il le pressa contre ses replis intimes. L'érotisme de ce geste et le plaisir fulgurant qui s'empara d'elle quand il titilla cet endroit si sensible lui ôtèrent souffle et pensée.

Il réitéra son geste, puis relâcha sa prise et fléchit ses

hanches contre les siennes. Elle haleta, agrippée à ses épaules, ses doigts enfoncés dans sa chair.

L'expression concentrée, il cueillit un sein et taquina son téton tout en continuant de fléchir ses hanches et de frotter ce petit bouquet de nerfs si sensible.

Une étrange sensation naquit au creux de son bas-ventre, et la pulsation entre ses jambes s'accrut.

Il poursuivit son va-et-vient, bougeant les hanches dans un rythme de plus en plus soutenu.

La tension s'accrut en elle, allant *crescendo* avant de claquer, tel un élastique qui se rompt. Elle haleta, submergée par la jouissance, et il captura ce son de plaisir avec sa bouche avant de se presser à l'entrée de son intimité. Puis, sans lui laisser le temps de se crisper contre la souffrance inévitable, il donna un vigoureux coup de reins.

La brutale sensation de déchirement lui arracha un cri de douleur.

Isaiah se figea, les yeux écarquillés.

— Que signifie…

- 5 -

Isaiah s'efforçait de trouver des mots pour exprimer sa stupeur, mais il était trop submergé par la sensation exquise du corps de Poppy autour du sien. Elle était si tendue. Si moite. Et il ne pouvait faire autrement que de propulser ses hanches en avant et de s'enfouir plus profondément en elle malgré son cri de douleur, une seconde auparavant.

Il devrait s'arrêter. Mais elle l'embrassait à nouveau. Elle le maintenait contre elle tout en ondulant le bassin, comme si elle l'invitait à poursuivre leurs ébats.

Poppy était vierge.

Il devrait s'arrêter.

Mais il en était *incapable*.

Il ne se souvenait pas de la dernière fois où une telle perte de contrôle lui était arrivée, si tant est qu'elle se soit déjà produite. D'habitude, il maîtrisait parfaitement ses émotions et ses élans. C'était indispensable pour un homme comme lui.

Il devait à tout prix se ressaisir.

Mais elle s'agrippait si étroitement à lui. Et c'était si bon d'être en elle. Il avait simplement eu l'intention de l'embrasser avant de partir. Et il *avait* essayé de partir. Puis il s'était laissé emporter… non pas par un sentiment de triomphe parce qu'il l'avait convaincue de l'épouser, mais par *elle*, tout simplement.

Quel émerveillement de l'embrasser, de la déshabiller et d'explorer son corps d'une façon aussi intime.

Et en même temps, quelle surprise de découvrir qu'elle était à ce point inexpérimentée !

Poppy était audacieuse et généreuse. Elle donnait autant qu'elle recevait. Elle ne fuyait devant aucune situation. Et à cet instant, elle ne fuyait pas ses assauts.

Bien au contraire.

Elle lui agrippait les fesses et les plaquait contre elle, comme pour l'exhorter à poursuivre.

— Isaiah, murmura-t-elle. Je t'en prie, Isaiah.

Il n'eut d'autre choix que d'accéder à sa supplique.

Alors, il se mit à aller et venir en elle, lentement d'abord, s'efforçant de rendre le rapport plus confortable pour elle.

Il n'avait aucune idée de la façon dont un homme était censé faire l'amour à une vierge. Il n'avait jamais été confronté à ce genre de situation.

Il avait son type de femme. Et Poppy n'en faisait pas partie.

Pourtant, tout se déroulait pour le mieux.

Elle prit son visage entre ses paumes et l'attira vers elle pour l'embrasser. Un baiser lent et doux. Tellement délectable qu'il oublia de se contrôler.

Il s'excuserait plus tard pour ses coups de reins trop puissants et trop rapides. Mais elle ne semblait pas s'en formaliser. Elle continuait à émettre ces petits bruits de gorge si sexy, comme si elle le désirait. Comme si elle aimait ce qu'il lui faisait. Elle enroula ses jambes autour de ses hanches, l'invitant à continuer. Cela tombait bien, car il était incapable de ralentir le rythme. Incapable de s'arrêter. Incapable de mieux faire, même s'il l'avait voulu.

Il devrait la faire jouir au moins trois fois avant de prendre son propre plaisir, mais là encore, il n'était plus maître de lui.

Son plaisir montait en lui de façon inexorable, bandant ses muscles et l'empêchant presque de respirer. Il ne pouvait pas le refouler. Plus maintenant. Quand l'orgasme le balaya, il ne perçut plus que le bourdonnement de son sang dans ses oreilles et les battements effrénés de son cœur. Puis Poppy s'arc-bouta sous lui et planta ses ongles dans ses épaules avant de pousser un cri sourd, ses muscles internes resserrés autour de lui.

Il donna un dernier coup de reins, savourant la délivrance ultime avant de se retirer et de rouler sur le dos. Le souffle oppressé, il avait du mal à parler ou à réfléchir.

— Poppy…

— Je ne veux pas en parler, dit-elle, se glissant sous une couverture à côté de lui.

Elle semblait soudain si petite et si fragile qu'il se sentit dans l'obligation de calculer la différence d'âge entre eux. Elle n'était pas énorme. Huit ans. Mais il n'avait jamais réfléchi à ce qu'elle pouvait signifier.

Il ne lui avait jamais connu de relation amoureuse sérieuse. Lui-même n'en avait eu qu'une. Mais il avait eu de multiples aventures sans lendemain.

— Pourtant, il faut qu'on en parle.

— Pourquoi ?

Ses yeux étaient remplis d'une émotion qu'il ne parvenait pas à définir. Mais elle trouvait un écho en lui, semblable à de la souffrance.

— Il n'y a rien à en dire. Tu sais déjà que j'ai eu une enfance très difficile. Alors, je ne vois pas pourquoi nous devrions discuter des conséquences qu'elle a pu avoir sur mon développement personnel.

— Tu as donc fait l'impasse sur la sexualité.

Il comprenait maintenant pourquoi elle avait fait une fixation sur l'aspect sexuel de sa demande en mariage. Il avait fréquenté beaucoup de femmes, et il avait tenu pour acquis que Poppy afficherait la même désinvolture vis-à-vis du sexe que ses partenaires d'une nuit.

Mais il s'était trompé sur toute la ligne. Attendri, il l'embrassa sur le front et la contempla, roulée en boule et si vulnérable.

Ce soir, il y avait eu autre chose que du sexe dans leur étreinte. Un supplément d'âme qui l'avait sublimée. Et par manque d'expérience, la pauvre Poppy ne s'en était pas rendu compte.

— Je suis désolé, dit-il.

— C'est inutile. Mais… j'ai besoin d'être seule.

Cette idée lui déplut.

— Je t'en prie, insista-t-elle.

Le désarroi de Poppy le plongea dans l'embarras.

D'habitude, sa difficulté à communiquer avec autrui ne le frustrait pas. Il menait une vie qui lui convenait. Il avait une famille et des amis qui le comprenaient. Et il les connaissait suffisamment bien pour les comprendre à son tour.

C'était le cas avec Poppy. Mais cette situation était si inédite pour l'un comme pour l'autre qu'il ne savait pas comment se comporter avec elle.

— Tu en as vraiment besoin ?

— Oui.

Se levant à contrecœur, il récupéra ses vêtements et sortit de la chambre. Parvenu dans le salon, il laissa tomber ses vêtements, s'allongea sur le canapé beaucoup trop petit pour lui et s'enveloppa dans une couverture.

Voilà. Elle était seule dans sa chambre. Demain, ils discuteraient de ce qui s'était passé et de leur prochain mariage.

Il ferma les yeux et essaya de ne pas penser à la sensation exquise qui l'avait submergé quand il s'était enfoui en elle.

Mais cette pensée s'imposait à lui.
Encore et encore.
Jusqu'à ce qu'il finisse par s'endormir.

Poppy se réveilla en sursaut à 3 heures du matin. Trop perturbée pour rester au lit, elle se leva et sortit de la chambre. Elle était nue. Parce qu'elle avait fait l'amour avec Isaiah quelques heures plus tôt.

Puis elle lui avait demandé de partir.

Parce que… Elle se détestait ? Elle le détestait ? Elle détestait tout ce qui pouvait lui arriver de bien ?

Elle avait paniqué. C'était la seule explication plausible à sa réaction.

Elle s'était sentie vulnérable, mise à nu, au propre comme au figuré. Elle avait eu besoin de temps pour se ressaisir.

Mais à en juger par l'ampleur de son désarroi émotionnel, elle n'aurait pas assez de l'éternité pour se reprendre en main.

Elle lui avait demandé de partir. Et il était parti.

Évidemment.

Elle l'aimait éperdument, mais il était dépourvu de tact.

Tu lui as demandé de s'en aller. Que voulais-tu qu'il fasse d'autre ?

Elle ne pouvait s'en prendre qu'à elle-même.

Elle se dirigea vers le salon à la recherche d'une diversion, que ce soit une émission de télé stupide ou une boisson forte, car elle était trop bouleversée pour se rendormir.

Quand elle pénétra dans le salon, son cœur tressauta dans sa poitrine. Il y avait une forme humaine allongée sur le canapé.

Isaiah.

Il n'était pas parti.

Décidément, il avait le chic pour la prendre de court !

Il avait dû chercher à se protéger de la fraîcheur nocturne avec une couverture, mais celle-ci était tombée par terre, et il gisait sous ses yeux, entièrement nu.

Même dans la faible lumière, elle se rendait compte à quel point il était splendide avec ses membres longs et ses muscles durs. On l'aurait dit sculpté dans le granit.

De bien des façons, il était un mystère pour elle, même si elle pouvait se vanter de bien le connaître.

Il était doué pour les chiffres. C'était en grande partie grâce à ses investissements et à sa rigueur financière si Gray Bear Construction était aussi prospère. Certes, il n'avait pas le charisme de Joshua, responsable des relations publiques, ni le talent artistique de Faith, véritable prodige dans le domaine architectural, ni le goût boulimique pour le travail de Jonathan Bear, mais c'était grâce aux efforts d'Isaiah si l'entreprise allait de l'avant et demeurait solvable.

Pour autant, il n'avait rien de l'homme de bureau, policé et élégant. Au contraire, il adorait les activités de plein air. Sitôt le travail terminé, il se rendait dans son ranch. Elle ne savait pas comment il avait fait pour vivre à Seattle. Mais même alors, il consacrait ses week-ends à faire de la randonnée pédestre, du VTT et du camping en pleine nature.

La seule chose qu'il ne maîtrisait pas parfaitement, c'était la communication avec autrui. Mis à part cela, il était un véritable génie.

Pourtant, il était resté avec elle.

Bien qu'elle lui ait demandé de partir. S'agissait-il d'une incroyable intuition ou simplement d'une marque d'entêtement de sa part ? Elle n'aurait su dire.

— Vas-tu rester plantée là à m'observer ?

Elle sursauta, prise de court.

— J'ignorais que tu étais réveillé.

— Je ne l'étais pas.

— Alors, tu savais que je te regardais, constata-t-elle, à la fois dépitée et embarrassée d'être nue devant lui.

En revanche, Isaiah ne semblait pas se soucier de sa propre nudité. Levant les bras, il joignit ses mains sur sa nuque.

— Veux-tu que nous discutions ?

— D'habitude, ce sont les femmes qui éprouvent le besoin de discuter.

— Peut-être. Mais je n'ai jamais été confronté à ce genre de situation. Je veux parler du fait que tu n'aies jamais fait l'amour auparavant. Et je suis sûr que tu dois te sentir mal à l'aise.

— Je t'ai déjà dit que je ne voulais pas en parler.

— Très bien.

Le silence s'éternisa entre eux. Il devenait si embarrassant qu'elle se décida à le rompre :

— Je n'ai jamais attaché une grande importance à cette histoire de virginité. Ni au sexe en général. J'attendais de rencontrer un homme qui se soucierait de moi. Puis, quand je suis sortie du système de placement familial et que j'ai décroché un emploi à tes côtés, je me suis sentie à ma place pour la première fois de ma vie. Cela me suffisait. Je n'avais pas besoin d'autre chose.

— Mais tu as soudainement changé d'avis avec moi ?

Elle remua, mal à l'aise, et posa une main devant son entrejambe en serrant étroitement ses cuisses.

— Ce n'est pas que j'aie changé d'avis. Je ne m'étais pas interdit d'avoir des relations sexuelles. Simplement, je n'avais jamais rencontré un homme qui m'inspire suffisamment confiance. Il se trouve que j'ai confiance en toi, et… je me suis laissé emporter par la passion.

— Et cela ne t'était jamais arrivé auparavant, remarqua-t-il, visiblement sceptique.

— Non, admit-elle.

— Mais tu avais envie de faire l'amour avec moi, n'est-ce pas ? insista-t-il en se redressant.

— Bien sûr. Comment peux-tu en douter ?

— Parce que cette envie t'a prise brusquement. Poppy, je sais que je t'ai forcé la main pour ce mariage, mais je ne voulais pas t'obliger à coucher avec moi.

— Tu n'as rien fait de tel. Après tout, nous sommes fiancés. Et cela ne pouvait m'arriver qu'avec toi.

Puis, se rendant compte de la portée de son aveu, elle ajouta précipitamment :

— Étant donné mon enfance chaotique, j'ai beaucoup de mal à accorder ma confiance. Mais avec toi… je n'ai pas eu ce problème.

— Viens ici.

Voyant qu'elle hésitait, il l'attrapa par le poignet, l'attira vers lui et la fit asseoir sur ses genoux.

Tous deux étaient nus. Elle aurait dû trouver cela ridicule, voire déplacé. Ou pour le moins étrange. Après tout, le changement dans la nature de leur relation ne datait que d'hier !

Pourtant, elle se sentait tellement bien, serrée entre les bras vigoureux d'Isaiah.

— Je reste, annonça-t-il.

— Je t'avais demandé de partir.

— Tu ne le pensais pas vraiment.

— Qu'en sais-tu ?

Elle s'entêtait pour la forme. Car elle avait *espéré* qu'il resterait.

— Je te connais. Et je savais que tu n'avais pas vraiment envie que je te laisse *seule*.

— Tu savais cela ?

— Oui. Il m'arrive d'être intuitif, plaisanta-t-il.

Elle promena une main sur son torse, se délectant de sentir ses muscles ciselés sous ses doigts. Lui emprisonnant la main, il la posa sur son cœur, et elle le sentit battre sous sa paume.

— Tu peux rester, murmura-t-elle, en proie à un trouble délicieux.

— Je suis trop grand pour ce canapé, remarqua-t-il.

— Alors, allonge-toi par terre.

Elle se sentit soudain soulevée en l'air tandis qu'Isaiah se levait.

— Je préfère retourner dans ton lit.

Elle déglutit avec peine, la gorge nouée et le corps tremblant. Ils allaient vraiment… refaire l'amour ?

— Mon lit n'est pas très confortable, argua-t-elle faiblement.

— Je m'en accommoderai.

Puis il l'embrassa, prolongeant son baiser jusqu'à ce qu'ils parviennent à sa chambre.

Son désir de se protéger d'Isaiah se volatilisa en un instant.

Pour la première fois de sa vie, elle vivait son rêve dans les bras d'Isaiah. Elle n'allait pas se priver de ce bonheur.

- 6 -

Poppy eut beau protester quand il décida qu'ils partent ensemble au bureau le lendemain matin, il n'en démordit pas.

S'y rendre séparément eût été ridicule puisqu'il se trouvait déjà chez elle. Manifestement, elle répugnait à ce qu'il prenne la situation en main, et il pouvait le comprendre. Mais ce n'était pas une raison pour compliquer les choses.

Toujours est-il qu'elle le chassa de la chambre et qu'elle n'en ressortit que cinq minutes avant l'heure à laquelle ils étaient censés arriver au bureau.

Elle avait revêtu sa tenue classique. Une jupe rouge vif tombant jusqu'aux genoux et un top blanc. Des boucles d'oreilles et des escarpins rouges complétaient l'ensemble.

— Faith et Joshua vont se poser des questions, argua-t-elle nerveusement en s'installant sur le siège du passager de sa voiture de sport.

— Et alors ? Nous sommes fiancés.

— Nous devrons leur raconter une histoire. Et… nous devrons aussi prévenir tes parents. Ils ne seraient pas contents s'ils étaient les derniers informés.

— Nous ne sommes pas obligés de dire à Faith et Joshua que nous sommes fiancés.

— Oh ! tu crois peut-être que nous pouvons nous contenter de leur dire que nous avons couché ensemble ?

— Nous pourrions ne rien leur dire du tout. Ce n'est pas comme si l'un et l'autre me tenaient au courant de leurs exploits sexuels.

— Il se trouve que Joshua est marié et que Faith est ta petite sœur.

— Et ?

— Tu es impossible !

Elle l'était aussi, mais étant donné son humeur, ce n'était pas le moment de lui en faire la remarque.

En réalité, c'était une dispute pour la forme. Il avait déjà gagné puisqu'ils se rendaient au travail ensemble.

— Jonathan sera absent aujourd'hui, si cela peut t'aider.

Elle exhala un soupir agacé.

— Ce n'est pas tant Jonathan que je redoute d'affronter mais ton frère et ta sœur.

— Il faudra bien que nous leur annoncions la nouvelle un jour ou l'autre. Alors, pourquoi attendre ? Plus nous tarderons, plus ce sera embarrassant.

— Je sais. Mais si tu pouvais être un petit peu moins pragmatique de temps à autre, nous simples mortels nous sentirions beaucoup mieux.

— Que veux-tu dire ?

— Que tout te paraît tranché, sans nuances… Simple.

Elle avait vraiment l'air de penser ce qu'elle disait, songea-t-il, perplexe.

— C'est faux. Je considère que les choses sont simples quand je peux les définir. Et je le fais chaque fois que c'est possible. Il y a beaucoup trop de variables dans la vie. Si on les transforme en données mathématiques, on obtient une seule réponse. Et si la réponse est logique, je l'adopte.

— Mais la vie n'a *rien à voir* avec les mathématiques ! Il n'y a jamais une seule réponse. Nous pourrions dissimuler à tout le monde le changement survenu dans notre relation jusqu'à ce que nous nous sentions prêts à en parler. D'où l'intérêt des voitures séparées.

— Dissimuler nos fiançailles est illogique.

— Pas quand on est une femme un peu gênée d'avoir perdu sa virginité. On n'a pas forcément envie que tout le monde le sache.

— Tu n'es pas obligée de le crier sur les toits, plaisanta-t-il.

— Évidemment ! répliqua-t-elle, tambourinant des doigts sur son accoudoir. Veux-tu que je te dise ? Tu n'es qu'un cow-boy horripilant. Avec une voiture de sport inconfortable.

— Ne t'en déplaise, c'est un petit bijou de technologie qui a plus d'allure que mon pick-up.

Elle exhala un autre soupir agacé et ne lui adressa plus la parole durant le reste du trajet.

Il n'avait aucune raison de se formaliser de sa mauvaise humeur. En effet, après qu'elle se fut livrée à quelques confidences aux premières heures du matin, il l'avait emmenée au lit et tenue éveillée jusqu'à l'aube. Pour sa plus grande joie, elle avait répondu à chacun de ses baisers et à chacune de ses caresses.

C'était une évidence, elle le désirait. Et leur merveilleuse entente au lit serait le ciment de leur union, quelles que soient leurs dissensions par ailleurs.

Quelle idée géniale il avait eue de la demander en mariage !

Elle serait une épouse parfaite et une mère fantastique. Elle était déjà une partenaire fabuleuse au travail, et maintenant il y avait cette… passion charnelle entre eux.

Il n'aurait jamais cru qu'une relation lui apporte autant d'avantages.

Aussi acceptait-il volontiers ses accès de mauvaise

humeur au nom des moments fabuleux qu'ils auraient ensemble.

Tandis qu'ils traversaient l'artère principale de la ville en silence, il remarqua qu'à l'approche de Noël toutes les petites boutiques s'étaient parées de guirlandes lumineuses et de branches de sapins, et il s'interrogea sur les Noëls qu'avait pu avoir Poppy.

— Est-ce que tu fêtais Noël quand tu étais enfant ? demanda-t-il.

— Quoi ?

— Ce sont les décorations qui m'y font penser. Nous fêtions Noël de façon traditionnelle, avec des cadeaux au pied du sapin, la famille au grand complet et un repas festif avec une dinde desséchée.

Elle se mit à rire.

— Ta mère est bonne cuisinière. Je doute qu'elle ait jamais raté la cuisson d'une dinde.

— C'était ma grand-mère qui la faisait trop cuire. Elle est morte quand j'étais au lycée.

— Tes Noëls ressemblent à des contes de fées. Malgré la dinde desséchée. Pour ma part, j'ai vécu quelques Noëls agréables alors que dans d'autres familles, on ne le fêtait pas. À vrai dire, je n'attache pas une grande importance à Noël, sans doute parce que je n'ai pas des années de tradition derrière moi.

Quand il se gara devant le siège de l'entreprise, un peu en dehors de la ville, Poppy mit aussitôt pied à terre et se dirigea vers le bâtiment, comme si elle voulait éviter d'arriver avec lui.

Il secoua la tête, amusé, et lui emboîta le pas sans se presser. Si elle voulait jouer à ce petit jeu, grand bien lui fasse. C'était elle qui était embarrassée et non lui.

Il pénétra à sa suite dans le bâtiment de style *American*

Arts and Crafts, puis dans le salon où sa sœur Faith était lovée dans un fauteuil, une tasse de café à la main.

Joshua lui faisait face, les pieds posés sur une table basse.

— As-tu des problèmes avec ta voiture ? demanda Faith à Poppy.

Poppy contempla tour à tour Isaiah, Joshua puis Faith. Rien qu'en l'observant, il perçut le moment où elle prit sa décision. Ses épaules se carrèrent et son corps se raidit, comme si elle s'armait de courage pour ce qui allait suivre.

Après une profonde inspiration, elle déclara tout à trac :

— Non. Je suis venue avec ton frère parce que j'ai couché avec lui la nuit dernière.

Puis elle se précipita hors de la pièce et longea le couloir jusqu'à son bureau, faisant claquer sa porte derrière elle.

Deux têtes pivotèrent vers lui, et deux paires d'yeux le fixèrent avec stupeur.

— *Quoi ?* s'exclama sa sœur.

— Elle a été très claire, non ? remarqua-t-il en se versant une tasse de café.

— Tu as vraiment couché avec Poppy ? insista Joshua.

— Oui, confirma Isaiah sans regarder son frère.

— *Toi* et Poppy ?

— Oui.

— Pourquoi faut-il que je sois au courant de vos histoires intimes ? demanda Faith en se bouchant les oreilles.

— J'ignorais qu'elle allait le claironner ce matin au bureau, répondit Isaiah, un sourire amusé aux lèvres. Mais je suppose que c'est sa façon de se venger de moi parce que j'ai eu le malheur de dire que ce qui s'était passé entre nous était un simple changement dans notre relation.

Faith le fixa, indignée.

— Tu as qualifié ce changement de *simple* alors que tu as *couché* avec elle ? Une *employée* et une *amie* de longue date ?

— Nous nous sommes très bien entendus au lit.

Faith se recroquevilla dans son fauteuil, visiblement choquée.

— Et ce n'est pas tout, annonça-t-il. Je vais l'épouser.

— Tu vas… *épouser Poppy* ?

Cette fois, la voix de Faith frisait l'hystérie.

— Oui.

— Tu n'es pas obligé d'épouser une femme simplement parce que tu as couché avec elle, remarqua Joshua.

— Évidemment. Mais, comme tu le sais, je souhaite me marier. Et puisqu'il y a une alchimie indéniable entre nous, je me suis dit que nous pourrions aussi bien nous marier.

— Es-tu amoureux d'elle ? intervint Faith.

— Je me soucie énormément d'elle.

— Tu n'as pas répondu à ma question.

— As-tu eu des réponses à ton annonce ? intervint Joshua, cherchant visiblement à éluder la question des sentiments.

— Oui, plusieurs. Hier, Poppy a fait passer un entretien à six candidates.

— Et aucune ne t'a convenu ?

— Je ne les ai pas rencontrées.

— Si je comprends bien, déclara Faith lentement, hier tu as demandé à Poppy d'interroger des candidates au mariage, et cette nuit, tu as… couché avec elle.

— Tu sautes une étape. Hier après-midi, elle m'a accusé de rechercher une épouse qui jouerait somme toute le rôle d'assistante dans ma vie de tous les jours. Et c'est à ce moment-là que je me suis rendu compte que Poppy correspondait exactement au profil que je recherchais.

— C'est la déclaration la moins romantique que j'aie jamais entendue, commenta Faith, écœurée.

— La romance est accessoire pour moi.

— Et pour Poppy ?

Il haussa négligemment les épaules.

— Elle aurait pu dire non.

— *Vraiment ?* demanda Faith. Sans vouloir t'offenser, Isaiah, il est difficile de te dire non quand tu t'es mis quelque chose en tête.

— Ne t'en déplaise, après ce qui s'est passé entre nous la nuit dernière, je peux t'assurer que Poppy et moi allons parfaitement bien ensemble.

— Tu as raison, tout ceci me déplaît. Je ne veux pas en entendre davantage, déclara Faith en se levant, sa tasse à la main, et en se dirigeant vers son bureau.

— J'espère que tu sais ce que tu fais, intervint Joshua.

Isaiah contempla son frère, vexé.

— Qu'est-ce qui te permet d'en douter ?

— La soudaineté de tes fiançailles avec Poppy, par exemple.

— Je croyais que tu l'appréciais.

— Oui, j'ai beaucoup d'estime pour elle. Voilà pourquoi je m'inquiète. Elle n'est pas comme toi, Isaiah. Je ne devrais pas avoir à te le dire, mais tes sentiments sont en mode congélation.

— Tu exagères !

— Es-tu disposé à tomber amoureux ?

— Je l'ai déjà été et ne tiens pas à revivre l'expérience.

— Poppy a-t-elle déjà été amoureuse ? insista Joshua.

Cela ne regardait pas son frère, mais il lui répondit quand même :

— Non.

— Peut-être a-t-elle envie de tomber amoureuse. Et j'imagine qu'elle veut que son mari l'aime.

— Pour Poppy, la confiance est essentielle. Elle sait qu'elle peut compter sur moi. Et je sais que je peux lui faire confiance. C'est ce que nous pouvons avoir de mieux.

— Tu dis que tu es contre l'amour. Pourtant, Danielle et moi…

— Ce que Danielle et toi avez est statistiquement improbable. Tu as fait passer une petite annonce pour trouver une épouse n'ayant aucun point commun avec toi et tu es tombé éperdument amoureux d'elle ! C'est une équation impossible. Par ailleurs, je ne recherche pas la passion mais la stabilité.

— Parce que ma vie te paraît terriblement instable ?

— Non. Mais tu oublies que pendant cinq ans j'ai eu une relation avec une femme qui s'est avérée être tout le contraire de ce que je croyais.

— Tu te raccroches encore à cet épisode de ta vie ?

Isaiah secoua la tête.

— Non. Mais j'ai tiré les enseignements de mes erreurs. À savoir qu'on ne peut pas se fier à l'amour. Il nous aveugle et nous fait perdre tout sens des réalités.

— Ainsi, d'après ton raisonnement, je suis en train de me fourvoyer avec Danielle ?

— J'espère que non.

— Que penses-tu de papa et maman ?

— C'est différent.

— En quoi est-ce différent ?

— Ils sont l'exception qui confirme la règle. Comme toi et Danielle. Je ne suis pas comme toi, Joshua. Tu sais communiquer avec les gens, les charmer ou les émouvoir. Tu es intuitif. Tu devines ce qu'ils ressentent. Pas moi. Je dois faire confiance à mon cerveau parce que mon cœur ne m'est pas d'une grande aide.

— Ne fais pas souffrir Poppy.

— Ce n'est pas mon intention.

Mais soudain, il n'en était plus aussi sûr. Elle était déjà blessée. Ou du moins, contrariée à cause de lui. Et il ne savait pas trop ce qu'il était censé faire pour remédier à cela.

Il se dirigea vers le bureau de Poppy et ouvrit la porte sans frapper. Elle était assise dans son fauteuil, les yeux dans le vague et la mine furieuse.

— Ton coup d'éclat était réussi, commença-t-il.

— Entendons-nous bien, Isaiah, tu n'as pas à me dicter ma conduite. Si nous devons nous marier, nous établirons un véritable partenariat dans notre couple. Tu ne seras pas mon patron. Et tu ne me manipuleras pas.

Il esquissa un sourire.

— Au moins me permettras-tu d'être ton patron au lit ?

— Oui, acquiesça-t-elle en s'empourprant. Mais dans la vie quotidienne…

— J'ai compris.

Il s'avança vers elle et s'agenouilla à ses pieds.

— Je ne cherche pas à te tyranniser, promit-il, lui prenant le menton.

— Vraiment ?

Il la sentit trembler légèrement et s'en émut.

— Je sais que je me montre parfois autoritaire, mais c'est plus fort que moi.

— Entendu.

— Joshua et Faith étaient déjà au courant de l'annonce. J'ai été obligé de leur faire part de nos fiançailles et de leur expliquer qu'elles avaient un rapport avec mon annonce.

— Qu'ont-ils dit ?

— Joshua m'a demandé de ne pas te faire souffrir.

Elle eut un petit rire.

— Une sage requête que je partage.

— Quand veux-tu que nous l'annoncions à mes parents ? Notre dîner mensuel aura lieu dans trois semaines.

— Dans ce cas, attendons jusque-là.

— Tu y tiens vraiment ? C'est long, trois semaines.

— Sans doute, mais je ne me sens pas prête.

Comme il lui avait un peu forcé la main pour le mariage, il ne voulait pas la brusquer davantage. Elle trouvait parfois les relations familiales compliquées — une difficulté qu'il avait toujours mise sur le compte de son enfance chaotique.

— D'accord. Mais que cela ne t'empêche pas d'emménager chez moi.

— Et ma maison ?

— De toute façon, une fois mariée, tu viendras vivre sur mon ranch. Alors, autant t'y installer tout de suite.

— Il n'est pas question que nous couchions ensemble avant le mariage, dit-elle tout à trac en s'empourprant un peu plus.

Il fronça les sourcils, mécontent.

— Nous avons déjà fait l'amour. Plusieurs fois.

— Et c'était une bonne chose. Cela nous a permis d'établir un lien plus intime entre nous. Mais maintenant qu'il est établi, je préfère attendre.

— Comme tu veux.

Elle écarquilla les yeux, visiblement surprise qu'il cède aussi facilement.

— Merci.

Il ne pensait pas qu'elle s'en tiendrait à sa décision. Manifestement, ce refus d'avoir des rapports sexuels lui conférait un sentiment de puissance, et il était heureux de lui concéder cet avantage.

Mais cela ne voulait pas dire qu'il ne tenterait pas de la séduire.

- 7 -

Les jours suivants, Poppy n'eut guère le temps de réfléchir à sa décision. Isaiah avait fait appel à une entreprise de déménagement pour transférer toutes ses affaires au ranch, et avant qu'elle s'en rende compte, elle s'installait dans une routine différente de tout ce qu'elle avait pu imaginer.

Ils se rendaient au travail ensemble. Ils passaient toute la journée au bureau, chacun reprenant son rôle habituel. Puis ils rentraient ensemble à la maison.

Et la tension sexuelle enflammait chacune de leurs interactions, au point qu'il lui semblait percevoir la chaleur irradiant du corps d'Isaiah à travers la pièce.

Il lui avait donné une chambre, lui accordant ainsi son propre espace. Mais à l'évidence, son décret concernant l'abstinence sexuelle le déconcertait.

Elle-même en venait à se demander pourquoi elle se torturait ainsi.

Faire l'amour avec lui était fabuleux. Mais elle se sentait complètement écrasée par sa forte personnalité.

Durant dix ans, elle s'était secrètement languie de lui. Puis il avait brusquement décidé de donner un tour différent à leur relation. D'un simple claquement de doigts, il avait chamboulé son univers, et elle ne reconnaissait plus rien.

Pas même le plafond qu'elle voyait chaque matin en ouvrant les yeux.

Elle devait trouver un moyen de s'imposer et d'instaurer un juste équilibre dans leur couple. Pour l'instant, elle était désavantagée puisqu'elle intégrait sa maison et sa famille et que son amour était unilatéral.

Elle devait à tout prix tenir bon.

Mais elle l'aimait tellement !

Et c'était tellement difficile de lui résister.

La nuit, quand elle s'inquiétait pour son avenir, seule dans sa chambre, à quelques mètres de la sienne, elle en venait à souhaiter qu'il passe outre à ses injonctions, comme il l'avait fait cette première nuit, ou qu'il essaie au moins de la faire changer d'avis. Alors, peut-être que sa tentative la renforcerait dans sa décision de lui résister.

Mais il n'entreprenait rien. Et elle en était quitte pour se raccrocher à son édit d'abstinence sexuelle.

Vaille que vaille.

Alors même qu'ils devaient se comporter comme un couple normal, notamment vis-à-vis des parents d'Isaiah.

Justement, ce soir avait lieu le fameux dîner chez les Grayson, et cette rencontre la remplissait d'appréhension.

Elle redoutait de devoir leur raconter une vague histoire concernant la façon dont ils avaient soudainement pris conscience de leurs sentiments l'un pour l'autre.

Et elle souffrait de savoir que c'était une imposture.

Pourtant, ce soir, ils fixeraient une date pour le mariage.

Elle ferma les yeux, serrant très fort ses paupières, puis elle les rouvrit et contempla les superbes placards sur mesure dans l'immense cuisine d'Isaiah. Peut-être devrait-elle boire un verre de vin avant le fameux dîner. Ou quatre. Histoire de calmer ses nerfs à vif.

Elle était déjà habillée et prête à partir, mais Isaiah avait dû s'occuper des chevaux, et elle attendait qu'il finisse de se doucher.

Une part d'elle brûlait d'envie de le rejoindre. Mais

elle avait décrété un édit d'abstinence sexuelle, et elle devait s'y tenir.

Finalement, Isaiah fit son apparition, vêtu d'un jean et d'une chemise boutonnée, pieds nus et chapeau de cow-boy sur la tête. Il avait l'air un peu canaille, mais tellement sexy !

Fallait-il qu'elle soit masochiste pour continuer à lui résister !

Il mit la main à sa poche et en sortit un écrin de velours noir qu'il lui tendit.

La première surprise passée, elle secoua la tête.

— Non, balbutia-t-elle, la gorge nouée.

— Pourquoi non ? Il te faut une bague avant d'aller voir mes parents.

— Mais si j'arrive chez eux en portant une bague, ils comprendront de quoi il retourne.

Un piètre argument puisqu'ils allaient leur annoncer leurs fiançailles.

C'était tellement étrange. Elle n'avait pas l'impression d'être fiancée à Isaiah.

Parce que tu ne couches pas avec lui ?

Non. Parce qu'il ne t'aime pas.

Comme si elle avait besoin de ce constat déprimant !

— Ils ne sauront pas que nous sommes fiancés, ajouta-t-il. Et quand bien même ils le comprendraient, ce n'est pas comme si nous voulions leur en faire la surprise. Nous venons simplement leur annoncer la nouvelle.

La bague à l'intérieur de l'écrin était époustouflante. Tellement plus originale qu'un simple solitaire.

— C'est un bijou vintage, expliqua-t-il. Il faisait partie d'une collection exposée dans un musée à Washington DC. Je l'ai repéré sur Internet et j'ai aussitôt contacté le collectionneur.

— Tu as acheté une bague exposée dans un musée ! s'exclama-t-elle, abasourdie.

— Elle faisait partie d'une collection privée.

Comme si c'était un achat anodin !

Voyant qu'elle gardait le silence, il se rembrunit.

— Elle ne te plaît pas ?

Oh ! si, elle lui plaisait. Mais son geste était tellement inattendu qu'elle avait du mal à décrire ce qu'elle ressentait. C'était comme si le rêve le plus étrange devenait réalité. Un rêve tellement chimérique qu'elle l'aurait aussitôt chassé de ses pensées. Elle n'avait jamais réfléchi au genre de bague qu'elle aimerait avoir. Et si elle l'avait fait, elle aurait demandé un bijou tout simple en provenance d'un centre commercial. Et non… d'une *collection de musée*.

— Je sais à quel point tu aimes le style vintage, poursuivit-il, dérouté par son silence. Et je sais aussi que tu détestes certains aspects liés au commerce du diamant.

Décidément, elle allait de surprise en surprise ! Un jour, au bureau, elle avait fustigé les dérives liées à l'extraction des diamants après avoir vu le film *Blood Diamond*. Cela remontait à quelques années. Et elle n'y avait jamais fait d'autre allusion par la suite.

— Tu t'en es souvenu ? demanda-t-elle, bluffée.

— Oui.

Parfois, elle se demandait si tout le monde se méprenait sur son compte, y compris elle. Si personne ne se rendait compte de l'importance qu'il attachait aux gens, à leurs paroles et à leurs actes. Parce que se souvenir d'un détail aussi insignifiant n'était pas caractéristique d'un homme insensible ou indifférent. Elle trouvait même… terriblement sentimental de sa part qu'il s'en soit souvenu, d'autant qu'à l'époque, il n'avait aucune visée matrimoniale sur elle.

Il avait une personnalité beaucoup plus complexe qu'il

y paraissait, et elle avait eu tort de s'arrêter aux apparences. Certes, elles étaient souvent contre lui. Ainsi, il était capable de dire qu'une relation s'apparentait à une équation mathématique.

Mais le fait de se souvenir de son opinion sur les diamants n'avait rien à voir avec les maths. C'était une marque d'attention de sa part.

Oh ! comme elle s'en voulait de l'avoir mal jugé !

Personne d'autre ne la comprenait mieux qu'Isaiah Grayson.

Et maintenant…

Elle avait très envie de porter sa bague. Celle qu'il avait choisie avec tant de soin et d'extravagance. Parce que personne n'avait eu ce genre d'attention pour elle.

Et personne n'avait fait ce genre d'extravagance pour elle.

Uniquement lui.

Il sortit la bague de l'écrin et la lui glissa au doigt. Il ne s'agenouilla pas devant elle, mais ce n'était pas surprenant de sa part.

Et surtout, cela n'avait pas d'importance.

La bague en elle-même n'avait pas non plus d'importance. Ce qui comptait, c'était le soin qu'il avait mis à la choisir.

C'était lui.

Son homme.

Elle l'aimait tellement que cela l'effrayait.

Et elle porterait fièrement sa bague.

— Es-tu prête à aller dîner chez mes parents ?

La gorge nouée par l'émotion, elle admira la pierre parfaite et étincelante à son doigt.

— Oui, je suis prête.

Ce soir, en arrivant chez ses parents en compagnie de Poppy, Isaiah éprouvait une agréable sensation de calme et de plénitude. La ferme de taille modeste, avec son porche illuminé pour les accueillir, n'avait pas changé depuis l'époque où il était enfant. Ses parents s'obstinaient à refuser que leurs enfants leur achètent une nouvelle maison ou fassent moderniser celle-ci. Ils affirmaient qu'ils étaient parfaitement heureux ainsi.

Et Isaiah les enviait de se sentir si bien chez eux.

Bien sûr, il aimait sa maison, mais il ne la considérait pas encore comme un véritable foyer. Et il espérait que son mariage avec Poppy changerait la donne. Si seulement elle pouvait mettre un terme à son embargo sur le sexe !

À vrai dire, il ne comprenait pas pourquoi elle tenait tant à ce qu'ils fassent chambre à part. Elle s'était justifiée en disant qu'elle était conventionnelle dans l'âme et qu'elle avait toujours rêvé d'un mariage en blanc, mais cela ne l'avait pas empêchée de coucher avec lui quelques semaines auparavant.

C'était étrange. Durant dix ans, il n'avait pas eu de relation sexuelle avec Poppy. Et maintenant qu'il lui avait fait l'amour le temps d'une nuit — et quelle nuit ! —, il avait un mal fou à patienter jusqu'au mariage. Cette abstinence était une véritable torture pour lui. Il avait cru qu'elle serait incapable de s'en tenir à sa décision. Mais il devait se rendre à l'évidence. Presque trois semaines s'étaient écoulées, et elle n'avait toujours pas frappé à la porte de sa chambre.

Il est vrai que Poppy avait conservé sa virginité jusqu'à l'âge de vingt-huit ans. Son célibat avait duré plus longtemps que le sien. Car s'il avait fui les relations amoureuses après son échec sentimental avec Rosalind, il n'avait pas fait vœu de chasteté pour autant.

Ils mirent pied à terre, et elle fonça vers la maison sans l'attendre, comme elle l'avait fait ce premier matin quand ils s'étaient rendus au bureau ensemble. Mais cette fois, il ne la laisserait pas faire.

Il la rattrapa et noua son bras autour de sa taille.

— Si tu fais irruption dans le salon de mes parents et que tu leur annonces tout à trac que nous avons couché ensemble, je me verrai dans l'obligation de te punir.

Elle tourna vivement la tête vers lui.

— Cette menace est digne d'un homme des cavernes !

— C'est ce que mérite une vilaine fille comme toi si elle manigance un mauvais tour.

— Je ne manigance *rien*, protesta-t-elle en s'empourprant.

Il l'examina avec attention. Il connaissait bien Poppy, il avait appris à déchiffrer son expression. À cet instant, elle était un paquet de nerfs. Redoutait-elle l'annonce de leurs fiançailles ? Pourtant, elle n'avait aucune raison de craindre la réaction de ses parents.

Lui et Poppy étaient loin d'avoir retrouvé la complicité qu'ils avaient eue trois semaines auparavant, et il le déplorait.

Mais elle le désirait. C'était une évidence. Elle était incapable de le lui dissimuler, même maintenant alors qu'ils se tenaient devant la maison de ses parents.

— Avoue que tu te demandes quel genre de punition je pourrais t'infliger, murmura-t-il d'une voix câline.

Elle s'agita nerveusement contre lui, et il comprit qu'il avait vu juste.

— Pas du tout, assura-t-elle.

— Menteuse.

— C'est une manie chez toi de dénoncer les mensonges !

— Parce qu'ils ne servent à rien. Au bout du compte, ils ne rendent pas une situation moins pénible.

— La plupart des gens trouvent un certain réconfort dans les petits mensonges.

— Pas moi, répliqua-t-il, la gorge nouée. Je n'accepte aucun mensonge, grand ou petit, Poppy. C'est une chose que tu dois savoir à mon sujet.

Il avait déjà eu une relation amoureuse avec une femme qui lui avait menti. Qui avait trahi sa confiance. Et il en avait été terriblement blessé.

— Je ne te mentirai jamais, dit-elle doucement, effleurant ses lèvres du bout des doigts.

Aussitôt, il se sentit devenir dur. Elle ne l'avait pas touché depuis qu'il avait passé la nuit chez elle. Mais ce soir, cette soudaine flambée de désir tombait au plus mauvais moment.

Tâchant de se ressaisir, il resserra sa prise autour d'elle pendant qu'ils grimpaient les marches du porche. Puis il sonna à la porte.

Sa mère leur ouvrit en souriant, puis son regard intrigué passa de l'un à l'autre.

— Isaiah ? Poppy ?

— Bonsoir, madame Grayson, dit Poppy sans s'écarter de lui.

— Bonsoir, maman.

— J'imagine que vous avez quelque chose à nous dire, suggéra sa mère, s'effaçant pour les laisser passer.

Isaiah entraîna Poppy au salon où son père les attendait, installé dans son fauteuil favori. En pénétrant dans cette pièce au décor presque immuable, Isaiah fut frappé de retrouver intacte l'image de la vie de famille qu'il avait eue en grandissant. Et c'était cette sorte de vie à laquelle il aspirait avec Poppy à ses côtés.

— Oui, nous avons quelque chose à vous dire, confirma-t-il.

À cet instant, la porte d'entrée s'ouvrit à nouveau, livrant passage à son frère Devlin et à son épouse Mia qui approchait du terme de sa grossesse.

— Nous avons apporté des frites, annonça Mia, avant de s'arrêter net en voyant Isaiah tenant Poppy par la taille.

— Chouette ! J'adore les frites ! s'exclama Poppy.

Puis Joshua, Danielle et le petit Riley arrivèrent à leur tour. Cette fois, à l'exception de Faith, les invités étaient au complet.

— Voulez-vous attendre Faith ? demanda sa mère.

— Non, ce n'est pas nécessaire, assura Isaiah. Poppy et moi sommes fiancés.

Ses parents les contemplèrent, stupéfaits, puis sa mère se ressaisit la première.

— C'est merveilleux ! s'exclama-t-elle en souriant avant de s'avancer vers lui et de lui donner une chaleureuse accolade.

Elle fit de même avec Poppy visiblement émue et intimidée.

Son père les rejoignit et tendit la main à Isaiah.

— C'est une excellente décision, mon garçon.

Puis il donna l'accolade à Poppy et l'embrassa sur la joue.

— Soyez la bienvenue dans la famille, Poppy.

Elle émit un son entre le halètement et le sanglot, mais elle demeura à ses côtés.

Un sentiment de bien-être l'envahit. Il avait une famille unie, aimante et chaleureuse.

Et maintenant qu'il avait Poppy, son bonheur était complet.

À mesure que le dîner se poursuivait, Poppy se sentait de plus en plus mal à l'aise. La nourriture lui paraissait sans saveur, ce qui était ridicule car Nancy Grayson était un véritable cordon-bleu. Mais Poppy avait le sentiment que ses papilles gustatives étaient détraquées, tout comme son âme, laquelle oscillait entre émerveillement et abattement.

Les Grayson formaient une famille tellement formidable. Elle aimait beaucoup les parents d'Isaiah. Ils étaient chaleureux et généreux. Mais ils pensaient qu'elle et Isaiah étaient amoureux l'un de l'autre. Qu'Isaiah avait enfin ouvert son cœur à une femme.

Et cela, Isaiah ne le comprenait pas. Il était persuadé que ses parents voulaient simplement qu'il se marie et fonde une famille alors qu'ils souhaitaient avant tout le voir heureux.

Ils se figuraient qu'elle l'avait changé, mais ce n'était pas le cas. Elle lui permettait simplement de rester dans sa zone de confort. Et ce constat la désespérait.

Une fois le dîner achevé, Poppy aida Nancy à débarrasser la table.

— Poppy, puis-je vous parler ?

— Bien sûr, acquiesça-t-elle, sur des charbons ardents.

— J'ai toujours su que vous seriez parfaite pour Isaiah, déclara Nancy. Mais je me suis gardée d'intervenir car lorsque je le pousse à faire quelque chose, il se braque facilement. Mes autres enfants réagissent de la même façon, mais à un degré moindre. En fait, Isaiah est le plus déconcertant de tous. Il l'était déjà, petit garçon. Tour à tour en colère et très émotif, ou retranché derrière une carapace d'indifférence. C'est sa façon à lui de se protéger. Les gens le trouvent souvent détaché, mais en réalité il cache une sensibilité à fleur de peau.

C'était exactement ce que Poppy avait pensé quand il lui avait offert la bague. Il y avait des espaces cachés en lui, qu'il ne montrait à personne. Par instinct de protection. Et cela prouvait qu'il n'était pas insensible, tant s'en faut.

— C'est un homme bien, poursuivit Nancy. Il sera un

bon mari pour vous. Et vous êtes exactement la femme qu'il lui faut. Je l'ai toujours su.

— Il… Il n'a pas un caractère difficile, remarqua Poppy, la gorge nouée et le regard rivé sur ses mains. C'est une des personnes les plus spéciales que je connaisse.

Nancy lui prit les mains entre les siennes et les serra.

— C'est tout ce qu'une mère souhaite entendre de la part de sa future bru.

Le malaise de Poppy s'accrut encore. Elle se faisait l'effet d'un imposteur. Bien sûr, elle aimerait Isaiah de toute son âme, mais elle n'était pas sûre de l'aider en l'épousant.

— Venez avec moi, j'ai quelque chose pour vous, lui dit Nancy.

Elle l'entraîna dans la chambre parentale, puis se dirigea vers une haute commode et en sortit un coffret à bijoux.

— Dans ce coffret, je conserve l'alliance de ma mère. Je sais que vous aimez le style vintage. Cette bague ne convient ni à Danielle ni à Mia, et je sais que Faith n'en voudra pas. C'est vous qu'elle attendait, déclara Nancy en la lui tendant.

Très émue, Poppy la prit d'une main tremblante.

— Merci, madame Grayson. Je la mettrai en lieu sûr jusqu'au mariage.

— Elle peut rester ici en attendant, si vous préférez.

— Excellente idée, approuva-t-elle, lui rendant le bijou. Mais je la porterai avec joie le jour de la cérémonie.

Elle allait épouser Isaiah !

— Merci encore pour ce précieux cadeau.

Nancy la serra dans ses bras, et Poppy eut l'impression que son cœur se déchirait.

— Je sais que votre mère ne sera pas présente au mariage. Aussi n'y aura-t-il pas d'un côté la famille de la mariée et de l'autre celle du marié mais un seul groupe uni derrière vous. Désormais, notre famille sera la vôtre. Vous n'êtes plus seule, Poppy.

— Merci, balbutia-t-elle, au bord des larmes.

Quand elle retourna au salon, Isaiah l'attendait près de la porte d'entrée, son chapeau sur la tête.

— Es-tu prête ? demanda-t-il.

— Oui.

Tous les membres de la famille lui donnèrent à nouveau l'accolade, chacun lestant un peu plus sa conscience déjà lourde.

En s'installant dans la voiture, Poppy avait le cœur au bord des lèvres. Toute la tension accumulée au fil de la soirée menaçait de déborder et de l'anéantir.

C'en était trop. Il fallait qu'elle prenne une décision.

Une larme glissa le long de sa joue, et elle se détourna pour qu'il ne la voie pas pleurer.

— Isaiah, je ne peux pas t'épouser.

- 8 -

— Quoi ?

— Je ne peux pas t'épouser, répéta-t-elle, sentant la panique la gagner. Je suis désolée. Mais tes parents pensent que je t'ai… transformé, en quelque sorte. Que je t'ai guéri. Que j'ai su trouver le chemin de ton cœur. Mais c'est faux. Je te permets simplement de rester dans ta zone de confort et de continuer à fuir les émotions, à fuir l'amour.

— Peut-être suis-je inapte à l'amour.

— Mais tu as aimé Rosalind.

— D'une certaine façon. Écoute, Poppy, tu réagis comme si je ressentais les émotions comme les autres personnes, et c'est injuste. Tu sais très bien que ce n'est pas le cas.

— Ce n'est pas pour cette raison que je renonce à ce mariage, mais parce que tes parents pensent…

— Je me fiche de ce qu'ils pensent ! C'est toi qui voulais leur faire croire que je te faisais une cour en règle. Personnellement, je n'en ai rien à faire.

— Oh ! je ne le sais que trop !

— Tout ceci est ridicule, Poppy. Tu ne peux pas te rétracter maintenant que tout le monde est au courant.

— Bien sûr que si. Et je peux aussi démissionner, comme j'en avais eu l'intention.

— Parce que c'est tellement facile de me quitter ?

— Non !

— Tu dis vouloir rompre parce que tu te sens coupable, mais je n'en crois rien. Je pense que tu es terrifiée et que tu cherches à fuir la réalité. Tu m'accuses de ne pas assumer mes sentiments, mais regarde-toi. Tu étais encore vierge à vingt-huit ans. Tu refuses que je te touche depuis cette première nuit où nous avons fait l'amour. Et maintenant que tu as subi les accolades et les félicitations de toute ma famille, tu essaies de fuir, comme une chatte sauvage.

— Je ne suis pas une chatte sauvage ! protesta-t-elle, ulcérée.

— Oh ! si. Tu te sens en confiance quand on te dépose une boîte de thon dehors, à côté de la poubelle. Mais dès qu'on essaie de t'apprivoiser et de te faire rentrer dans la maison, tu te mets à griffer et à mordre.

— Oh ! c'est trop fort ! s'exclama-t-elle, outrée.

S'il continuait ses comparaisons injurieuses, elle n'allait pas tarder à le griffer pour de bon ! Toute cette conversation prenait un tour ridicule.

— Rien n'est fini entre nous, décréta-t-il, prenant le chemin de son ranch.

— Si, c'est fini.

— Non.

— Ramène-moi chez *moi*, insista-t-elle.

— Désormais, ta place *est* chez moi. Tu as accepté de m'épouser.

— Et maintenant je *refuse* !

— Tu es une enquiquineuse de première classe ! s'agaça-t-il. Et une belle hypocrite. Tu discours sur ce que je dois faire. Tu t'inquiètes de ma santé émotionnelle alors que la tienne est encore plus dégradée.

Serrant les poings, elle exhala un soupir frustré et détourna la tête. Elle garda le silence pendant le reste du trajet. Quand il se gara devant la maison, il sortit de la voiture avec la rapidité de l'éclair et vint lui ouvrir la portière. Sans lui laisser le temps de réagir, il déboucla sa ceinture et la souleva de son siège, comme si elle était une enfant. Puis il grimpa les marches de son porche quatre à quatre, la tenant toujours dans ses bras.

— Que fais-tu ? cria-t-elle.

— Ce que j'aurais dû faire il y a trois semaines.

— Finir de te transformer en homme des cavernes ?

Il glissa une main sous ses fesses, et une onde de chaleur se diffusa aussitôt en elle. Même maintenant, alors qu'elle devrait être ivre de rage, elle réagissait à son contact. Comme c'était frustrant !

— Te rappeler pourquoi nous nous marions.

— Pour ta convenance personnelle, répliqua-t-elle, furieuse.

— Non. Parce que je ne veux pas d'une autre femme, riposta-t-il, la voix rauque et le regard torride. Et que tu ne veux pas d'un autre homme que moi.

Tandis qu'il la transportait à l'intérieur, elle tenta de lui donner des coups de pied, mais sans conviction. Elle pourrait l'émasculer avec ses talons aiguilles, mais elle ne le ferait pas, et il le savait.

— Goujat ! Tu ne peux pas faire cela, protesta-t-elle faiblement. C'est une violation des règles de déontologie.

— Quel dommage pour toi que *je* sois propriétaire de l'entreprise et directeur des Ressources Humaines.

— Je vais organiser un comité d'éthique.

— Ceci est une affaire privée. Elle ne concerne pas l'entreprise.

— Oh ! si, elle la concerne puisque tout s'apparente à une transaction commerciale pour toi. Y compris notre relation.

— C'est personnel, s'entêta-t-il. Parce que je t'ai possédée de la plus intime des façons. Et ne t'avise pas de prétendre que c'est faux. Oh ! oui, maintenant, je comprends pourquoi tu me tenais à distance, ces dernières semaines.

— Parce que tu m'autorises seulement à posséder ton corps mais pas ton âme ? le défia-t-elle tandis qu'il la transportait à l'étage.

— Non. Parce que je te possède corps et âme.

Elle se figea, atterrée. Aurait-il deviné son secret ? Il avait fait preuve d'un tel aveuglement jusqu'ici.

— Tu as peur que j'arrive à te convaincre de rester parce que le sexe est tellement fabuleux avec moi.

Soit. Il y avait un peu de cela. Mais son cher Isaiah était encore bien loin du compte.

— Tu veux toujours décider de tout, répliqua-t-elle. Je ne pensais pas que cela te vexerait d'avoir à patienter un peu.

— Je joue franc jeu. Je ne m'amuse pas à ces petits jeux.

— Malheureusement pour toi, tout le monde y joue. Quand c'est nécessaire. Pour se protéger. Parce que c'est beaucoup plus acceptable que de faire des déclarations intempestives, comme tu es coutumier du fait.

— Je ne comprends pas cette règle du jeu.

Il ouvrit la porte de sa chambre et pénétra à l'intérieur.

— En revanche, je comprends ceci, dit-il, capturant sa bouche.

Elle aurait dû protester. Lui dire non. Parce qu'il se serait arrêté. Mais elle ne le fit pas.

À la place, elle le laissa l'embrasser.

Puis elle lui rendit son baiser avec ferveur. C'était tout le problème. Elle le désirait. Elle avait beau être terrifiée par l'accueil chaleureux que les Grayson lui avaient réservé et par le malentendu qui s'était instauré avec ses parents, elle le désirait de tout son être.

Terrifiée. C'était le terme utilisé par Isaiah. Au fond, peut-être avait-il raison. Mais que pouvait-elle y faire ?

Elle repensa à la fois où on l'avait placée chez un couple qui ne s'attendait pas à accueillir une enfant aussi jeune. Leur maison ne s'y prêtait pas. Forcément, à six ans elle avait été turbulente. Et il y avait eu une liste d'objets qu'elle n'avait pas eu le droit de toucher. Elle avait donc vécu dans cette maison pendant trois semaines, terrifiée à l'idée de laisser des empreintes de pas sur le tapis, de toucher des objets fragiles ou de détruire ce bel endroit simplement à cause de ce qu'elle était.

Parce qu'elle n'avait pas sa place dans cette maison.

C'était cette impression qu'elle avait eue ce soir, chez les Grayson. Comme si tout cet amour dont on l'avait entourée ne lui était pas destiné. Comme s'il y avait eu maldonne.

Sans doute avait-elle tort de penser cela. Mais son enfance négligée et solitaire avait laissé des traces indélébiles en elle. Au point que, devenue adulte, elle n'avait jamais eu de relation sentimentale. Et même si elle s'était liée d'amitié avec d'autres personnes de Copper Ridge, Isaiah était son seul véritable ami de longue date.

Elle l'aimait. Elle se sentait à sa place dans ses bras et elle n'avait aucune envie d'arrêter ce qui était en train de se produire à cet instant.

— Tu penses que tout ceci est faux ? demanda-t-il d'une voix rauque de désir.

L'ayant déposée au pied du lit, il s'agenouilla devant elle et fit glisser sa jupe le long de ses jambes sans même lui ôter ses escarpins. Puis il la débarrassa de son corsage.

— Assieds-toi, ordonna-t-il.

Ses jambes étaient beaucoup trop faibles pour qu'elle lui désobéisse.

— Et maintenant, enlève ton soutien-gorge.

Les mains tremblantes, elle s'exécuta, toute volonté abolie.

— Je suppose que tu vas faire un rapport sur cela aussi.

Le sourire qui étira ses lèvres charnues indiquait qu'il s'en fichait éperdument.

— C'est possible, balbutia-t-elle, faisant glisser son sous-vêtement le long de ses bras avant de le laisser tomber par terre.

— Dans ce cas, je ferais mieux de te séquestrer ici pour t'empêcher de me dénoncer.

— Séquestrer quelqu'un est une infraction grave.

— Peut-être. Mais c'est moi le patron. Je pourrais décider de te punir pour t'être rebellée contre moi. Qu'en dis-tu ?

— Je… Je suppose que oui.

— Tu es une très vilaine fille, dit-il, glissant ses doigts dans la ceinture de sa culotte et la faisant descendre le long de ses jambes.

Elle était tellement peu habituée à le voir aussi enjoué et badin qu'elle fut prise de court et ne sut comment réagir.

— Il faut que tu te rappelles qui est le patron, poursuivit-il, l'avançant au bord du lit.

Elle haleta quand il déposa un baiser à l'intérieur de sa cuisse.

Puis il remonta de plus en plus haut, et elle le laissa faire, tremblant comme une feuille, trop troublée pour réagir.

Elle n'arrivait pas à croire qu'il s'apprêtait à passer outre à son édit d'abstinence sexuelle. Elle le désirait de tout son être, mais elle était aussi terrifiée. Empruntée. Excitée. Cela faisait beaucoup d'émotions à la fois.

Mais avec Isaiah, tout était tellement compliqué.

Lui maintenant les jambes écartées, il concentra son attention sur son intimité et promena sa langue sur ses replis lisses et moites. Elle plaqua une main sur sa bouche pour étouffer un gémissement de plaisir extrêmement embarrassant, mais il dut l'entendre car il rit doucement.

Un comble ! Lui qui manquait souvent d'humour se moquait d'elle, la bouche plaquée sur son sexe ! Il y avait fort à parier qu'il avait des intentions perverses à son égard.

De fait, il lui montra ce qu'il voulait dire par « la punir ». Il commença par taquiner son intimité avec sa langue, ses doigts et sa bouche, exacerbant son désir. Puis il égratigna l'intérieur de sa cuisse avec ses dents avant de reporter son attention là où elle se languissait de lui. Mais chaque fois qu'elle était sur le point de jouir, il s'écartait et lui prodiguait ses caresses ailleurs, sur son ventre, son poignet ou sa main.

Comment aurait-elle pu résister à cette torture raffinée ?

— Je t'en prie, supplia-t-elle.

— Les vilaines filles ne sont pas autorisées à jouir, répliqua-t-il sévèrement.

Ces mots faillirent lui faire perdre tout contrôle.

— Je croyais que tu ne jouais pas à ces petits jeux, balbutia-t-elle.

Il releva la tête, un sourire coquin aux lèvres.

— C'est vrai. Je joue toujours franc jeu… sauf dans la chambre à coucher.

Comme pour lui confirmer ses dires, il introduisit deux doigts en elle avant de la titiller à nouveau avec sa langue, la faisant chavirer et la rapprochant de l'extase, puis s'écartant au dernier moment. Oh ! oui, il connaissait son corps mieux qu'elle. Il savait précisément où la toucher et quelle pression exercer. Il savait parfaitement embraser ses sens avant de la frustrer de son plaisir.

Du pur sadisme ! À cet instant, elle le détestait autant qu'elle l'aimait.

— Dis-moi ce que tu veux, dit-il.

— Tu le *sais*.

— Oui, mais je veux l'entendre de ta bouche.

— Tu es odieux, haleta-t-elle.

— Oh ! oui, je suis un homme odieux et pervers, plaisanta-t-il, glissant à nouveau un doigt entre ses plis brûlants et la tourmentant tout à loisir.

— Et ça te plaît, ajouta-t-il avec un sourire provocateur.

— Non !

— Si. Et c'est bien là ton problème. Tu me désires et tu aimes les attentions que je te prodigue, même si tu te dis que tu ne devrais pas.

— Et toi ? demanda-t-elle, le souffle oppressé. Tu apprécies le sexe avec moi, sinon tu n'essaierais pas de me convaincre à tout prix de t'épouser. C'est *toi* qui devrais me supplier.

— Je suis à genoux. N'est-ce pas la même chose ?

— Non…

Elle s'interrompit car il venait de poser ses lèvres sur la partie la plus sensible de son anatomie. Les yeux clos et la tête rejetée en arrière, elle s'abandonna à la sensation exquise que ses caresses faisaient naître en elle.

Elle était tellement moite, tellement prête pour lui, tellement consumée de désir qu'elle ne pouvait plus supporter qu'il la tourmente davantage. Il la tuait à petit feu.

Ou bien elle allait le tuer. Au choix.

— Dis-moi ce que tu veux, murmura-t-il à son oreille.

— Toi.

— Moi ?

— Oui. Je te veux en moi. S'il te plaît.

Elle n'eut pas à le lui dire deux fois.

Il se déshabilla en un tournemain et enfila un préservatif. Puis elle se retrouva à califourchon sur lui, ses replis brûlants positionnés juste au-dessus de son érection. Il donna alors un vigoureux coup de reins et la pénétra d'une seule poussée.

Elle haleta, grisée par la sensation de bien-être qui s'épanouit en elle. Oh ! oui, elle était à sa place avec lui.

— Puisque tu me reproches de tout diriger, je te cède les commandes, dit-il, un sourire moqueur aux lèvres.

Le salaud ! Il lui lançait un défi alors qu'elle ne se contrôlait presque plus. Pourtant, elle allait le relever, même si chacun de ses va-et-vient au-dessus de lui trahissait l'exacerbation de son désir et la rapprochait inexorablement du précipice.

Oh ! oui, elle était si près du but…

Soudain, des étoiles explosèrent derrière ses yeux, ses muscles internes se contractèrent et son corps tout entier se mit à trembler sous l'effet d'un orgasme d'une intensité inouïe. Dire qu'il avait suffi de quelques va-et-vient pour atteindre ce résultat spectaculaire.

À peine avait-elle repris ses esprits qu'il l'allongeait sur le dos et lui clouait les mains au-dessus de la tête.

— Je me suis montré un peu trop gentil avec toi, grogna-t-il.

Puis ce fut comme s'il lâchait la bride à ses désirs et à ses instincts les plus frustes. Telle une bête sauvage, il se montra fougueux, indompté, impitoyable. Et la flamme du désir se réveilla en elle beaucoup plus vite qu'elle n'aurait cru possible.

Mais c'était Isaiah. Lui seul avait ce pouvoir sur elle.

Et elle avait le sentiment qu'il en serait toujours ainsi.

Toujours ?

Elle repoussa bien vite cette question embarrassante.

À cet instant, elle n'avait aucune envie de penser à ce qu'elle lui avait dit avant qu'il la transporte dans sa chambre. À ce qu'elle estimait mériter ou non. À ce qu'elle croyait possible ou non.

Elle préférait se focaliser sur les merveilleuses sensations qu'il faisait naître en elle.

Cette fois, quand la vague de la jouissance déferla à nouveau en elle, il atteignit à son tour l'orgasme dans un grognement guttural.

Quand ce fut fini, elle n'eut pas la force de se lever et de retourner dans sa chambre.

Elle verrait demain.

Pour l'instant, elle voulait encore se raccrocher à son rêve.

Poppy se réveilla au milieu de la nuit, lovée contre le corps d'Isaiah. Quelque chose d'étrange l'avait tirée du profond sommeil où elle était plongée, mais ce n'était pas le fait qu'elle se retrouve dans le lit d'Isaiah.

Ni qu'elle lui ait cédé si facilement la nuit dernière.

Il y avait autre chose, mais elle n'arrivait pas à déterminer ce que c'était. S'écartant doucement de lui, elle se dirigea vers la salle de bains attenante. Elle demeura un moment à contempler son reflet dans le miroir. Elle était échevelée, et son rimmel avait coulé car elle n'avait pas eu le temps de se démaquiller avant qu'Isaiah bouleverse son univers, quelques heures plus tôt.

Et soudain, elle comprit ce qui l'avait réveillée.

C'était le milieu du mois, et elle aurait dû avoir ses règles.

Elle avait deux jours de retard.

Et dans leur précipitation, ils n'avaient pas utilisé de dispositif contraceptif la première nuit.

— Oh ! non, murmura-t-elle, atterrée.

Ce retard était sûrement fortuit.

Elle retourna dans la chambre et s'habilla sans bruit. Puis elle récupéra son sac à main et descendit au rez-de-chaussée.

Il fallait qu'elle sache.

De toute façon, le sommeil la fuirait tant qu'elle resterait dans l'incertitude. Il y avait des pharmacies ouvertes vingt-quatre heures sur vingt-quatre à Tolowa, et elle allait s'y rendre de ce pas.

Voilà comment, à 5 heures du matin, dans des toilettes publiques, la vie de Poppy Sinclair changea pour toujours.

- 9 -

Quand Isaiah se réveilla le lendemain matin, Poppy n'était pas dans le lit avec lui. Il en fut contrarié, mais il se dit qu'elle s'efforçait de conserver un semblant de contrôle dans le petit jeu qu'elle avait commencé.

Elle finirait par l'épouser, il en était sûr. Elle avait beau ne pas apprécier qu'il la compare à une chatte sauvage, c'est ce qu'elle était. Et maintenant qu'il voulait l'apprivoiser, elle s'enfuyait.

Mais son bon sens l'emporterait. Elle avait plus à perdre qu'à gagner en refusant de l'épouser.

Et elle ne pouvait pas nier l'alchimie qui existait entre eux. Magique, explosive. *Indéniable.*

En arrivant dans la cuisine, il trouva Poppy assise à table. Elle portait les mêmes vêtements que la veille au soir et regardait droit devant elle, les poings serrés.

— Bonjour, dit-il.

— Non, ce n'est pas un bon jour, répliqua-t-elle.

Puis elle tourna la tête vers lui, les sourcils froncés.

— Pourrais-tu mettre un T-shirt ?

Il contempla son torse dénudé. Il n'avait enfilé qu'un jean.

— Non.

— Il vaudrait mieux que tu sois habillé pour la conversation que nous devons avoir, insista-t-elle, fixant le mur derrière lui.

Il croisa résolument les bras.

— J'ai décidé que je préférais discuter avec toi, torse nu.

— Je ne plaisante pas, Isaiah.

— Alors, tu ferais mieux de me dire tout de suite ce qui se passe.

— Je suis enceinte, annonça-t-elle d'un air sinistre.

— C'est…, bredouilla-t-il, pris de court.

Il laissa les mots s'imprimer en lui et prit le temps d'analyser l'effet qu'ils lui faisaient. Il se sentait… calme.

— C'est une bonne nouvelle.

— Une *bonne nouvelle* ? répéta-t-elle d'une voix suraiguë.

— Oui, dit-il, tout à fait sûr de lui. Nous voulons des enfants, n'est-ce pas ?

Bien sûr, cela se produisait plus tôt que prévu, mais qu'importait ? Il accueillait aussi cette nouvelle avec un certain soulagement car elle donnait un caractère plus définitif à leurs fiançailles. Elle les scellait en quelque sorte.

— Hier soir, j'ai rompu avec toi, tu t'en souviens ?

— Oui, dit-il, goguenard. Tu m'as tout à fait donné l'impression de vouloir rompre avec moi, surtout quand tu as crié mon nom pendant… Était-ce ton troisième ou quatrième orgasme ?

— Cela n'a aucun rapport avec la question de savoir si nous devons nous marier ou pas.

— Eh bien, maintenant, cette question ne se pose plus puisque tu vas avoir mon bébé.

— Nous ne sommes plus au Moyen Âge ! Je ne suis pas obligée de t'épouser parce que je suis enceinte.

Il fronça les sourcils, mécontent.

— Je ne suis pas d'accord.

— Je ne veux pas me précipiter, tête baissée, dans un mariage avec toi.

— Mais tu avais accepté de m'épouser ! Et maintenant

que nous allons avoir un enfant, tu ne veux plus entendre parler de mariage ? Et tu continues de coucher avec moi ? C'est absurde, Poppy. Nous avons tous les ingrédients nécessaires pour faire un bon mariage.

— Est-ce que tu m'aimes ?

Il y avait du défi dans son regard et de l'entêtement dans son menton relevé.

— Je t'apprécie énormément.

Et c'était la vérité. Elle était une des personnes qui comptait le plus dans sa vie.

— Mais tu n'es pas amoureux de moi.

— Je t'ai déjà dit que…

— Oui. Tu as banni l'amour de ta vie. Eh bien, tu sais quoi ? J'ai décidé qu'un mariage sans amour était insincère. Factice.

— Mais le fait que tu portes mon enfant est bel et bien réel.

— Tu ne comprends pas ! s'exclama-t-elle, dépitée.

— Et toi, tu te comportes comme une ado fleur bleue, Poppy. Tu ne vas quand même pas me dire que tu préfères passer ta vie à attendre le *grand amour*, qui n'arrivera peut-être jamais, plutôt que de fonder une famille avec moi !

— Je préférerais… que rien de tout ceci ne soit arrivé.

Sa remarque lui fit l'effet d'une gifle.

À l'évidence, elle ne voulait pas de lui. Ni du bébé. Une douleur aiguë lui transperça la poitrine au niveau du cœur. Il se sentit soudain démuni. Il essaya de démêler ses sentiments, sans succès. Il ne comprenait pas ce qui lui arrivait.

Mais si son cœur était défaillant, il pouvait toujours se fier à son cerveau. Et sa raison lui dictait qu'il était dans son bon droit, n'en déplaise à Poppy.

— Mais *c'est* arrivé, dit-il d'une voix tendue. Tu as

suffisamment de bon sens pour ne pas rejeter une proposition concrète et raisonnable au profit d'un fantasme stupide.

Elle devint livide.

— Ainsi, selon toi, c'est *stupide* et *illusoire* de ma part de vouloir qu'un homme m'aime.

— Ce n'est pas ce que j'ai voulu dire. Mais tu te fais des illusions si tu crois que tu vas rencontrer un autre homme qui se soucie autant de toi. Qui est aussi le père de ton enfant. Et qui te fait jouir comme je le fais.

— Tu n'en sais rien et moi non plus puisque je n'ai pas eu d'autre amant que toi.

Sa remarque déclencha un incendie dans son bas-ventre. Mais il le maîtrisa bien vite parce qu'il ne s'agissait pas de ce qu'il ressentait. Ni de ce que son corps voulait.

— Fais-moi confiance, riposta-t-il sèchement. Le sexe ne sera jamais aussi fabuleux qu'avec moi.

— Je ne peux pas t'épouser, balbutia-t-elle, pressant ses poings serrés contre ses paupières.

— Oh ! si, tu m'épouseras, assura-t-il, plus résolu que jamais.

Bien sûr, elle était bouleversée, mais il n'y avait qu'une seule solution logique à cette situation. Et il comptait bien lui faire entendre raison.

— Rien ne m'oblige à t'épouser, Isaiah.

— Tu préfères que ton enfant grandisse comme toi ? Ballotté de foyer en foyer ?

Elle sursauta, comme s'il l'avait frappée.

— Grandir dans des foyers d'accueil n'a rien à voir avec une garde partagée. Ne t'avise pas de comparer les deux. J'aurais été ravie d'avoir deux parents impliqués dans mon éducation, même si j'avais dû changer de maison chaque week-end. Je n'ai jamais connu cela. Alors, ne parle pas de choses que tu ne comprends pas.

— Oh ! je comprends très bien que tu es égoïste.

— Je suis *raisonnable* !

Raisonnable.

Pour elle, cela signifiait ne plus être avec lui. Cela signifiait l'évincer de sa vie maintenant qu'il s'était rendu compte à quel point elle était essentielle pour lui.

— En quoi est-ce raisonnable de refuser à ton enfant la chance d'avoir une famille ? Des grands-parents aimants. Des oncles, des tantes et des cousins. En quoi est-ce déraisonnable de ma part de vouloir partager tout cela avec toi au lieu de vivre de mon côté et toi du tien ?

— Isaiah…

Elle avait beau dire, son raisonnement était d'une logique imparable. Et il n'hésiterait pas à employer la manière forte pour arriver à ses fins.

— Si tu refuses de m'épouser, je demanderai la garde exclusive de notre enfant.

Ses paroles menaçantes jetèrent un froid glacial dans la pièce.

Poppy sursauta, atterrée.

— Quoi ?

— Et crois-moi, je l'obtiendrai. J'ai de l'argent et une famille pour me soutenir. Je peux te rendre la vie très difficile. Je le ferai à contrecœur, mais j'obtiendrai gain de cause.

Voyant qu'elle le fixait, horrifiée, comme s'il venait de la trahir, il ressentit une pointe de remords. Mais il la refoula aussitôt.

— Et moi qui pensais que nous étions amis, que tu te souciais de moi, dit-elle d'une voix tremblante.

— C'est le cas. Mais je ne te permettrai pas de faire souffrir notre enfant au nom de l'amitié.

— Se soucier de quelqu'un ne signifie pas le menacer et l'écraser jusqu'à ce qu'il se plie à votre volonté. L'amitié et la sollicitude vont de pair. Tu dois tenir compte de ce que je ressens — de *ce que je veux*, répliqua-t-elle, une main pressée contre sa poitrine.

— Je sais ce qu'il *te faut*, insista-t-il.

Si seulement elle se donnait la peine de l'écouter, elle comprendrait qu'il avait raison. Ils seraient beaucoup mieux ensemble.

— Ce n'est pas comme cela que les désirs et les sentiments fonctionnent, s'insurgea-t-elle, se levant et martelant son poing contre son torse. Ce n'est pas comme cela qu'un mariage fonctionne, espèce de robot !

Il se recula, atterré par la violence de sa réaction. Poppy ne l'avait jamais regardé d'une façon aussi méprisante. Elle avait toujours essayé de le comprendre.

— Tu me traites de robot parce que je veux que mon enfant ait une famille ? demanda-t-il, ulcéré.

— Non. Parce que tu te fiches de ce que je veux.

— *Je veux* que tu abondes dans *mon* sens parce que c'est ce qu'il y a de mieux pour nous, riposta-t-il, s'emparant de son poing et le maintenant contre son torse. Je veux que nous formions une famille unie. Est-ce que cela ne part pas d'un bon sentiment de ma part ?

— Non. Cela part d'un sentiment *erroné.*

Ces mots lui firent l'effet d'un coup de poing dans le ventre.

Il n'était pas doué pour les sentiments, il le savait. Mais avec Poppy, il n'avait jamais eu l'impression de se fourvoyer.

Il s'était toujours senti en sécurité avec elle.

Mais elle venait de détruire son fragile équilibre alors qu'il s'attachait de plus en plus à elle. Quelle ironie du sort !

— Je suis désolé, dit-il d'une voix sourde. Je regrette de ne pas pouvoir ouvrir ma poitrine et reconfigurer mes sentiments à ta convenance. Je regrette de ne pas m'être métamorphosé en un homme différent après nos fiançailles.

— Je n'ai jamais dit que c'était ce que j'attendais de toi.

— Si ! Tu voulais être avec moi tout en ayant le sentiment d'être avec quelqu'un d'autre. Eh bien, tu sais quoi ? Si tu n'étais pas enceinte, je te rendrais ta liberté. Mais puisque tu l'es, tu m'épouseras, que tu le veuilles ou non.

— C'est *hors de question*, Isaiah.

— Regarde-moi bien, dit-il d'une voix féroce. Regarde-moi bien et dis-moi si j'ai l'air de plaisanter à propos de la garde exclusive de notre enfant.

Les yeux de Poppy s'embuèrent et ses lèvres tremblèrent.

— Je me suis toujours souciée de toi, dit-elle. Je me suis toujours efforcée de te comprendre. Mais il faut croire que je me suis trompée en pensant qu'il y avait un cœur dans ta poitrine.

— Tu peux m'insulter autant que tu veux. Cela ne fera aucune différence puisque je suis sans-cœur.

Elle poussa un cri de frustration et sortit en trombe de la pièce, le laissant planté là, avec un horrible sentiment de vide en lui.

À cet instant, il aurait tant aimé que son accusation soit vraie.

Car s'il était sans-cœur, ses mots — son rejet — ne seraient pas aussi douloureux.

S'il était un robot, il se ficherait éperdument de ne pas pouvoir reconfigurer ses sentiments pour les rendre en tout point conformes à ce qu'elle souhaitait.

Mais il ne s'en fichait pas. Bien au contraire.

Simplement, il ne savait pas comment remédier à cette situation.

- 10 -

Finalement, ce ne furent pas les menaces d'Isaiah qui la firent changer d'avis et accepter de l'épouser.

Ce furent ses arguments concernant l'importance de l'entourage familial pour l'enfant à naître.

Il n'empêche qu'elle était furieuse d'avoir laissé cette idée s'enraciner dans son cerveau et cheminer jusqu'à son cœur.

Non. Furieuse était un euphémisme.

Elle était *hors d'elle.*

Car elle faisait exactement ce qu'il lui avait demandé.

La date du mariage était fixée à la veille de Noël. Entre autres choses ridicules. Mais cela lui permettrait peut-être de se sentir davantage concernée par cette fête qu'auparavant.

La famille d'Isaiah était ravie.

Mais Poppy ne l'était pas.

Et elle faisait toujours chambre à part.

Après l'échec de sa tentative de rupture avec Isaiah, une semaine auparavant, elle avait décidé qu'elle avait *vraiment* besoin d'éviter tout contact intime avec lui pendant un temps.

Visiblement, cette mise à l'écart l'irritait. Il semblait bouillir intérieurement. Mais il n'essayait pas de la faire changer d'avis.

Et c'était une bonne chose. Car elle était forcée de l'admettre, il y *parviendrait* au prix d'un très petit effort.

À la tension qui régnait à la maison s'ajoutait le stress dû aux préparatifs du mariage.

Ainsi, aujourd'hui, elle se rendait chez Something New, la petite boutique de robes de mariée de Gold Valley, où elle serait rejointe par Nancy et Faith qui l'aideraient à choisir sa robe.

La petite ville était encore plus décorée que Copper Ridge. Les portes des bâtiments rouge brique étaient parées de guirlandes lumineuses et de couronnes de branches de sapin agrémentées de nœuds rouges.

Elle avait choisi de se rendre à la boutique avec sa propre voiture car elle avait besoin de prendre ses distances et de se recentrer sur elle-même.

Elle inspira profondément avant de pénétrer dans la boutique. Le carillon au-dessus de la porte tinta gaiement pour signaler son arrivée. Aussitôt, une jeune femme souriante s'avança vers elle.

— Bonjour, je m'appelle Celia.

— Bonjour, répondit Poppy, mal à l'aise. J'ai pris rendez-vous pour essayer des robes.

— Bien sûr. Vous devez être Poppy.

— Oui, je vais me marier, acquiesça-t-elle, fixant la bague qui scintillait sur sa peau sombre.

— Je vous présente toutes mes félicitations, déclara Celia, comme si cette nouvelle n'était pas totalement inepte.

— J'attends ma…

Les mots moururent sur ses lèvres. Elle attendait sa future belle-mère et sa future belle-sœur.

La famille d'Isaiah deviendrait la sienne. Voilà pourquoi elle avait accepté ce mariage. Pourtant, elle avait encore du mal à se faire à cette idée.

La porte s'ouvrit sur ces entrefaites, et Faith et Nancy firent leur apparition, un grand sourire aux lèvres.

— Je suis si excitée ! s'exclama Faith.

Poppy lui lança un regard incrédule. Comment Faith pouvait-elle être aussi excitée alors qu'elle savait qu'Isaiah l'épousait uniquement à cause de l'annonce ?

Bien sûr, personne ne savait qu'Isaiah l'épousait aussi parce qu'elle était enceinte.

— Moi aussi, déclara Poppy, faisant un effort pour paraître enthousiaste.

Celia les entraîna dans des allées où s'alignaient des robes à perte de vue, classées en fonction des styles.

— Accrochez les robes que vous choisissez sur ce portant. Ensuite, je vous les apporterai dans la cabine d'essayage, précisa Celia.

Pendant que Faith et Nancy sélectionnaient des modèles ici et là, Poppy passa en revue les robes correspondant à sa taille, tâtant les étoffes, mais sans rien choisir.

Soudain, un modèle attira son regard. Il s'agissait d'une robe avec les épaules dénudées et de longues manches se prolongeant sur le dos de la main et s'effilant au niveau du majeur. Elle était classique et d'une élégance discrète. Très Grace Kelly. Un style dont raffolait Poppy. Le satin blanc, lourd et lustré, était magnifique malgré l'absence d'ornements. La robe devait coûter très cher.

Elle regarda l'étiquette. *Hors de prix !*

Une boutique aussi haut de gamme était surprenante dans une petite ville comme Gold Valley. Mais cette ancienne bourgade de la ruée vers l'or au charme un peu désuet était devenue une véritable destination pour les futures mariées qui trouvaient là l'occasion de passer une agréable journée grâce à ses restaurants et ses boutiques originales.

— Ne vous inquiétez pas pour le prix, intervint Nancy.

— Comment le pourrais-je ? demanda Poppy, atterrée, en regardant à nouveau l'étiquette.

— Isaiah prendra tous les frais du mariage à sa charge. Il a insisté pour que je vous le rappelle.

— Je sais bien qu'il en a les moyens, mais… je ne veux pas qu'il pense que…

— Que tu l'épouses pour son argent ? demanda Faith.

— Euh, oui.

— Il ne pense pas cela. Il vous connaît, assura Nancy.

— C'est simplement que…

Elle les contempla, désemparée, avant d'ajouter :

— Il n'est pas amoureux de moi.

Puisque Faith le savait, il n'y avait pas de raison que sa future belle-mère ne soit pas mise au courant. Elle aurait préféré garder ce secret humiliant pour elle, mais il était devenu trop lourd à porter.

— Ne vous méprenez pas, je l'aime, poursuivit Poppy. Et je lui ai demandé de ne pas vous révéler que c'était… un mariage de convenance. Je voulais ménager mon orgueil.

Puis elle s'adressa à Nancy :

— Mais je ne peux plus vous mentir ni vous faire croire que j'ai réussi à toucher son cœur et à le changer. Il continue de penser que ce mariage est un arrangement commode pour nous deux. Et s'il paie tous les frais, ce n'est pas parce qu'il se soucie de la robe que je porterai…

Elle déglutit avec peine, la gorge nouée par le chagrin avant d'ajouter :

— … mais parce qu'il pense que m'avoir pour épouse lui simplifiera la vie. En somme, je continuerai à être son assistante personnelle à la maison.

Nancy fronça les sourcils, perplexe.

— Vous l'aimez depuis longtemps, n'est-ce pas ?

Poppy baissa les yeux, bouleversée. Du coin de l'œil, elle voyait Faith qui s'agitait, mal à l'aise.

— Oui, confirma-t-elle. Je suis tombée amoureuse de lui dès notre première rencontre. C'est un homme merveilleux sous ses dehors bourrus. Sa personnalité complexe peut dérouter certaines personnes, mais j'ai appris à bien le connaître et à l'aimer tel qu'il est, avec ses qualités et ses faiblesses. C'est un peu mon secret.

— J'apprécie votre franchise, Poppy, et je ne vous fais aucun reproche, déclara Nancy, s'emparant de la robe que Poppy admirait et l'accrochant sur le portant. Car moi aussi je connais mon fils. J'imagine qu'il vous a harcelée pour que vous l'épousiez parce qu'il trouvait cette union logique, n'est-ce pas ?

— Oui.

— Je ne vois pas quelle femme dans votre situation aurait pu lui résister.

Si seulement sa mère savait quelle faible résistance elle lui avait opposée…

— J'aurais dû lui dire non.

— Est-ce qu'il sait que tu l'aimes ? demanda Faith.

— Non.

Dieu merci, elle n'avait pas besoin de leur demander de garder cette information pour elles. Elles étaient la discrétion même.

— Peut-être devrais-tu le lui dire, insista Faith.

Poppy s'abstint de lui rétorquer qu'elle était célibataire et qu'elle n'avait sans doute jamais eu à souffrir d'un amour non partagé.

— Il n'attache aucune importance à l'amour, répondit-elle. Il *m'apprécie*. Il se soucie de moi. Selon lui, c'est suffisant.

— J'espère qu'il fait plus que vous apprécier. Sinon, vos ébats intimes seront tristes et froids.

— Voyons, maman ! s'exclama Faith, choquée.

— Eh bien, quoi ? Un mariage est un long parcours,

ma chérie. Parfois, on se dispute, on s'éloigne l'un de l'autre. Dans ces moments-là, tout ce qui reste, c'est l'étincelle charnelle.

Faith fit un pas en arrière.

— Je t'en prie, arrête de me parler de votre étincelle.

— Tu devrais t'en réjouir pour nous, répliqua Nancy. C'est ce qui a soudé notre couple. Je souhaite que tu aies cette même étincelle le jour où tu te marieras. Et je le souhaite aussi pour Poppy et Isaiah.

Poppy se sentit rougir.

— Nous n'avons pas de problèmes de ce côté-là.

— Tant mieux.

Elle s'abstiendrait de leur parler du bébé. Ce n'était pas le bon moment. Elle se contenterait d'essayer des robes.

Et c'est ce qu'elle fit pendant les deux heures qui suivirent. Elle en revêtit plusieurs, de styles différents, mais aucune n'était à la hauteur de celle qu'elle avait repérée. Le superbe modèle au prix exorbitant, avec ses manches longues si originales et sa traîne parfaite qui se déployait en éventail derrière elle, comme un rêve.

Celia trouva un voile qu'elle épingla dans la chevelure sombre de Poppy. Il était plus long que la traîne, et sa petite bordure de diamants fantaisie ajoutait une touche d'éclat à la robe d'une élégante sobriété.

Alors qu'elle se contemplait dans le miroir, elle se sentit submergée par un flot d'émotions.

Elle rayonnait.

La blancheur de la robe soulignait sa carnation foncée. Elle avait l'air d'une princesse. Et elle avait l'impression d'en être une.

Elle aperçut dans le miroir Nancy et Faith, les larmes aux yeux et les mains jointes.

Elles avaient à cœur son bonheur.

Même si Isaiah ne l'aimait pas, sa mère et sa sœur

l'aimaient. C'était un cadeau inestimable qu'elles lui faisaient.

Tout n'était pas parfait, bien sûr, mais c'était tellement mieux que ce qu'elle avait toujours imaginé.

Nancy rejoignit Poppy et posa une main sur son épaule.

— C'est *la* robe qu'il vous faut. Laissez Isaiah vous l'offrir. Croyez-moi, il vous causera suffisamment de problèmes tout au long de votre vie. Aussi, n'ayez aucun scrupule à propos du prix de cette robe.

Poppy éclata de rire et essuya une larme sur sa joue.

— Vous avez sans doute raison.

— Je ne vais pas vous abreuver de conseils, déclara Nancy, mais je dois quand même vous dire ceci. L'amour est une chose merveilleuse et une ressource inépuisable. Je suis mariée depuis longtemps. Et au fil des décennies, j'ai pu constater qu'une union comportait de nombreuses phases. Des flux et des reflux. Mais si vous continuez à donner tout l'amour que vous avez, vous ne perdrez jamais espoir. Donnez votre amour même s'il n'est pas payé de retour. Même si vous n'en avez pas envie. Être capable d'une telle générosité… c'est le meilleur usage qu'on puisse faire de l'amour. Bien sûr, ce n'est pas toujours facile. Mais vous ne le regretterez jamais. L'amour est un don du ciel. Et choisir de l'offrir est l'acte le plus puissant que vous puissiez faire.

Poppy contempla à nouveau son reflet dans le miroir. Elle allait devenir l'épouse d'Isaiah. Il avait des idées très arrêtées sur ce qu'il attendait et ce qu'il n'attendait pas de cette union. Sur ce qu'il ressentait et ce qu'il ne ressentait pas à son égard.

Elle devait décider du sens à donner à leur relation.

Le problème, c'est qu'elle avait été sevrée d'amour dès son plus jeune âge et qu'elle ne voulait plus s'exposer à ce genre de souffrance.

Or, c'était précisément ce que faisait Isaiah. Il s'interdisait d'aimer parce qu'il avait souffert de la trahison de Rosalind. Et elle lui en avait fait le reproche, comme si elle était différente ; comme si elle était dans son bon droit et qu'il avait tort.

Mais c'était faux.

À l'instar d'Isaiah, elle s'était repliée sur elle-même. C'était pour se protéger qu'elle avait tenté de rompre avec lui et qu'elle le tenait à distance depuis lors.

Et ce cercle vicieux ne s'arrêterait jamais.

À moins que l'un d'eux fasse un pas pour en sortir.

Elle pourrait se défausser sur ses parents ; sur les familles d'accueil qui n'avaient pas été capables de lui donner tout l'amour dont elle avait eu besoin ; sur celles qui l'avaient aimée mais qu'elle avait dû quitter, le cœur meurtri, parce que le système de placement était ainsi fait ; sur Rosalind qui avait blessé Isaiah, le rendant inaccessible.

Mais les excuses ne servaient à rien.

La seule chose qui comptait était de savoir si elle allait impulser un changement à sa vie.

Personne ne pouvait le faire à sa place.

Et si elle attendait qu'Isaiah fasse le premier pas, elle risquait d'attendre sa vie durant.

Nancy avait raison. L'amour était un don du ciel. On pouvait choisir de le garder égoïstement par-devers soi ou de l'offrir.

Offrir son amour à Isaiah était sans doute la seule façon d'ouvrir cette porte entre eux. Si elle voulait lui redonner confiance en l'amour, elle devait cesser de se protéger et de rester sur la défensive.

Hélas, c'était plus facile à dire qu'à faire.

Mais elle ne pouvait pas continuer ainsi.

Pas si elle voulait avoir une chance d'être heureuse avec Isaiah.

L'un d'eux devait faire le premier pas. Elle pourrait trouver injuste que cela lui incombe, mais les récriminations ne servaient à rien.

Et puisqu'elle l'aimait, elle devait faire preuve de courage et se soucier davantage d'Isaiah que de son propre confort.

— Je pourrais lui dire que je l'aime, murmura Poppy.

— Si mon fils ne vous rend pas cet amour au centuple, il aura affaire à moi, vous pouvez me croire !

— Je vous crois, déclara Poppy avec un sourire ému.

Elle se sentit ragaillardie. Elle avait désormais une alliée en la personne de Nancy.

C'était cela la famille.

Et c'était tellement mieux que ce qu'elle avait imaginé.

- 11 -

Malgré l'heure tardive, Isaiah travaillait dans le bureau de son ranch. Il commençait à avoir mal aux yeux à force de fixer l'écran de son ordinateur, mais il ne quitterait cette pièce que quand il n'y verrait plus clair. C'était sa seule façon de grappiller un peu de sommeil, ces temps-ci.

Être allongé dans son lit en sachant que Poppy dormait au bout du couloir à quelques mètres de lui, et pourtant inaccessible, lui était une véritable torture. La distance et l'épuisement étaient ses seules armes pour combattre sa fébrilité.

Faisant pivoter son fauteuil, il captura son propre reflet dans la vitre.

Il faisait tellement sombre dehors qu'il ne distinguait rien. Mais il connaissait la vue par cœur, avec la montagne en arrière-plan, précédée par un paysage plus vallonné. Il avait choisi cet endroit avec soin, lassé de la frénésie urbaine et de la grisaille de Seattle.

Poppy avait fait du shopping toute la journée. Il ne l'avait pas vue depuis le petit déjeuner, mais il n'avait pas arrêté de penser à elle.

Il n'en revenait pas de cette obsession soudaine pour une femme qu'il avait côtoyée pendant des années sans qu'elle retienne particulièrement son attention. Comme si elle avait fait partie des meubles.

Sauf qu'elle avait toujours eu de l'importance à ses yeux.

Elle était efficace, intelligente, amusante. Plus d'une fois il avait eu envie de capturer cette douceur qui émanait d'elle et de la retenir l'espace de quelques instants.

Non qu'elle soit toujours affable. Elle n'hésitait pas à le rabrouer à l'occasion.

Et elle était tellement sexy ! À force d'occuper toutes ses pensées, elle allait le rendre fou.

Il n'était pas habitué à faire preuve de retenue. Au fil des ans, il avait eu surtout des aventures sans lendemain. Quand il était en veine de rencontres, il allait dans un bar et abordait une femme qui lui plaisait. Si elle était consentante — et la plupart l'étaient —, il passait un bon moment avec elle.

Mais maintenant, ces liaisons éphémères ne l'intéressaient plus. Il avait besoin de Poppy.

Hélas, elle le tenait de nouveau à distance. Évidemment, après l'avoir menacée de lui enlever son enfant si elle ne rentrait pas dans le rang, il ne pouvait guère s'attendre à figurer parmi ses favoris du moment.

Et cela le contrariait.

Car peu de personnes le comptaient au nombre de leurs favoris. Mais Poppy l'avait toujours apprécié. Et maintenant, il avait trouvé le moyen de tout gâcher.

Nombre d'amitiés qu'il avait nouées s'étaient délitées à cause de sa personnalité complexe, mais c'était la première fois qu'il faisait preuve d'autant d'imagination : demander une femme en mariage, la mettre enceinte puis la forcer à l'épouser !

Bon. Il ne lui avait pas *vraiment* mis le couteau sous la gorge. Il lui avait simplement proposé des options très déplaisantes en lui demandant de choisir celle qui lui semblait la moins déplaisante.

Et il tirait un petit peu de réconfort dans le fait qu'elle ne le considérait pas comme l'option *la plus* désagréable.

Encore que. Le bébé avait dû influencer sa décision.

Il exhala un soupir de frustration.

Aucune femme ne l'avait obsédé à ce point auparavant. Il n'avait jamais éprouvé cet étrange sentiment d'urgence. Ce besoin impérieux d'être avec elle. De se réconcilier avec elle. Son ressentiment le perturbait même quand elle n'était pas là, tant il était palpable.

C'était à croire qu'il percevait les émotions de Poppy avec une plus grande acuité que les siennes propres ! Et s'il n'était pas aussi épuisé, il s'en émerveillerait.

En vérité, il ne savait pas ce qui lui arrivait.

Certes, il était en train de faire une fixation sur le sexe. Il désirait Poppy comme il n'avait jamais désiré aucune femme. Du moins, dans ce domaine-là, il était en terrain connu.

Mais pour ce qui était de ce besoin d'abattre les murs qu'il avait érigés autour de son cœur…

C'était tout nouveau pour lui.

Était-ce pour être plus près d'elle ? Pour lui permettre de percevoir l'intensité de ses émotions et de ses sentiments, faute de savoir les exprimer ?

Soudain, la porte s'ouvrit derrière lui, et il n'eut pas besoin de se retourner pour apercevoir Poppy, debout sur le seuil. Elle portait son manteau rouge préféré avec le col montant et la taille cintrée. Elle avait les mains dans les poches et les yeux baissés.

— Comment s'est passée ta journée ?

Sa voix était tellement douce qu'il sursauta, surpris, et fit pivoter son fauteuil vers elle.

— Bien. J'ai hâte qu'elle se termine.

— Tu travailles encore ?

— Oui. Faith a deux autres projets en tête. Et je dois m'assurer qu'ils sont viables sur le plan financier.

— J'ai choisi une robe de mariée.

Il s'était presque attendu à ce qu'elle lui annonce avoir choisi une toile à sac. Ou rien. En signe de protestation.

— J'en suis heureux, dit-il, ne sachant pas trop ce qu'il était censé répondre.

— Tu m'as manqué, dit-elle tout à trac.

Ces paroles inattendues lui firent chaud au cœur.

À moins qu'il ne se méprenne sur leur sens.

— Nous nous voyons tous les jours depuis la semaine dernière, argua-t-il prudemment.

— Ce n'est pas ce que je voulais dire.

Un petit pli se creusa entre ses sourcils tandis qu'elle le fixait avec intensité.

— Ce n'est pas notre ancienne relation d'amitié qui me manque. Je préfère de beaucoup celle que nous avons maintenant. Encore que… elle est au point mort, ces jours-ci. Parce que je ne t'ai pas laissé m'approcher ni me toucher.

Elle s'écarta du seuil et s'avança lentement vers lui. Le regard d'Isaiah était irrésistiblement attiré par ses talons aiguilles noirs si sexy. Et par ses jambes nues. Ce qui était surprenant puisqu'elle portait un manteau, comme si elle venait de l'extérieur.

— Tes caresses m'ont manqué, dit-elle d'une voix rauque. T'en prodiguer m'a manqué aussi.

Avec un sourire mutin, elle se mit à défaire le premier bouton de son manteau, puis le deuxième et le troisième, dévoilant un triangle de peau foncée, le doux renflement de ses seins. Et un soupçon de dentelle jaune.

Parvenue au niveau de la taille, elle se mit à défaire lentement les trois derniers boutons, son regard brûlant rivé au sien. Comme hypnotisé, il vit les pans du manteau s'entrouvrir. Seigneur ! Elle ne portait en dessous qu'un déshabillé affriolant en dentelle jaune transparente. Le top décolleté moulait à la perfection ses seins ronds et fermes, et se terminait au-dessus du nombril.

Quant au mini-slip, il ne couvrait presque rien, se rendit-il compte, tous ses sens en émoi. Elle conserva ses escarpins qui lui faisaient des jambes incroyablement longues. Des jambes faites pour s'enrouler autour de lui.

— Qu'ai-je fait pour mériter cela ? demanda-t-il d'une voix rauque de désir.

Ce n'était pas un jeu. Ni une question de pure forme. Il était sincèrement déconcerté.

— Rien, répondit-elle.

Elle fit un pas vers lui, souleva une jambe fuselée et posa son genou sur l'espace vide de son fauteuil, tout contre sa cuisse.

Puis, s'agrippant au dossier du fauteuil, elle se pencha en avant.

— Tu n'as rien fait pour mériter cela. Mais j'en ai envie. Et je ne vois pas pourquoi je me priverais de ce plaisir. Cette abstinence sexuelle que je nous impose est du pur gâchis.

Elle passa le bout de sa langue sur ses lèvres roses si pulpeuses, et ce geste sexy embrasa ses sens.

— Nos vies sentimentales sont un fiasco. Depuis longtemps. Ensemble ou séparément. Mais quitte à me sentir incomprise, je préfère que ce soit avec toi enfoui en moi. Nous allons nous marier. Je vais avoir ton bébé. Nous devrons former une famille. Et je ne sais pas… comment arranger les choses entre nous. Comment réparer les fractures en chacun de nous. Je ne sais même pas si c'est possible. Mais nous ne résoudrons rien si nous nous contentons de vivre comme des étrangers sous le même toit et si tu ne me considères que comme ton assistante personnelle au bureau.

— Comment devrais-je te considérer ?

— Comme ton assistante personnelle et ta fiancée. Puis, comme ton épouse. Tu ne pourras pas compartimenter ces fonctions. Elles deviendront indissociables.

Elle posa le bout de ses doigts sur la joue d'Isaiah et passa son pouce sur sa lèvre inférieure.

— J'en ai assez de me sentir seule. Comme si je n'étais faite pour personne, et que personne n'était fait pour moi.

Ces mots trouvèrent un écho douloureux en lui et touchèrent un point à vif au tréfonds de son être. Il aurait aussi bien pu les prononcer. C'était comme si elle mettait des mots sur sa propre souffrance — une souffrance dont il n'avait jamais pris conscience auparavant.

— Si tu savais comme j'ai envie de toi, murmura-t-elle, d'une voix câline.

Galvanisé, il posa ses mains sur les hanches de Poppy, s'émerveillant du contraste sexy entre la pâleur de sa propre peau et la belle nuance foncée de la sienne.

Un contraste et malgré tout, une adéquation.

Profonde. Sensuelle. Parfaite.

Se penchant en avant, il déposa un baiser sur le renflement de sa poitrine, juste au-dessus du liséré en dentelle. Elle haleta, la tête rejetée en arrière et les yeux mi-clos. C'était la vision la plus érotique qui soit. Il avait à la fois envie de s'en repaître et de poursuivre cet intermède si prometteur.

Il avait tellement envie de trouver dans ses bras ce sentiment de plénitude et d'appartenance dont elle parlait.

Ne plus se sentir seul.

Être compris.

Il n'avait jamais eu ces objectifs en tête, même quand il était avec Rosalind, car il n'avait jamais imaginé qu'une femme puisse saisir toutes les facettes de sa personnalité. Déjà qu'il avait du mal à se comprendre !

Une chose était sûre, il était différent.

Il ne savait pas extérioriser ses sentiments, comme les autres personnes. Parfois, il avait du mal à décrypter les rapports de force subtils et complexes qui se nouaient sous ses yeux, d'où l'aide précieuse que lui apportait Poppy lors de réunions de travail avec des clients.

Il était plus à l'aise avec les chiffres, carrés et francs.

Mais l'eût-il voulu, il était incapable de changer. Ses différences faisaient de lui un homme doué dans son domaine de prédilection, mais elles compliquaient aussi ses relations avec autrui.

Pourtant, Poppy s'en était toujours accommodée… sauf le jour où elle l'avait traité de robot, bien entendu. Mais il l'avait mérité.

Peut-être était-elle la seule personne capable de le comprendre. La seule sur qui il pouvait compter.

— Moi aussi, j'ai très envie de toi, dit-il d'une voix enrouée.

— Je me donne à toi, murmura-t-elle, lui relevant le menton et plongeant ses yeux sombres si lumineux dans les siens.

Puis elle se pencha, et ses lèvres frôlèrent son oreille.

— Tu veux bien que je t'appartienne, Isaiah ?

— Tu es déjà mienne, répondit-il, capturant sa bouche.

Ce fut comme si un ouragan s'était déchaîné en lui. Il l'installa sur ses genoux et l'enlaça étroitement tout en l'embrassant avec passion. Tout en se perdant en elle. Il ne voulait absolument rien entre eux. Ni le T-shirt et le jean qu'il portait, ni même la superbe dentelle qui couvrait à peine les courbes de Poppy.

Rien.

Bon. Elle pouvait garder ses escarpins, songea-t-il en souriant. Oh ! oui, il aimerait qu'elle les ait aux pieds quand il jucherait ses jambes sur ses épaules et qu'il la pénétrerait d'un seul coup de reins.

— J'ai tellement envie de toi. Je crois que j'en mourrai si je ne te possède pas.

— Tu me côtoies depuis dix ans, Isaiah. Pourquoi maintenant ? demanda-t-elle, égrenant des baisers sur le coin de sa bouche et sur sa joue.

Parce qu'il l'avait enfin remarquée. Parce qu'elle l'avait embrassé. Parce que…

— Je ne vois pas le monde de la même façon que les autres, Poppy. J'ai besoin de tout contrôler, de poser des repères, d'assigner une place à chaque chose et à chaque personne pour évoluer en toute sécurité parmi mes semblables. C'est comme si je portais des œillères qui m'empêchent de voir le monde tel qu'il est. Parfois, il faut qu'un événement imprévisible survienne pour que je remarque vraiment ce qui se passe sous mes yeux. Et c'est ce qui s'est produit quand nos lèvres se sont touchées pour la première fois. Tu as chamboulé mon univers, bousculé mes repères, et j'ai compris ce jour-là que plus rien ne serait comme avant.

— Pourtant, tu aimes les blondes.

— Non.

— Rosalind était blonde. Et après elle, il y en a eu beaucoup d'autres, insista-t-elle.

— Comme je te l'ai expliqué, j'ai besoin d'ordre et de certitudes. Et me cantonner aux blondes était une solution de facilité pour moi.

— Et cela t'a empêché de me remarquer ?

Il la contempla, déconcerté. Elle était si belle. Comment avait-il pu être aussi aveugle pendant toutes ces années ?

— Je ne vois pas d'autre explication.

Elle prit son visage entre ses paumes douces.

— Je ne te trouve pas difficile à vivre et je t'apprécie tel que tu es.

Il secoua la tête, sceptique.

— Oh ! non, dis plutôt que tu me supportes. Et je compense ce défaut par…

— Non, Isaiah. Je suis sincère. Je t'ai toujours apprécié tel que tu es.

Ces mots lui firent l'effet d'un rayon de soleil, l'inondant de lumière et de chaleur.

Étant jeune, il avait eu une certitude illimitée dans sa propre vision du monde. Puis il s'était peu à peu rendu compte que la façon dont il percevait les choses, les émotions et les relations interpersonnelles différait souvent de celle de ses interlocuteurs. Il avait alors commencé à se remettre en question.

À mesure que les années passaient, il avait de plus en plus conscience que les gens avaient du mal à se lier d'amitié avec lui. Que lui-même s'agaçait parfois de devoir soutenir une longue conversation avec un interlocuteur au lieu d'aller droit au but. Et que son frère Joshua le suppléait dans ce domaine grâce à son entregent et sa facilité d'élocution.

Il comprenait mieux à quel point ses parents avaient dû faire preuve d'adaptation à son égard avant qu'il se rende compte de la nécessité de ces ajustements.

Et il se désespérait d'être un fardeau pour son entourage.

Mais pas pour Poppy, songea-t-il avec reconnaissance.

Les yeux rivés aux siens, il enroula ses doigts autour de ses poignets fins et lui maintint les mains contre son visage, se délectant de leur fraîcheur et de leur douceur.

Il n'avait pas de mots pour répondre à sa remarque.

Il n'avait que son désir pour elle. Un désir puissant qui l'embrasait tout entier. Le contrôle était la pierre angulaire de sa vie. Un rouage essentiel. Mais à cet instant, seule Poppy était essentielle. Il voulait qu'elle continue de le toucher.

Le contrôle attendrait.

Le besoin de lâcher prise pour assouvir son désir était beaucoup plus important.

Il était même indispensable.

Il détacha les mains de Poppy de son visage et lui noua les bras autour de son cou pour qu'elle se raccroche à lui. Puis il captura sa bouche et l'embrassa avec fougue, mettant dans son baiser toutes les émotions qu'il ressentait sans parvenir à les exprimer.

Puis, s'écartant légèrement, il caressa sa lèvre inférieure à l'aide de son pouce, exultant de voir le désir assombrir ses prunelles. Se repaissant de la voir s'abandonner à la même passion qui grondait en lui.

— Je suis toujours maître de moi, murmura-t-il, égrenant des baisers le long de son cou si élégant.

Alors, serrant étroitement Poppy contre lui, il se leva de son fauteuil et s'allongea par terre avec elle.

D'une main fébrile, il s'efforça de défaire les agrafes de son top en dentelle. N'y parvenant pas, il tira dessus. Elles cédèrent, et les bonnets libérèrent ses seins affriolants.

Il n'avait pas besoin de lui dire qu'il avait perdu tout contrôle à cause d'elle. Elle le savait. Et elle s'en délectait, à en juger par le feu couvant dans ses prunelles sombres et par la courbe mutine de ses lèvres pleines.

Sa Poppy si sage, si efficace et organisée était capable de perdre toute retenue avec lui.

Uniquement pour lui.

Soudain, le fait qu'elle n'ait jamais été avec un autre homme acquérait une signification toute particulière.

Elle était sienne.

Et c'était plus important qu'il n'aurait cru. Il n'avait jamais réfléchi à ce genre de choses auparavant. Il ne savait même pas pourquoi il y pensait maintenant. Sauf qu'il s'agissait de Poppy.

Poppy qui avait toujours été là pour lui.

Elle l'impressionnait. Il ne la comprenait pas toujours, mais c'était aussi bien qu'elle garde une part de mystère. L'important était que la flamme du désir continue de brûler haut et fort entre eux.

Elle lui ôta ses vêtements avec la même fébrilité qu'il avait mis à la débarrasser de son top.

Grisé, il aspira un téton dans sa bouche et le suça avec ardeur, le savourant à loisir, se délectant de sa texture.

Mais ce n'était pas suffisant. Ce ne le serait jamais.

Il se rendait compte que sa propre peau devenait hypersensible. C'était une sensation inédite, fabuleuse.

Seule Poppy avait le don de lui procurer de telles sensations et de telles émotions.

Il pressa son visage dans le creux de son cou, alternant baisers et caresses avec sa langue. Elle exhala un gémissement de plaisir et glissa son bras entre leurs deux corps, enroulant ses doigts autour de son pénis et le pressant. La tête rejetée en arrière, il poussa un grognement rauque.

— Pas comme cela, marmonna-t-il. J'ai besoin… Non, Poppy. J'ai besoin de toi.

— Mais je suis toute à toi, répondit-elle d'un air un peu trop innocent, caressant son pénis sur toute sa longueur.

Puis elle se redressa et de sa main libre elle le fit basculer sur le dos. Il aurait pu réagir, mais il se laissa faire, curieux de voir ce qu'elle manigançait. Hypnotisé par la passion qui couvait dans son regard brûlant.

Alors, avec un sourire mutin, elle se pencha en avant et enroula ses lèvres autour de son gland si sensible, puis elle les fit glisser le long de son membre pour le prendre tout entier dans sa bouche.

Il serra les dents, consumé de désir, et se raccrocha à ses boucles brunes tandis qu'elle le cajolait avec sa langue. Il demeurait figé, tétanisé par la vision de Poppy, par la façon dont elle s'y prenait, à la fois malhabile et sérieuse. Par la myriade de sensations qu'elle faisait naître en lui.

— As-tu déjà fait cela auparavant ? demanda-t-il, forçant les mots à sortir de sa gorge nouée.

La réponse à cette question ne devrait pas avoir d'importance. Il n'aurait jamais dû la poser. Auparavant, il ne s'était jamais soucié de savoir si une de ses partenaires avait eu d'autres amants. Il préférait même les femmes expérimentées.

Mais pas avec Poppy. L'idée qu'un autre homme la touche le rendait fou.

Elle le suça depuis l'extrémité jusqu'à la base, comme elle le ferait avec une sucette, puis elle leva les yeux vers lui.

— Non.

Jurant entre ses dents, il rejeta la tête en arrière, les yeux clos, tandis qu'elle l'aspirait à nouveau dans sa bouche.

— Est-ce important pour toi ? demanda-t-elle.

— Ne t'arrête pas, gronda-t-il.

— Est-ce important ? répéta-t-elle. Veux-tu être le seul homme que j'aie jamais touché comme cela ? Veux-tu savoir que tu es le seul homme qui m'ait jamais vue nue ?

À la façon dont les muscles de son bas-ventre se contractaient, il était sur le point de perdre tout contrôle.

— Oui, grommela-t-il, les dents serrées.

— Pourquoi ?

— Parce que je veux que tu sois à moi. Rien qu'à moi, répondit-il d'une voix dure.

— Je t'ai déjà dit que je t'appartenais, remarqua-t-elle, câlinant son pénis avec sa main. Tu es le seul homme avec qui j'ai eu envie de faire ces choses.

— Moi ? insista-t-il, respirant difficilement.

— Oui, le seul. Depuis le jour où tu m'as engagée. J'aurais voulu fréquenter d'autres hommes, mais je n'ai jamais pu. Le seul que je voulais, c'était toi, Isaiah.

Elle avait l'air tellement sincère qu'il en fut profondément touché. Au point que ses paroles trouvèrent un écho dans des endroits qu'il croyait à jamais condamnés.

Elle égrena des baisers sur son ventre et son torse avant de capturer sa bouche.

— J'ai besoin de toi en moi. S'il te plaît.

Il ne se le fit pas dire deux fois. Il l'allongea sur le dos et glissa ses doigts sous son slip minuscule, caressant lentement ses replis lisses et moites pour exacerber son désir, jusqu'à ce qu'elle gémisse et s'arc-boute sous lui. Jusqu'à ce qu'elle le supplie.

Puis il insinua un doigt en elle et la contempla tandis que la jouissance déferlait en elle. C'était le plus beau spectacle qu'il ait jamais vu.

Mais cela ne lui suffisait pas.

Il lui ôta son slip et se positionna entre ses cuisses, se pressant à l'entrée de son intimité et la pénétrant d'un vigoureux coup de reins. La revendiquant comme sienne. Lui montrant qu'elle lui appartenait.

De la même façon qu'il lui appartenait.

Lâchant la bride à son désir, il se perdit en elle, enveloppé dans sa fragrance si familière à base de vanille et d'épices, à laquelle se mêlait quelque chose de nouveau. La sueur. La passion. La peau.

Ce qu'ils avaient été se télescopait avec ce qu'ils étaient maintenant.

Il agrippa ses hanches et la chevaucha avec fougue, se délectant de son cri de plaisir tandis qu'il la revendiquait. Encore et encore.

Elle s'arc-bouta sous lui, criant son prénom, ses ongles enfoncés dans sa chair tandis que ses muscles internes pulsaient autour de son pénis.

Alors, il lâcha prise et jouit dans un grognement

sauvage, le plaisir semblable à une langue de feu sur sa peau et dans son bas-ventre.

Quand ce fut fini, il ne put rien faire d'autre que serrer Poppy dans ses bras, le souffle oppressé et le cœur cognant violemment dans sa poitrine.

Il la contempla, et elle lui sourit. Puis elle pressa ses doigts sur ses lèvres.

Il agrippa son poignet et embrassa sa paume.

— Viens au lit avec moi, dit-il.

— D'accord.

- 12 -

À 3 heures du matin, Poppy s'abandonnait à une langueur délicieuse quand Isaiah décida qu'ils devaient manger pour reprendre des forces. Seulement vêtue du T-shirt d'Isaiah, Poppy le rejoignit à la cuisine.

Installée au comptoir, elle l'observait pendant qu'il préparait des œufs sur le plat et du bacon. Serait-ce sa vie, désormais ? Elle avait du mal à le croire. C'était presque trop beau.

Elle était bouleversée rien qu'à le regarder.

Il était tellement… lui-même. Si puissant et si sérieux. Et pourtant, à cet instant, il avait quelque chose de puéril, avec ses cheveux bruns retombant sur ses yeux et son expression concentrée tandis qu'il cassait les œufs dans la poêle sans abîmer les jaunes.

Pour le reste, il était la virilité incarnée, torse nu, seulement vêtu d'un pantalon de jogging gris qui lui tombait bas sur les hanches. Son dos était large et sculptural, et elle avait tout loisir d'apprécier le jeu de ses muscles tandis qu'il cuisinait.

Il répartit les œufs dans deux assiettes et lui en tendit une. Puis il s'installa en face d'elle et la contempla intensément.

— T'arrive-t-il souvent de te préparer des en-cas de minuit ? demanda-t-elle.

— Non. Mais ce soir, c'est différent. Mange tant que c'est chaud.

— Me fais-tu prendre des forces pour que nous puissions poursuivre nos ébats ?

Il eut un sourire coquin.

— Assurément.

— Ce bacon a un goût d'arrière-pensée, plaisanta-t-elle, savourant une bouchée.

— Et tu le regrettes ?

— Non, il est encore plus délicieux ainsi, assura-t-elle, une bulle de joie s'épanouissant dans sa poitrine.

— En fait, c'est ma façon de prendre soin de toi. Te sens-tu bien ? demanda-t-il, redevenu sérieux.

— Oui, acquiesça-t-elle, un peu déconcertée.

— Pas de… nausées ou d'autres symptômes embêtants ?

Bon. S'il prenait soin d'elle, c'était à cause du bébé, songea-t-elle, dépitée.

— Non. Tout va bien.

— Tant mieux.

— Parce que les nausées matinales m'obligeraient à m'absenter du bureau ? demanda-t-elle, plaisantant à moitié.

— Non. Parce que je serais désolé que tu sois malade.

Contre toute attente, elle se sentit terriblement vulnérable, assise là avec lui.

Elle allait épouser Isaiah et avoir son bébé. Elle venait de passer les deux dernières heures à faire l'amour avec lui. Tout se déroulait pour le mieux. Et en même temps, elle avait une conscience aiguë de la personne qu'elle était, sans son chignon strict et sans maquillage ; sans ses robes structurées et ses talons hauts.

Elle était simplement Poppy Sinclair, la même Poppy Sinclair qui avait été ballottée de foyer en foyer et qui n'avait jamais trouvé une famille désireuse de l'accueillir pour toujours.

Sa gorge se noua douloureusement.

Soudain, elle sentit la grande main d'Isaiah qui lui soulevait le menton.

— Quelque chose ne va pas ?

Son cœur se serra. Cette marque de prévenance la réconforta un peu, mais elle était impuissante à combler le manque d'amour dont elle avait souffert toute sa vie.

Bien sûr, elle avait su qu'il lui serait difficile de faire le premier pas vers Isaiah, mais elle ne s'était pas attendue à ce que sa démarche réveille des souvenirs douloureux.

— Non, tout va bien. Je réfléchissais.

— À quoi ?

— Oh ! à rien de spécial.

Simplement à ce qu'elle était et à ce qu'elle faisait ici. Avec lui. Avec tant de belles choses à portée de main.

Une famille. Un mari. Un bébé.

La passion.

L'amour.

— J'aimerais quand même savoir ce qui te rend si songeuse, déclara-t-il, l'air perplexe.

— Pourquoi *tiens-tu* à le savoir ? insista-t-elle.

— Parce que tu es mienne. Tu peux me confier tous tes soucis. Je suis prêt à t'écouter et à t'aider.

— Oh ! Isaiah, murmura-t-elle, les yeux humides.

— Est-ce à cause de moi que tu pleures ? demanda-t-il, inquiet, essuyant une larme qui perlait au coin de son œil.

— Non, tu n'y es pour rien. C'est… stupide de ma part, dit-elle d'une voix étranglée par l'émotion.

— Rien ne peut être stupide si cela te fait pleurer.

— Je pensais, en te regardant prendre soin de moi,

que personne ne s'était jamais vraiment soucié de moi auparavant. Oh ! bien sûr, les parents d'accueil m'ont témoigné de la gentillesse, à des degrés divers. Mais j'ai vécu dans tellement de familles. Elles se mélangent toutes dans mon esprit. Avant, je me rappelais le nom de chaque famille qui m'avait accueillie, et maintenant, les souvenirs de ma petite enfance s'effacent peu à peu de ma mémoire.

Elle marqua une pause avant de poursuivre :

— Je me souviens qu'une famille devait m'emmener à une fête foraine. C'était la première fois que j'y allais. Si tu savais comme j'étais excitée ! On m'avait promis que je ferais un tour sur la grande roue et que j'aurais de la barbe à papa.

Elle prit une autre bouchée de son bacon, mais eut du mal à l'avaler tant l'émotion lui obstruait la gorge.

— Le lendemain, mes parents d'accueil ont appris que la mère biologique d'un frère et d'une sœur qu'ils hébergeaient avait donné naissance à un autre enfant. Les services sociaux voulaient que ce bébé soit placé chez ces parents dans le cadre du regroupement familial. C'était logique. Mais cela impliquait de me changer de foyer d'accueil.

— Tu n'es donc pas allée à la fête foraine.

Elle secoua la tête et cilla à plusieurs reprises pour s'empêcher de pleurer, mais une larme roula sur sa joue.

— Je suis stupide d'être encore bouleversée par cet incident, remarqua-t-elle, riant à travers ses larmes. Car je suis bien allée à la fête et j'ai mangé de la barbe à papa. Mais je me souviens surtout de mon chagrin et de cet horrible sentiment que rien dans la vie n'est jamais stable et que les bonnes choses ne durent jamais. Un peu comme la barbe à papa quand elle fond sur votre langue.

— Je prendrai toujours soin de toi, dit-il avec détermination.

— Ne fais pas de promesse que tu ne pourrais pas tenir, répliqua-t-elle, au bord du désespoir.

— Tu ne me fais pas confiance ?

Elle ne demandait pas mieux que de lui faire confiance, mais il ne l'aimait pas. Et s'il n'y avait pas d'amour partagé entre eux, elle ne savait pas trop quelle serait la nature du lien qui les unirait. Bien sûr, il y en aurait un. Car elle l'aimait plus que jamais.

Et ils auraient un bébé.

Une fois qu'ils seraient mariés, elle espérait qu'Isaiah se sentirait en confiance avec elle et qu'il finirait par lui ouvrir son cœur. Mais en attendant…

— Aussi curieux que cela paraisse, tu es une des figures les plus constantes de ma vie. Rosalind et moi nous voyons rarement, mais je sais qu'elle se soucie de moi. Elle ne m'a pas oubliée. Elle fait partie de ma famille. Et toi aussi, tu en fais partie.

— Tu peux l'inviter à notre mariage, si tu le souhaites.

Elle le contempla, stupéfaite, parce que d'habitude, la seule mention du nom de Rosalind lui valait un silence glacial ou un accès de colère à peine contenue.

— Tu n'y vois pas d'inconvénient ?

— Non, puisqu'elle est importante pour toi. Et ce qui s'est passé entre nous ne l'est plus.

L'espoir fleurit dans son cœur, fragile et nouveau, comme un minuscule bourgeon qui se forme au début du printemps.

— Pourtant, elle t'a brisé le cœur, argua-t-elle, prudente.

— Mais maintenant que je t'ai, le reste ne compte pas.

Ce n'était pas la déclaration qu'elle attendait, mais

c'était mieux que rien. Mieux que la promesse d'une barbe à papa.

Elle avait tellement envie d'y croire.

Elle se pencha vers lui et l'embrassa avec passion, se délestant peu à peu de son fardeau pour se raccrocher à l'espoir.

- 13 -

Contre toute attente, Isaiah avait décidé de faire une pause déjeuner à l'extérieur, mais cette pause s'éternisait. En fait, il était absent du bureau depuis près de deux heures, et Poppy ne se souvenait pas qu'il se soit absenté aussi longtemps en milieu de journée, sauf quand il avait un déjeuner de travail, auquel cas il l'emmenait.

Ce comportement inhabituel la rendait nerveuse.

Du moins, c'était ce qu'elle se disait. En fait, ce qui la rendait nerveuse, c'était qu'il soit hors de sa vue. Comme s'il pouvait se volatiliser si elle ne gardait pas un œil sur lui. Comme si tout ce qui se passait entre eux était imaginaire.

Elle s'efforça de se détendre en songeant à la nuit dernière. Une nuit fabuleuse !

Elle n'avait jamais rien connu de tel. Et la seule façon de revivre une pareille expérience, ce serait…

S'ils se mariaient.

Si tout se passait bien entre eux.

Elle posa une main sur son ventre et fit une petite prière. Elle avait tellement envie que son vœu se réalise.

Elle se leva en soupirant. Elle avait besoin d'un café pour s'éclaircir les idées et apaiser son stress.

Soudain, la porte de son bureau s'ouvrit, et Isaiah pénétra dans la pièce, vêtu du même T-shirt et du même jean noirs qu'il portait avant de s'absenter. Mais il tenait son bras derrière son dos, et son expression était… mystérieuse.

Elle ne pensait pas avoir déjà vu une expression pareille sur son visage.

— Que se passe-t-il, Isaiah ? demanda-t-elle.

— Je me suis absenté pour te rapporter quelque chose. Mais cela m'a pris plus de temps que je ne pensais.

— Parce que tu ne savais pas quoi me rapporter ?

— Non. Parce que j'ignorais où trouver ce que je cherchais.

— Que tiens-tu derrière ton dos ? demanda-t-elle, dévorée de curiosité.

— Un bouquet de roses aurait été facile, remarqua-t-il.

Puis il ramena son bras en avant, et elle aperçut quelque chose de rose ayant la forme d'un bouquet mais sans en être un.

Elle demeura clouée par la surprise.

Une autre bague ne l'aurait pas bouleversée autant que cette attention en apparence simple et peu onéreuse.

Mais pour elle… hors de prix.

— De la barbe à papa, balbutia-t-elle, bouleversée.

— Je voulais te l'offrir en guise de dessert, mais hélas, l'heure du déjeuner est passée.

Comment ne pas craquer à la vue d'Iasiah, sérieux comme un pape, arborant fièrement la barbe à papa la plus rose et la plus mousseuse au monde ?

Elle réprima un petit rire.

— Où l'as-tu trouvée ?

— Dans un parc d'attractions à Tolowa.

— Oh ! Isaiah, tu es allé jusque là-bas pour m'acheter une barbe à papa ! s'exclama-t-elle, émue aux larmes.

Elle la lui prit des mains et la déposa sur son bureau avant de nouer ses bras autour du cou d'Isaiah et de l'embrasser.

— Elle va fondre, remarqua-t-il contre ses lèvres.

— La barbe à papa ne fond pas.

— Mais elle rétrécit.

— Ne te méprends pas, j'aime la barbe à papa, mais je préfère te manger, toi, répliqua-t-elle en souriant.

— J'ai fait beaucoup d'efforts pour la trouver.

Éclatant de rire, elle attrapa la friandise et en prit une bouchée, le sucre recouvrant ses lèvres et sa langue. Puis elle embrassa à nouveau Isaiah, un baiser doux et sucré qui, espérait-elle, exprimait un peu de l'amour qu'elle ressentait pour lui.

Mais pas tout son amour.

Parce qu'elle ne lui avait pas encore avoué qu'elle l'aimait.

Elle redoutait de le faire.

La nuit dernière, elle avait fait le premier pas. Elle était allée le retrouver dans son bureau et s'était donnée à lui. Elle lui avait *montré* à quel point elle l'aimait. Mais elle savait que c'était insuffisant. Il fallait qu'elle le lui dise.

Elle prit son visage entre ses paumes et l'embrassa une nouvelle fois, examinant les ridules au coin de ses yeux gris, ses pommettes hautes mises en valeur par sa barbe, son nez parfait et ses lèvres… Des lèvres faites pour elle.

Bien sûr, d'autres femmes les avaient embrassées. Mais quelle importance puisque ses lèvres ne leur étaient pas destinées ? Elles étaient faites pour elle. Elles s'adoucissaient pour elle. Elles souriaient pour elle. Contrairement aux autres femmes, Poppy avait réussi à entamer la carapace protectrice qu'il s'était forgée.

Bien sûr, Rosalind avait fait mieux qu'elle ; elle avait trouvé le chemin de son cœur. Mais puisque Poppy parvenait à lui faire perdre son sacro-saint contrôle au cours de leurs ébats torrides, puisqu'il parcourait des kilomètres pour lui offrir de la barbe à papa, l'espoir était permis.

Elle l'aimait depuis si longtemps. Elle l'avait accompagné tout au long de ces dix années, travaillant à ses côtés, souffrant de le voir malheureux, devenant son amie, se disputant avec lui, riant avec lui, faisant l'amour avec lui.

Elle l'aimait envers et contre tout.

Ne pas le lui dire, s'inquiéter de sa réaction, c'était se protéger un peu plus. Et elle en avait fini avec l'autoprotection.

— Je t'aime, dit-elle dans un souffle.

Il se figea sous son baiser, mais elle s'y attendait. Il aurait besoin de temps. Elle n'espérait pas une réponse immédiate de sa part ; à vrai dire, elle ne la souhaitait pas.

— Je t'ai toujours aimé, poursuivit-elle. Même quand tu étais avec Rosalind. Je me sentais trahie et je me consumais de jalousie, mais rien n'y faisait. Je rêvais que tu reportes sur moi tout cet amour que tu lui offrais. Mais quand elle est partie, tu as verrouillé ton cœur à double tour. Et je trouve injuste qu'elle soit la seule à avoir eu droit à ton amour.

— J'ai tellement envie que tu m'aimes, Isaiah, ajouta-t-elle. Tu représentes tout ce que je désire. Tu es mon plus beau rêve. Je t'ai aimé avant que nous nous embrassions ; avant que nous fassions l'amour ; avant que tu me demandes en mariage et que je sois enceinte. Et je t'aimerai toujours.

Son expression n'avait pas changé. Impénétrable et froide. La bouche pincée et le corps rigide.

— Poppy…

— Non. Ne me regarde pas comme si tu avais pitié de moi. Comme si j'étais un chiot que tu devais chasser. J'ai eu ma dose de pitié pour le restant de ma vie, Isaiah, et je ne veux surtout pas de la tienne.

— Je t'appartiens, Poppy. Je te le promets.

— Mais tu ne m'aimes pas.

— Je ne peux pas.

Elle secoua la tête, une douleur aiguë lui broyant la poitrine.

— Dis plutôt que tu ne veux pas.

— Au bout du compte, cela fait-il une différence ?

— Au bout du compte, peut-être pas. Mais entre-temps, cela fait toute la différence. « Je ne peux pas » signifie que rien au monde ne te fera changer d'avis. « Je ne veux pas » signifie que tu choisis de te raccrocher à tes échecs et à ta souffrance passée. Tu choisis de te raccrocher à une autre femme au lieu de te tourner vers moi. Tu m'accuses de me cramponner à l'espoir illusoire du grand amour au lieu de me contenter d'accepter ce que tu m'offres. Mais ton attitude est pire que la mienne. Tu te cramponnes aux fantômes du passé au lieu de te raccrocher à quelque chose de réel. Je pense que tu es capable de m'aimer. Mais tu as enfoui ce sentiment si profondément, sous tellement de couches de protection…

— Tu ne comprends pas, riposta-t-il, s'écartant d'elle et fourrageant nerveusement dans ses cheveux. Tu ne comprends pas, répéta-t-il d'un ton plus mesuré. C'est facile pour toi. Tu es perspicace et intuitive. Tu n'as aucun mal à décrypter l'expression faciale d'une personne et à deviner le sens caché de ses paroles. Mais ce n'est pas mon cas. Rosalind était la plus fieffée menteuse et tricheuse de la création, et je ne m'en étais pas rendu compte. Elle disait qu'elle m'aimait, et je la croyais.

Poppy exhala un soupir douloureux.

— Et donc, tu ne me crois pas ?

— Je n'ai pas dit ça.

— Mais le problème est bien là. Tu ne me fais pas confiance. Sinon, tu ne réagirais pas ainsi.

— Non, c'est faux. Je me suis senti stupide quand Rosalind est partie. Je n'ai absolument rien vu venir.

Et cela m'a anéanti. Je ne pense pas que tu puisses comprendre à quel point c'est horrible d'être attaqué par surprise comme je l'ai été.

C'en fut trop pour Poppy. Sa vision se brouilla sous l'effet de la rage. Son cœur cognait si violemment qu'elle se sentait sur le point de défaillir.

— Vraiment ? Je ne t'ai raconté qu'une petite partie de ce qu'a été mon enfance, notamment à quel point il était dangereux pour moi de fonder des espoirs sur le lendemain parce que les services sociaux pouvaient à tout moment me transférer dans une autre famille d'accueil. Je n'ai jamais eu le contrôle de ma vie. Je m'exposais à de graves déconvenues si je m'autorisais à me sentir à l'aise au sein d'une famille et à aimer les personnes qui m'accueillaient. Bien sûr, c'est le système qui veut cela, mais quand on est enfant, tout ce qu'on sait, c'est qu'on est sans cesse déracinée.

— Je suis désolé. Je ne voulais pas…

— Nous sommes tous amenés à être blessés à un moment ou à un autre. La vie est ainsi faite. Mais toi, comment réagis-tu à cela ? Dis-le-moi. À haute et intelligible voix, pour que tu puisses te rendre compte à quel point ta réaction est ridicule.

— Cette expérience a changé quelque chose en moi. Et… je ne peux pas revenir en arrière.

— Non. Tu ne *veux* pas. Tu es lâche, Isaiah Grayson. Tu fuis ce que tu ressens ou ce que tu *pourrais* ressentir. Tu dis que tu es incapable d'éprouver certains sentiments ; que tu es incapable de faire ou de comprendre certaines choses. Pourtant, tu comprends des choses qui sont inaccessibles pour d'autres, comme ton don extraordinaire pour les chiffres. Et si ton cerveau fonctionnait comme celui de tout le monde, tu ne serais pas la personne que tu es. Tu ne serais pas l'homme que j'aime. Je ne veux pas que tu changes. Ne le comprends-tu pas ? Ce n'est pas ce que je te demande. Ce que j'attends de toi, c'est que tu te tournes vers moi au lieu de te raccrocher à Rosalind.

Il recula d'un pas et secoua lentement la tête.

— Poppy…

— Où est passé mon patron si déterminé et si audacieux ? Mon ami têtu qui ne renonce jamais ? À moins que tu ne sois terrifié parce que je te demande quelque chose qui ne se trouve pas dans ta tête mais dans ton cœur ?

Son propre cœur était en train de se briser en mille morceaux dans sa poitrine. Elle était malheureuse à en mourir.

Bien sûr, elle ne s'était pas attendue à ce qu'il lui donne une réponse aujourd'hui, mais elle n'aurait jamais cru qu'il rejette aussi catégoriquement toute possibilité de l'aimer.

— Peut-être n'ai-je pas de cœur, répliqua-t-il d'une voix amère. Peut-être ne suis-je qu'un robot, comme tu l'as dit toi-même.

— Non, je ne le pense pas. Et je regrette d'avoir porté cette accusation.

— Mais peut-être étais-tu plus proche de la vérité que tu ne veux le croire. Peut-être ne m'aimes-tu pas comme je suis, Poppy. Peut-être crois-tu voir des choses en moi qui te plaisent. Mais elles ne sont pas réelles.

Elle secoua la tête, s'efforçant de refouler ses larmes.

— Non. Je ne me trompe pas. Je te côtoie depuis dix ans, Isaiah.

Elle contempla le beau visage si familier de cet homme qui était en train de détruire tout ce qu'ils avaient commencé à construire ensemble. Elle était tellement furieuse contre lui qu'elle avait envie de marteler son torse avec ses poings.

— *Je te connais.* Je sais que tu es capable d'aimer. Je t'ai observé avec ta famille et au bureau. Tu as travaillé dur pour bâtir cette entreprise avec Joshua et Faith, puis pour la développer avec Jonathan Bear. Tu as aidé Faith à réaliser son rêve de devenir architecte…

— Elle l'a réalisé grâce à son talent. J'aurais tort de m'en attribuer le mérite.

— Il n'empêche que sans toi, les finances de l'entreprise ne seraient pas aussi florissantes, et ce serait la fin du rêve. Tu es le principal artisan de son succès. Tu n'exprimes peut-être pas ton affection et ta prévenance de la même façon que tout un chacun, mais tu les exprimes de façon réelle et tangible.

À son grand désespoir, il demeura impassible.

— Tu es capable d'aimer, Isaiah. Et ton entourage t'aime.

Après un long moment de silence, il déclara :

— Je ne t'aurais jamais retiré notre enfant.

— Quoi ?

— J'ai eu tort de te menacer de te retirer la garde de notre enfant. Et j'ai eu tort de te forcer à m'épouser. Cette idée de mariage était une erreur, Poppy.

Elle le contempla, atterrée. Elle avait l'impression de redevenir cette fillette à qui l'on avait promis de l'emmener à la fête foraine et qui se réveillait le matin, apprenant qu'elle allait encore changer de foyer.

Et la présence de la barbe à papa ne faisait que renforcer ce sentiment de douloureuse déconvenue.

— Tu ne veux plus m'épouser ?

— Je te forçais la main. Parce que dans mon esprit, c'était la meilleure solution. Mais… je me suis trompé. Ma décision était injuste. C'est pourquoi je renonce à ce mariage.

Elle faillit s'étouffer de rage.

— Comment oses-tu me laisser tomber et prétendre que c'est pour mon propre bien ? Après m'avoir entendue te dire que je t'aimais ? Me forcer à t'épouser était une décision dictatoriale, mais au moins elle était dictée par l'ignorance émotionnelle.

— Elle dicte tous mes actes, répliqua-t-il. Tu n'es pas logique, Poppy. Comment peux-tu prétendre tout accepter de moi et t'étonner ensuite de mon comportement ?

— Parce que tu dépasses les bornes, Isaiah ! Tu te renfermes dans une bulle protectrice et tu laisses parler ton cerveau à la place de ton cœur. Tu essaies de tout rationaliser et de tout anticiper. Mais la vie n'est pas un jeu d'échecs. Elle n'a rien à voir avec la logique et les mathématiques. Tout comme tes actes, d'ailleurs. Parce que si tu additionnais tout ce que tu as dit et fait durant ces dernières semaines, tu comprendrais que le résultat équivaut à l'amour. Tu comprendrais que nous sommes faits l'un pour l'autre. Tu comprendrais que tu obtiens enfin ce que tu veux *et que tu le rejettes !*

Elle prit une profonde respiration avant de poursuivre d'une voix tremblante d'émotion et de rage :

— Alors, ne viens pas me dire que je ne suis qu'une femme illogique et hystérique qui exige de toi des choses ridicules. De nous deux, c'est toi qui es hystérique. C'est toi qui es terrifié. Tu as beau m'opposer un visage vide d'expression et prétendre que de ce fait, tu es rationnel, tu ne l'es pas. Tu as beau me mentir et te mentir à toi-même, je ne suis pas dupe.

Elle marqua une autre pause avant d'ajouter :

— Et je démissionne pour de bon. Je refuse de demeurer plus longtemps à tes côtés pour ta convenance personnelle. J'en ai assez de te faciliter la vie et de te donner tout ce que tu veux quand tu le décides, alors que je ne reçois rien en retour.

Elle s'empara de la barbe à papa.

— Mais je garde ceci.

Elle récupéra aussi son manteau et se dirigea vers la porte. Puis elle s'arrêta et se tourna vers lui.

— Je te tiendrai au courant au sujet du bébé. Et je te rembourserai la robe de mariée si la vendeuse ne veut pas me la reprendre. Dis à ta mère que… je suis désolée. Ou plutôt, dis-lui que tu es désolé d'avoir laissé une femme qui ne t'a jamais vraiment aimé gâcher tes chances auprès d'une autre femme qui t'aimait sincèrement.

Sur quoi, elle sortit dans le couloir et passa devant le bureau de Joshua, lequel la suivit des yeux, visiblement perplexe. Puis elle déboucha dans le petit salon où Faith était assise, le regard rivé sur son écran d'ordinateur.

— Au revoir, lui lança Poppy d'une petite voix.

— Que se passe-t-il ? demanda Faith.

— J'ai démissionné. Et le mariage est annulé. Et… j'ai le cœur brisé. Mais je n'ai pas d'autre solution.

Poppy se retrouva dehors. Une toute nouvelle vie allait démarrer pour elle.

Et comme tant d'autres fois, elle redoutait qu'elle ne lui apporte rien de bon.

Non. Cette fois, le destin lui réservait une bonne surprise puisqu'elle allait être maman.

Elle donnerait le meilleur d'elle-même à son enfant. Il serait choyé comme jamais elle ne l'avait été.

Elle esquissa un sourire triste. Sans le vouloir, Isaiah lui avait donné une occasion d'aimer. Ce n'était pas le genre d'amour qu'elle avait espéré.

Mais c'était malgré tout un cadeau.

Et elle se raccrocherait à cette pensée de toutes ses forces.

- 14 -

Isaiah n'était pas homme à se réfugier dans l'alcool, mais ce soir, il l'envisageait sérieusement.

Quand il était rentré chez lui après le travail, Poppy avait déjà enlevé toutes ses affaires. Il aurait dû l'empêcher de partir. Il aurait dû quitter le bureau plus tôt pour essayer de la raisonner.

Mais il était resté paralysé.

Il avait continué à travailler de façon machinale tout en s'efforçant d'analyser ce qui s'était passé.

Une pensée tournait en boucle dans sa tête, et ce n'était pas le fait qu'elle l'aimait, même si cette idée s'était enroulée autour de son cœur, l'étreignant douloureusement.

Non. Ce qui l'obsédait, c'était ce qu'elle lui avait dit à propos des excuses qu'il avait invoquées.

Lui-même avait su en les prononçant qu'elles étaient fallacieuses. Ce n'était pas vrai qu'il était incapable de l'aimer.

Puis elle lui avait demandé s'il ne lui faisait pas confiance. Et le problème n'était pas là non plus.

C'était de lui qu'il se défiait.

De ses émotions et de ses sentiments.

L'émotion était une sorte de langue étrangère pour lui. Il devait faire un effort pour l'apprendre afin de comprendre les personnes qu'il était amené à côtoyer. Enfant, il avait louvoyé entre des amitiés naissantes sans vraiment parvenir à les pérenniser. Au lycée et à l'université, il avait brisé des cœurs féminins par inadvertance, faute d'avoir su déceler des inclinations évidentes pour d'autres que lui.

Ces échecs n'étaient jamais dus à un manque de sensibilité de sa part. Simplement, ses sentiments s'exprimaient dans une autre langue.

Et souvent, il ne savait pas comment combler cet écart.

À cet instant, l'intensité de ses sentiments était si aiguë et si douloureuse qu'il était enclin à les nier en bloc. À les refouler au tréfonds de lui-même, hors d'atteinte.

Il faisait souvent cela.

Parce qu'il trouvait plus commode d'affronter des situations difficiles avec autrui s'il n'avait pas à gérer ses propres sentiments en même temps. Il avait donc appris à les refouler et à aborder chaque situation avec un esprit logique.

Mais il n'était pas insensible ou indifférent pour autant, tant s'en faut. Il percevait les émotions avec une telle acuité, elles le submergeaient avec une telle violence qu'il n'avait qu'une envie : les éradiquer.

Mais avec Poppy… il n'y arrivait pas.

Quand il lui faisait l'amour, c'était comme si une digue se rompait. Il se donnait à elle corps et âme. Ses sentiments s'exprimaient dans chacune de ses caresses, dans chacun de ses baisers et dans chacun de ses assauts. Ils trouvaient un exutoire dans le grondement de son sang dans ses veines, dans l'embrasement de ses sens et dans la jouissance de la délivrance ultime.

Ses sentiments et ses émotions étaient tellement puissants et dévastateurs. Comment pourrait-il avoir suffisamment confiance en lui pour les gérer comme il se devait ?

Il avait besoin d'un verre. Dans l'état de fébrilité où il était, ce n'était sans doute pas une bonne idée, mais…

Un coup sonore retentit à la porte d'entrée. Le cœur battant, il descendit en hâte l'escalier.

Et si c'était Poppy ?

Il ouvrit la porte et se retrouva face à Joshua.

— Que fais-tu ici ? demanda-t-il, sur la défensive.

— Faith m'a dit que Poppy avait démissionné.

— C'est vrai.

Il pivota sur ses talons et se dirigea vers la cuisine. Il allait vraiment avoir besoin de ce verre.

— Que lui as-tu fait ?

— Parce que tu présumes que je lui ai fait quelque chose ?

La colère d'Isaiah sonnait faux, même à ses propres oreilles, car il savait que tout était de sa faute.

Joshua se contenta de l'observer sans répondre.

Le salaud.

Était-il si indéniablement destructeur dans ses relations avec autrui ?

Oui.

Il n'avait pas besoin de réfléchir pour avoir la réponse.

— Je l'ai libérée de son obligation. C'est elle qui a choisi de partir.

— Je ne comprends pas. De quelle obligation parles-tu ?

— Je l'avais forcée à m'épouser. Puis je suis revenu sur ma décision, expliqua-t-il, se sentant ridicule.

Son frère se pinça l'arête du nez, visiblement perplexe.

— Et si tu commençais par le début ?

— Elle est enceinte.

Joshua le fixa, incrédule.

— Je croyais que tu avais conclu un arrangement avec elle. Que tu n'allais pas… perdre tout contrôle.

— Il s'est avéré que nous étions très compatibles. Sur le plan physique.

— Oui. J'ai compris ce que tu entends par *compatibles.*

— Alors pourquoi restes-tu là à me regarder fixement ? s'énerva Isaiah.

Il se passa la main sur le visage avant d'expliquer :

— Elle a voulu rompre alors que nous étions fiancés. Puis elle a découvert qu'elle était enceinte. Je lui ai dit qu'elle devait m'épouser sinon je demanderais la garde exclusive de notre enfant…

— Une demande en mariage très romantique, ironisa Joshua. J'espère que tu as filmé la scène pour immortaliser ce moment mémorable.

Isaiah ignora son frère.

— Ce mariage était une solution commode pour nous deux. Puis… elle a voulu des choses que j'étais incapable de lui donner. Et j'ai compris que forcer une femme à m'épouser était une mauvaise idée.

— Elle est amoureuse de toi.

Isaiah exhala un profond soupir.

— Oui.

— Et tu lui as dit que tu ne pouvais pas l'aimer pour l'inciter à partir ?

— Non. Je lui ai dit que je ne pouvais pas l'aimer et que je ne l'obligeais plus à m'épouser. Alors, elle est partie.

— C'est toi qui l'as rejetée, insista Joshua.

— Je ne sais pas comment lui donner ce qu'elle veut tout en étant sûr de ne pas…

Il n'osait pas finir sa phrase de peur de paraître faible. C'eût été trop humiliant. Mais en vérité, il avait peur de souffrir. Et que cela lui plaise ou non, c'était bel et bien une marque de faiblesse.

— Aimer une personne signifie l'aimer aux dépens

de sa propre sécurité émotionnelle, intervint Joshua, devinant ce qu'il taisait. Désolé, mais c'est ainsi.

— Je ne peux pas faire cela.

— Parce qu'une femme t'a blessé ?

— Tu ne comprends pas. Rosalind n'a pas fait que blesser mon amour-propre. Elle a mis en valeur toutes ces failles contre lesquelles j'ai lutté toute ma vie et elle a démontré à quel point je suis inadapté. Sauf qu'elle ne l'a pas fait délibérément.

Il prit une profonde inspiration avant de poursuivre :

— Établir une relation de sympathie avec les gens a toujours été difficile pour moi, contrairement à toi ou aux autres membres de notre famille. Vous savez tous comment vous y prendre avec moi. Mais ce n'est pas le cas de tout le monde. Avec Rosalind, j'ai cru que j'avais enfin trouvé une femme qui me comprenait et m'appréciait tel que j'étais. J'ai baissé ma garde et je ne me suis plus inquiété de savoir si je commettais ou non des erreurs d'appréciation. Je me suis abandonné à la joie de vivre avec elle en toute insouciance. Sauf que j'ai commis une grave erreur de jugement. Elle ne m'appréciait pas tel que j'étais. Les preuves étaient devant moi, et je ne les ai pas vues.

— Mais ta relation avec Poppy est très différente ! Elle n'essaiera pas de te changer si tu admets que tu es amoureux d'elle.

— J'en conviens, Poppy est différente de Rosalind. Et mes sentiments pour elle sont d'une tout autre nature.

— Tu l'aimes. Et si tu refuses de l'admettre, tu la perdras définitivement. As-tu vraiment l'intention de vivre loin de la femme que tu aimes ?

— De toute façon, je ne serai pas un bon père, dit-il, le cœur meurtri.

— Qu'est-ce qui te fait penser cela ?

— Comment pourrais-je être un bon père quand je suis incapable d'établir une relation normale avec quelqu'un ? Comment pourrais-je enseigner à un enfant la meilleure façon de communiquer avec autrui quand mes modes de connexion diffèrent de ceux des autres ?

— Il se peut que ton enfant soit comme toi. Ou que le mien soit comme toi, auquel cas il aura besoin de son oncle pour le comprendre et l'aider. Tu n'es pas un cas à part, Isaiah. D'autres personnes dans le monde rencontrent les mêmes difficultés que toi.

Isaiah demeura pensif. Il ne lui était jamais venu à l'esprit que sa propre expérience pouvait servir à quelqu'un d'autre.

— Mais Poppy…

— Poppy te connaît et t'aime tel que tu es. Elle n'a pas l'intention de te changer.

Isaiah s'éclaircit la gorge, mal à l'aise.

— C'est l'accusation que j'ai portée contre elle.

— Parce qu'elle t'a demandé de sortir de ta bulle protectrice et d'admettre que tu l'aimes ?

— Oui, acquiesça-t-il, penaud.

— Le repli sur soi est le refuge des lâches, Isaiah. Tu as des défauts, mais je n'ai jamais pensé que tu étais lâche. Je comprends que tu cherches à éviter de souffrir à nouveau. J'ai eu la même réaction que toi après mon divorce. Je rejetais toute idée de rencontrer une autre femme ou d'avoir un autre bébé. Et pourtant, aujourd'hui j'ai Danielle. J'ai une épouse et un fils. Et je suis heureux de ne pas avoir laissé le chagrin et la rancœur décider de mon avenir. Bien sûr, c'est plus facile de laisser les mauvais souvenirs gâcher votre vie que de décider qu'ils n'auront aucune emprise sur vous. Mais tu es capable d'avoir ce courage-là.

— Chaque fois que je la regarde, j'ai du mal à respirer, avoua Isaiah, la voix enrouée par l'émotion.

— Si tu la laisses partir, tu ne te sentiras pas mieux. Au contraire, tu seras taraudé par le chagrin et les regrets.

— Je ne voulais pas me marier par amour, mais pour me faciliter la vie.

— Faire entrer une autre personne dans sa vie rend les choses plus compliquées, tu devrais le savoir mieux que quiconque. On fait entrer cette personne parce qu'on ne peut pas vivre sans elle et on fait fi des complications. Seule cette personne compte. C'est cela l'amour. L'amour est plus fort que la peur. Et c'est une bonne chose car l'amour en soi est tellement terrifiant.

— Dans ce cas, pourquoi tout le monde le recherche ?

— Parce que au bout du compte, l'amour vous comble de bonheur. J'ai failli laisser partir Danielle. J'ai failli renoncer à la meilleure chose qui me soit arrivée parce que j'avais peur. Mais j'ai réussi à la surmonter et aujourd'hui je suis le plus heureux des hommes.

Cette démonstration fut comme une révélation pour Isaiah. Il comprenait soudain que le raisonnement qu'il avait tenu jusqu'à présent était erroné.

En effet, il ne parviendrait jamais à tenir toutes ses émotions à distance. Car même quand il croirait les museler, l'une d'elles l'emporterait toujours : la peur.

— Penses-y, conseilla Joshua.

Puis il tourna les talons et sortit de la maison, laissant Isaiah seul avec ses réflexions.

Il aimait Poppy de toute son âme.

Avec son cœur et ses tripes.

Il l'aimait tellement que c'en était douloureux et il ne savait pas du tout ce qu'il était censé faire avec cette maudite peur qui le paralysait.

Toute cette histoire avait commencé par l'annonce

qu'il avait fait publier dans le but de trouver une épouse — l'idée la plus dépourvue de passion qu'un homme ait jamais eue.

Il s'était figuré que son existence ressemblerait enfin à l'image qu'il se faisait de la vie idéale. Une vie semblable à celle de ses parents.

Sauf qu'il avait omis le détail le plus important.

L'amour.

Et en l'absence d'amour, sa vision de la vie idéale était vidée de sa substance.

Seule *Poppy* était capable de donner un sens à sa vie.

Désormais, tout ce qu'il voulait, c'était *Poppy*.

Qu'ils se marient ou non, qu'ils mènent ou non une vie de couple idyllique avec des dîners dominicaux comme chez ses parents, qu'ils vivent dans une fermette ou dans son énorme ranch… Cela n'avait aucune importance du moment que Poppy était à ses côtés.

Son foyer était là où se trouvait Poppy.

Et si elle ne voulait plus de lui, il n'aurait jamais de foyer.

Seigneur, cette idée était trop déprimante ! Il avait plus que jamais besoin d'un verre pour atténuer sa souffrance et son désespoir devant l'énorme gâchis qu'il venait de faire. Mais il n'était plus question de museler ses émotions. Ce temps-là était révolu. Il les laisserait s'exprimer, quel qu'en soit le prix à payer.

Il s'adossa contre le mur, la tête basse, tandis qu'une douleur atroce lui nouait l'estomac et se propageait dans sa poitrine. C'était comme si une main invisible lui plantait des éclats de verre dans les côtes, l'empêchant de respirer.

Il n'avait jamais eu de blessure d'amour auparavant.

Certes, son orgueil avait été bafoué et sa confiance trahie.

Mais il n'avait jamais eu le cœur brisé.

Jusqu'à aujourd'hui.

Et il ne pouvait s'en prendre qu'à lui-même.

Poppy lui avait offert tout ce dont il avait besoin pour être heureux, et il avait été trop terrifié pour l'accepter.

Toute sa vie, Poppy avait connu le chagrin et l'abandon. Il avait promis de prendre soin d'elle, et il avait failli à sa promesse. Il venait se rajouter à la longue liste des personnes qui avaient trahi sa confiance ; qui ne l'avaient pas aimée comme elle aurait mérité de l'être.

Il aurait dû l'aimer plus que lui-même.

Il serra le poing, s'en voulant de sa lâcheté et de son aveuglement. Cette fois, il en avait fini avec l'autoprotection.

Il voulait de nouveau avoir Poppy dans sa vie.

Maintenant et pour toujours.

Elle passait avant sa propre sécurité.

Elle était sa raison de vivre.

Mais pourrait-elle lui pardonner tout le mal qu'il lui avait fait ? Pourrait-elle à nouveau avoir confiance en lui ?

Il espérait de tout son cœur que l'amour finirait par triompher.

- 15 -

Au comble du désespoir, Poppy avait trouvé refuge dans sa maison de Copper Ridge où elle avait ramené toutes ses affaires aisément transportables.

Elle devait prendre un certain nombre de décisions au sujet de son avenir, mais elle n'était pas en état de le faire.

Elle savait simplement qu'elle devait trouver un autre emploi. Elle avait bon espoir d'en décrocher un facilement grâce aux compétences qu'elle avait acquises au cours des dix dernières années. Ce faisant, elle refermerait un long chapitre de son existence — sans doute le plus long. Celui concernant Isaiah.

Tant de personnes étaient entrées et sorties de sa vie. Les Grayson en étaient les figures les plus marquantes. Ils comptaient au nombre de ses amis les plus chers. Elle était désespérée de les perdre. De perdre Isaiah. Hélas, il en avait toujours été ainsi dans sa vie, et elle ne pouvait rien y faire. Elle serait toujours à la merci de personnes incapables de lui donner tout l'amour dont elle avait tant besoin.

Elle déglutit avec peine, la gorge nouée par l'émotion.

Il ne restait quasiment plus de meubles dans sa maison. Par chance, elle avait récupéré un sac de couchage qu'elle avait déplié dans un coin de sa chambre. Elle se lova dans ce lit improvisé et s'empara de son téléphone portable.

Non qu'elle ait grand monde à prévenir. Toutefois, il y avait une personne qu'elle tenait à appeler.

Elle composa le numéro de Rosalind et attendit.

— Allô !

— Bonsoir, Rosalind. C'est Poppy. J'espère que je ne te dérange pas malgré l'heure tardive.

Tout en parlant, elle fixait le ciel à travers la vitre. Il avait l'audace de paraître normal. D'un noir d'encre piqueté d'étoiles scintillantes. Une belle nuit de décembre en contraste total avec le chaos qui régnait dans sa vie.

— Bien sûr que non. Jason et moi nous préparions à sortir, mais cela peut attendre. Alors, qu'as-tu à me raconter ?

— Oh ! rien… Tout…

— Que se passe-t-il ? insista Rosalind. Cela fait deux mois que tu ne m'as pas appelée.

— Toi non plus tu ne m'as pas appelée.

— Je sais et j'en suis désolée. Je suis négligente. Mais cela ne veut pas dire que je n'aime pas avoir de tes nouvelles.

— Je suis enceinte, annonça Poppy tout à trac.

Le silence qui s'établit à l'autre bout de la ligne était éloquent. Mais quand Rosalind reprit la parole, sa voix trahissait l'excitation.

— Toutes mes félicitations, Poppy ! Je suis si heureuse pour toi.

— Je suis célibataire.

— Ah. Je comprends mieux ton manque d'enthousiasme.

— Je ne sais pas quoi faire, balbutia-t-elle, se recroquevillant sur elle-même et sur son chagrin.

— Si tu as besoin d'argent ou d'un endroit où aller, tu sais que tu peux toujours venir t'installer chez nous.

Oui, Poppy le savait. Peut-être était-ce pour cette raison qu'elle avait appelé Rosalind. Savoir qu'elle avait un endroit où aller en cas de besoin la réconfortait. Elle se sentait un peu moins déracinée.

Maintenant qu'elle avait perdu son seul autre point d'ancrage, Rosalind lui paraissait plus importante que jamais.

— J'espère qu'Isaiah n'est pas furieux contre toi parce que tu vas avoir un bébé.

— Non… Enfin, pas comme tu l'entends, répondit lentement Poppy. C'est le bébé d'Isaiah.

Le silence qui s'ensuivit parut durer une éternité.

— Le bébé d'*Isaiah* ?

— Oui. Je sais… Je suis désolée.

— Je ne comprends pas. Pourquoi es-tu désolée ?

— Parce qu'il s'agit de ton ex et que je te considère comme une sœur. On ne sort pas avec les petits amis de sa sœur.

— Peut-être, mais c'est mon *ex* depuis longtemps. Désormais, je vis avec un autre homme. Je suis allée de l'avant. Et manifestement, lui aussi. Tu n'as aucune raison de te priver de quelque chose qui te fait envie simplement parce que les autres pensent que ce n'est pas correct. Et si tu aimes Isaiah…

Poppy se rendit compte que son sentiment de culpabilité était lié au fait qu'elle était tombée amoureuse d'Isaiah alors même qu'il était encore le fiancé de Rosalind.

— Je l'aime depuis longtemps, avoua Poppy. Depuis très longtemps.

— Et c'est pour cette raison que tu as des scrupules ?

— Oui. Il était ton petit ami. Et tu es intervenue pour qu'il m'engage comme assistante. Et durant tout ce temps…

— Tu n'as *rien* fait de mal, Poppy. Ce n'est pas comme si tu avais essayé de me le prendre quand nous étions ensemble.

— Non, bien sûr, mais…

— Dans cette histoire, c'est moi qui suis fautive, intervint Rosalind, exhalant un profond soupir. Je n'ai pas su gérer la situation avec Isaiah. J'aurais dû avoir le courage de rompre avec lui au lieu de lui être infidèle. Mais j'ai été lâche.

Jamais auparavant elles n'avaient abordé ce sujet. Parler d'Isaiah avait toujours été trop douloureux pour Poppy. Elle en avait tellement voulu à Rosalind de l'avoir trahi. Par sa faute, il s'était replié sur lui-même et avait banni l'amour de sa vie. Mais elle n'avait jamais envisagé que le comportement de Rosalind puisse en partie s'expliquer par son passé.

Pourtant, elle aurait dû y penser. Après tout, n'était-ce pas à cause de son enfance instable qu'elle-même avait réagi comme une chatte sauvage face au bonheur ?

— À l'époque, Isaiah était le premier homme qui se conduisait bien avec moi, et j'avais des scrupules à rompre avec lui. Mais la gratitude n'est pas l'amour. Et c'était de la gratitude que j'éprouvais pour lui. Quand j'ai rencontré Jason, mon univers a basculé. Je n'avais jamais rien connu d'aussi intense ni d'aussi exaltant.

Elle marqua un temps avant d'ajouter :

— J'ai blessé Isaiah, et je le regrette. Mais tu ne dois surtout pas te sentir coupable de l'aimer. C'est quelqu'un de formidable, mais il n'était pas fait pour moi. Trop sérieux, trop raisonnable. Tu le connais depuis longtemps, et si tu penses que c'est l'homme de ta vie…

— Nous étions fiancés, intervint Poppy. Mais il a rompu avec moi.

— *Quoi ?*

Poppy ne put s'empêcher de rire.

— C'est une longue histoire. Une histoire alambiquée, à l'image d'Isaiah. Pour faire court, nous nous sommes fiancés. Puis nous avons couché ensemble. Ensuite j'ai rompu avec lui. Puis j'ai découvert que j'étais enceinte. Nous avons à nouveau couché ensemble et nous nous sommes à nouveau fiancés. Et… il a rompu avec moi parce que je lui ai dit que j'étais amoureuse de lui.

— Il faut vraiment que nous nous appelions plus souvent ! remarqua Rosalind, visiblement dépassée. Bon. Si j'ai bien compris, le fait que tu l'aimes l'a… terrifié ?

— Oui, acquiesça Poppy.

Elle s'abstiendrait d'évoquer le rôle de Rosalind dans ses démêlés sentimentaux avec Isaiah. À la réflexion, il était plutôt marginal. En fait, les problèmes d'Isaiah avec l'amour et les sentiments en général étaient inhérents à son caractère.

— Et tu as l'intention de le laisser partir sans rien faire ?

— Comment pourrais-je l'en empêcher ? Il a dit qu'il ne m'aimait pas. Qu'il ne voulait pas d'une relation amoureuse.

— Comment as-tu réagi à ce moment-là ?

— Je me suis énervée. Je lui ai dit ses quatre vérités. Puis, devant son intransigeance, je suis partie.

— Si j'étais amoureuse d'un homme, je camperais devant sa porte. Je le harcèlerais. Je ferais de sa vie un enfer.

— J'ai mon amour-propre, Rosalind.

— Pas moi. Je suis capable de tout quand il s'agit d'amour. C'est ainsi que j'ai lamentablement fichu en l'air ma relation avec Isaiah pour conquérir Jason.

— Ma situation est différente.

— Mais tu l'aimes !

— Je ne compte plus le nombre de personnes que j'ai aimées et perdues au cours de ma vie. Chaque fois que je m'adaptais quelque part, on me changeait de foyer. J'en ai assez de vivre dans l'incertitude et le chagrin. Je ne le supporte plus. Toi qui as connu le système de placement, tu devrais le comprendre.

— Il y a une grande différence entre avant et maintenant, rétorqua Rosalind. Nous ne sommes plus des enfants. J'en ai pris conscience, bien qu'un peu tard, avec Isaiah. Je n'étais plus une gamine. Je n'étais plus obligée d'être d'accord avec le choix de vie qu'on me proposait. Le temps où les services sociaux, les familles d'accueil et les parents toxiques régentaient notre vie est révolu. Désormais, nous sommes responsables de nous-mêmes. Tu es ta propre assistante sociale, Poppy. C'est à toi de choisir la vie que tu veux mener ; la personne avec qui tu veux vivre ; ce que tu es prête à accepter et à refuser. Tu ne dois plus attendre que quelqu'un vole à ton secours. Tu ne dois plus accepter que l'homme que tu aimes te dise qu'il ne peut pas vivre avec toi.

— J'ai essayé de le faire changer d'avis, mais…

— Que risques-tu à essayer de le convaincre à nouveau que vous êtes faits l'un pour l'autre ?

Poppy eut un rire sans joie.

— Je mourrai d'humiliation s'il me rejette encore une fois.

— Oh ! non. L'humiliation ne tue pas. Si c'était le cas, je serais morte au moins deux fois avant que Jason et moi filions le parfait amour. À l'époque, je manquais d'assurance, j'étais maladroite et insistante. Par ma faute, le début de notre relation a été catastrophique. J'avais peur d'arriver à mes fins de façon déloyale et de le perdre pour toujours. Mais maintenant, nous sommes mariés depuis cinq ans, et ces péripéties n'ont plus d'importance. Il nous arrive même d'en rire. Désormais, tout ce qui compte, c'est que nous nous aimions et que nous soyons ensemble.

— Tu connais Isaiah. Il est obstiné.

— À vrai dire, je ne le connais pas aussi bien que

toi. Mais tu vas avoir un bébé avec lui. Que tu arrives ou non à le faire changer d'avis, ne crois-tu pas que cela vaut la peine de te battre ? Pas seulement dans l'intérêt de votre enfant mais aussi pour toi. T'es-tu déjà battue pour *toi*, Poppy ?

Elle avait essayé. Quand Isaiah avait rompu leurs fiançailles. Mais peut-être n'avait-elle pas été assez combative.

Tout compte fait, Rosalind avait raison. Elle devait rassembler son courage à deux mains et affronter Isaiah.

Parce que dorénavant, personne ne lui dictait sa loi. Elle seule était maîtresse de son destin.

Et l'orgueil ne devait pas avoir le dernier mot.

— Je t'aime, dit Poppy. J'espère que tu le *sais*. Nous sommes différentes, mais tu as toujours été une sœur pour moi. Et c'est en partie grâce à toi si j'ai vécu les plus beaux moments de ma vie.

— Oh ! Seigneur, je vais me sentir affreusement coupable si Isaiah te brise le cœur !

— Même si c'est le cas, je serai heureuse de l'avoir eu dans ma vie. Je l'aime. Et c'est un don du ciel de pouvoir aimer quelqu'un à ce point. Je crains de ne pas avoir apprécié ce cadeau à sa juste valeur. Avec mes antécédents, le simple fait d'être capable d'admettre mon amour sans peur et sans retenue tient du miracle.

— Tu as raison, Poppy. Mon chemin vers l'amour a été long et semé d'embûches. Mais au bout du compte, le résultat est tellement gratifiant.

— J'espère simplement qu'Isaiah finira par se rendre compte à quel point l'amour est fabuleux. Il ne sait pas sa chance d'avoir grandi dans une famille unie avec des parents aimants.

— Et surtout, il ne sait pas quelle chance il a d'être aimé de toi. Alors, ne te sous-estime pas, Poppy. Fonce et démontre-lui que tu es la femme de sa vie.

L'émotion étreignit Poppy, l'empêchant presque de respirer.

— Si j'arrive à le faire changer d'avis, tu es invitée à notre mariage.

— Tu en es sûre ?

— Absolument. Tu es une sœur pour moi. Ma seule famille. Et cela compte énormément à mes yeux.

— Merci, Poppy. Je suis très touchée. En attendant, bats-toi comme une lionne. Toi aussi, tu as droit au bonheur.

Oh ! oui, Poppy était bien décidée à suivre ce conseil.

Isaiah espérait trouver Poppy chez elle. Si ce n'était pas le cas, il entreprendrait une vaste recherche dans toute la ville et les environs et il n'hésiterait pas à utiliser les grands moyens pour la localiser, au risque de faire des mécontents.

Mais il était trop désespéré pour se montrer raisonnable.

À cet instant, il se faisait l'effet d'un écorché vif. Sa peau le brûlait. Son cœur était meurtri. Il fallait qu'il retrouve Poppy et qu'il lui dise à quel point il l'aimait.

Il était prêt à ramper à ses pieds pour qu'elle lui pardonne tout le mal qu'il lui avait fait.

Il était 6 heures du matin quand il se présenta chez elle, une tasse de café dans chaque main. Il frappa à sa porte avec la pointe de sa botte.

Au bout de deux interminables minutes, la porte s'ouvrit et Poppy apparut sur le seuil, vêtue d'un T-shirt uni et d'un pantalon de pyjama avec des motifs d'ours polaires. Sa chevelure était ébouriffée, et elle avait l'air…

Pas vraiment ravie de le voir.

— Que fais-tu ici ?

— Je t'apporte du café.

Elle croisa les bras sur sa poitrine et le foudroya du regard.

— Hier, tu m'as apporté de la barbe à papa et tu t'es conduit comme un parfait idiot. Alors, explique-moi pourquoi je devrais me laisser attendrir par une tasse de café.

— Il faut que je te parle.

— Cela tombe bien, car moi aussi j'ai à te parler. Mais pas à 6 heures du matin.

— Est-ce que tu dormais ?

— Évidemment !

Puis, ses épaules s'affaissèrent, et elle s'écarta de la porte en soupirant.

— Non. Je ne dormais pas.

Il se sentit soulagé.

— Je n'ai pas fermé l'œil de la nuit, ajouta-t-elle. Et je n'ai pas cessé de penser à toi, espèce de salaud.

Curieusement, il trouva sa colère très réconfortante.

— Moi non plus je n'ai pas dormi de la nuit.

— Bien sûr ! Tu as perdu ton assistante. Te voilà obligé de préparer ton café. Pauvre Isaiah, le monde s'écroule autour de toi, ironisa-t-elle.

— Ce n'est pas pour cette raison que je suis resté éveillé. J'ai parlé à Joshua. Je crains de lui avoir fait une piètre impression.

— Il n'y a pas qu'à lui que tu as fait une piètre impression !

Décidément, elle ne lui facilitait pas la tâche. Tant pis, il méritait sa vindicte. Mais il était prêt à tout pour la convaincre de sa bonne foi et de son amour.

— Je ressens les choses, commença-t-il d'une voix enrouée par l'émotion. Je les ressens intensément. Tout le temps. Simplement, je trouve plus facile de ne rien ressentir. Voilà pourquoi je suis très doué pour refouler mes émotions et les isoler du moment présent. Cela me permet de prendre du recul pour analyser ce que je ressens au lieu de réagir impulsivement.

— Parce que l'impulsivité est néfaste ?

— Oui. Surtout quand je risque d'interpréter une situation de travers. Et cela m'arrive souvent. Je suis un perfectionniste, Poppy. Je n'aime pas me tromper.

— Je le savais déjà.

— Oui. Depuis le temps, tu sais comment je fonctionne. Et moi aussi j'ai appris à te connaître. Mais il m'arrive de me fourvoyer. Je ne gère pas mes émotions comme tout un chacun. Cela ne veut pas dire que je suis insensible, mais que je fais parfois des erreurs d'interprétation. Et je déteste cela.

— Mais tout le monde fait ce genre d'erreur, dit-elle d'un ton radouci. Personne n'est parfait.

— Oui, je sais. Mais je me trompe plus souvent que les autres. Depuis toujours, je m'efforce de combattre ce défaut. J'ai dû trouver des parades, notamment en m'organisant mieux, en mettant à profit mon intérêt pour les chiffres et en engageant une assistante pour compenser mes lacunes. Toutes ces solutions me simplifient la vie et me protègent.

Il prit une profonde inspiration avant de poursuivre :

— Mais je me rends compte qu'elles m'empêchent de vivre pleinement ma vie. Poppy, désormais, je ne veux plus me contenter de cette solution de facilité. J'ai commis une terrible erreur avec cette histoire d'annonce. En me mariant, je pensais retrouver le même sentiment de plénitude dans ma vie personnelle que celui que j'éprouvais dans ma vie professionnelle. Mais je n'avais pas compris que c'était toi qui me procurais ce sentiment d'épanouissement grâce à ta présence constante à mes côtés.

Il fit un pas en avant, brûlant d'envie de la prendre dans ses bras pour mieux la convaincre de sa bonne foi.

— Tu étais un des premiers visages que je voyais le matin et un des derniers que je voyais le soir avant de rentrer chez moi. J'attribuais mon sentiment de bien-être à ton efficacité, à ta sûreté de jugement et à notre bonne entente. Je t'appréciais. Mais en réalité, c'était beaucoup plus que de l'estime. Ce n'est pas que je ne pensais pas à toi quand j'ai fait paraître cette annonce. En réalité, tu correspondais en tout point à la description de l'épouse que je recherchais. Mais j'étais trop stupide pour m'en rendre compte.

Il marqua une pause, guettant sa réaction.

— Si tu crois que je vais débattre avec toi, tu te trompes, répliqua-t-elle.

— Il n'est pas question de débats. Je veux simplement que tu comprennes que je ne t'ai pas blessée sciemment. J'ai tissé tellement de couches de protection autour de moi qu'il me faut parfois plusieurs jours pour démêler les sentiments qui m'assaillent.

Voyant qu'elle ne réagissait pas, il poursuivit vaillamment son acte de contrition :

— Tu avais raison. J'ai laissé parler mon cerveau à la place de mon cœur. Parce que je me méfie de tout ce qui provient de cette partie de moi que j'ai tant de mal à décrypter. Ma vie serait tellement plus facile si je ressemblais à Joshua ! Si j'avais son charisme et sa clairvoyance. Par chance, je t'avais à mes côtés. Tu m'étais d'une aide précieuse, surtout dans ces fichus déjeuners professionnels où il faut aussi savoir parler de tout et de rien. Tu suppléais à mes défaillances dans le domaine relationnel.

— Je t'ai déjà dit que cela ne me posait aucun problème, Isaiah. Je t'accepte tel que tu es, avec tes qualités et ce que tu nommes tes « défaillances », qu'il s'agisse ou non d'un dysfonctionnement émotionnel. Je n'y attache aucune importance. Cela fait partie de ta personnalité.

— Il n'empêche qu'hier tu étais furieuse contre moi.

— Parce que tu m'as profondément blessée. Mais je continue à penser que tu es le meilleur homme que je connaisse. Et… je t'aime toujours autant, Isaiah. Les paroles terribles que tu as prononcées hier ne suffiront pas à détruire dix ans d'amour.

Le soulagement et la gratitude le submergèrent. Il brûlait d'envie de tomber à genoux devant sa bien-aimée. De l'embrasser. De la serrer dans ses bras. Il brûlait d'envie d'abattre les murs qu'il avait érigés autour de son cœur pour lui dire à quel point il l'aimait.

Mais qu'attendait-il pour le faire ? Pourquoi restait-il planté devant elle, raide comme un piquet, alors que son cœur débordait d'amour ? Pourquoi ne saisissait-il pas la chance qui s'offrait à lui ?

Alors, c'est ce qu'il fit.

Il s'agenouilla devant elle et l'enlaça, pressant son visage contre son ventre. Contre la petite vie qui se développait en elle.

— Je t'aime, Poppy, murmura-t-il. Si tu savais comme je t'aime !

Levant les yeux vers elle, il s'aperçut qu'elle le fixait, très émue, et il s'enhardit à poursuivre sa confession.

— Mais j'avais peur de m'abandonner à mes émotions et de m'autoriser à t'aimer. Je suis un tel fardeau émotionnel ! Quand je pensais à tout ce que tu faisais pour moi au bureau… je me disais qu'il serait déloyal de t'obliger à en faire autant en qualité d'épouse. Je me disais que tu méritais quelqu'un de plus facile à vivre et de meilleur ; quelqu'un qui n'aurait pas besoin que tu lui serves de traductrice.

— J'ai eu tout le temps de tomber amoureuse d'autres hommes, Isaiah. Mais tu es le seul que j'aie jamais aimé. Et comme je te l'ai déjà expliqué, je t'accepte tel que tu es. Je t'aime tel que tu es. Tu n'as pas idée de tout ce que tu m'apportes. Figure-toi que j'ai parlé à Rosalind, ce soir.

— Vraiment ?

— Oui, acquiesça Poppy, s'agenouillant en face de lui, le regard rivé au sien. Elle m'a dit qu'il fallait que je me batte pour te conquérir. Que je n'étais plus une enfant soumise aux lois des adultes et que je devais prendre ma destinée en main. Bien sûr, elle a raison. Et si tu n'étais pas venu me retrouver, c'est moi qui serais allée te voir pour te dire encore une fois à quel point je t'aime.

— Je risque d'être un fardeau pour toi, Poppy, dit-il d'une voix étranglée par l'émotion.

— Je ne vois pas les choses ainsi. Je t'aime et j'ai envie d'unir ma vie à la tienne, quelles que soient les difficultés que nous rencontrerons. C'est une décision que je prends en connaissance de cause. C'est mon choix d'être à tes côtés. Parce que tu représentes tout pour moi. Tu m'as engagée alors que j'avais dix-huit ans et aucune expérience professionnelle. Tu m'as présentée à ta famille, et en vous voyant tous ensemble, j'ai compris à quel point l'amour était un lien puissant. J'ai compris qu'on pouvait se disputer, être en désaccord, faire des erreurs, et continuer à aimer et être aimé.

— C'est à porter au crédit de ma famille et non au mien.

— J'en arrive à toi, dit-elle en souriant. Tu m'as expliqué que tu avais du mal à comprendre les gens. Mais cela ne t'empêche pas d'avoir une vie professionnelle et sociale. Et tu es d'une loyauté à toute épreuve. Y compris envers moi.

Elle lui caressa tendrement la joue avant d'ajouter :

— J'ai vu à quel point Rosalind était importante à

tes yeux. Ainsi, tu n'as pas hésité à m'engager parce qu'elle te l'avait demandé. Bien sûr, à la fin, tu as eu le sentiment de t'être trompé sur son compte et d'avoir été ridicule, mais tu as montré que tu étais capable d'avoir des sentiments profonds.

Trop ému pour parler, il la laissa poursuivre.

— Tu as été la présence la plus constante dans ma vie. Tu m'as gardée à tes côtés lors de chaque évolution de l'entreprise. Tu t'es engagé envers moi comme personne ne l'avait fait auparavant. Et je ne suis pas sûre que tu comprennes vraiment ce que cela signifie pour une fille comme moi, ballottée toute son enfance de foyer en foyer.

Des larmes perlèrent aux yeux de Poppy et sa voix s'enroua sous l'effet de l'émotion.

— Je *sais* que tu éprouves des sentiments, Isaiah. Parce que même si tu as du mal à les exprimer, tes actes parlent pour toi. Et tu n'es pas un fardeau. Au contraire, tu représentes le plus beau cadeau que le destin m'ait jamais fait.

Les paroles de Poppy lui mirent du baume au cœur, et l'espoir grandit en lui.

— J'avais peur, dit-il. Pas seulement d'être un fardeau pour toi, mais de te perdre. Je t'aime tant, Poppy. Je ne sais pas ce que je ferais si je gâchais tout à cause de ma personnalité.

— Encore une fois, je *t'aime* comme tu es, insista Poppy. Ce sera à moi de te prévenir si tu fais fausse route. Peu importe la façon dont le reste du monde voit les choses, Isaiah. Ce qui compte, c'est *notre* façon de les voir. Ensemble.

Elle marqua une pause avant d'ajouter :

— La normalité est une notion subjective. Tu devras t'accommoder du lourd bagage que je traîne à cause de mon enfance erratique. Je peux bien te l'avouer, je suis terrorisée à l'idée de ne pas être une bonne mère, parce que je n'en ai jamais eu une pour me servir de modèle. Parfois, je serai un fardeau pour toi, et d'autres fois, c'est toi qui en seras un pour moi. Mais nous serons ensemble, et notre amour nous aidera à surmonter ces difficultés.

— Je t'aime depuis très longtemps, Poppy, et j'ai cru bon de refouler cet amour au plus profond de moi. Mais dès l'instant où je t'ai touchée, cet amour est remonté à la surface, rompant toutes les digues. Désormais, je suis incapable de refouler mes sentiments pour toi. Cela me terrifie. Et en même temps, je me sens étrangement libéré.

— Et moi ce qui me terrifie, c'est une vie sans toi.

— Veux-tu m'épouser, Poppy ? Cette fois, je te le demande non pas parce que tu es enceinte, non pas parce que j'ai besoin d'une assistante dans ma vie personnelle, mais parce que je t'aime de toute mon âme.

— Oui, j'accepte de t'épouser, Isaiah. Non pas parce que tu as une famille merveilleuse. Non pas en dépit de ce que tu es, mais à cause de ce que tu représentes pour moi. Parce que moi aussi, je t'aime de toute mon âme.

— Oh ! ma chérie. Je suis le plus heureux des hommes.

Une immense joie lui inonda le cœur. Comme c'était bon de s'ouvrir enfin à l'amour.

— Nous devrons instaurer des règles de base, déclara Poppy, un sourire mutin aux lèvres.

— De quoi parles-tu ? demanda-t-il, un peu inquiet.

— D'une frontière entre nos vies personnelle et professionnelle. Ainsi, à la maison, ce n'est pas moi qui préparerai le café.

— Oh ! c'est un sacrifice que je ferai volontiers, assura-t-il en riant.

— Tant mieux. Mais ce ne sera pas le seul.

Il l'enlaça et l'aida à se relever.

— Et si je t'emmenais dans ta chambre pour te montrer exactement quels sacrifices je suis prêt à consentir ?

— Je n'ai plus qu'un sac de couchage en guise de lit, protesta-t-elle tandis qu'il la soulevait de terre et qu'il se dirigeait vers sa chambre.

— Je m'en accommoderai.

Et c'est ce qu'il fit.

Épilogue

Le 24 décembre 2018

FAIRE-PART DE MARIAGE

En cette veille de Noël, l'homme d'affaires et rancher peu sociable Isaiah Grayson a l'immense bonheur d'épouser Poppy Sinclair, son assistante, sa meilleure amie et son double.

Elle lui donnera un enfant ou deux, le nombre exact étant négociable, et se montrera aussi tolérante vis-à-vis de ses sautes d'humeur que lui des siennes. Parce que c'est ainsi que l'amour fonctionne.

Elle est disposée à demeurer à ses côtés sa vie durant, dans la maladie et la bonne santé, la richesse ou la pauvreté.

Et elle accepte volontiers qu'il conserve sa barbe.

Pour la plus grande joie de Poppy, ils optèrent pour une cérémonie intime en pleine nature, dans la montagne chère à Isaiah. Le clan Grayson dans son ensemble était présent ainsi que Rosalind et son mari.

Dissimulée derrière un arbre, Poppy jeta un coup d'œil à Isaiah, debout à côté du pasteur John Thompson. Le paysage immaculé, avec les sapins couverts de neige, était époustouflant, mais pas autant que le fiancé.

Il ne portait pas de costume mais un manteau noir par-dessus un jean noir et une chemise blanche. Sans oublier son chapeau de cow-boy noir. Et il ne s'était pas rasé la barbe.

Mais c'était très bien ainsi.

Elle ne voulait pas une version policée d'Isaiah mais l'homme qu'elle côtoyait au quotidien et qu'elle aimait.

Ce serait sa nouvelle tradition de Noël. Elle penserait à son mariage, à leur amour, au changement radical survenu dans sa vie grâce à Isaiah Grayson.

Poppy portait la robe parfaite qu'elle avait choisie avec Nancy et Faith, et elle tenait un bouquet de roses rouges à la main.

Elle sourit, radieuse. Jamais elle n'aurait imaginé faire un aussi beau mariage.

Sans doute parce qu'elle n'aurait jamais imaginé rencontrer un fiancé aussi merveilleux.

Cette cérémonie intime leur correspondait parfaitement, en pleine nature, à l'écart du monde, mais entourés par les personnes qu'ils aimaient le plus.

Il n'y avait pas de musique, seulement le silence de la forêt et le bruissement des branches dans la brise légère.

Estimant que le moment était venu, elle s'avança dans la neige, le regard rivé à celui d'Isaiah. Elle avait l'impression de remonter une très longue allée vers lui depuis dix ans, chacune de ces années ayant représenté une étape nécessaire pour les conduire à cet instant.

Isaiah ne ressentait pas les choses comme tout le monde. Il les ressentait plus intensément et il lui fallait plus longtemps pour les exprimer, mais elle savait qu'il lui avait donné son cœur pour toujours.

Quand elle arriva à sa hauteur, le cœur inondé d'amour, il lui prit la main, et ils se firent face.

— Je t'avais bien dit que cette annonce était une bonne

idée, murmura-t-il après qu'ils eurent échangé leurs vœux et que le pasteur l'eut autorisé à embrasser la mariée.

— Qu'est-ce qui te fait dire cela ?

— Parce qu'elle m'a permis de comprendre que la femme de ma vie était en face de moi depuis toutes ces années.

— Tu aurais fini par t'en rendre compte sans cette annonce.

— Non. Elle était nécessaire.

— Pour que tu aies raison ? demanda-t-elle, malicieuse.

— J'ai toujours raison, répliqua-t-il avec un sourire radieux.

— Vraiment ? Alors, d'après toi, que va-t-il se passer maintenant ?

Il l'embrassa à nouveau, longuement, amoureusement.

— Nous allons vivre heureux jusqu'à la fin des temps.

Oh ! oui, il avait raison. Comme toujours.

JUDY DUARTE

La famille dont elle rêvait

Traduction française de
ROSA BACHIR

Passions

HARLEQUIN

Titre original :
NO ORDINARY FORTUNE

- 1 -

Depuis toujours, Skylar Fortunado avait le sentiment d'être la rebelle de la famille. Et encore plus aujourd'hui, alors qu'elle filait sur l'autoroute, dans sa BMW décapotable rouge pleine de bagages.

Les vêtements qu'elle venait de récupérer au pressing étaient encore accrochés à la vitre côté passager, et un sac de provisions trônait sur la banquette arrière. Skylar avait prévu de les déposer dans son appartement de Houston avant de commencer sa prochaine aventure, mais elle s'était ravisée. Elle avait tellement hâte de résoudre l'énigme familiale qui l'obsédait qu'elle avait pris la route sans repasser par chez elle. Elle s'était seulement arrêtée le temps de faire le plein d'essence et d'avaler un café.

Elle jeta un coup d'œil à l'horloge sur son tableau de bord. À cette heure avancée de l'après-midi, la circulation était dense. Quand son téléphone sonna, elle vit le nom de son père s'afficher sur l'écran. Kenneth Fortunado était un homme très occupé, et s'il décrochait son téléphone, ce n'était pas pour échanger des banalités. Donc, il avait sans doute eu vent de la dernière escapade de sa fille et voulait exprimer sa désapprobation.

Skylar eut envie d'augmenter le volume de la radio et de laisser sonner son téléphone. Mais elle finit par répondre.

— Bonjour, papa. Quoi de neuf ?

— Je ne t'appelle pas pour parler de la pluie et du beau temps, Skylar. Qu'est-ce que tu mijotes, cette fois ?

— Rien. Je fais juste une petite balade en voiture, en écoutant de vieux tubes.

Il garda le silence quelques secondes, se rappelant sans doute qu'elle aimait la même musique que sa grand-mère récemment disparue. Un de leurs nombreux points communs.

— *Où* es-tu ? lâcha-t-il d'un ton peu amène.

— Je suis en quête de Fortune.

— Oh ! pour l'amour du ciel ! Je t'avais pourtant dit de laisser tomber !

— Oui, je sais. Mais je ne peux pas ignorer le fait que notre famille est liée aux Fortune.

— Ce n'est pas un *fait*, Skylar. Tu ne sais pas qui était mon père biologique, et pour être franc, je n'ai aucune envie de savoir de qui il s'agit.

Il avait été très clair là-dessus, mais Skylar était bien décidée à découvrir la vérité. Et, contrairement à ce que son père pouvait penser, elle était sûre à quatre-vingt-dix-neuf pour cent que l'amant de sa grand-mère était Julius Fortune. Elle était parvenue à cette conclusion assez aisément. Sa chère aïeule excentrique lui avait donné beaucoup d'indices durant les nombreuses conversations qu'elles avaient eues avant sa mort.

— Papa, je ne peux pas croire que tu n'aies pas envie de rencontrer ton père. Ou au moins de connaître certains membres de ta famille biologique.

— Ta curiosité *me* perdra. Elle me tuera avant que j'aie l'occasion de prendre ma retraite et de profiter de la vie. Tu ne pourrais pas te concentrer sur autre chose ? Reprendre tes études d'art ou tes cours de comédie, par exemple ? Ou encore ouvrir ce blog de mode dont tu m'as parlé ?

— C'est un vlog, papa. Et je peux difficilement me concentrer sur autre chose alors que je suis à deux doigts de résoudre le mystère familial une bonne fois pour toutes. Ce n'est pas seulement une quête personnelle. Je fais aussi cela pour rendre hommage à grand-mère.

Il poussa un soupir bougon.

— Ça ne devrait pas m'étonner que l'un de mes six enfants ressemble tant à ma mère, j'imagine.

À l'entendre, c'était une mauvaise chose. Mais Skylar n'était pas vexée. Sa grand-mère était une femme un peu trop extravagante pour son fils, magnat de l'immobilier conservateur, mais Kenneth Fortunado l'avait toujours adorée.

— Je prends ça comme un compliment, papa.

Un autre soupir se fit entendre au bout de la ligne, plus doux cette fois.

— Ce n'était pas une critique, Skylar. Simplement, je ne suis pas un esprit libre comme ma mère. Ou comme toi. Alors j'ai du mal à te comprendre.

Skylar et sa grand-mère avaient embarrassé son pauvre père à plusieurs occasions, mais toujours de manière involontaire. Selon Skylar, la vie n'était pas faite pour être ennuyeuse. Et les gens n'étaient pas censés ignorer d'où ils venaient.

— Je pensais vraiment que tu aurais envie de rencontrer ta famille biologique, insista-t-elle.

— Quand bien même ce serait le cas, et je ne dis pas que ça l'est, tu te rends bien compte qu'il y a un accord de confidentialité ?

— Je n'ai rien signé, moi.

— Bon sang, Skylar ! Ta grand-mère l'a signé, et ça me suffit. Tu dois laisser le passé où il est, ou il pourrait bien t'exploser à la figure.

— Ah, ah ! fit-elle sur un ton triomphal. C'est un aveu, on dirait.

— Je ne confirmerai rien du tout.

— Peut-être pas, mais je suis prête à parier mon trust que ton père était bien Julius Fortune.

— En parlant de trust, n'hésite pas à nous rejoindre chez Fortunado Real Estate pour avoir un vrai travail.

Skylar put presque le voir grimacer. Elle savait que son père lui ferait volontiers une place dans la prospère entreprise familiale. Mais ils étaient tous les deux conscients qu'elle n'y serait jamais à l'aise.

— Je ne suis vraiment pas faite pour un emploi de bureau, alors ça ne marcherait jamais.

Son père ne répondit pas tout de suite, ce qui était aussi bien. Chaque fois qu'ils parlaient de ce pour quoi Skylar était « faite », la discussion tournait en rond. Résultat : son père lui avait ouvert un trust conséquent, comme il l'avait fait pour sa grand-mère. De temps en temps, il menaçait de lui couper les vivres, comme la fois où elle lui avait annoncé vouloir s'installer en Italie. Il avait cru que ce n'était qu'une lubie. Il avait eu tort. En réalité, elle avait voulu se rapprocher des parents de sa camarade d'université, Calista, qui possédaient une villa en Italie.

Il y avait une bonne raison à cela. Durant les étés qu'elle avait passés là-bas avec Calista, Skylar s'était sentie appréciée, et surtout, acceptée telle qu'elle était.

Skylar aurait aimé que ses propres parents soient aussi tolérants. Cela l'agaçait d'être la seule Fortunado à ne pas être prise au sérieux — tout cela parce qu'elle n'entrait pas dans le moule.

Elle avait beau prétendre que cela ne la dérangerait pas d'être différente, parfois la déception la submergeait sans crier gare, lui rappelant qu'elle n'était pas comme les autres membres de sa famille. Mais comment pourrait-elle rivaliser avec eux ? L'un de ses frères était médecin, rien que cela ! Et sa sœur aînée était si déterminée à gravir les échelons dans l'empire familial qu'elle s'était transformée en bourreau de travail.

Tout cela n'avait pas d'importance, se dit-elle. Elle attendait davantage de la vie. Le seul problème, c'était qu'elle n'était pas sûre de savoir ce que ce « davantage » était. Mais elle le saurait un de ces jours. Ce n'était qu'une question de temps.

Un lourd silence se fit entendre à l'autre bout de la ligne. Enfin, son père répondit :

— S'il te plaît, ne mets pas notre famille dans l'embarras.

Skylar roula les yeux.

— Crois-le ou non, je n'ai jamais fait exprès de vous mettre dans l'embarras. Et, cette fois, je redoublerai de prudence.

— Je sais, Skylar. Mais…

Un silence, de nouveau. Puis elle entendit sonner l'interphone.

— Écoute, ma chérie, j'attendais cet appel, alors je dois te laisser.

Comme d'habitude, Skylar était sauvée par le monde des affaires, dans lequel son père avait brillamment réussi, tout cela sans l'aide des millions de la famille Fortune. Des millions auxquels il aurait pu avoir droit, s'il n'était pas né d'un lit adultérin.

— Rappelle-toi bien ce que je t'ai dit.

— Compris, papa. Ne pas mettre notre famille dans l'embarras.

Elle raccrocha sans même dire au revoir.

Au fond d'elle, Skylar craignait toujours de ne jamais être à la hauteur des attentes de sa famille. Alors, depuis l'adolescence, elle avait appris à assumer son côté non-conformiste.

C'était d'ailleurs ce qu'elle était en train de faire. Bientôt, elle arriverait à destination. S'il n'y avait pas d'embouteillages à Austin, elle pourrait arriver au centre de distribution du domaine viticole Mendoza avant la fermeture.

À dire vrai, elle était presque aussi impatiente de rencontrer les Mendoza que les Fortune. Il y avait eu plusieurs mariages entre les deux clans. Et d'après ce qu'elle avait appris, Alejandro Mendoza, le propriétaire du domaine, avait de nombreux cousins célibataires et séduisants. Si Skylar se débrouillait bien, elle pourrait user de son charme avec l'un d'entre eux, et être présentée à certains Fortune.

Et puis, elle venait aussi pour affaires. Elle avait appris que le domaine était en pleine expansion, et elle voulait étudier de plus près son fonctionnement. Du moins, c'était l'excuse qu'elle donnerait pour justifier sa visite.

D'ailleurs, ce n'était pas vraiment un mensonge. La valeur des actions Mendoza étant susceptible de grimper en flèche, Skylar pourrait réellement envisager d'investir dans le domaine.

Les médias de Houston la faisaient passer pour une petite fille riche écervelée, malgré les nombreuses œuvres de bienfaisance qu'elle soutenait. Mais ils avaient tort. Et elle avait un portefeuille d'actions impressionnant pour le prouver.

En tout cas, elle avait bon espoir de réussir. Elle aimait les gens, et elle avait pris des cours de comédie et d'improvisation à l'université. Elle ne devrait donc pas avoir trop de mal à conquérir les Mendoza, pour ensuite passer aux Fortune.

Malgré la froide brise d'après-midi, Carlo Mendoza était en sueur. Il était venu au centre de distribution pour décharger des caisses de vin, et il avait presque fini sa tâche.

Six mois plus tôt, son cousin Alejandro lui avait proposé de venir s'installer à Austin, afin de devenir directeur adjoint de l'entreprise viticole Mendoza, et de se charger de la rénovation du petit restaurant situé dans le domaine.

La plupart des amis de Carlo avaient cru qu'il déclinerait l'offre. À trente-cinq ans, il s'était fait un nom à Miami. Il avait repris plusieurs restaurants en difficulté et les avait rendus prospères en peu de temps. Il avait fait de même avec un night-club en déclin, qui était maintenant l'un des lieux les plus prisés de toute la Floride. Malgré ces réussites, Carlo avait accepté sans hésiter l'offre de son cousin. Il avait envie de travailler en famille, désormais.

Quelques heures à peine après son arrivée à Austin, il s'était mis au travail : planification de l'expansion et de la rénovation du restaurant, supervision des travaux, choix de la décoration, et enfin embauche d'un chef talentueux capable de concocter une excellente carte.

Carlo préférait en général travailler au domaine viticole, où se trouvait aussi La Viña — il avait choisi ce nom pour le restaurant. Mais Alejandro souhaitant développer l'entreprise familiale, il avait ouvert ce centre de distribution en ville. Il avait aussi prévu d'ouvrir un bar à vins et un night-club cette année. Donc, toute la famille devait redoubler d'efforts.

Carlo venait de poser une caisse de vin sur un chariot quand Esteban, son père, sortit du centre de distribution.

— C'est la dernière ? demanda son père.

— Non. Je dois encore décharger le chardonnay.

Lorsqu'il aurait terminé, Carlo se rendrait à l'hôtel Monarch, à quelques minutes à pied. Il avait prévu une grande dégustation ce soir, dans les jardins de l'hôtel, pour un groupe de chefs cuisiniers et de propriétaires de restaurants venus prendre part à une grande convention. C'était l'occasion pour le domaine de mettre ses meilleurs millésimes entre de bonnes mains, et Carlo n'avait pas ménagé ses efforts pour que tout soit réussi. Il y aurait des guirlandes lumineuses blanches dans les arbres, des fleurs exotiques sur les tables, et un large assortiment de fromages raffinés et d'amuse-bouches.

Lorsque Carlo avait suggéré à Alejandro d'organiser des dégustations spéciales, son cousin avait été enthousiasmé par son idée. « C'est ton bébé, avait-il répondu. Tu as carte blanche. »

Carlo avait donc mis en œuvre son projet. Aujourd'hui, tout aurait été parfait si le mannequin engagé pour servir le vin lors de la dégustation ne lui avait pas téléphoné pour se décommander. Cela remontait à quelques heures. Dès qu'il avait raccroché, Carlo avait rappelé l'agence et demandé qu'on lui envoie une remplaçante. Ce soir, il jouait gros. Si tout se passait comme prévu, le domaine entrerait dans la cour des grands.

Bien sûr, Carlo pourrait servir le vin lui-même, mais il préférait avoir le temps de flatter les invités et de conclure un maximum de ventes.

Il consulta sa montre, une TAG Heuer Carrera achetée l'été précédent, et jura dans sa barbe. Il se faisait tard, et l'agence n'avait toujours pas rappelé ni envoyé d'autre hôtesse. Au téléphone, l'employée de l'agence lui avait assuré qu'elle ferait de son mieux pour lui trouver quelqu'un. Il n'y avait plus qu'à espérer qu'elle tienne parole.

Lorsqu'il entendit une voiture arriver, il se retourna et vit une BMW récente approcher. Après s'être garée près du camion que Carlo déchargeait, la conductrice, une jolie jeune femme blonde, sortit du véhicule. Quand elle croisa le regard de Carlo, elle afficha un joli sourire.

Avec son ravissant minois, elle devait sûrement faire

des ravages, se dit-il. Et lorsqu'il détailla son jean noir moulant qui épousait ses courbes féminines et son haut sexy et coloré de style bohème, Carlo eut bien du mal à ne pas émettre un sifflement.

Elle lui fit un petit signe de la main, comme s'ils se connaissaient déjà, puis avança vers lui avec la grâce et l'assurance d'une femme sûre de son pouvoir de séduction. Elle avait de faux airs de la chanteuse Carrie Underwood, remarqua-t-il. Mais il se fichait bien de savoir si elle était douée pour le chant. Tant qu'elle savait servir du vin, elle ferait très bien l'affaire.

Il avait fréquenté le gratin de Miami assez longtemps pour savoir que son sac Chanel noir et sa décapotable rouge étaient des signes extérieurs de richesse. Ou alors, si elle n'était pas riche, elle faisait de son mieux pour donner le change en attendant de le devenir. Ses tarifs étaient sans doute élevés, mais au point où il en était, ça n'avait pas d'importance.

— Dieu merci, vous êtes là ! Je suis Carlo Mendoza, c'est moi qui ai appelé l'agence d'intérim. Vous arrivez juste à temps. Venez, je vais vous expliquer ce que nous attendons de vous ce soir.

Elle s'arrêta net, prit un air sérieux et fronça imperceptiblement les sourcils. Puis son joli sourire revint, et elle lui tendit la main.

— Skylar Fortunado, à votre service.

Quand le bel Hispanique avança vers Skylar, elle se moqua bien de savoir quel projet il avait en tête pour elle. Elle serait à la hauteur de la tâche, quelle qu'elle soit, d'autant plus que cet homme portait le bon nom de famille : *Mendoza*.

Et il avait tout pour lui plaire. Un grand corps musclé, de beaux cheveux bruns qui bouclaient sur sa nuque, un regard noisette expressif. Lorsqu'il sourit, elle remarqua sa dentition blanche et parfaite, qui contrastait avec son teint hâlé. Pour sûr, il était beau à se damner. Si elle était directrice de casting, elle l'engagerait d'emblée pour être la vedette d'une comédie romantique.

Elle n'avait qu'une question. Quelle place occupait-il dans la hiérarchie familiale ?

Son pantalon noir et sa chemise blanche — amidonnée, aux manches relevées et au col ouvert — indiquaient qu'il était cadre supérieur. Mais la fine couche de sueur sur son front suggérait que le travail physique ne lui faisait pas peur.

Il serra la main qu'elle lui tendait. Dès que ses doigts touchèrent les siens, un courant électrique la parcourut, affolant son cœur et son pouls. Elle ignorait s'il l'avait ressenti aussi. Et elle eut bien du mal à se souvenir de la raison de sa présence ici, et de l'histoire qu'elle avait inventée pour expliquer sa visite.

— Je suis content que l'agence d'intérim vous ait trouvée. Et que vous soyez disponible pour nous aider ce soir. Vous être notre sauveuse.

Donc, il la prenait vraiment pour quelqu'un d'autre. Allait-elle dissiper le malentendu ? Ou devrait-elle laisser le quiproquo se poursuivre ?

— Avez-vous déjà servi du vin lors d'une dégustation ? demanda-t-il.

— Non.

Mais cela ne devait pas être très difficile.

— Mais rassurez-vous, j'apprends vite, dit-elle.

— Considérez plutôt cela comme une soirée chic, à la différence près que la boisson est composée des différents crus du domaine Mendoza. Beaucoup de gens importants seront présents, et votre mission consistera à mettre nos vins en valeur.

Skylar s'y connaissait en soirées et en vie nocturne. Pourquoi ne pas jouer le jeu et remplir cette mission temporaire ? Ce serait un moyen amusant de mettre un pied dans le monde des Mendoza.

— La dégustation est prévue à l'hôtel Monarch, ajouta Carlo. Il a plu ces derniers jours, mais la météo est de notre côté aujourd'hui, alors l'événement aura lieu dans les jardins.

— Ça me semble parfait.

Skylar ne connaissait pas Austin, donc elle ignorait où l'hôtel se trouvait. Malgré tout, elle afficha un sourire confiant comme pour dire : *Pas d'inquiétude, je maîtrise la situation.*

Il détailla sa silhouette, de la pointe de ses cheveux blonds jusqu'à ses escarpins à lanières noirs.

— Vous êtes très bien, mais je vais devoir vous trouver une autre tenue.

Elle posa les mains sur les hanches, se décala légèrement sur la droite et sourit.

— Qu'aviez-vous en tête ? lança-t-elle. Un costume de soubrette ?

Il fronça les sourcils, ce qui lui donna un air plus sérieux, mais aussi plus attirant.

— Non, une tenue classique. Il y a une boutique de vêtements juste en bas de la rue. Elle est sûrement ouverte, nous pouvons y faire un saut.

Elle sourit. Qui eût cru que la robe accrochée dans sa voiture pourrait lui servir dès ce soir ?

— En fait, dit-elle, vous avez de la veine. Il se trouve que j'ai une tenue avec moi. Du moins, si une robe cocktail noire fait l'affaire.

— Ce sera parfait. À présent, une dernière question. Avez-vous la moindre expérience en vin ?

— Est-ce que les nombreux verres que j'ai bus dans ma vie constituent une expérience ? rétorqua-t-elle en riant.

Il fronça les sourcils, ne comprenant manifestement pas son humour. Alors elle ajouta :

— Je ne suis pas une connaisseuse, mais je ne suis pas non plus une novice. Je sais faire la différence entre un cabernet sauvignon et un merlot. Et même si je n'ai pas de cave à vin, j'ai quelques bonnes bouteilles chez moi. De plus, la famille de mon ancienne camarade de chambre possède une villa entourée de vignes en Italie, et j'y ai passé plusieurs étés.

Enfin, il se détendit et sourit.

— Vous vous en sortirez très bien, conclut-il.

Skylar était de son avis. À condition que l'agence d'intérim n'envoie pas quelqu'un d'autre et ne la prive pas d'une occasion d'être la sauveuse que Carlo voyait en elle.

Avec le sentiment d'être une héroïne, elle gagna sa BMW d'un pas léger. Elle attrapa la robe sur cintre accroché à la vitre. Elle venait de refermer sa portière quand elle entendit quelqu'un s'éclaircir la voix.

Elle se retourna et découvrit non pas un mais cinq hommes devant elle. L'un avait les cheveux poivre et sel, et les quatre autres avaient les mêmes cheveux bruns. Tous étaient séduisants en diable. C'étaient sans doute des membres de la famille de Carlo, car il y avait une ressemblance certaine entre eux.

L'homme plus âgé, au centre, sourit et lança :

— Tu ne vas pas nous présenter à cette demoiselle, *mijo* ?

— Désolé, dit Carlo. Papa, voici Skylar Fortunado, l'hôtesse que l'agence d'intérim nous a envoyée en remplacement. C'est elle qui animera la dégustation.

L'homme d'un certain âge lui offrit un sourire charmeur.

— Enchanté, mademoiselle Fortunado. Je suis Esteban Mendoza, le père de cette tribu.

Puis il présenta ses fils : Mark, Rodrigo, Chaz et Stefan.

Chacun des frères était séduisant. Surtout si l'on aimait le genre beau brun ténébreux. Même Esteban dégageait une assurance et un charme nonchalants.

Les dieux de l'ADN avaient été généreux avec cette famille, et Skylar était émerveillée. Si elle devait choisir entre tous ces apollons, elle dirait que Carlo était le plus renversant.

En tout cas, elle n'avait jamais rencontré d'homme, jeune ou vieux, qu'elle ne puisse charmer. Elle allait vraiment aimer son travail d'enquête.

— À présent que vous avez rencontré ma famille, dit Carlo, allons vérifier si tout est prêt pour l'événement de ce soir. L'hôtel n'est qu'à quelques minutes de marche. Vous me suivez ?

Volontiers. En fait, Skylar suivrait ce bel Hispanique n'importe où.

- 2 -

Vingt minutes plus tôt, le soleil avait disparu dans un kaléidoscope de couleurs. Campé près d'un magnolia orné de guirlandes lumineuses blanches, Carlo regardait se dérouler la dégustation qu'il avait organisée.

Plusieurs serveurs de l'hôtel circulaient dans les jardins, offrant aux chefs cuisiniers et aux propriétaires de restaurants ravis des crackers, des fromages et des amuse-bouches spécialement préparés pour mettre en valeur le goût des vins servis. Mais c'était surtout la charmante animatrice blonde qui servait les vins, et qui divertissait les experts culinaires par son charme et par son esprit, qui captivait l'attention de Carlo.

Lui aussi captivait l'attention de Skylar, apparemment. Car, de temps en temps, elle plongeait ses yeux bleus étincelants dans les siens et lui offrait un sourire confiant.

C'était une hôtesse naturellement douée, et il remerciait sa bonne étoile que l'autre mannequin prévu ait dû annuler son engagement.

De plus, Skylar était tout bonnement splendide dans sa robe moulante. Elle était sexy, sans en dévoiler trop. Élégante, sans être inaccessible.

Mais il n'y avait pas que sa tenue et son joli minois que Carlo trouvait charmants. Il appréciait aussi son énergie, son assurance, sa classe naturelle.

Grâce à toutes ses qualités, Skylar avait déjà réussi

à convaincre bon nombre d'invités qu'ils buvaient les meilleurs vins qu'ils aient jamais goûtés, et elle avait décroché plusieurs commandes.

Elle montra l'étiquette d'un zinfandel aux gens rassemblés autour de sa table, puis leur en servit une généreuse dose. Un doux air de jazz s'échappait des haut-parleurs, mais cela n'empêcha pas Carlo d'entendre quelqu'un approcher.

Il se retourna et vit son père marcher vers lui.

— On dirait que c'est un nouveau succès, déclara Esteban.

— En effet. Nous avons déjà eu quelques grosses commandes. Et une fois que ces restaurateurs les serviront dans leurs établissements, le bouche-à-oreille devrait fonctionner.

— Et Skylar ? Comment se débrouille notre hôtesse temporaire ?

— Elle est bien plus douée que la dernière que l'agence nous a envoyée.

Et bien plus jolie aussi, ce qui expliquait pourquoi Carlo ne pensait pas qu'au travail quand il la regardait. Et puis, il aimait les femmes joueuses. Car en général, elles ne recherchaient pas de relation durable.

Il avait déjà connu un mariage désastreux, et il ne répéterait pas cette erreur. Sur ce plan, il ressemblait à son père, sans doute.

— Je suis fier de toi, *mijo*. Tu as consacré beaucoup d'efforts à cette soirée, et cela se voit.

— Merci.

Carlo n'avait jamais manqué de confiance en lui, du moins pas sur le plan professionnel. Cependant, les éloges de son père lui allaient droit au cœur.

— J'ai l'habitude de tout mettre en œuvre pour faire

d'un événement un succès, dit-il, mais c'est encore plus agréable quand ce succès bénéfice à toute la famille.

— J'ai l'impression que tu te plais, ici.

Carlo lança un bref regard à son père, mais n'éprouva pas le besoin de répondre.

— Tu es content d'être venu à Austin ? insista Esteban.

— Jusqu'ici, oui. Pourquoi ?

— Je ne veux pas te vexer, *mijo*. Mais tu dois admettre que par le passé, tu te lassais parfois de ton travail assez rapidement. Et tu passais à quelque chose que tu jugeais plus ambitieux et plus intéressant.

Carlo aurait aimé prétendre le contraire, et dire à son père qu'il avait toujours eu de bonnes raisons de passer d'un restaurant ou d'un night-club à un autre, mais Esteban avait en partie raison. Parfois, c'était l'ennui qui l'avait poussé à le faire.

— Rassure-toi, papa. Cette fois, ça n'arrivera pas.

— Je suis heureux de l'entendre.

Les deux hommes continuèrent à observer la dégustation, ainsi que la charmante hôtesse.

— À Miami, tu avais beaucoup d'amis, observa son père. Et une vie sociale riche. Je craignais que tout ça ne te manque.

— Ça ne me manque pas vraiment. Cela dit, j'ai mis un peu de temps à m'adapter, je l'avoue.

Cela faisait six mois que Carlo avait rendu les clés de son appartement de Miami avec vue sur l'océan, pour venir s'installer à Austin. Pourtant, son enthousiasme pour La Viña et pour le domaine viticole Mendoza était plus fort que jamais.

— Je suis encore en contact avec certains de mes amis, et je m'en fais de nouveaux. Et puis, ce poste me convient tout à fait, d'autant plus que je travaille en famille.

— Ça me fait du bien à moi aussi. Tout comme le

fait de m'être réconcilié avec mon frère. Ça me soulage d'un grand poids.

— Je m'en doute.

Carlo, tout comme ses frères, avait remarqué les changements positifs chez son père depuis qu'Orlando et lui avaient enterré la hache de guerre. Récemment, tout le monde avait été choqué d'apprendre qu'Esteban était le père biologique du fils d'Orlando, Joaquin Mendoza. L'homme que Carlo avait toujours cru être son cousin était en réalité son demi-frère. Après une brouille de dix ans, Orlando et Esteban s'étaient pardonné, et Esteban apprenait désormais à connaître son fils caché.

— Tu observes Skylar de près, remarqua son père. Tu attends de voir si notre hôtesse intérimaire commet une erreur ? Ou est-ce que tu comptes poursuivre la soirée par un dîner romantique ?

— Elle ne fera pas d'erreur. Il n'y a qu'à la regarder : elle est dans son élément.

Esteban rit et donna une tape sur l'épaule de Carlo.

— Apparemment, tu es sous le charme, *mijo*. Et quelque chose me dit que tu ne vas pas te contenter de la remercier pour son travail.

— Nous verrons bien.

Carlo consulta sa montre. Bientôt, la dégustation s'achèverait. Les chefs et les propriétaires de restaurants iraient dîner, et Skylar et lui pourraient échanger leurs impressions sur la dégustation.

— Skylar n'arrête pas de regarder dans notre direction, remarqua son père. Donc, j'en déduis que tu lui plais aussi.

Apparemment. Et elle ne le regardait pas comme une employée peu confiante, espérant que son patron la rassure. Non, c'était du désir qui brillait dans ses yeux.

Dans quelques minutes, il lui proposerait de fêter le succès de cette dégustation par un dîner en tête à tête. Et la lueur malicieuse dans ses jolis yeux bleus lui indiquait qu'elle ne dirait pas non.

Skylar passait une excellente soirée. La décoration des jardins était parfaite, et l'ambiance était festive. Elle n'avait jamais vendu de vin auparavant, mais elle savait faire la conversation. Et elle n'avait pas tardé à constater que les personnes présentes, des hommes et des femmes travaillant dans l'industrie culinaire, étaient courtoises et intéressantes. À la fin de la dégustation, elle avait décroché plusieurs grosses commandes, et elle s'était beaucoup amusée.

Tandis que les chefs et les propriétaires de restaurants quittaient les jardins, laissant place à l'équipe de nettoyage, Carlo approcha de la table derrière laquelle Skylar se trouvait depuis une heure.

— Vous avez été épatante, la félicita-t-il. Je n'aurais pas pu rêver d'une meilleure animatrice.

— Merci pour ce vote de confiance. Je n'aurais jamais cru que ce travail pouvait être aussi amusant qu'une soirée chic.

— Et j'ai comme l'impression que vous avez connu beaucoup de soirées chics.

En guise de réponse, elle lui décocha un sourire charmeur, qu'il lui rendit aussitôt. Tous les frères Mendoza étaient beaux garçons, mais elle devait admettre que Carlo était de loin le plus séduisant — et le plus attirant. Il y avait plusieurs raisons à cela : sa beauté à se damner, l'intensité de son regard malicieux, son air assuré. Et puis, elle admirait son professionnalisme. Il avait tout organisé puis avait su rester en retrait pour surveiller les choses discrètement.

C'était évident, Carlo n'était pas seulement un bel homme. Il y avait quelque chose en lui qui la fascinait, une sensualité et une légèreté qui la poussaient à croire qu'il aimait s'amuser, tout comme elle.

« Certains ne devraient pas s'attendre à ce que leurs histoires d'amour durent toujours, et j'en fais partie », lui disait sa grand-mère. « Pourquoi compromettre mes rêves et mes valeurs dans le seul but d'être acceptée ? Cela ne mènerait qu'à l'échec, à la déception ou au chagrin. »

Skylar était d'accord avec la vision de sa grand-mère. En tant que fille cadette de la famille Fortunado, elle était habituée à décevoir ses parents plus souvent qu'à son tour.

Certes, elle aimerait que son père soit fier d'elle, sans qu'elle ait à changer pour cela. Non qu'elle souffre d'un quelconque manque de confiance. En fait, elle avait développé une capacité innée à changer de cap chaque fois qu'elle en avait besoin, ce qu'elle considérait comme un atout. Bien des gens seraient plus heureux s'ils étaient capables de suivre leurs envies comme elle le faisait.

— Je ne sais comment vous remercier d'avoir accepté cette mission au dernier moment, dit Carlo. Vous avez vraiment fait des merveilles ce soir. Cela vous dirait d'animer aussi nos futures dégustations spéciales ?

— Volontiers.

Ainsi, elle pourrait connaître un peu mieux la famille Mendoza. Et puis, elle n'aurait plus besoin de mentionner quoi que ce soit sur un possible investissement, bien que l'idée d'investir la séduise.

Carlo lui offrit un sourire éblouissant.

— C'est fantastique. Si nous allions fêter cette réussite ?

— Bonne idée.

Skylar n'avait pas souvent connu la joie d'avoir réussi quelque chose, mais ce soir c'était le cas. Était-ce ce que sa sœur Maddie ressentait chaque fois qu'elle concluait un gros contrat ? Skylar chassa cette pensée et demanda :

— Ça vous ennuie si je goûte le merlot Red River ?

J'ai assuré à tout le monde que c'était mon vin préféré, alors que je ne l'ai jamais goûté. Je ne voudrais pas que mon nez pousse.

— Comme Pinocchio, c'est ça ?

Carlo gloussa et prit deux verres à vin.

— Exactement. J'adore ce conte, surtout le dessin animé. Et puis, j'aime l'honnêteté.

Même si c'était en grande partie vrai, une pointe de culpabilité la saisit, lui rappelant qu'elle avait omis d'avouer qu'elle n'était pas celle qu'il croyait être.

Si elle lui révélait la vérité maintenant, après la réussite de la dégustation, comment réagirait-il ? Serait-il fâché ? Ou serait-il épaté par son cran ?

Hier, elle avait parlé au téléphone avec un cousin, Nathan Fortune, suite à une lettre qu'elle lui avait envoyée la semaine dernière. Mais avant d'entreprendre un trajet de cinq heures pour le voir en personne, elle voulait avoir plus d'informations sur la famille Fortune. Les Mendoza pourraient lui révéler des informations précieuses.

Carlo déboucha une bouteille de merlot et en versa une bonne dose dans les deux verres, avant d'en donner un à Skylar.

Elle le remercia et but une gorgée. L'arôme de cerise noire était exquis. Pas étonnant que certains des chefs aient fait tant de commentaires positifs.

— Il est excellent, dit-elle.

— Je suis content qu'il vous plaise.

Il leva son verre et fit tourner le breuvage sous la lumière des guirlandes lumineuses, puis reporta son attention sur elle.

— Alors, votre mission vous a-t-elle plu ?

— Je crois que je me suis encore plus amusée que les invités.

Et boire un verre de vin avec un bel Hispanique sous

une voûte de lumières blanches scintillantes était la cerise sur le gâteau.

Néanmoins, le temps se rafraîchissait. Elle prit une autre gorgée de merlot, espérant que cela la réchaufferait. Mais cela ne l'empêcha pas de frissonner.

— Vous avez froid, nota-t-il.

— Juste un peu. Pas assez pour aller chercher un pull dans ma voiture.

— Je ne sais plus si je vous l'ai dit, mais je trouve votre robe très jolie. Elle était parfaite pour l'occasion.

— J'en ai des tas d'autres comme celle-ci chez moi.

— Le contraire m'aurait déçu. Cela veut dire que vous aimez les soirées en ville, j'imagine. Vous sortez beaucoup ?

— Chaque fois que je le peux, répondit-elle en souriant.

Elle remarqua son air espiègle. Apparemment, il appréciait sa compagnie autant qu'elle appréciait la sienne.

— Vous devez avoir faim, dit-il. Moi, oui, en tout cas. Si nous dînions ensemble ?

— Volontiers. Laissez-moi simplement le temps de me refaire une beauté.

Dix minutes plus tard, après s'être recoiffée et remaquillée dans les toilettes de l'hôtel, Skylar fit une halte à la réception. Elle avait besoin d'un endroit où dormir pendant son séjour à Austin, et cet établissement était très bien situé.

Après avoir réservé une chambre et pris sa clé, elle retourna dans les jardins à présent vides.

— Prête ? demanda Carlo.

— Oui. Nous y allons à pied ou en voiture ?

— Si la cuisine italienne vous convient, je connais un excellent restaurant à quelques rues d'ici. Nous pouvons nous y rendre à pied.

— J'aime tout ce qui est italien.

Et latin, apparemment.

— Alors allons-y. Ce n'est pas loin du centre de distribution, et vous pourrez prendre une veste ou un pull dans votre voiture, si vous le souhaitez. Quoi qu'il en soit, ce n'est pas loin.

Il lui offrit son bras, et elle l'accepta volontiers, espérant absorber un peu de la chaleur de son corps.

— Je vous suis, dit-elle.

Carlo la gratifia d'un sourire éblouissant, puis ils se mirent à marcher. Elle aurait sans doute dû retirer sa main de son bras à présent, mais elle appréciait ce contact, tout comme la fragrance tentante de son parfum frais comme une brise océane.

— Depuis combien de temps travaillez-vous pour l'agence de travail temporaire ? demanda-t-il.

Mince. Elle n'avait pas envie de révéler la vérité dès ce soir. Il était possible que Carlo collabore régulièrement avec l'agence en question, et s'il apprenait qu'elle ne venait pas de leur part, il renoncerait peut-être à l'engager pour de futures dégustations.

Elle devait faire face à cette possibilité. Peut-être vaudrait-il mieux qu'elle révèle sa situation pendant le dîner. Pendant le dessert, du moins.

— Vous me croiriez si je vous disais que c'était ma première mission en tant qu'hôtesse ?

Ce n'était pas un mensonge, mais ce n'était pas non plus honnête. Toutefois, c'était en partie la vérité : elle n'avait jamais animé de dégustation auparavant.

— Eh bien, je ne l'aurais jamais deviné. Vous étiez brillante.

Quelques instants plus tard, ils approchèrent de Rossi's, un petit restaurant entouré d'une clôture en fer forgé noir derrière laquelle des tables étaient installées. Plusieurs appareils de chauffage mobile fournissaient de la chaleur pour les quelques couples qui avaient décidé de manger dehors.

— À l'intérieur ou à l'extérieur ? demanda Carlo.

— Peu m'importe.

— Dans ce cas, voyons s'il y a des tables libres à l'intérieur.

Galant, il ouvrit la porte et s'effaça pour la laisser entrer. La décoration était pittoresque : murs blancs, poutres sombres, fresque colorée. Il y avait même une fontaine à l'ancienne au fond de la salle. Et à en juger par les délicieux arômes de tomates, de basilic et d'ail, la cuisine promettait d'être succulente.

— Une table pour deux, annonça Carlo à l'hôtesse qui vint les accueillir.

— Par ici, s'il vous plaît.

L'hôtesse saisit deux menus de cuir, puis les conduisit vers une table. Sur la nappe blanche étaient posés un soliflore contenant une rose rouge et plusieurs chandelles.

Carlo recula la chaise de Skylar puis s'assit face à elle.

L'hôtesse leur donna les menus.

— Votre serveur s'appelle Alfonso. Il ne va pas tarder.

Quelques instants plus tard, un petit homme d'une cinquantaine d'années au crâne dégarni se présenta et leur demanda ce qu'ils souhaitaient boire.

— Nous prendrons une bouteille de merlot Mendoza, dit Carlo.

— Très bon choix, monsieur.

Skylar ne put s'empêcher de sourire.

— Avez-vous choisi cet endroit pour sa cuisine ou pour son excellente carte des vins ?

Il se pencha vers elle et chuchota :

— La cuisine est excellente. Pour cette raison, nous avons offert une dégustation ici il y a quelques semaines.

La réaction des clients était si positive que le propriétaire nous a passé commande. Alors je tiens à le soutenir.

Skylar reposa son menu.

— Dites-moi, comment est-ce de travailler dans une entreprise familiale ?

— C'est plutôt agréable. Nous nous entendons bien, et nous avons un objectif commun, qui est de faire prospérer le domaine.

— C'est formidable.

Skylar supposait que sa sœur Maddie éprouvait la même joie à travailler pour Fortunado Real Estate.

Carlo l'étudia un instant puis se fendit d'un sourire qui éclaira son beau visage.

— Vous avez de jolis yeux.

— Vous aussi, répondit-elle. Certaines femmes donneraient n'importe quoi pour avoir des cils aussi longs et épais que les vôtres. Je ne les avais pas remarqués jusqu'à ce que je les voie sous cet angle, à la lumière des chandelles.

— Merci. Quand j'étais petit, mes frères se moquaient de moi à cause de mes cils.

Les frères et sœurs pouvaient parfois être cruels sans le vouloir.

— Je parie que ça vous embêtait. Vous vous battiez beaucoup avec vos frères quand vous étiez enfants ? Avec toute cette testostérone, j'imagine qu'il devait y avoir de grosses bagarres pour avoir le pouvoir.

— Parfois, mais en général, c'était amusant.

Alfonso vint leur servir leur vin et les informa qu'il reviendrait prendre leur commande dans un instant.

Ils avaient à peine bu deux gorgées quand le téléphone de Carlo sonna. Carlo consulta l'écran.

— D'habitude, dit-il, je ne prends pas les appels à table, mais c'est peut-être un appel pour vous.

Qu'est-ce qui lui faisait dire ça ? Qui savait qu'elle était ici, hormis le père et les frères de Carlo ?

— Allô ?

Il colla l'appareil contre son oreille et fronça les sourcils.

— Ah, oui ? l'entendit-elle dire. Non, ce n'est pas un problème. Du moins, pas encore. Peut-on en reparler demain ?

Après un instant, il hocha la tête.

— Merci, conclut-il avant de raccrocher.

Skylar se pencha vers lui, espérant qu'il allait lui dire qui avait téléphoné, et pourquoi il pensait que ce coup de fil était pour elle.

— C'était l'agence d'intérim avec laquelle nous travaillons, expliqua-t-il. Ils sont navrés de ne pas avoir pu trouver de remplaçante à l'hôtesse qui s'est décommandée.

Mince. Skylar se mordilla la lèvre. Elle regrettait maintenant de ne pas avoir joué cartes sur table d'emblée. Ou de ne pas avoir prétexté un possible investissement dans le vignoble. Elle se serait épargné un moment gênant.

Il plissa les yeux et la transperça du regard.

— Alors, qui êtes-vous ?

Skylar écarquilla les yeux et entrouvrit les lèvres. Apparemment, il n'était pas le seul à avoir été désarçonné par ce coup de fil de l'agence d'intérim, se dit Carlo.

Il se pencha, les bras sur la table, et attendit la réponse de Skylar. Elle semblait réfléchir. Ce qui n'était pas bon signe.

Quelques battements de cœur plus tard, son visage s'éclaira.

— Vous savez…, commença-t-elle, c'est drôle que vous me posiez cette question car…

— Je ne trouve pas ça drôle, l'interrompit-il. Pourquoi m'avez-vous menti ?

— Non, attendez ! J'ai juste omis de vous préciser que je n'étais pas une hôtesse envoyée par l'agence. Mais en dehors de cela, j'ai été franche avec vous. Je m'appelle Skylar Fortunado, je m'y connais un peu en vin, et j'ai passé deux étés dans la villa italienne d'une amie, comme je vous l'ai dit.

À présent, il remettait tous ses dires en doute.

— En supposant que ce soit vrai, pourquoi m'avez-vous laissé croire que c'était l'agence d'intérim qui vous avait envoyée ?

— Je peux être un peu impulsive parfois, et j'aime m'amuser. Servir du vin lors d'un événement chic me semblait divertissant. Et puis, vous aviez besoin de mon aide, à l'évidence.

Ce qu'elle venait de dire était plausible. Et, en effet, il avait eu besoin d'elle. Même s'il était encore soupçonneux, il devait admettre qu'elle le fascinait. Pourquoi ne pas savourer le temps qu'il passait avec elle, après tout ?

— D'accord, je veux bien croire que vous vous êtes amusée ce soir. Et vous avez un vrai talent pour animer un événement et charmer les clients. Quel genre de travail faites-vous ?

Le mannequinat lui vint aussitôt à l'esprit. Ou la comédie. Si c'était le cas, elle devait avoir du succès. Sa voiture et son sac à main n'étaient pas à la portée de toutes les bourses.

— Pour l'instant, je suis sans emploi.

Elle avait avoué être impulsive. Avait-elle quitté son dernier poste sur un coup de tête ? Avait-elle été renvoyée ? Et quel emploi avait-elle occupé ?

Plutôt que de la bombarder de ces questions, il en posa une seule :

— Comment payez-vous vos factures ?

Il vit son sourire s'évanouir.

— Eh bien, je n'aime pas trop en parler, mais je vais le faire. Une preuve de mon honnêteté.

Oh. Était-elle une call-girl de luxe ? Si oui, il ne l'aurait jamais deviné.

— Mon père m'a ouvert un trust, déclara-t-elle, alors je n'ai pas vraiment besoin de travailler. Mais ça ne veut pas dire que je ne cherche pas l'emploi qui me convient.

Une petite fille riche, donc ? Une fille à papa, de surcroît.

— Vous êtes fille unique ?

Elle rit.

— Parfois, j'aimerais bien, même si nous sommes une famille unie. J'ai trois frères et deux sœurs.

— Et ils ont tous des trusts ?

— Non, il n'y a que moi.

Il leva son verre et but une longue gorgée de vin. Cette femme était aussi intéressante que splendide. En général, il était assez doué pour cerner les gens, mais Skylar était pleine de surprises.

— Mon frère Everett est médecin, ajouta-t-elle, et ma sœur Maddie travaille pour l'entreprise immobilière de mon père. Mais moi, je suis un esprit libre, une artiste, alors mon père se sentait obligé de subvenir à mes besoins, comme il l'a fait avec ma grand-mère.

Carlo n'avait pas l'habitude que les femmes soient si ouvertes et directes. En supposant que Skylar soit franche à cet instant…

Elle toucha la tige de son verre de vin, puis plongea le regard dans le sien. Sa beauté seule était frappante, mais c'était la sincérité dans ses yeux qui faillit lui couper le souffle.

— Sachez que je ne compte pas vivre aux crochets de ma famille toute ma vie. Je suis allée à l'université, et j'ai vécu à l'étranger. Simplement, je n'ai pas encore trouvé ce que je veux faire de ma vie, et à vingt-cinq ans, je ne crois pas que ce soit si inhabituel.

— Non, je suppose. Moi aussi, j'ai traversé une période dans ma vie pendant laquelle je n'étais pas sûr de ce que je voulais faire.

À vingt-cinq ans, après son divorce, il avait dû réévaluer son avenir, et il s'était senti un peu perdu pendant quelque temps.

— Apparemment, dit-elle, les yeux pétillants, votre vie est sur de bons rails maintenant.

— Avec le temps, tout s'est arrangé.

Il l'observa dans la lumière des chandelles, s'attardant sur ses épaisses boucles blondes, sur son visage en forme de cœur, sur ses yeux d'un bleu si éclatant. Certains hommes pourraient perdre la tête pour une femme comme elle.

Mais Carlo n'allait pas laisser ses hormones prendre le pouvoir.

— Je suis content que vous ayez accepté d'animer la dégustation, mais ça n'explique pas pourquoi vous étiez au centre de distribution.

Elle prit une gorgée de vin avant de répondre :

— J'avais entendu des choses intéressantes à propos du vignoble, et je voulais le visiter. Je songe à acheter quelques actions.

Il supposait que c'était possible. Mais même s'il avait envie de la croire, il était encore un peu sceptique.

— Dites-moi, vous vivez à Austin depuis toujours ? demanda-t-elle.

— Non, je suis originaire de Miami. Je me suis installé ici il y a six mois.

— Et maintenant, vous travaillez pour votre cousin.

Ce n'était pas une question. Apparemment, Skylar avait bien étudié son sujet. Toutefois, l'information était facile à trouver.

— Votre famille doit être très unie, ajouta-t-elle.

Ça n'avait pas toujours été le cas, mais les relations entre ses frères et ses cousins s'amélioraient.

— J'imagine qu'on peut dire ça.

— Votre branche est-elle aussi proche des Fortune que certaines autres branches de la famille Mendoza ?

Drôle de question… Quelque chose ne collait pas.

— D'accord, Skylar. Qu'est-ce que vous mijotez vraiment ?

— Rien, assura-t-elle.

Il ne la croyait pas une seconde.

— On ne peut pas manipuler un manipulateur, Skylar. Quelle que soit la ruse que vous préparez, je l'ai sans doute déjà tentée moi-même.

Elle cligna des yeux, et entrouvrit les lèvres. Pendant un instant, il s'adoucit. Mais un instant seulement. Il ne fallait pas qu'il baisse sa garde.

— Écoutez, Skylar, on ne peut pas m'acheter ou m'escroquer. Mais il y a une chose qui pourrait me persuader de répondre à vos questions.

— Laquelle ? demanda-t-elle, l'air sincèrement intéressé.

— La vérité.

- 3 -

Skylar n'avait pas voulu être malhonnête. Et elle n'avait pas non plus essayé de « manipuler un manipulateur ». Elle devrait donc être vexée que Carlo suppose le contraire. Mais en réalité, cela l'excitait un peu que Carlo soit différent des autres hommes, et qu'elle ne puisse pas user de son charme pour l'amadouer.

Carlo l'observait toujours, comme s'il lisait dans ses pensées les plus secrètes, comme s'il la comprenait mieux que personne. Soudain, elle prit conscience que, pour une raison inexplicable, elle voulait qu'il la comprenne.

— *Qui* êtes-vous ? demanda-t-il de nouveau, l'air froid et détaché.

L'admiration et l'attirance qu'elle éprouvait pour lui montèrent d'un cran.

— Je vous l'ai dit. Je m'appelle Skylar Fortunado, mais on pourrait aussi bien m'appeler Skylar Fortune.

Il fronça les sourcils, l'air manifestement dérouté. Et sceptique. Elle ferait mieux de s'expliquer.

— Mon grand-père était Julius Fortune. Mon père étant un enfant illégitime, sa famille paternelle ne sait pas qu'il existe.

— Mais pourquoi être venue au centre de distribution Mendoza ?

— Parce que je veux apprendre à connaître les Fortune. Plutôt que de débarquer sans m'annoncer, j'ai décidé d'opérer en douceur. Et puisque les Mendoza ont des liens familiaux solides avec les Fortune, je me suis dit que j'allais commencer par votre famille.

— En ce qui me concerne, je ne vais pas vous être d'une grande aide.

— Peut-être que si. Ou peut-être que non. Dans tous les cas, vous devez admettre que cette journée s'est révélée gagnante pour vous comme pour moi. Vous aviez besoin de mon aide, et j'avais besoin de rencontrer quelqu'un qui connaisse les Fortune.

— Vous avez aussi besoin d'un travail, rétorqua-t-il, s'adossant à sa chaise et étendant les jambes. D'argent aussi, je suppose.

Donc, il ne la croyait pas pour le trust. Il avait tort.

Elle but une gorgée de vin avant de répondre :

— Contrairement à ce que vous pourriez penser, je n'en ai pas après la richesse des Fortune. Voyez-vous, mon père s'est fait tout seul.

— C'est ce que vous dites, répliqua-t-il en la transperçant du regard.

— Pourquoi êtes-vous si sceptique ? demanda-t-elle.

— Je ne devrais pas ?

— Je suppose que si. C'est une réaction naturelle.

Elle poussa un petit soupir. Carlo ne serait pas facile à rallier à sa cause. Étrangement, cela ne le rendait que plus attirant.

— Sachez-le, dit-il, les Fortune sont très forts pour reconnaître les imposteurs et les escrocs.

— Sans nul doute, mais je peux vous l'assurer, certains n'ont pas besoin d'un nom célèbre pour réussir dans la vie. Si vous êtes intelligent et que les cartes sont en votre faveur, vous pouvez vous hisser jusqu'au sommet. Et mon père est très intelligent. Chanceux, aussi. Après avoir gagné à la loterie, il a investi ses gains dans l'immobilier, et il a fait fortune. Aujourd'hui, il vit dans le quartier le plus huppé de Houston, et il possède une agence dans un gratte-ciel du centre-ville. Il possède aussi des agences à Austin et à San Antonio.

— Fortunado Real Estate ?

— C'est ça. Donc, vous voyez, nous n'avons pas besoin de l'argent des Fortune.

Avant que Carlo puisse répondre, Alfonso apporta une corbeille de pain, de l'huile d'olive et du vinaigre balsamique. Puis il prit leur commande.

Quand Skylar et lui furent de nouveau seuls, Carlo reprit le fil de leur conversation.

— Si votre famille est si riche, pourquoi cet intérêt pour les Fortune ?

— Pour être franche, mon père et la plupart des membres de ma famille n'ont pas envie de les connaître. Du moins, c'est ce qu'ils m'ont dit.

Elle saisit une tranche de pain chaud et en détacha un morceau.

— Je les soupçonne d'être curieux, reprit-elle, mais ils redoutent tout changement dans notre dynamique familiale.

— Et vous, ça ne vous inquiète pas ?

Elle ne verrait pas d'inconvénient à ce qu'il y ait une légère évolution dans la dynamique familiale des Fortunado. Pour commencer, elle aimerait que le talent artistique soit si valorisé autant qu'un diplôme ou le sens des affaires.

— Je suis plus ouverte d'esprit que les autres Fortunado, alors j'ai décidé de rencontrer les Fortune, pour juger par moi-même.

Carlo l'étudia de nouveau, comme s'il ne pouvait toujours pas croire à son histoire. Elle but une gorgée de vin. Il était délicieux. Pas étonnant que les invités de la dégustation aient été impressionnés.

— Croyez-le ou non, je suis une femme parfaitement honnête.

— Sauf quand vous faites de la rétention d'information.

— Je vous le concède.

Elle fourra le morceau de pain dans sa bouche. Exquis ! Fait maison et tout droit sorti du four.

— Il me semble que vous devriez plutôt parler à Ariana Lamonte, suggéra-t-il. Elle a rédigé des articles pour le magazine *Weird Life* à propos des Fortune.

— Je l'ai déjà sollicitée.

Carlo ne semblait pas comprendre qu'elle avait bien étudié son sujet.

— En fait, ce sont ses articles qui m'ont convaincue que mes soupçons étaient fondés, et qui ont marqué le début de ma quête. D'ailleurs, au cas où vous ne seriez pas au courant, elle porte le nom des Fortune à présent. Elle a épousé Jayden Fortune, qui vit à Paseo, au Texas.

— Donc, votre visite au centre de distribution de notre vignoble, c'était votre plan B ?

— J'espère que vous n'êtes pas vexé.

Il rit.

— Non. Je ne suis qu'à la périphérie de la famille Fortune, mais je peux faire en sorte de vous les présenter, si vous voulez.

— Ce serait formidable. Et je vous promets que je serai discrète. Je ne leur veux aucun mal. Considérez-moi comme une journaliste d'investigation.

— Une très jolie journaliste, je dois dire.

Une façon élégante de lui faire un compliment. Et cela ne l'étonnait guère : Carlo avait sans doute beaucoup de pratique en matière de séduction. Il était si beau et sexy qu'il avait sûrement accumulé les conquêtes au fil des ans.

— Ariana pourrait vous introduire dans la famille Fortune mieux que moi, souligna-t-il.

— C'est vrai. Et quand son mari et elle rentreront chez eux dans quelques semaines, je compte lui demander son aide.

Il fronça les sourcils, ce qui ne gâcha pas la splendeur de son visage parfait.

— Où sont-ils ?

— En voyage. Ariana fait des recherches pour un nouveau livre sur le Texas.

Le téléphone de Carlo sonna de nouveau. Il consulta l'écran.

— Croyez-le ou non, dit-il, je ne suis pas un convive impoli en général, mais je dois vraiment répondre. Si vous voulez bien m'excuser, je vais sortir pour prendre l'appel. Mais je ferai vite, promis.

Elle hocha la tête. Son père lui avait appris que les affaires passaient toujours en premier. Un jour, quand Skylar était au lycée, une amie lui avait téléphoné pendant le dîner. Son père avait menacé de confisquer son téléphone si elle répondait. Pourtant deux minutes plus tard, il avait reçu un appel et avait décroché. Lorsqu'elle avait pointé du doigt l'incohérence de son attitude, son père s'était mis en colère et avait assené : « Voici la règle dans cette famille, Skylar : quand un coup de fil rapporte de l'argent, on décroche. »

Quelques instants plus tard, Carlo revint à leur table. À peine s'était-il assis qu'il se pencha vers elle comme un escroc qui venait de trouver une cible.

— J'ai une proposition pour vous. J'ai de nouveau besoin de votre aide, et je ferai tout ce que vous voudrez si vous acceptez.

Elle haussa les sourcils.

— Tout ce que je veux ? Et qu'est-ce que ce travail impliquerait ?

— Maintenant c'est vous qui êtes sceptique, plaisanta-t-il. Rassurez-vous, il n'y a rien de louche là-dedans. J'ai besoin de quelqu'un pour représenter la marque Mendoza pendant une autre dégustation. Vous devrez simplement faire la même chose que ce que vous avez fait ce soir. Servir du vin et inciter les gens à le boire. Et à l'acheter, si possible. Vous serez bien payée.

— Je vous l'ai dit, il ne s'agit pas d'argent. Je n'ai pas besoin de travailler une seule journée de ma vie, sauf si j'en ai envie.

Et, à la vérité, elle voulait de nouveau être hôtesse pour Carlo.

— Alors, qu'en dites-vous ? demanda-t-il.

Elle était toujours partante pour vivre de nouvelles aventures. Alors elle lui serra la main pour conclure leur accord.

— C'est un plaisir de faire affaire avec vous.

En dépit du bon sens, Carlo avait écouté les explications de Skylar, mi-amusé, mi-intrigué. Mais tout avait changé dès qu'il avait saisi sa main et qu'il avait senti sa peau douce et chaude contre la sienne. Une vague de désir s'était abattue sur lui, mettant tous ses sens en émoi.

Il tentait de paraître détaché, de masquer son attirance, mais jamais il n'avait rencontré une femme comme Skylar. Et il n'en rencontrerait sans doute pas d'autres.

Certes, elle lui avait caché que ce n'était pas l'agence d'intérim qui l'avait envoyée. Après ce mensonge par omission, il se méfiait encore un peu, mais Skylar semblait sincère.

Elle était aussi superbe, et fascinante. De surcroît,

c'était la meilleure hôtesse qu'ils aient jamais eue. Et elle avait un sacré sens du commerce.

Pour toutes ces raisons, il allait prendre le risque de croire à son histoire.

— La prochaine dégustation a lieu jeudi soir, dit-il. Vous êtes disponible ?

— Dans trois jours ?

Elle coinça une mèche de cheveux derrière son oreille, révélant un clou en diamant de taille conséquente.

— Oui, je serai disponible. Je vais rester en ville quelque temps.

Elle ne précisa pas combien de temps elle comptait rester, et même s'il était de plus en plus curieux à son sujet, il ne lui posa pas la question.

— Merci de vous montrer aussi flexible, dit-il.

— C'est une de mes nombreuses qualités, plaisanta-t-elle.

Elle lui décocha un sourire éclatant, puis se pencha vers lui.

— Parlez-moi de cette dégustation « spéciale ».

— Un autre congrès va bientôt avoir lieu, pour des cadres informatiques. J'ai téléphoné aux organisateurs et je leur ai proposé une soirée spéciale. Nous avons négocié un prix, et ils viennent de confirmer leur accord.

— Ce sera dans les jardins de l'hôtel Monarch ?

— Non, l'événement se déroulera au domaine. Nous affréterons un bus pour transporter les clients depuis leur hôtel. Une fois qu'ils auront goûté nos meilleurs millésimes, nous leur servirons à dîner.

— Une soirée excitante pour un groupe de personnes que j'imagine un peu ternes et ennuyeuses.

— Une supposition qui ne m'étonne pas de la part d'une noceuse, dit-il en riant.

Elle répondit par un clin d'œil malicieux.

— En fait, j'ai beaucoup réfléchi avant de proposer cet événement, reprit-il. Ces cadres vivent aux quatre coins du pays, et j'imagine qu'ils commanderont plusieurs caisses chacun et qu'ils partageront les bouteilles avec leurs amis à leur retour. C'est un bon moyen de mettre notre vin entre les mains de consommateurs vivant ailleurs qu'au Texas.

— J'aime votre manière de réfléchir.

— Lorsque l'on a un bon produit, la meilleure promotion, c'est le bouche-à-oreille.

— On dirait que vous pensez à tout.

— J'essaie.

Il s'adossa à sa chaise et but une gorgée de vin. Cependant, il trouvait la femme qui lui tenait compagnie bien plus tentante que son merlot préféré.

— Votre salle de dégustation est-elle ouverte tous les jours, ou seulement sur demande ? questionna-t-elle.

— Nous sommes ouverts tous les après-midi, et nous avons un hôte qui se charge des dégustations régulières. Il travaille aussi au restaurant La Viña le soir, alors je préfère engager quelqu'un d'autre pour nos événements spéciaux.

— Et c'est là que j'entre en scène.

— Exactement. En plus de votre salaire, je ferai tout mon possible pour vous aider à entrer en relation avec les Fortune.

— Cela me ferait vraiment plaisir, dit-elle, plongeant son regard d'un bleu unique dans le sien.

— Ce ne sont pas des promesses en l'air, assura-t-il. Nous organisons une soirée au vignoble pour la Saint-Valentin, et plusieurs membres de la famille Fortune seront présents. Vous pourrez faire l'hôtesse ce soir-là, et observer les invités.

Son sourire était si éblouissant qu'il éclipsa les chandelles sur la table.

— Ce serait formidable, Carlo ! Vous ne le regretterez pas. Je serai professionnelle et discrète.

Il espérait qu'elle disait vrai, et qu'il avait raison de lui faire confiance.

Il sortit de la poche de sa veste sa carte de visite et la lui donna.

— En attendant, si vous passiez par le vignoble demain matin ? Je vous ferai faire une visite personnelle.

— Volontiers. Il me tarde de le découvrir.

Carlo était impatient d'être à demain, lui aussi.

Le lendemain, alors que Skylar dormait profondément dans sa suite de l'hôtel Monarch, l'alarme retentit.

En temps normal, elle détestait se réveiller tôt ou se soumettre à des contraintes horaires. Mais pas ce matin. Sans bougonner ni même bâiller, elle sortit du lit et se dirigea vers la salle de bains.

Elle s'arrêta le temps de jeter un coup d'œil dans le miroir, s'attendant à voir ses cheveux tout emmêlés, mais ils n'étaient pas si mal. C'était en soi une surprise, mais moins que le sourire sur son visage. Elle avait toujours eu une joie de vivre naturelle, mais cette joie de vivre ne se manifestait qu'après sa première tasse de café. Elle savait pourquoi elle était si gaie : son souhait était sur le point de se réaliser. Dans moins de deux semaines, elle rencontrerait plusieurs membres de la famille Fortune.

N'était-ce pas fantastique ?

Et elle avait un autre motif pour être de très bonne humeur : elle allait revoir Carlo.

Hier soir, leur dîner avait été succulent mais aussi… intéressant. Et même romantique.

Skylar avait pour règle d'éviter les hommes qui pourraient rechercher une relation sérieuse avec elle. Elle n'avait pas besoin qu'un homme tente de faire pression sur elle afin qu'elle se conforme à ses attentes, comme sa famille le faisait déjà. Mais elle avait l'impression qu'avec Carlo, elle ne risquait rien.

Voilà pourquoi hier soir, elle avait mis une alarme sur son téléphone. Pour avoir tout le temps de se faire belle avant d'aller le retrouver.

Une heure plus tard, elle roulait en direction du domaine viticole Mendoza, en suivant les indications que Carlo lui avait données. Tandis qu'elle s'engageait dans l'allée, elle ne put s'empêcher de lever le pied de l'accélérateur pour admirer les superbes vignes de Hill Country.

Un orage avait éclaté durant la nuit, et les terres étaient détrempées. Mais après avoir arrosé les végétaux et purifié l'air, la pluie avait cessé, et le ciel était maintenant d'un bleu éclatant.

Ici, en pleine campagne, le paysage était très joli. Skylar avait toujours été une citadine, néanmoins elle aimait respirer l'air frais et admirer le coucher du soleil sur les collines verdoyantes. Non pas que Carlo l'ait invitée à rester au vignoble suffisamment pour voir le soleil se coucher. Mais elle prolongerait volontiers sa visite jusqu'au soir.

Elle se gara devant le bâtiment principal de la propriété. À peine était-elle descendue de sa voiture que Carlo vint à sa rencontre. Elle l'avait déjà trouvé beau hier soir, mais il était encore plus renversant aujourd'hui, avec son pantalon de toile beige et sa chemise de coton blanche amidonnée. Il n'avait rien d'un cow-boy texan. Et tout d'un beau brun hâlé de Miami Beach.

— Bienvenue au vignoble Mendoza, dit-il.

Elle laissa sur le siège passager son sac, un grand fourre-tout Chanel rempli de différentes choses dont elle pourrait avoir besoin à tout moment, et verrouilla les portières. Puis elle glissa ses clés dans la poche de son jean et salua Carlo d'une poignée de main. Une formalité inutile, mais elle avait envie de toucher Carlo de nouveau, et une accolade lui semblait peu appropriée. Peut-être pourrait-elle lui en donner une en repartant tout à l'heure…

— Que pensez-vous de cet endroit, à première vue ? demanda-t-il.

— C'est impressionnant. Je n'aurais jamais deviné que votre cousin l'avait acheté récemment. Tout est si bien entretenu qu'on a l'impression que votre famille le possède depuis des années.

— Il appartenait à la famille Daily depuis des générations, et Alejandro le leur a racheté.

— Quoi qu'il en soit, c'est une propriété magnifique.

— Merci. C'est un travail d'équipe. Et ça n'est pas fini. Nous allons nous développer encore, pour pouvoir accueillir des fêtes et des mariages. Venez, je vais vous faire la visite que je vous ai promise, en commençant par le jardin de sculptures.

Skylar emboîta le pas à Carlo. Tout en admirant les lieux, elle ne put s'empêcher de respirer le parfum de Carlo, tentant et frais comme une brise océane. Lorsqu'ils tournèrent à l'angle du bâtiment principal et qu'elle aperçut le jardin de sculptures, elle comprit pourquoi Carlo trouvait ce décor parfait pour des événements spéciaux.

— C'est stupéfiant.

Elle contempla la roseraie, et la pelouse impeccable sur laquelle trônaient plusieurs grandes sculptures.

— Nous allons planter d'autres fleurs, dit-il. Et nous avons commandé une fontaine en carreaux de céramique espagnols à un artisan de la région. Les sculptures en pierre étaient déjà là, et nous les conserverons. Mais nous allons ajouter d'autres œuvres d'art que nous exposerons en alternance.

— C'est une excellente idée.

Elle s'arrêta pour admirer la statue d'un officier de cavalerie à cheval.

— C'est très joli.

— Je suis de votre avis.

Elle fit le tour de la statue et caressa la tête du cheval comme s'il était réel. Puis elle regarda Carlo et sourit.

— Venez, dit-il, je vais vous montrer la salle de dégustation.

Il posa la main au creux de son dos, et elle sentit un éclair la traverser. Elle chancela et faillit trébucher, mais heureusement, elle se reprit rapidement.

Si Carlo avait remarqué quelque chose, il ne fit pas de commentaire. Ils traversèrent le jardin et entrèrent dans le bâtiment principal par une porte de service. Au bout du couloir, un panneau accroché à une grande porte de bois patiné indiquait les heures d'ouverture de la salle de dégustation. Carlo ouvrit la porte et s'écarta pour la laisser entrer, puis la suivit à l'intérieur.

Elle remarqua les hauts plafonds voûtés et les poutres sombres, puis laissa Carlo la conduire vers un bar au comptoir de marbre. Sur une étagère, des rangées de bouteilles de vin attendaient le prochain groupe d'amateurs qui viendraient goûter les meilleurs millésimes du vignoble.

— Votre famille a-t-elle toujours été dans le secteur viticole ? demanda-t-elle.

— Non. Quand Alejandro était à l'université, il travaillait à temps partiel dans un bar à vins de South Beach, pour payer ses études. C'est comme ça que tout a commencé. Il a décidé de changer de cursus pour étudier l'agriculture, et il a obtenu un diplôme en viticulture et en œnologie. Il a également passé un été dans la Napa Valley et un autre en France comme stagiaire dans un vignoble.

— J'imagine que ses voyages ont aiguisé son intérêt pour le vin. Même si mon expérience n'est pas tout à fait la même, j'ai beaucoup appris durant mes séjours en Italie chez Calista, l'amie dont je vous ai parlé. J'ai même pensé à m'y installer, mais mon père a menacé de me couper les vivres pour de bon.

Elle se tourna vers lui et l'observa.

— Et vous ? Qu'est-ce qui vous a poussé à quitter Miami pour travailler dans un vignoble ?

— Je suis issu d'une longue lignée de propriétaires de restaurants et de night-clubs, alors je m'y connais en cuisine, ainsi qu'en vins. L'une de mes fonctions est de gérer le restaurant La Viña.

— Vous êtes le directeur ? demanda-t-elle.

— En quelque sorte. Alejandro m'a laissé carte blanche pour redécorer le restaurant et engager du personnel.

— J'adorerais voir ce que vous en avez fait.

— Nous finirons la visite par le restaurant, et nous y déjeunerons. En attendant, je vais vous montrer les vignes et la cave, où nous fabriquons le vin.

Carlo la conduisit vers un hangar, où une petite voiture électrique de couleur rouge les attendait.

— Oh ! s'exclama Skylar. Comme c'est charmant ! On dirait un croisement entre une voiturette de golf et une limousine.

— C'est tout nouveau. Une autre de mes suggestions. Je me suis dit que ça pourrait être un plus pour les petites visites privées. Et Alejandro a aimé mon idée.

— Vous avez un grand sens du commerce. Je suis impressionnée.

— Merci.

Il l'observa, l'air un peu intrigué.

— Quoi ? demanda-t-elle. Vous ne me croyez pas ?

— Non, il ne s'agit pas de ça.

— Alors, qu'y a-t-il ? Et ne me répondez pas « rien ». Les doutes se lisent sur votre visage.

Il secoua la tête et sourit.

— Ce ne sont pas des doutes. C'est de l'étonnement.

— Ne me dites pas que vous ignorez à quel point vous êtes brillant et créatif !

Il afficha un sourire malicieux.

— En fait, je n'ai jamais eu de problème de confiance en moi. C'est juste que je n'avais pas…

Il marqua un temps, comme pour choisir ses mots avec soin.

— Eh bien, je ne pensais pas que vous prêteriez attention à l'aspect commercial de mes activités.

Elle croisa les bras.

— Vous ne pensiez pas qu'une petite fille riche pouvait remarquer votre sens des affaires ?

— Je ne voulais pas remettre en question votre intelligence. Simplement, certaines femmes seraient davantage impressionnées par le prestige du domaine que par ma façon de mener les affaires.

— Vous parlez du statut financier de votre famille ?

Elle leva les yeux au ciel et fit claquer sa langue.

— Vous avez vraiment fréquenté le mauvais genre de femmes.

Carlo rit.

— Je ne sais pas, mais il y a une chose dont je suis certain : vous ne ressemblez à aucune de celles que j'ai connues.

Son visage s'éclaira.

— Eh bien, je vais prendre cela pour un compliment.

— C'en est un.

Il désigna d'un geste l'élégante petite voiture et lui fit signe de le précéder. Elle grimpa sur le siège passager à l'avant et attendit que Carlo la rejoigne.

Quelques instants plus tard, ils parcouraient la propriété, Carlo s'arrêtant de temps en temps pour lui montrer différents cépages.

Malgré le temps ensoleillé, l'air était un peu frais, mais Skylar n'allait pas s'en plaindre. Pas alors qu'elle avait droit à une visite privée d'un splendide vignoble texan avec un beau brun ténébreux.

Quand elle avait fait allusion aux femmes qu'il fréquentait — dans le but non avoué de découvrir s'il avait une petite amie —, il n'avait même pas cillé. Elle devrait sans doute lui poser la question directement, mais elle ne voulait pas qu'il croie qu'elle s'intéressait à lui.

D'accord, elle s'intéressait à lui. Plus qu'elle ne voulait l'admettre.

Carlo avait sans doute une liste de contacts pleine de numéros de femmes superbes et disponibles. Elle était prête à parier qu'il n'était pas du genre à passer ses samedis soir seul.

Elle non plus, d'ailleurs. Non pas que sa vie sentimentale soit très active. Elle préférait les relations superficielles, amusantes et sans attaches. Résultat, à la fin de ses soirées, elle rentrait presque toujours seule chez elle. C'était plus simple ainsi.

À bien y réfléchir, elle devrait peut-être reconsidérer ses positions sur les hommes et les sorties. Elle ne serait pas contre une soirée en ville avec Carlo Mendoza un samedi soir. Ou tout autre soir de la semaine, d'ailleurs.

Ils empruntèrent un petit sentier de terre encore détrempé par les récentes pluies, évitant plusieurs flaques au passage.

— Vous n'avez pas peur de vous enliser ? demanda Skylar.

— Non, j'ai pris cette route avec Alejandro hier, avant qu'il ne parte pour un séminaire en Californie. Et nous n'avons eu aucun problème.

Sur leur droite, les vignes s'étendaient à perte de vue. Mais ce furent les collines sur la gauche qui retinrent toute son attention.

— Regardez-moi ces lupins ! s'extasia-t-elle. J'avais entendu dire que la floraison était précoce cette année. Ça vous ennuierait de vous arrêter pour que je puisse prendre une photo ?

— Pas du tout.

Il s'arrêta sur le bas-côté et patienta pendant qu'elle sortait son téléphone de sa poche et descendait du véhicule pour avoir un meilleur angle de vue.

Elle avait peut-être abandonné ses études artistiques, mais elle appréciait toujours la beauté de la nature. Et il lui arrivait de peindre des aquarelles. Si la version peinte de ce flanc de colline se révélait aussi belle qu'elle l'espérait, elle la ferait encadrer et l'accrocherait dans sa chambre, dans son appartement de Houston.

Au loin, elle remarqua une vache qui marchait nonchalamment vers un tracteur rouillé. Quel spectacle inhabituel ! Elle leva son appareil, prenant une photo puis une vidéo.

N'était-ce pas fantastique ? Tandis qu'elle reculait, continuant de filmer cette vache qu'elle supposait égarée, elle marcha dans une flaque profonde et y enfonça presque toute sa bottine Jimmy Choo. Elle perdit l'équilibre et en une seconde, elle tomba au sol, répandant de l'eau boueuse partout sur elle.

— Bon sang ! marmonna-t-elle.

Elle observa sa bottine de cuir trempée, espérant

qu'elle était imperméabilisée. Dire qu'elle ne possédait cette paire que depuis quelques semaines…

Avant qu'elle puisse se relever, Carlo la rejoignit.

— Ça va ?

— Je suis juste un peu sale et mouillée. Rien de grave.

Il l'aida à se relever.

— Je vous reconduis au domaine, pour que vous puissiez vous nettoyer.

— Rien ne presse. Un peu de boue n'a jamais fait de mal à personne, mais cette flaque a fichu en l'air mes Jimmy Choo.

Elle essuya ses mains mouillées sur son jean puis sourit.

— C'est ainsi, conclut-elle.

Il esquissa un sourire malicieux.

— Vous êtes incroyable.

— Dans quel sens ? demanda-t-elle.

— La plupart des femmes seraient dans tous leurs états après une chute dans la boue, et avec une bottine abîmée.

— Je vous avais bien dit que je n'étais pas comme la plupart des femmes.

— Et vous aviez raison.

Il l'observa un instant, et soutint son regard. Puis il passa le pouce sur sa joue.

— Est-ce que j'ai de la boue sur le visage ? demanda-t-elle.

— Juste un peu.

Il continuait de caresser sa joue de manière douce, tendre, tentante. Elle n'avait sans doute pas tant de taches que cela sur le visage…

Elle aurait pu reculer et finir d'essuyer sa joue elle-même, mais elle aimait sentir la main de Carlo sur elle. Ses yeux semblaient caresser son visage, eux aussi.

À cette pensée, une onde de chaleur monta en elle.

— Vous saviez que la couleur de ces fleurs sauvages était de la même teinte que vos yeux ? demanda-t-il.

Elle sentit son souffle accrocher dans sa gorge.

— Non, je ne savais pas.

— Ils sont jolis.

— Les lupins ?

— Vos yeux.

Elle crut que Carlo allait l'embrasser, mais il désigna la voiture d'un signe de tête.

— Retournons au domaine pour que vous puissiez vous sécher et vous nettoyer avant d'attraper froid.

Elle avait l'impression d'être une demoiselle en détresse secourue par un prince charmant, et c'était bien agréable.

— Je n'en reviens pas que vous ne soyez pas plus embêtée que ça par votre bottine fichue.

— Oh ! je suis embêtée. Mais geindre n'arrangerait rien.

Et puis, l'amitié naissante entre Carlo et elle pourrait se révéler bien plus précieuse qu'une paire de chaussures de luxe.

- 4 -

— Vous avez une tenue de rechange ? demanda Carlo à Skylar quand ils furent presque arrivés.

— J'ai toujours un sac de sport dans ma voiture, qui contient une tenue de yoga et des baskets.

— Bien.

Il se dirigea vers le parking, s'arrêta à côté de la voiture de Skylar et patienta pendant qu'elle sortait un sac de toile noir du coffre. Puis il l'emmena jusqu'à l'entrée du restaurant et se gara devant.

— Vous pourrez vous changer dans les toilettes. Ensuite, même s'il est un peu tôt, nous pourrons aller déjeuner.

Ils montèrent les marches du perron et arrivèrent devant deux grandes portes vitrées. Carlo sortit ses clés pendant que Skylar lisait les horaires d'ouverture sur un panneau accroché au mur.

— Le restaurant n'ouvre pas avant 17 heures, remarqua-t-elle.

— Exact. Nous proposons un brunch le week-end, mais en semaine, nous ne servons que le soir. Ça va bientôt changer. Notre réputation commence à se faire, et nous avons de plus en plus de clients.

— Vous aviez raison, alors. Le bouche-à-oreille est la meilleure des promotions.

— Ah, donc vous m'avez écouté.

— J'écoute toujours, rétorqua-t-elle, le regard amusé.

Ou charmeur. Difficile à dire.

— Je m'interroge, dit-elle. Si le restaurant est fermé, comment allons-nous pouvoir déjeuner ?

Il sourit.

— Ne vous inquiétez pas. Je n'ai pas besoin d'un chef pour préparer un bon repas. Allez vous changer, je vous attends ici. Ensuite, nous dévaliserons le réfrigérateur.

— Ça m'a l'air amusant.

Elle lui fit un clin d'œil puis se dirigea vers les toilettes.

Les femmes, en particulier les jolies femmes, avaient tendance à prendre beaucoup de temps pour soigner leur apparence, et Carlo se prépara à attendre un bon moment. Mais quand Skylar revint quelques minutes plus tard, portant un débardeur vert citron, un pantalon de yoga noir et des baskets, il eut une nouvelle preuve qu'elle ne ressemblait en rien aux femmes qu'il fréquentait d'habitude.

Elle s'était recoiffée et avait appliqué du gloss rose sur ses lèvres. Il ne put s'empêcher de remarquer que sa tenue moulante lui allait à ravir. Dieu l'avait dotée d'une belle silhouette, et il semblait qu'elle faisait de son mieux pour l'entretenir.

Apparemment, elle n'avait pas remarqué son regard admirateur. Elle était trop occupée à contempler l'intérieur du restaurant, à en juger par sa mine ébahie.

— C'est splendide ! s'exclama-t-elle.

C'était elle qui était splendide.

Elle observa les hautes fenêtres qui offraient une vue imprenable sur les vignes, et le faux plafond circulaire plaqué de chêne qui évoquait la forme d'un tonneau à vin.

— Je suis impressionnée. Ce serait l'endroit idéal pour un mariage.

— Vous envisageriez de vous marier ici ?

— Qui, moi ? Oh ! non !

Elle secoua la tête, ses épaisses boucles blondes tombant en cascade sur ses épaules.

— Je ressemble trop à ma grand-mère pour envisager de m'engager à vie.

— Votre grand-mère ne s'est jamais mariée ?

— Non. Elle avait espéré que Julius Fortune divorce, car il lui avait assuré qu'il le ferait, mais il avait menti. Je n'en reviens pas que ce coureur de jupons ait pu avoir tant de liaisons en même temps sans que sa femme soit au courant.

— Qui vous dit qu'elle ne savait pas ? Certaines personnes supporteraient tout pour l'argent.

Elle émit un soupir désapprobateur.

— Pas moi.

Il la croyait volontiers. Elle était peut-être riche, mais elle n'avait pas l'air de considérer l'argent comme une priorité. Lui non plus, ce qui voulait dire qu'ils feraient un couple parfait. Ils ne s'embarrasseraient pas des vœux que la plupart des gens trouvaient difficiles à respecter.

— Venez, dit-il. Je vous ai promis un déjeuner, mais vous allez devoir participer à sa préparation.

— Je serais ravie de vous aider, mais le chef ne va-t-il pas être embêté de découvrir que nous avons pillé sa cuisine ? Il n'aime sans doute pas que l'on envahisse son territoire.

— Je le fais tout le temps, alors ça ne le dérangera pas.

Une fois dans la cuisine, Carlo sortit de quoi préparer une salade du jardin, ainsi que du poulet grillé et un petit pot de sauce.

— Que puis-je faire pour vous aider ? demanda-t-elle.

— Si vous prépariez une assiette de fruits et de fromages ? Pendant ce temps, je me charge de la salade.

Il glissa du pain français au four.

— Où avez-vous appris à vous débrouiller dans une cuisine ? demanda-t-elle.

— Je gère des restaurants depuis des années, et j'ai appris quelques astuces auprès de plusieurs chefs. Et vous ? Vous aimez cuisiner ?

— Pas vraiment. Ce n'est pas très drôle de préparer à manger pour une seule personne. Je prends la plupart de mes repas dehors.

Elle prit des grappes de raisin, les rinça et les posa sur l'assiette à fromage, en alternant le raisin blanc et le raisin rouge. Puis elle ajouta des tranches de pommes.

— Beau travail, la complimenta-t-il.

— Merci.

Elle observa la salade qu'il avait préparée : un mélange printanier de légumes verts, de tomates, de champignons, d'avocats, de pignons et de poulet émincé.

— Ça a l'air très bon, dit-elle. Vous m'épatez.

Il haussa les épaules. Il n'avait pas de raison de lui révéler que la plupart des femmes qu'il fréquentait aimaient qu'il cuisine pour elles. En général, il les faisait asseoir au bar de sa cuisine et leur servait un verre de vin. Puis, un morceau de jazz en fond sonore, il préparait l'un de ses plats préférés, comme un poulet marsala. Cela faisait partie des préliminaires.

Cette fois, avec Skylar, c'était différent.

Non ?

Il garda ses pensées pour lui pendant que Skylar et lui posaient les plats sur une table, près d'une fenêtre qui donnait sur le jardin de sculptures. Il lui recula une chaise, puis s'assit face à elle.

— Ce plateau de fromages est très beau, la félicita-t-il.

— J'ai un certain talent pour assembler les couleurs. Et je suis douée pour le dessin. En tout cas, c'est ce qu'on m'a dit.

— Vous avez déjà pensé à exploiter ces talents ?

— En fait, j'ai étudié l'art pendant quelque temps, mais j'ai abandonné. Au grand dam de mon père.

Elle détacha un grain de raisin blanc et le glissa dans sa bouche.

— Il ne comprenait pas que le temps que j'ai passé là-bas n'était pas du gâchis, ajouta-t-elle.

Il se surprit à se pencher vers elle, intrigué. Peut-être même hypnotisé.

— Je suis sûr que vous avez tiré bénéfice de vos cours.

— J'ai beaucoup appris, et je pense avoir de vraies aptitudes, mais je n'en ai pas fait bon usage, ce que mon père me rappelle parfois.

— Donc, pour l'instant, vous êtes un électron libre qui apprécie l'art et qui aime s'amuser.

Elle afficha un sourire qui révéla ses fossettes.

— J'imagine. En ce moment, j'ai un autre centre d'intérêt. Résoudre le mystère familial, même si, pour moi, il n'y a rien de mystérieux dans cette histoire.

— Les Fortune.

— C'est ça. Demain, je vais me rendre en voiture à Paseo, pour rencontrer Nathan Fortune.

— C'est un sacré trajet pour une petite conversation.

— Paseo est à cinq heures d'ici. Si je pars tôt, je pourrai être de retour en fin d'après-midi ou dans la soirée.

Carlo hocha la tête.

— Pourquoi Nathan ? Comment s'intègre-t-il dans votre quête ?

— C'est un outsider, alors il a sans doute un point de vue intéressant sur sa famille. Quand j'ai lu les articles de sa belle-sœur dans le magazine *Weird Life*, je me suis rappelé certaines des choses que grand-mère m'avait dites sur mon père biologique, et j'ai fait le lien.

— Votre grand-mère est un vrai personnage, on dirait.

— Elle n'est plus de ce monde, mais elle était unique, et je l'idolâtrais. Sa personnalité atypique mettait mon père mal à l'aise, parfois.

— Comment ça ?

— Eh bien, par exemple, j'ai fréquenté un lycée privé dans un quartier huppé de la ville. Le jour de la remise de diplômes, grand-mère portait un T-shirt *tie and dye* et de gros chaussons en forme de lapins. J'ai cru que la veine sur le front de mon père allait éclater.

— Ça vous a embarrassée ?

— Non, pas du tout. Grand-mère m'avait un jour montré comment faire un T-shirt *tie and dye*, et nous nous étions bien amusées. C'était sa façon de me rappeler le plaisir que nous avions partagé ce jour-là. Quant aux chaussons, je les lui avais offerts pour Noël. Elle avait un ongle incarné à l'époque, et elle avait choisi le confort plutôt que le style.

— Vous deviez l'adorer.

— Oui. Vous n'imaginez pas à quel point elle me manque. Nous nous ressemblions beaucoup. Deux pois orange dans une cosse mauve, comme disait mon père.

— Ça veut dire que vous possédez une paire de chaussons lapins ?

Elle rit.

— J'aimerais bien, mais non. Mon père n'était pas très content que ma grand-mère et moi ayons tant de points communs. Par exemple, elle aimait l'art, surtout la période rétro, les couleurs psychédéliques, ce genre de choses. C'est la première personne qui m'ait encouragée à m'exprimer sur le plan artistique. Elle a convaincu mon père que mon choix de quitter l'université pour entrer dans une école d'art n'était pas une mauvaise chose. Il venait enfin d'accepter cette idée quand j'ai décidé de rentrer chez moi, après deux semestres. Il ne manque jamais de me rappeler que, parfois, je le déçois comme elle le décevait.

— Parlez-moi encore d'elle.

Son visage s'éclaira.

— Elle était fantastique. Dans sa jeunesse, elle vivait à San Francisco et s'appelait Mary Johnson. Elle travaillait dans un night-club, et c'est là qu'elle a rencontré Julius. Il lui avait dit être en instance de divorce. Ils ont entamé une liaison, et il l'a installée dans un bel appartement à Houston. Elle avait cru qu'il finirait par être libre de l'épouser, mais Julius n'avait aucune intention de se marier avec l'une de ses nombreuses maîtresses.

Carlo leur servit un verre de thé glacé.

— Et ensuite ?

— Quand grand-mère s'est retrouvée enceinte de mon père, ça a été le début de la fin. Julius lui a fait signer un accord de confidentialité. En échange, il lui a promis de lui laisser l'appartement et de lui assurer une situation financière confortable. Il a aussi insisté pour qu'elle prénomme leur fils Kenneth, plutôt que l'une de ses suggestions peu conventionnelles. Elle a accepté, et leur histoire s'est achevée.

— Elle vous a avoué que Julius était votre grand-père ?

— Pas clairement. Elle a respecté l'accord de confidentialité, même si cela la rongeait. Quand mon père avait six ans, elle a légalement changé leur nom de famille en Fortunado. Je pense qu'elle a choisi la forme hispanique du nom que, selon elle, nous méritions de porter, mais qu'elle ne pouvait pas revendiquer. Elle a aussi changé de prénom et a opté pour Starlight, ce que mon père n'a jamais compris.

— Starlight ? On dirait un prénom hippie.

— Eh bien, elle vivait à San Francisco dans les

années 1960. Et je trouve que ça lui allait bien mieux que Mary.

Elle piqua un morceau de poulet avec sa fourchette et ajouta :

— Mon père adorait sa mère, mais il la trouvait un peu trop extravagante. Je suis sûre que c'est pour ça qu'il a choisi une existence plus tranquille.

— Contrairement à vous.

— La vie n'est pas faite pour être ennuyeuse. Et je tiens à souligner que grand-mère était une personne fiable. Elle était unique en son genre.

— On voit bien que vous l'admiriez.

— Et je l'adorais. Elle aimait tous ses petits-enfants, mais j'avais une place à part dans son cœur. Au fil des années, nous sommes devenues particulièrement proches, et quand elle est morte, j'ai été dévastée. Mais j'ai décidé de vivre ma vie comme grand-mère avait vécu la sienne.

— Et ça implique d'être un peu en décalage avec les autres membres de votre famille.

— Oui, mais ça ne me dérange pas. Cela dit, je dois l'admettre, c'est une des raisons pour lesquelles j'aimerais observer la famille Fortune sans révéler qui je suis. J'aimerais apprendre à les connaître avant qu'ils puissent me juger.

— Je ne vois pas comment ils pourraient mal vous juger. Et ça m'étonne que votre père n'apprécie pas votre originalité.

— C'est gentil.

Elle se tut un instant, comme si elle hésitait à en dire plus.

— Je suis heureuse de ma situation telle qu'elle est, reprit-elle. Mais pour être honnête, quand ma sœur cadette, Valene, a commencé à travailler chez Fortunado Real Estate, ça m'a un peu blessée.

— Pourquoi ça ?

Elle marqua un temps avant de répondre.

— Je ne serais jamais heureuse de travailler dans un bureau, mais c'est un peu décevant d'être oubliée dans la hiérarchie de l'entreprise familiale, alors que ma sœur cadette y a sa place.

— Je suis navré.

— Merci. De toute façon, je ne me serais jamais épanouie dans un groupe immobilier.

— Alors vous êtes venue à Austin, pour tracer votre chemin et rechercher vos racines familiales.

— C'est ça. Je le fais aussi pour grand-mère. Elle a toujours rêvé de voir son fils et ses petits-enfants reconnus comme des Fortune, et c'est devenu mon rêve désormais. J'espère que ce sont des gens aimables, et que je serai fière de les considérer comme ma famille.

— J'imagine qu'il n'y a qu'un moyen de le savoir. Les rencontrer.

Il détacha quelques grains de raisin rouge de leur grappe.

— Vous allez garder votre chambre à l'hôtel Monarch ?

— Oui, bien sûr. J'ai une jolie chambre, alors pourquoi changer ?

— Vous ne comptez pas passer la nuit à Paseo demain ?

— Non. Comme je vous l'ai dit, je partirai tôt et je reviendrai en fin de journée. Ce n'est pas si loin.

— Je serai en ville demain soir. Je pourrais peut-être vous offrir un verre à votre retour. Ainsi, vous pourrez me raconter votre visite chez Nathan.

— Avec plaisir. Vous serez mon complice dans mon opération secrète.

— Quelque chose me dit que ça pourrait être très amusant.

Et il était sincère.

Il était impatient de prendre ce verre avec elle, et de l'écouter lui raconter ses dernières aventures.

Skylar regarda par son pare-brise. Son GPS indiquait qu'elle approchait de sa destination. Et d'après l'aspect de la petite ville qui se profilait devant elle, c'était le cas. Du moins, si le maigre groupe de bâtisses datant du New Deal de Franklin Roosevelt constituait bien Paseo, au Texas.

C'était ce qu'on appelait vivre dans la cambrousse. Elle avait conduit durant des heures pour arriver jusqu'ici, et il ne lui faudrait que quelques secondes pour traverser la ville avant d'emprunter une piste poussiéreuse. Même si elle n'avait pas croisé de voitures depuis un bon moment, elle mit son clignotant et quitta l'autoroute.

Elle avait prévenu Nathan Fortune de sa visite. Elle lui avait envoyé une lettre dans laquelle elle lui demandait de lui téléphoner. Ce qu'il avait fait, mais il n'avait pas dit grand-chose. Elle espérait obtenir davantage d'informations quand elle le verrait en personne.

— Bonjour, dit-elle à voix haute, répétant ce qu'elle allait lui dire. Je suis la cousine que vous avez perdue de vue.

Non, c'était inexact. On ne pouvait pas perdre de vue un parent dont on ignorait l'existence. Et aucun des Fortune, légitimes ou autres, ne savait que les Fortunado étaient de leur famille. C'était sur le point de changer.

Sa famille lui avait toujours dit qu'elle était trop impulsive, qu'elle suivait son cœur plutôt que son esprit. Mais comment pourrait-elle faire autrement ? Elle avait souvent des intuitions, et elle les suivait jusqu'au bout. Et elle semblait avoir un instinct sûr pour déterminer si une action était juste ou non. Et rencontrer ses cousins lui semblait parfaitement juste. C'est pourquoi elle n'avait pas renoncé à sa quête, bien que son père le lui ait demandé.

Elle passa en revue les alentours. Nathan vivait à l'écart de sa famille, c'était le moins qu'on puisse dire. Il avait peut-être des tendances d'ermite. Cela expliquerait qu'il se soit installé ici, au milieu de nulle part.

Quand elle remarqua une rangée de boîtes aux lettres rouillées le long de la route, elle marmonna :

— Nous y voilà.

Elle suivit une allée de gravier menant à une petite maison à un étage.

Elle se gara près d'une grande écurie. À peine était-elle sortie de sa voiture qu'elle fut accueillie par un chien brun et noir au poil hirsute, un bandana rouge et blanc noué autour du cou. Il aboya plusieurs fois pour annoncer son arrivée.

Peut-être était-ce un avertissement. Durant un instant, elle se demanda si elle devrait retourner dans sa BMW pour se mettre à l'abri. Mais le cabot ne semblait pas méchant.

— Rassure-toi, dit-elle, je viens en paix. En fait, je suis de la famille.

Comme s'il la comprenait, le chien trotta jusqu'à elle et la renifla avec curiosité. Quelques instants plus tard, un grand cow-boy sortit de l'écurie.

— Bonjour, lança-t-elle, et elle contourna le chien pour aller saluer le cow-boy. Vous devez être Nathan. Je suis Skylar Fortunado. Mais vous l'aviez sans doute deviné.

— Oui. J'avais deviné.

Elle observa la maison derrière eux. Son aspect était rustique, mais elle semblait propre et bien entretenue.

— J'imagine que vous n'avez pas beaucoup de visiteurs ici.

— Non, en effet.

Il lui offrit une solide poignée de main.

— Mais je préfère ça, dit-il.

Elle n'en doutait pas.

— Vous n'imaginez pas à quel point je suis contente de vous rencontrer. Merci d'avoir accepté de me recevoir.

Après avoir lâché sa main, il souleva son chapeau le temps d'essuyer la sueur sur son front avec sa manche.

— Je n'arrive pas à comprendre pourquoi vous avez fait tout ce chemin pour venir me parler, avoua-t-il. C'est un long trajet pour simplement me saluer. Vous avez sans doute quelque chose en tête.

Skylar était peut-être impulsive, mais elle était honnête.

— Eh bien, comme je l'ai mentionné dans ma lettre, je recherchais mes racines familiales, et j'ai enfin résolu le mystère quand j'ai lu les articles de votre belle-sœur dans *Weird Life*.

Il fronça les sourcils, mais ne répondit pas.

— Ariana est une grande écrivaine et une grande journaliste, poursuivit-elle, mais elle n'a pas découvert tous les Fortune qui existent. Nous sommes plus nombreux qu'elle ne le croit.

Nathan continuait de la dévisager, l'air de plus en plus intrigué.

— Je crois savoir que votre père était un coureur, dit-elle. Julius Fortune, son père, était tout aussi infidèle.

Nathan ajusta son chapeau sur sa tête, puis croisa les bras.

— Où est-ce que vous voulez en venir ?

— Je ne vais pas tourner autour du pot. Il y a des années, Julius a eu une liaison avec Mary Johnson, ma grand-mère. Quand elle est tombée enceinte de mon père, ils ont rompu.

— Je n'ai jamais entendu parler de Mary Johnson, pourtant j'ai lu les articles d'Ariana.

— C'est sans doute parce qu'elle a changé son nom

et celui de mon père pour Fortunado. Elle a toujours eu un faible pour la culture hispanique.

Nathan continua de l'observer, comme s'il hésitait à la croire.

— Alors pourquoi êtes-vous venue me voir ? Pourquoi ne pas aller trouver les chefs de la famille Fortune pour revendiquer votre lien de parenté ?

— Parce que j'aimerais en savoir plus sur les Fortune avant de révéler mon identité.

La porte d'entrée s'ouvrit dans un grincement, et une jolie brune d'une trentaine d'années apparut sur le perron. Pour se protéger du soleil, elle mit sa main en visière, et Skylar remarqua qu'elle portait un solitaire.

Quand la jeune femme se dirigea vers Nathan, il changea d'expression et son regard s'éclaira.

— Bianca, je te présente Skylar Fortunado. Une de mes cousines, apparemment.

Bianca était sans doute la femme que Nathan avait récemment épousée. Elle avança vers eux, ses longs cheveux raides dansant dans son dos.

Elle sourit à Skylar.

— Ravie de vous rencontrer.

Bianca l'était-elle vraiment ? Skylar venait pourtant d'annoncer une nouvelle choquante. Du moins, elle trouverait cela choquant si la situation était inversée et que Nathan était venu la voir à Houston pour faire une annonce similaire.

— Vous ne vous attendiez sans doute pas à apprendre que nous sommes plus nombreux que vous ne le pensez, dit Skylar.

Nathan et Bianca se regardèrent, comme s'ils réfléchissaient avant de donner une réponse.

— Eh bien, dit Nathan, en fait… Nous ne sommes pas si surpris.

Skylar fronça les sourcils. Avaient-ils été au courant de son existence avant qu'elle n'écrive à Nathan ?

— Ariana a passé des mois à rechercher des Fortune inconnus, reprit son cousin, et c'est elle qui nous a retrouvés mes frères et moi. Elle a mentionné qu'il existait une autre branche de la famille, mais j'ai refusé d'écouter. Donc si vous cherchez des informations, je ne suis pas le mieux placé pour vous aider.

— Mais c'est exactement pour ça que je suis là. Je veux une opinion honnête, impartiale, venant de quelqu'un qui n'est pas influencé par l'argent de la famille ou par sa réputation.

— J'aimerais bien vous donner un avis, mais je ne connais aucun Fortune, pas même le donneur de sperme qui a permis ma conception.

Ce fut au tour de Skylar d'être surprise.

— Ça ne vous intéresse pas de rencontrer Gerald Robinson, ou devrais-je dire Jerome Fortune ?

— C'est un peu tard pour rechercher mon père à mon âge. Je tiens surtout à l'éloigner de ma mère, Deborah. Alors, moins j'ai de contacts avec cet homme, mieux ce sera.

C'était drôle. Skylar était impatiente de rencontrer les Fortune, alors que Nathan voulait les éviter.

— Il y a un problème avec Gerald ? demanda-t-elle. Ou avec le reste de la famille ?

— Certains sont sympathiques, je suppose. Pourquoi ?

— J'aimerais les rencontrer. Tous.

— Je ne peux pas vraiment vous parler de la branche Robinson de la famille. Pour avoir des informations, il vous faudra aller à Austin et dans ses environs. Mais, sachez-le, certains ne seront peut-être pas aussi accueillants que d'autres. Kate Fortune a eu affaire à beaucoup d'escrocs au cours de sa vie.

Bien entendu, Skylar avait déjà entendu parler de la matriarche de la famille.

— Je ne suis pas du tout intéressée par l'argent de la famille ou par l'entreprise de cosmétiques de Kate. Alors elle ne me fait pas peur.

— Dans ce cas, peut-être que vous devriez lui parler, conclut Nathan.

Elle allait lui répondre qu'elle ne voulait pas créer de scandale quand la porte-moustiquaire s'ouvrit. Un petit garçon sortit de la maison et courut vers eux.

— Maman, je peux avoir un autre biscuit ? J'ai faim et j'ai été sage.

Bianca sourit.

— Tu as aussi rangé tes jouets sans que j'aie besoin de te le demander, alors c'est d'accord.

— C'est notre fils, EJ, dit Nathan en souriant.

Skylar contempla le petit garçon.

— Il est très mignon, dit-elle.

— Il peut être très turbulent parfois, ajouta Bianca. Mais il a été très calme ce matin, alors si vous voulez bien m'excuser, je ferais mieux d'aller chercher ce biscuit avant qu'il n'essaie de le prendre lui-même. Je serais heureuse de vous préparer du café, si vous voulez.

— Merci, dit Skylar, mais je dois repartir.

Tandis que Bianca et EJ retournaient dans la maison, Nathan observa Skylar.

— Vous allez à Austin pour parler à certains des Fortune Robinson ?

— C'est ce que je finirai par faire, oui, mais plutôt que de débarquer sans prévenir, j'ai une autre solution. Passer par les Mendoza.

— Ça me paraît viable comme option, approuva Nathan. Je vous souhaite bonne chance.

Elle le remercia de l'avoir reçue, puis se dirigea vers

sa voiture. Elle avait un long trajet devant elle. Et elle voulait être de retour à Austin avant la fin de la journée.

Ou, pour être plus précise, avant que le *happy hour* ne commence à l'hôtel Monarch.

- 5 -

En cette fin d'après-midi, Carlo était installé dans le bar chic de l'hôtel Monarch, un petit sac rouge discrètement posé sur le sol près de sa chaise. Une heure plus tôt, Skylar lui avait téléphoné pour le prévenir qu'elle était presque arrivée à Austin, et pour lui demander où elle pourrait le retrouver.

Pour éviter de rallonger son trajet en voiture, il avait suggéré l'hôtel dans lequel elle séjournait.

Un verre de vin posé devant lui, il observait les clients joyeux du *happy hour*. Il avait commandé un Lone Star, le meilleur chardonnay du vignoble Mendoza, à une serveuse blonde trentenaire nommée Patty.

Il avait déjà bu quelques gorgées quand Skylar entra dans le bar, le sourire aux lèvres. Elle n'avait pas du tout l'air de quelqu'un qui venait de passer douze heures sur la route.

Elle était sans doute montée dans sa chambre pour se rafraîchir et se changer. Elle était vêtue de la belle petite robe noire qu'elle avait portée lors de la dégustation deux jours plus tôt. Elle semblait aussi élégante que ce soir-là, aussi sexy. Peut-être même plus.

Lorsqu'elle avança vers sa table, il se leva pour la saluer, puis lui recula une chaise.

— Comment s'est passée votre visite chez Nathan ? demanda-t-il.

— Bien. Il m'a l'air gentil, et je suis contente d'avoir eu l'occasion de le rencontrer, ainsi que son épouse et leur adorable petit garçon. Mais il ne m'a pas appris grand-chose.

— Cela vous étonne ?

— Non, pas vraiment. Au moins, je l'ai vu en vrai. Et maintenant, il me sera plus facile de rencontrer ses frères.

— Vous aurez aussi l'occasion de rencontrer d'autres Fortune, pendant la soirée de la Saint-Valentin, lui rappela-t-il.

— C'est vrai.

Ils s'assirent, puis il demanda à Skylar :

— Qu'aimeriez-vous boire ?

— Qu'avez-vous choisi ? Le Lone Star ?

— Exact.

— Je prendrai la même chose.

Carlo fit un signe à Patty. Lorsque la serveuse vint prendre leur commande, il demanda un autre chardonnay.

— J'ai servi quelques verres de Lone Star à la dégustation, dit Skylar, et plusieurs personnes étaient dithyrambiques. Alors je suis impatiente de le tester.

— Tant mieux. Vous vendrez mieux nos vins si vous les goûtez.

— Je suis bien de votre avis.

Il l'étudia un instant, s'attardant sur son regard azur pétillant et sur ses longues boucles blondes qui tombaient en cascade sur ses épaules.

— Qu'y a-t-il ? demanda-t-elle. Ne me dites pas que j'ai des épinards coincés entre les dents !

Il rit et secoua la tête.

— Non, rassurez-vous.

Il était bien normal qu'elle se demande pourquoi il la dévisageait. Mais pour rien au monde, il ne lui avouerait que c'était parce qu'il était totalement sous son charme.

— J'admirais votre jolie robe, c'est tout. Elle vous va encore mieux que la dernière fois.

— Merci. Mais ne vous inquiétez pas, je vais faire les boutiques pendant que je suis à Austin. J'ai un placard plein de tenues de soirée chez moi, mais je ne compte pas retourner à Houston pour les récupérer. Surtout après le trajet éprouvant que je viens de faire.

— Vous devez être épuisée après cet aller-retour à Paseo mais, soit dit en passant, vous n'avez pas du tout l'air fatiguée.

— Peut-être. En tout cas, je vais me coucher tôt. J'ai l'impression qu'un seul verre de vin suffira à me faire dormir.

Il avait espéré prendre un verre avec elle, mais aussi dîner avec elle. Et peut-être, visiter sa chambre. Mais elle venait d'établir ses paramètres.

Patty apporta le chardonnay de Skylar, ainsi qu'un petit récipient argenté contenant un mélange de fruits secs. Lorsqu'elle fut repartie, Carlo sortit de sous la table le sac qu'il avait apporté.

— Puisque vous aurez envie de vous détendre après votre longue journée, je pense que ceci est approprié.

À la vue du sac cadeau, Skylar ouvrit de grands yeux.

— Je ne comprends pas. Qu'est-ce que c'est ?

— Oh ! pas grand-chose. Juste un petit cadeau pour vous montrer que j'apprécie votre travail.

Pourvu qu'elle ne prenne pas cela pour un cadeau de Saint-Valentin avec un peu d'avance !

De toute façon, il était trop tard pour changer d'avis. Aussi lui tendit-il le paquet. Il avait hâte de voir son expression quand elle découvrirait ce qu'il lui avait acheté.

Skylar adorait les surprises. Tout comme les cadeaux, quel que soit leur prix. Au fil des ans, elle avait constaté que c'étaient souvent les objets les moins onéreux qui avaient le plus de valeur. Quoi qu'il en soit, avant de découvrir ce que contenait le sac, elle l'étudia un instant. Cela l'étonnait beaucoup que Carlo lui offre un présent.

— Je ne m'y attendais vraiment pas.

— Vous ne l'ouvrez pas ?

— Si, bien sûr.

Elle retira le papier crépon, et lorsqu'elle découvrit les objets en peluche blancs dessous, elle fut bouche bée.

— Incroyable ! s'exclama-t-elle.

Elle sortit un premier chausson lapin par une oreille, puis le second.

— Si la pointure ne vous convient pas, vous pourrez les échanger, précisa-t-il.

— Je suis sûre qu'ils m'iront parfaitement.

Son regard s'embua, et elle fit de son mieux pour ravaler ses larmes.

— Je ne sais comment vous remercier. Où les avez-vous trouvés ? Vous avez dû faire toutes les boutiques d'Austin, j'imagine. Cela a dû vous prendre la journée entière !

Il afficha un sourire malicieux.

— Je ne vous révélerai pas mes secrets. Mais je dois l'avouer, c'est la première fois que j'offre un cadeau à quelqu'un qui l'apprécie autant.

— C'est vrai ?

— Oui. Et votre sourire signifie que c'était un excellent investissement.

Un investissement ?

— Pourquoi ? Ils vous ont coûté cher ?

— Demande-t-elle alors qu'elle est la fille d'un multimillionnaire, plaisanta-t-il. Rassurez-vous, ils étaient en solde au centre commercial.

— J'ai du mal à le croire, mais je vous remercie d'avoir

fait tous ces efforts pour moi. Vous êtes incroyable, Carlo. Comment se fait-il qu'aucune femme ne vous ait passé la corde au cou ?

— Eh bien… J'ai été marié, autrefois, mais ça n'a pas marché. J'en suis venu à croire que les relations sérieuses n'étaient pas pour moi.

Quelques notes de guitare résonnèrent, et quelqu'un parla dans un micro pour vérifier qu'il fonctionnait. Skylar regarda vers le fond de la salle. Deux musiciens se préparaient à divertir les clients du bar. Mais Skylar était davantage intéressée par le bel Hispanique, si prévenant et si généreux, qui lui tenait compagnie.

— J'en déduis que votre divorce a été douloureux, avança-t-elle.

— En fait, il a surtout été décevant. Je n'avais jamais rien raté dans ma vie, alors j'ai eu du mal à l'accepter. Ceci dit, mes parents n'ont pas connu de mariage heureux non plus. Donc on ne peut pas m'en vouloir d'être réaliste et de ne pas croire à l'amour éternel.

— Parlez-moi de votre ex-épouse.

— De Cecily ? Que souhaitez-vous savoir ?

— Tout ce que vous avez envie de me raconter. Je suis curieuse d'en savoir plus sur la femme qui a conquis votre cœur.

— Je ne sais pas si elle a conquis mon cœur. J'ai cru l'aimer à l'époque, mais avec le recul, c'était sans doute purement charnel. Sur le plan physique, l'entente était parfaite. Mais sur tous les autres plans, les problèmes sont apparus dès le départ.

— Pourquoi, selon vous ?

— Je n'avais que vingt-quatre ans, et elle vingt-deux. Nous étions tous les deux têtus et naïfs, et au bout d'un an, nous avons divorcé.

— Vous ne pensez pas que vous auriez pu résoudre

vos problèmes, avec l'aide d'un conseiller conjugal, par exemple ?

Il haussa une épaule.

— J'en doute. Cecily voulait des enfants tout de suite, alors que moi, je n'étais pas prêt. Et puis, je trouvais qu'on ne se connaissait pas assez bien.

— Vous ne vous êtes pas posé les bonnes questions tous les deux.

— C'est possible.

Il resta silencieux un instant, observant son verre de vin presque vide. Puis il replongea le regard dans le sien et secoua la tête.

— Je ne sais pas trop pourquoi je vous dis tout ça. J'ai des amis très proches à Miami, pourtant je n'ai jamais révélé ces choses-là, à aucun d'entre eux.

— Je suis quelqu'un à qui on se confie facilement, je suppose.

C'était sans doute pourquoi sa grand-mère lui avait raconté plus de détails sur sa liaison avec Julius qu'à ses autres petits-enfants.

Tandis que l'un des musiciens entonnait le tube d'Otis Redding *(Sittin' On) The Dock of the Bay*, Carlo tendit la main vers Skylar.

— Allons danser. Cette chanson me rappelle l'océan et mon ancienne ville.

Il n'eut pas besoin de le lui dire deux fois, car elle avait toujours adoré cette chanson. Elle mit sa main dans la sienne et le laissa la conduire sur la piste de danse. Là, elle se glissa entre ses bras et se mit à danser au rythme de la musique sensuelle.

La fragrance marine du parfum de Carlo lui rappelait les balades en fin d'après-midi avec sa grand-mère, dans la baie de Galveston, où elles s'échappaient parfois pour ce qu'elles appelaient « des moments entre filles ».

Mais lorsqu'elle appuya la tête contre l'épaule de Carlo, elle ne songea plus aux après-midi de son enfance au bord de l'océan. Elle s'imagina dans un hôtel d'Austin, avec lui.

Non, c'était insensé ! Il était trop tôt, bien trop tôt, pour nourrir des pensées de ce genre. Aussi impulsive qu'elle puisse être parfois, coucher avec un homme qu'elle ne connaissait que depuis quelques jours ne lui ressemblait pas.

Quand la chanson s'acheva et que Carlo la relâcha, elle faillit chanceler. Elle mit cela sur le compte du long trajet en voiture, et du verre de vin qui lui était monté directement à la tête, suscitant de dangereuses idées romantiques.

— J'espère que vous ne m'en voudrez pas si je vous abandonne, dit-elle.

— Non, je comprends.

Ils restèrent sur la piste un instant, et elle s'en voulut de le laisser seul. Carlo avait affirmé que depuis son divorce, il ne voulait plus de relations sérieuses. Elle ne devrait donc avoir aucun scrupule à envisager une brève idylle avec lui.

Étrangement, elle ne serait pas contre une histoire un peu plus durable, pour une fois. Car un homme qui s'était démené pour lui trouver une paire de chaussons lapins pourrait bien être la perle rare.

Elle posa la main sur sa mâchoire ciselée et déposa un baiser sur sa joue.

— Merci infiniment pour les chaussons.

— Il n'y a vraiment pas de quoi.

Voilà, c'était le moment. Elle devrait partir. Pourtant, elle était toujours là, hésitante. Elle était tentée de prendre un autre verre de vin, et de rester encore le temps d'une dernière danse. Ou encore, de prendre Carlo par la main pour le conduire vers l'ascenseur.

Mais elle n'était pas éméchée à ce point. Quand elle inviterait Carlo dans sa chambre — si elle l'invitait — ce serait un soir où ses pensées ne seraient pas déformées par l'alcool, le manque de sommeil ou un excès de romantisme.

— Je vous revaudrai ça, promit-elle.

— Vous l'avez déjà fait.

Il pensait sans doute qu'elle faisait allusion à son cadeau, mais il n'y avait pas que cela.

— Je vous verrai jeudi, lui rappela-t-elle. Et ne vous inquiétez pas, je serai en avance, tout à fait reposée et prête à sortir le grand jeu.

Il lui offrit un sourire éblouissant qui faillit bien lui couper le souffle. Sur quoi, elle retourna à leur table pour récupérer son sac à main et son cadeau. Après un dernier regard vers Carlo, elle se dirigea vers l'ascenseur — seule. En se demandant si elle ne venait pas de commettre une grande erreur.

Fidèle à sa parole, Skylar arriva au vignoble jeudi après-midi avec une heure d'avance, dans une robe rouge élégante. Sur une autre femme, Carlo aurait pu trouver la tenue classique. Mais sur elle, la robe était très sexy. Skylar avait sorti le grand jeu, en effet !

— Vous êtes superbe, la complimenta-t-il. Apparemment, votre virée shopping d'hier a été fructueuse.

— Oh ! oui, répondit-elle en faisant un petit tour sur elle-même. Est-ce que cela conviendra ?

Il admira la robe rouge carmin qui épousait ses courbes à la perfection.

— Elle est splendide. Le rouge est ma couleur préférée.

— Ah, oui ? fit-elle en riant. Et quelle était votre couleur préférée avant aujourd'hui ?

— Quand nous étions à l'hôtel Monarch, c'était le noir.

— Bien répondu, Carlo. Mais je suis sûre que vous avez beaucoup de pratique dans l'art de charmer les dames.

Exact. Mais il n'avait pas essayé de charmer Skylar. Ce compliment était sincère, et il lui était venu naturellement.

— Venez, dit-il. Je vais vous montrer comment nous avons organisé les choses pour l'événement de ce soir.

Elle le suivit jusqu'à la salle de dégustation, devant laquelle un grand panneau en bois annonçait que la pièce était fermée de 15 heures à 17 heures pour cause d'événement privé.

Carlo s'effaça pour la laisser entrer. Puis il la conduisit vers un bar au comptoir de marbre, derrière lequel elle serait postée durant les deux prochaines heures. Derrière le bar se trouvait une table de cocktail recouverte d'une nappe blanche sur laquelle étaient posés des verres à vin, et une étagère contenant les bouteilles qu'elle aurait à servir.

— Un peu avant 15 heures, le chef enverra un assortiment de canapés et de fromages, ainsi que des tranches de baguette et des fruits.

— Y a-t-il autre chose que j'aie besoin de savoir ? demanda-t-elle.

— Vous n'avez certainement pas besoin d'instructions pour tenir votre rôle d'hôtesse. Faites simplement ce que vous avez fait l'autre soir.

— Compris. Sachez-le, je vais essayer de battre mon précédent record de ventes.

— Je devrais peut-être mettre de la musique en fond sonore. Une chanson comme *Lady in Red* serait parfaite.

— Hé, c'est moi que vous essayez de vendre ou le vin ?

En fait, l'idée qu'un autre homme l'admire et veuille la séduire ne le réjouissait guère. Mais il n'avait aucun droit sur elle. Alors il réprima sa jalousie momentanée et sourit.

— Vous n'avez pas besoin d'aide dans ce domaine, trésor.

— Et vous non plus.

Si le terme affectueux qu'il avait employé l'avait surprise ou perturbée, elle n'en laissa rien paraître.

— Voulez-vous manger quelque chose avant que les clients n'arrivent ? proposa-t-il.

Une lueur amusée brilla dans son regard.

— Pourquoi ? Vous voulez encore piller le réfrigérateur du chef ?

— Non, il faudra lui demander s'il a du rab. Il est déjà aux fourneaux pour préparer le dîner.

— Génial. J'aimerais le rencontrer.

Carlo sentit son ventre se nouer. Bernardo Santos, leur nouveau chef, avait trente-cinq ans, et c'était un séducteur. Non pas que cela compte, toutefois. Skylar était libre de fréquenter qui elle voulait.

— Dans ce cas, suivez-moi. Je vais vous le présenter.

Il aurait pu marcher à côté d'elle, les bras sur les côtés, mais étrangement, il décida de poser la main au creux de son dos pour l'escorter.

Et tandis que leurs pas résonnaient sur le sol carrelé, il laissa sa main sur elle, comme pour marquer son territoire.

La dégustation battait son plein, et les cadres en informatique semblaient apprécier les vins que Skylar leur servait. Elle devait l'admettre, ce n'étaient pas des intellectuels ennuyeux comme elle l'avait imaginé. Certains étaient brillants et pleins d'esprit.

Bien sûr, il y avait en général un crétin dans chaque groupe, et le type vêtu d'un T-shirt représentant un ninja et d'une veste noire décontractée ne faisait pas exception. L'un de ses collègues avait mentionné que M. Ninja avait déjà avalé plusieurs shots de tequila dans le restaurant où ils avaient déjeuné.

À chaque gorgée de vin, M. Ninja devenait plus bruyant et plus provocateur. Il parlait maintenant politique, mais impossible de savoir s'il penchait à droite ou à gauche, car il émettait des opinions contradictoires.

— Et les Broncos, alors ? demanda-t-il, passant de la politique au sport. Vous aimez le football américain, ma jolie ?

— Je ne suis pas une grande fan, mais je vais sans doute regarder le Super Bowl dimanche.

— J'ai des billets pour la loge de mon entreprise. Si je vous montrais comment les gens riches et célèbres regardent le match ?

Quelques autres clients roulèrent les yeux. Skylar était tentée de faire de même, mais elle avait promis à Carlo d'être parfaitement professionnelle.

En attendant, fini le vin pour M. Ninja. Il avait eu bien plus que sa part d'alcool pour la journée.

Carlo, qui avait quitté la salle de dégustation le temps de remplir plusieurs bons de commande, revint annoncer que le dîner serait servi dans la grande salle du restaurant. Ceux qui étaient encore dans la salle de dégustation sortirent pour rejoindre La Viña. Mais pas M. Ninja.

Il approcha de Skylar pendant qu'elle replaçait un bouchon de liège sur une bouteille ouverte.

— Dites, ma beauté. Si je vous aidais à tout débarrasser ? Comme ça, vous pourrez dîner avec moi.

Carlo se raidit, mais garda le silence. Skylar avait l'impression qu'il avait envie d'intervenir, et de remettre ce type à sa place. Mais il ne pouvait pas faire de scène, d'autant plus que M. Ninja avait commandé plusieurs caisses de Lone Star, ainsi que du Red River.

— Merci pour votre proposition, dit-elle, mais j'ai déjà dîné. Alors allez à La Viña sans moi.

— Dans ce cas, rejoignez-moi pour prendre un verre. Nous pourrons parler du Super Bowl que nous regarderons depuis la loge.

— Désolée. J'ai déjà prévu de regarder le match avec des amis.

— Vous plaisantez ?

Il tendit le bras par-dessus le bar et lui saisit la main.

Aussitôt, Carlo s'avança, sans nul doute pour venir à sa rescousse. Mais il la connaissait mal. Elle était tout à fait capable de se débrouiller toute seule.

Elle retira vivement sa main et planta l'index dans le torse de M. Ninja.

— Écoutez-moi bien, monsieur l'abruti. Je n'aime pas me vanter, mais je suis ceinture noire de karaté. Vous n'aimeriez pas repartir d'ici avec des côtes cassées, n'est-ce pas ? Ce serait embarrassant devant vos collègues.

— Houla ! s'exclama-t-il, reculant d'un pas. Je ne vous aurais pas crue si nerveuse.

D'accord, elle avait menti : elle n'était allée que jusqu'à la ceinture verte, avant d'annoncer à ses parents qu'elle en avait fini avec le sport et qu'elle voulait faire de la danse country.

— Monsieur Layton, intervint Carlo. Vos amis vous cherchent.

— D'accord, je m'en vais.

Il désigna Skylar d'un signe de tête et lança à Carlo :

— Prenez garde avec elle. Elle est peut-être jolie, mais elle n'est pas commode.

Lorsqu'il sortit de la pièce, Skylar remarqua que Carlo fusillait M. Ninja du regard.

Quand la porte se referma, Carlo se radoucit.

— Je suis navré, Skylar. D'habitude, les gens qui

viennent à nos dégustations sont bien élevés, et ils arrivent sobres.

— Ne vous inquiétez pas. Il n'y a pas mort d'homme.

— Je n'avais qu'une envie, le renvoyer à coups de pied jusqu'au bus qui l'a amené jusqu'ici.

— Ça lui fera peut-être du bien de manger quelque chose.

— En parlant de manger, si nous allions dîner ?

Elle remit une mèche de cheveux derrière son oreille, hésitante.

« Avec les hommes, il vaut mieux se faire désirer », disait sa grand-mère.

C'était peut-être ce qu'elle devrait faire ce soir.

— En fait, je comptais retourner à mon hôtel, dit-elle. Je préfère ne pas recroiser M. Ninja. Sinon, il faudrait que je fasse la démonstration de mes talents en karaté.

— Vous êtes vraiment ceinture noire ?

— Je crains d'avoir enjolivé la réalité. Mais je connais quelques techniques de défense que j'aurais pu utiliser contre lui.

Il afficha un sourire nonchalant, qui creusa ses charmantes fossettes.

— Sachez-le, je suis tout à fait capable de me défendre, assura-t-elle. Vous n'auriez pas eu besoin de le chasser à coups de pied.

— Je m'en souviendrai. Si vous souhaitez retourner à votre hôtel, je vous raccompagne à votre voiture.

— C'est gentil, mais je vous le répète, je n'ai pas peur de ce type.

— Ce n'est pas pour vous protéger que je veux vous accompagner, bien que j'aie envie de vous protéger. Mais ma mère m'a appris à respecter les femmes, qu'elles aient une ceinture noire ou qu'elles portent une robe rouge sexy.

— Quel charmeur vous faites !

— À vous entendre, ce n'est pas une bonne chose.

— Si. En fait, vous m'impressionnez.

Elle glissa le bras sous le sien.

— Allons-y, dit-elle.

Lorsqu'ils passèrent la porte, le soleil se couchait, emportant avec lui le peu de chaleur qu'il avait fournie plus tôt, et une brise fraîche soufflait. Skylar s'appuya contre Carlo, absorbant un peu de sa chaleur et savourant son parfum frais.

Elle avait envie de changer d'avis, de lui dire qu'elle allait dîner avec lui, finalement. Après tout, sa grand-mère n'avait jamais été une experte en matière d'hommes et de relations sentimentales.

Carlo se doutait-il qu'elle le trouvait très séduisant ? Et pas seulement en tant que personne ou en tant que patron. Mais en tant qu'homme. Il était brillant, et aimable. Généreux et prévenant, aussi. Qui d'autre aurait pensé à lui offrir des chaussons lapins ?

Lorsqu'ils furent arrivés à sa voiture, elle garda le bras sous le sien, car elle n'avait pas envie de le lâcher tout de suite. Apparemment, lui non plus n'était pas pressé, car ils restèrent ainsi pendant un instant.

— Qu'avez-vous prévu de faire demain ? finit-il par demander.

Donc, il avait envie de la revoir ? C'était bon signe. Au moins, ils semblaient être sur la même longueur d'onde.

— Pas grand-chose. J'ai déjà fait les boutiques hier. Vous avez besoin de moi pour animer une autre dégustation ?

— En fait, je compte parcourir le centre-ville pour voir quelques propriétés à vendre. Nous comptons ouvrir un night-club cette année. Comme le comité directeur se réunit la semaine prochaine, j'aimerais avoir quelques idées à présenter, et quelques chiffres. J'ai bien compris que l'immobilier ne vous intéressait pas, mais j'aimerais avoir votre opinion, en tant que personne créative et artiste.

Il était rare que quelqu'un lui demande son avis lorsqu'il s'agissait d'affaires ou, à plus forte raison, d'immobilier. Et le fait que Carlo la sollicite — et qu'il reconnaisse sa créativité — l'emplissait de joie.

— Je serais ravie de vous accompagner.

— Même s'il s'agit seulement de voir de l'extérieur des propriétés à louer ou à vendre ?

— Croyez-le ou non, ça me paraît amusant.

Il se fendit d'un petit rire.

— Y a-t-il quoi que ce soit qui ne soit pas amusant pour vous ?

— Je n'aime pas trop les visites chez le dentiste.

— Je tâcherai de m'en souvenir.

Elle se tourna pour lui faire face. Elle n'avait toujours pas envie de partir. Lorsqu'il plongea le regard dans le sien, un courant vibra entre eux. Un courant trop palpable et trop puissant pour être ignoré.

Carlo avait dû le ressentir aussi, car il noua les bras autour de sa taille et l'attira vers lui. Il allait l'embrasser, pour sûr. Et cela semblait bien plus divertissant que tout ce qu'il avait suggéré jusqu'ici.

Quand il approcha les lèvres des siennes, elle ferma les yeux et s'accrocha à lui, car elle avait le sentiment que ce baiser serait fort en émotions.

- 6 -

Au cours de sa vie, Carlo avait connu de multiples baisers, mais aucun n'était comparable à celui-ci. C'était un baiser qui avait commencé doucement, timidement, le temps que Skylar et lui tâtent le terrain. Mais après quelques secondes, il s'était fait plus fougueux, plus explosif.

Skylar s'appuya contre lui, et il l'étreignit. Tandis qu'il explorait son corps, caressant son dos et dérivant jusqu'à la courbe de ses hanches, il se délecta de ses lèvres sucrées, respira le parfum floral de son shampoing, savoura la sensation de l'avoir enfin tout contre lui.

Il ne pourrait pas se satisfaire d'un verre ou d'un dîner aux chandelles. Il devait trouver un moyen de la persuader d'aller plus loin. D'amener leur relation nouvelle à un stade encore plus intime.

À en juger par la façon dont elle lui rendait son baiser, il lui serait assez facile de la convaincre. À présent leurs langues se mêlaient, faisant monter la passion d'un cran.

Le bruit d'une portière ramena Carlo à la réalité. Il se fichait bien de savoir qui les avait surpris en pleine action, mais cela l'ennuyait de devoir interrompre leur baiser.

À contrecœur, il détacha ses lèvres de celles de Skylar. Il jeta un coup d'œil par-dessus son épaule, et vit son père en train de sortir de sa voiture. Même dans la lumière déclinante, il vit le sourire sur le visage d'Esteban Mendoza, un sourire qui semblait dire : *Bien joué, mon garçon !*

— Bonsoir !

La voix joviale de son père se réverbéra presque jusqu'aux vignes.

— J'étais venu voir comment s'était passée la dégustation, mais apparemment, il semble qu'elle se soit particulièrement bien déroulée.

Carlo allait sûrement entendre parler de ce baiser jusqu'à la fin de ses jours… Son père collectionnait les conquêtes depuis des années. Peut-être même avant d'avoir divorcé, mais Carlo n'en était pas certain. Quoi qu'il en soit, Esteban était capable de reconnaître le genre de baiser qui marquait le début d'une histoire romantique.

Apparemment peu gênée par cette interruption inattendue, Skylar lança à Esteban un sourire insouciant.

— Je crois que tout le monde a passé un bon moment, dit-elle.

— Apparemment, répondit Esteban.

Souriant de plus belle, il approcha d'eux.

Carlo se fichait de ce que son père pensait, ou de ce qu'il pourrait raconter à ses autres fils. Carlo était fier que Skylar soit dans ses bras. Et avec un peu de chance, elle serait bientôt dans son lit.

— J'ai apprécié la dégustation de ce soir, pour sûr, dit-elle en se tournant vers Carlo, une lueur espiègle dans le regard. Et vous ?

Mais de quel côté était-elle ?

— Je dois l'admettre, c'est sans doute la meilleure dégustation que j'aie connue jusqu'ici, concéda-t-il.

— Ça semble prometteur, dit Esteban. J'espère ne pas avoir interrompu votre… hum… échange professionnel.

— Pas du tout, assura Skylar. Nous avions fini, et j'allais justement partir.

C'était ce qu'elle avait prévu. Mais Carlo n'était pas

prêt à la laisser s'en aller. Il avait espéré que ce baiser l'avait poussée à changer d'avis.

— Dans ce cas, je vais vous laisser vous dire au revoir, déclara Esteban. Pendant ce temps, je vais voir comment les choses se passent à La Viña.

Quand son père s'éloigna pour gagner le restaurant, Carlo se tourna vers Skylar.

— Devrais-je vous présenter mes excuses ?

— Pour quelle raison ?

Pour l'avoir embrassée. Pour s'être fait surprendre. Et pour avoir laissé son père les interrompre. Mais Skylar ne semblait pas le moins du monde embarrassée.

— Je ne vais pas tourner autour du pot, Skylar. Vous me plaisez. Beaucoup. Et il y a une attraction entre nous, c'est indéniable.

— Je ne peux pas prétendre le contraire.

— Alors, si nous laissions les choses suivre leur cours, pour voir où cela nous mène ?

Elle rit.

— Je croyais que c'était justement l'objectif de ce baiser. Et, je dois l'avouer, j'ai trouvé qu'il était réussi.

En effet.

— Il y a une alchimie entre nous, c'est évident, admit-elle. Et moi aussi, j'aimerais voir où une petite idylle pourrait nous conduire. Mais je ne voudrais pas compliquer la situation.

Elle parlait sans doute de leur relation de travail. Il était également possible qu'elle s'inquiète de sa future rencontre avec certains des membres de la famille Fortune. Mais il ne comptait pas revenir sur l'accord qu'ils avaient conclu — quand bien même leur idylle finirait mal.

— Aucun de nous ne cherche de relation sérieuse, rappela-t-il. Alors, nous pouvons nous en tenir à une simple aventure. Quelque chose de léger et d'amusant.

— Eh bien, voilà une proposition intéressante !

Puisqu'elle n'avait pas fait mystère de son côté joueur, il n'était pas surpris qu'elle adhère à sa proposition.

— Si vous preniez la nuit pour réfléchir à cette idée ? suggéra-t-il. Nous pourrons en discuter davantage demain.

Elle le gratifia d'un sourire radieux.

— Bonne idée.

Avant de la laisser partir, il l'embrassa une dernière fois. Pour lui donner davantage matière à réfléchir.

Quand Carlo se gara devant l'hôtel Monarch, Skylar était assise sur un banc en fer forgé près du stand du voiturier, un gobelet de café à la main et son grand sac fourre-tout posé à côté d'elle.

Ce matin, elle avait coiffé ses cheveux en un chignon désordonné quoique élégant, et elle portait un T-shirt à manches longues rouge, un jean noir moulant et des baskets. Dès qu'elle repéra sa voiture, elle afficha un sourire joyeux et se leva.

Sans laisser le temps à Carlo ou au voiturier de lui ouvrir sa portière, elle l'ouvrit elle-même et se glissa sur le siège côté passager, manifestement impatiente de commencer leur virée.

Lui aussi était impatient, d'ailleurs.

Son parfum aux notes douces et florales envahit l'habitacle et mit ses sens en alerte.

— Je ne pensais pas que vous seriez déjà prête, avoua-t-il, mais je suis content de vous voir si tôt.

— Je suis toujours prête pour de nouvelles aventures.

Apparemment. Il avait cru qu'une femme jolie, stylée et riche comme Skylar profiterait d'un sommeil réparateur et prendrait son temps pour se préparer. Mais, comme il avait déjà pu le constater, Skylar était imprévisible et ne ressemblait à aucune autre femme.

Ce qui lui plaisait beaucoup.

En fait, chez Skylar Fortunado, beaucoup de choses lui plaisaient. Et il ne pensait pas seulement à ses boucles blondes, à ses yeux azur étincelants et à ses douces lèvres roses qui pourraient faire perdre la tête à un homme. Elle avait aussi une personnalité pétillante, qui l'intriguait et le captivait.

Avec elle, les hommes avec une vision traditionnelle des relations sentimentales pouvaient se brûler les ailes. S'ils espéraient la retenir et l'attacher de quelque manière que ce soit, ils risquaient d'être déçus, ou d'avoir le cœur brisé.

Carlo devrait rester sur ses gardes avec Skylar. Toutefois, il n'était pas inquiet. Il s'assurait toujours que ses histoires de cœur demeurent superficielles et éphémères.

Tandis qu'il s'engageait sur l'autoroute, elle demanda :

— Où allons-nous en premier ?

— J'ai entendu parler d'un vieil immeuble à vendre en centre-ville, qui abritait autrefois une banque. Il faudra faire des travaux, mais il pourrait avoir un bon potentiel pour un night-club.

— Vous allez rencontrer un agent immobilier ?

— Non, pas cette fois. Je vais juste visiter le quartier avant de faire mon rapport à ma famille.

— Si, après cette première inspection, vous décidez de visiter le bâtiment, je vous suggère de téléphoner à ma sœur. Maddie travaille pour notre agence de Houston, mais elle est très douée pour négocier les contrats. Et même si vous traitez directement avec l'agent du vendeur, il est toujours bon pour un acheteur d'avoir quelqu'un pour veiller sur ses intérêts.

Carlo avait prévu d'engager un agent pour représenter la famille. S'il vivait encore en Floride, où il avait beaucoup de contacts, il saurait exactement qui appeler. Mais ici, il n'avait encore rencontré aucun spécialiste de l'immobilier.

La suggestion de Skylar était sensée. Fortunado Real Estate avait une solide réputation dans tout le Texas, et avait des bureaux non seulement à Houston mais aussi à San Antonio et à Austin.

— Je pourrais bien solliciter votre sœur, dit-il. Mais j'ai une question. Pourquoi ne m'avez-vous pas suggéré de téléphoner à votre père ?

— Aucune raison particulière. Mon père est le meilleur agent immobilier de tout l'État, voire de tout le pays. Mais il est assez occupé.

— Ça ne m'étonne pas. Il a bâti un empire impressionnant.

— C'est vrai, mais ma mère aimerait qu'il lève le pied, et même qu'il prenne sa retraite.

— Pour des raisons de santé ?

— Non, ce n'est pas pour cela.

Skylar n'avait pas caché que son père disposait d'une grande fortune. Carlo supposait que son épouse aimerait qu'il profite des fruits de son labeur.

— Mon père a travaillé très dur pour pouvoir fonder son entreprise, reprit-elle, alors il n'a pas envie de passer le relais. Pourtant, ma sœur aînée pourrait diriger le groupe les yeux fermés.

— Vous pensez que votre père finira par lui en confier les rênes ?

— Ma mère serait ravie, mais qui sait ?

Elle se tut pendant que Carlo approchait du centre-ville. À quoi pensait-elle ? se demanda-t-il. À sa famille et à l'empire que son père avait fondé, sans doute.

Ses propres pensées dérivèrent vers sa recherche immobilière. L'idée de pouvoir négocier un bon prix d'achat et de mettre sur pied un projet de rénovation l'enthousiasmait.

Il avait bien fait de s'installer à Austin pour travailler

avec ses frères et avec leur cousin Alejandro. Ici, il avait trouvé sa véritable vocation. Faire prospérer le vignoble et défendre les intérêts de sa famille le comblait.

Quand il avait quitté Miami, il avait espéré faire le bon choix, mais il avait eu quelques doutes. Souvent, sa passion initiale pour un projet montait en flèche puis déclinait, et au bout du compte, il finissait par s'ennuyer.

C'était un peu le même schéma dans sa vie amoureuse. Après avoir fréquenté une femme pendant un mois ou deux, son intérêt s'éteignait, et il passait à sa prochaine conquête.

Il lança un bref regard vers Skylar, qui contemplait les immeubles de la ville avec un regard émerveillé. Il y avait quelque chose de spécial chez elle, une énergie qui l'attirait.

Un sourire taquina ses lèvres. Il avait le sentiment qu'il ne perdrait pas son intérêt pour elle avant un bon bout de temps.

Il s'arrêta devant le bâtiment de deux étages qui était jadis une banque.

— Eh bien, vous aviez raison, commenta-t-elle. Cet endroit a beaucoup de potentiel.

C'était ce que Carlo avait pensé en voyant les photos sur Internet, et en faisant des recherches sur l'histoire de l'édifice.

— Il a été construit dans les années 1880, puis rénové en 1920. Mais après la Grande Dépression, la banque a fermé.

— Le bâtiment est resté vide depuis tout ce temps ?

— Non, il a eu plusieurs propriétaires. Il a accueilli différents commerces et bureaux. Il y a quelques années, quelqu'un l'a acheté pour le transformer en restaurant branché, mais il est décédé avant de mener son projet à bien. Il y a eu des problèmes juridiques quand les héritiers ont voulu revendre, mais d'après ce que j'ai compris, la propriété sera bientôt sur le marché.

— À mon avis, vous devriez l'acheter. C'est un lieu incroyable pour un night-club. J'ai déjà beaucoup d'idées qui se bousculent dans ma tête. Quand vous visiterez l'intérieur, j'aimerais beaucoup vous accompagner.

Lui aussi avait beaucoup d'idées en tête. Et, étonnamment, il avait envie que Skylar soit là lorsqu'il ferait sa première visite.

Peut-être devrait-il téléphoner à Maddie Fortunado rapidement. Néanmoins, cela pourrait compliquer la situation. Ce ne serait pas une bonne idée d'être en pleine négociation avec Maddie si, au même moment, son aventure avec Skylar tirait sur sa fin.

Mais il ne laisserait pas les choses aller assez loin pour que leur rupture soit explosive. Et puis, ils étaient déjà convenus de laisser les choses se faire en douceur.

Bien sûr, s'il l'embrassait de nouveau, ils pourraient bien finir au lit plus vite que prévu. Serait-ce si mal ?

Oui, mais seulement s'il gérait mal leur séparation.

— Quelles autres propriétés avez-vous en tête ? demanda-t-elle.

Étant donné son intérêt pour cette bâtisse, on ne devinerait jamais que Skylar avait refusé de travailler dans l'empire immobilier de son père. Mais leur dynamique familiale pouvait être difficile à comprendre pour une personne extérieure.

— Il y a un vieux hangar à environ deux kilomètres d'ici. Il a beaucoup de potentiel aussi, mais je ne suis pas très séduit par la localisation. C'est un peu trop loin du centre.

— L'intérieur du bâtiment pourrait vous surprendre.

— Possible.

Il l'emmena voir le hangar, ainsi qu'un autre encore

plus éloigné du cœur de la ville. Tous deux parvinrent à la conclusion que l'ancienne banque serait un meilleur choix — quand elle serait à vendre. Et à condition de pouvoir négocier un bon prix.

Lorsqu'ils quittèrent le quartier du troisième bâtiment, Carlo se dit qu'il allait inviter Skylar à dîner. Il avait en tête un nouveau restaurant qu'il souhaitait tester. Au moment où il allait lui soumettre sa proposition, Skylar se raidit soudain. Elle agita la main vers sa vitre et s'écria :

— Arrêtez-vous !

— Que se passe-t-il ?

— Il faut que je sorte.

Un peu décontenancé, il s'arrêta sur le bas-côté. Skylar avait-elle la nausée ?

Pendant que le moteur tournait, Skylar ouvrit la portière, bondit hors de la voiture et courut vers un parking désert. Carlo regarda dans le rétroviseur, puis se retourna sur son siège. Il vit Skylar approcher d'un grand buisson dont les feuilles étaient agitées par le vent.

Elle s'agenouilla sur l'herbe mouillée, puis tapota ses mains sur ses cuisses. Quelques instants plus tard, un petit chien crasseux sortit de sa cachette, suivi par un autre chiot qui lui ressemblait comme deux gouttes d'eau.

Des chiens errants, sans doute. Était-ce pour eux que Skylar avait voulu s'arrêter ?

Elle parla en roucoulant aux petites créatures, puis tendit les bras vers eux. Une fois qu'ils furent tous deux dans ses bras, elle revint vers la voiture.

Bon sang. Mais que comptait-elle faire avec ces animaux ?

Non, question idiote. Manifestement, elle les portait pour une bonne raison. Une raison qu'il était susceptible de ne pas apprécier.

— Vous pourriez m'ouvrir la portière ? lui lança-t-elle.

Bien qu'il ait envie d'émettre une objection, il fit ce qu'elle lui avait demandé.

— Regardez ce que j'ai trouvé ! s'exclama-t-elle en s'asseyant sur son siège. Deux chiots. Et regardez comme ils sont mignons !

En fait, ils étaient sales et maigres. Et pleins de puces, à coup sûr.

— Je n'en reviens pas que quelqu'un ait pu les abandonner au bord de la route comme ça ! déplora-t-elle.

Lui n'était pas étonné. Les abandons d'animaux étaient fréquents, malheureusement.

— Qu'allez-vous faire d'eux ? demanda-t-il.

— Si je ne peux pas leur trouver de foyer, je les garde.

Il haussa les sourcils.

— Vous êtes dans un hôtel, vous vous souvenez ? Et je doute qu'un endroit aussi luxueux que le Monarch vous laisse héberger des chiens.

— Je sais. Mais on ne peut pas les laisser ici.

Carlo devait en convenir, toutefois il n'était pas ce qu'on appelait un amoureux des chiens. Bien sûr, ses frères et lui avaient eu des animaux de compagnie quand ils étaient enfants, mais une fois au lycée, leur intérêt s'était reporté sur le sport et les filles.

Il jeta un coup d'œil vers les deux petits animaux couverts de saleté, se demandant à quoi ils ressembleraient lorsqu'ils auraient pris un bain. Le plus petit des deux chiots lécha la joue de Skylar. Un témoignage d'affection pour l'avoir sauvé, peut-être.

Apparemment, elle avait eu la même pensée car elle lança :

— Oh ! trésor, il n'y a pas de quoi ! Je n'allais tout de même pas vous laisser mourir de faim ou vous faire renverser par une voiture !

— Et si l'hôtel ne vous autorise pas à les garder ? demanda-t-il.

— Je trouverai bien une solution.

Pourvu qu'elle ne compte pas sur lui pour les recueillir ! Emmener quotidiennement des chiens au parc et ramasser leurs déjections canines, très peu pour lui ! Et puis, il vivait dans un gratte-ciel, qui n'était sans doute pas plus adapté aux chiens que le Monarch.

— Vous feriez mieux de trouver un plan B, conseilla-t-il.

— Je sais.

Elle sembla réfléchir un instant, puis reprit la parole :

— Ils ont sûrement faim. Et soif. Je vais devoir trouver un magasin animalier.

— Il leur faut aussi un bon bain. Et un produit contre les puces. J'imagine que dans un salon de toilettage, on peut aussi trouver de la nourriture et de l'eau.

— Dans ce cas, je vais commencer par chercher un toiletteur.

Pas étonnant que sa famille la trouve un peu impulsive ! Mais elle avait un grand cœur, c'était évident. Comment le lui reprocher ?

Tandis qu'il reprenait la direction du centre, il demanda à l'assistant vocal intégré à son téléphone de lui indiquer le salon de toilettage le plus proche.

Quand l'appareil lui fournit les coordonnées d'un établissement, Skylar prit son propre téléphone et appela le salon pour savoir s'il était ouvert aujourd'hui. Elle avait de la chance : on lui répondit que les deux chiots pouvaient être reçus tout de suite. Elle raccrocha puis dit d'une voix désolée :

— Ça m'ennuie de vous faire traverser toute la ville. Vous avez le temps de déposer les chiens au salon puis de me reconduire à mon hôtel ?

— Je trouverai le temps.

Sinon, ces chiots repoussants de saleté et elle seraient chassés avant même de pouvoir entrer dans l'hôtel.

Et puis, il n'aimait pas l'avouer mais il avait un cœur, lui aussi. Il était facilement attendri par les animaux, mais aussi par les jolies blondes plus impétueuses et plus généreuses qu'elles ne le devraient.

Cependant, il devait admettre que Skylar venait de réussir un exploit. Aucune autre femme, pas même Cecily, son ex-épouse, n'aurait pu le convaincre de transporter dans sa voiture des chiots sales et malodorants et de les conduire dans un salon de toilettage. Mais avec Skylar, il avait constamment l'impression de vivre des aventures. Des aventures qui, pour Skylar, étaient « amusantes ».

Carlo suivit les indications fournies par son téléphone. Skylar, tout en portant les chiens, pianota sur son propre appareil.

— Que faites-vous ? demanda-t-il.

— Je pense que vous avez raison à propos de l'hôtel Monarch, alors je cherche un petit studio où les animaux sont admis, et que je pourrais louer au mois.

Donc, elle comptait prolonger son séjour à Austin, du moins pour l'instant. C'était sans doute une bonne chose. Il ne pouvait pas espérer qu'elle continue à jouer les animatrices commerciales très longtemps si elle restait à l'hôtel. Et puis, une location mensuelle lui coûterait moins cher — elle avait peut-être un trust solide, mais tout de même.

Et puisqu'elle ne cherchait qu'un logement temporaire, cela suggérait qu'elle considérait aussi leur relation — professionnelle ou autre — comme temporaire. Conclusion, ils étaient toujours sur la même longueur d'onde.

— Vous avez trouvé quelque chose ? demanda-t-il après quelques minutes.

— Oui. Un stagiaire de l'agence de mon père m'aide dans ma recherche, et il vient de trouver l'endroit parfait.

Elle glissa son téléphone dans son sac, puis se tourna vers lui et se mordilla la lèvre.

— Je suis désolée, Carlo. Je n'essaie pas de monopoliser votre journée ou de profiter de vous. Une fois que nous aurons déposé les chiens au salon, vous pourrez me reconduire à mon hôtel.

— Qu'allez-vous y faire ?

— Régler ma note et prendre ma voiture pour pouvoir récupérer les chiens. Ensuite, j'emménagerai dans mon nouveau studio.

Carlo avait beaucoup à faire cet après-midi mais, étrangement, il avait envie de passer plus de temps avec Skylar.

— Tant que je peux arriver au domaine avant l'ouverture du restaurant, dit-il, ça ne m'ennuie pas de vous aider à vous installer avec les chiots.

Elle le gratifia d'un sourire reconnaissant.

— Ça me touche beaucoup.

— Ça me fait plaisir.

Elle reprit un air sérieux, puis soupira.

— Il faudra aussi que j'achète de la nourriture pour chiens, des jouets à mâcher, et peut-être des caisses de transport, énuméra-t-elle.

Avec un peu de chance, il y aurait assez d'heures dans la journée pour faire tout ce qu'ils avaient à faire. Skylar ne pouvait pas adopter deux chiots sans posséder les fournitures nécessaires.

Carlo avait prévu de l'emmener déjeuner, mais puisque le temps manquait, leurs options étaient limitées.

— J'ai une idée, dit-il. Si nous achetions des sandwichs pour les manger quelque part en extérieur ?

— Un pique-nique ? Ça a l'air amusant.

Carlo rit et secoua la tête.

— Avec vous, tout est matière à s'amuser, on dirait.

— Je fais de mon mieux pour que ce soit le cas, rétorqua-t-elle.

Sans nul doute.

Il se concentra sur la route, avec l'impression d'avoir accepté d'être le complice d'un délit.

Et en espérant qu'il ne le regretterait pas.

- 7 -

Pendant que Carlo patientait dans la voiture, Skylar déposa les chiots au salon de toilettage afin qu'ils soient baignés, nettoyés et brossés.

La propriétaire du salon, nommée Trudy, prit l'un des chiots dans ses bras et s'exclama :

— Bonté divine ! Ils sont dans un piteux état.

— Je les ai trouvés sur un parking désert, expliqua Skylar. Je ne pouvais pas les laisser là-bas.

— Je suis contente que vous me les ayez amenés. Mais je ne peux pas les toiletter tant qu'ils n'auront pas été vus par un vétérinaire et vaccinés.

— J'avais prévu de les faire examiner, mais je n'en ai pas encore eu le temps.

— Eh bien, dit Trudy, il y a une clinique vétérinaire juste en face. Le Dr Mayfield vient de s'installer et n'a pas encore beaucoup de patients. Je suis sûre qu'il pourra les voir aujourd'hui.

— Je ne sais pas... Mon ami m'attend dans la voiture, et nous n'avons pas beaucoup de temps.

Elle se mordilla la lèvre. Devrait-elle reporter le pique-nique à une date ultérieure ?

— Vous avez de la chance, le vétérinaire aime bien les animaux errants et les gens qui les recueillent. Je suis sûre que je pourrai le convaincre d'examiner les chiens sans tarder. Il est sans doute en pause déjeuner, il pourrait venir tout de suite.

— Ce serait formidable !

Trudy passa un coup de fil, puis leva les pouces en signe de victoire.

— Le Dr Mayfield sera là dans cinq minutes. Il m'a dit que le premier examen et les vaccins seront offerts.

Eh bien, c'était un geste appréciable. Et une bonne façon pour le vétérinaire de fidéliser de nouveaux patients.

— Puisque votre ami et vous êtes pressés, le vétérinaire peut les examiner ici, ajouta Trudy. Je vous téléphonerai s'il y a le moindre souci.

— C'est vraiment gentil à vous. Je dois faire des emplettes pour les chiots. Et cet après-midi, j'emménage dans un nouveau logement.

— Comptez deux heures pour leur toilettage. Vous ne reconnaîtrez pas ces deux petits filous quand vous reviendrez.

— Combien vous dois-je ? demanda Skylar.

— Rien, le premier toilettage est offert. Je vais même leur donner à manger pendant votre absence.

Le plus petit chiot gémit quand Skylar sortit du salon. Mais elle n'était pas inquiète. Les deux créatures étaient entre de bonnes mains.

Une fois qu'elle fut montée dans la voiture, Carlo démarra puis lui lança un regard.

— Nous pouvons aller déjeuner ?

— J'ai faim, mais je préférerais d'abord acheter ce dont j'aurai besoin pour les chiots.

— D'accord.

Avant de sortir du parking, Carlo demanda à son assistant vocal de lui indiquer le magasin animalier le plus proche, qui se révéla être à dix minutes du salon de toilettage.

Lorsqu'ils arrivèrent à destination, Skylar ne mit que dix autres minutes à trouver dans les rayons tout ce qui figurait sur sa liste mentale. Le seul problème, c'était qu'un seul chariot ne suffisait pas. Carlo dut aller chercher un second chariot pour pouvoir transporter tous les articles qu'elle souhaitait acheter.

Pendant qu'ils attendaient leur tour à la caisse, Skylar déclara :

— Je n'en reviens pas que vous soyez de si bonne composition. Si les hommes de ma famille devaient m'accompagner dans un magasin, surtout un magasin animalier, ils n'arrêteraient pas de ronchonner.

— Pour être honnête, j'évite en général d'aller dans les centres commerciaux ou les magasins en compagnie de femmes. D'après mon expérience, elles ont tendance à traîner et à hésiter bien plus longtemps que nécessaire, ce qui me rend grincheux. Ensuite, elles s'étonnent que je sois de mauvaise humeur.

— En ce qui me concerne, quand je fais les boutiques, je vais droit au but, et je prends des décisions rapidement.

Trop rapidement, selon son père.

Skylar observa Carlo avec attention. Ses cheveux bruns dans lesquels on avait envie de passer la main, ses yeux noisette pétillants, son sourire éblouissant. Aucun signe de mauvaise humeur visible. Et il n'avait pas bougonné une seule fois.

Elle lui donna un petit coup de coude et lui adressa un clin d'œil.

— Apparemment, faire des courses avec moi ne vous rend pas grincheux.

— C'est parce que j'étais trop épaté pour penser à ronchonner. Vous avez parcouru les rayons comme si vous étiez dans un de ces jeux télévisés où le candidat le plus rapide se voit offrir tous ses achats.

— Vous voyez ? Je vous avais bien dit que vous fréquentiez le mauvais genre de femmes ! rétorqua-t-elle, amusée.

Il lui fit un clin d'œil à son tour.

— Vous avez peut-être raison, concéda-t-il.

Ils s'entendaient vraiment bien, tous les deux, songea-t-elle. L'espace d'une seconde, elle se demanda si une aventure avec lui pourrait durer plus de quelques semaines. En tout cas, elle avait le sentiment qu'ils étaient devenus des amis. Des coéquipiers, même. Et cette pensée provoqua un petit frisson en elle.

En temps normal, elle freinerait des quatre fers, mais avec Carlo… Eh bien, l'idée de développer leur relation la séduisait. Et lui donnait presque de l'espoir.

Mais elle ne devait pas s'emballer, se rappela-t-elle. Carlo avait été très clair, il ne voulait pas de relations sérieuses. Elle non plus, d'ailleurs. C'était peut-être pourquoi elle était en confiance avec lui.

Carlo ferait un amant temporaire parfait. Pourtant, quelque chose en lui la poussait à remettre en question ses positions. Il était peut-être le seul homme capable de la faire changer d'avis sur la vie de couple. Et cela pourrait bien la mener au désastre.

Tandis que le caissier emballait les derniers articles — deux paniers —, Skylar étudia les deux chariots pleins et fronça les sourcils.

— Mince, fit-elle.

Carlo émit un petit rire.

— Quoi ? Maintenant que vous estimez le coût de vos emplettes, vous avez des regrets ?

— Non, ce n'est pas le problème. J'ai peur de ne pas pouvoir caser tout ça dans votre voiture.

— Rassurez-vous, j'ai un grand coffre. Et une plage arrière.

— Ah, tant mieux ! Je suis soulagée. Cela m'aurait embêtée de devoir rendre des articles.

— Ces deux chiens errants doivent penser qu'ils sont morts et qu'ils ont atterri au paradis des chiens. Ils sont passés du dénuement à la richesse en une journée. Dorénavant, ils auront tout ce qu'un chien peut souhaiter.

Skylar donna sa carte de crédit au caissier, puis se tourna vers Carlo et planta les mains sur ses hanches.

— Êtes-vous en train de vous moquer de moi et de mes nouveaux chiots ?

— Pas du tout. Pour tout vous dire, j'apprécie cette virée plus que je ne l'aurais imaginé. Mais j'ai cru un instant que nous aurions besoin d'un troisième chariot. Et je craignais de devoir faire deux trajets pour transporter toute cette cargaison jusqu'à votre hôtel.

— Eh bien… Puisque vous en parlez…

Elle leva les yeux et sourit.

— Nous devrons peut-être faire deux trajets jusqu'à mon nouveau logement. Mes bagages seuls rempliront déjà mon coffre. Je n'aurai pas la place pour tout emporter en une fois.

Il consulta sa montre.

— À moins que votre studio soit à l'autre bout de la ville, et que vous traîniez jusqu'à l'heure de pointe, je devrais pouvoir retourner au vignoble avant le dîner. Je serai même en avance.

S'ils étaient allés à Houston, Skylar aurait su quelle était la meilleure route à prendre, mais elle connaissait mal Austin et ne pouvait que se fier aux informations qu'on lui avait données.

— Selon le stagiaire de mon père, mon nouveau studio est à environ dix minutes de l'hôtel.

— Dans ce cas, ça devrait aller.

Tant mieux. Elle ne voudrait surtout pas mettre Carlo en retard.

Lorsque le caissier lui eut rendu sa carte de crédit, Skylar poussa un chariot vers la sortie tandis que Carlo se chargeait de l'autre.

— S'il s'avère finalement que nous manquons de temps, nous pourrons remettre le pique-nique à une autre fois, suggéra-t-elle.

— Nous verrons bien. Si tel est le cas, nous pourrons faire ce pique-nique demain ou après-demain, au vignoble.

— Ce serait génial. Je pourrais amener les chiots ?

— Vous êtes sérieuse ?

— Absolument. Je ne veux pas être une propriétaire de chiens irresponsable.

Carlo se figea et la dévisagea comme si elle avait un nid d'oiseau sur la tête.

— Ah, non ! s'exclama-t-elle. Ne me regardez pas comme ça.

— Comme quoi ?

— Comme si vous veniez de me mettre dans le même sac que toutes les femmes que vous fréquentez : celles qui sont prévisibles et ennuyeuses.

Il se fendit d'un sourire et lui effleura la joue.

— Pas du tout, Skylar. Vous me surprenez, et vous pouvez même m'agacer parfois, mais je ne vous mettrais jamais dans le même sac que personne. Vous êtes une classe à part à vous toute seule.

Elle n'avait jamais reçu un compliment pareil. Un compliment qui soulignait sa personnalité unique.

Une onde de chaleur envahit sa poitrine.

— Cela me touche, dit-elle.

Plus qu'il ne pouvait l'imaginer.

— Mettons-nous en route, décréta-t-elle. J'aimerais tout de même avoir le temps de faire ce pique-nique avec vous aujourd'hui. Et comme mon héros, John Wayne, le dirait : « Nous gaspillons la lumière du jour. »

— Alors comme ça, vous êtes une fan de John Wayne ?

— C'était grand-mère qui l'adorait. Et comme je regardais beaucoup de westerns avec elle, j'ai appris à l'apprécier aussi.

— C'était un héros, pour sûr.

En effet. Mais à cet instant, c'était Carlo, son héros. Et elle ignorait si elle devrait s'en réjouir ou le déplorer.

Pendant que Skylar réglait sa note à la réception de l'hôtel Monarch, Carlo discuta avec le voiturier de la politique de l'établissement en matière d'accueil des animaux.

— Les chiens de service sont acceptés, expliqua le jeune homme. Mais la direction n'apprécie pas les animaux de compagnie.

C'était bien ce qu'il pensait, conclut Carlo. Mais puisque Skylar avait déjà trouvé un autre endroit où loger qui lui permettrait de garder ces petits chiens, elle avait réussi à contourner le problème. Et il trouvait cela intéressant. Elle était peut-être originale, insouciante et impulsive, mais elle pouvait aussi être réfléchie.

Au moment où le voiturier ouvrait la portière du véhicule de Skylar, elle sortit de l'hôtel accompagnée d'un portier poussant un chariot à bagages. Pendant qu'elle donnait un pourboire aux deux employés, Carlo les aida à mettre les valises dans le coffre. Puis il monta dans sa propre voiture et suivit Skylar pour rejoindre sa nouvelle résidence temporaire, située dans un quartier calme aux abords de la ville.

Une fois parvenus à destination, ils se garèrent le long du trottoir, devant un bâtiment en briques d'un étage, puis se dirigèrent vers la porte d'entrée.

— Mon studio est à l'arrière, dit-elle en sonnant à la porte.

Quelques secondes plus tard, une femme aux cheveux gris, portant une robe fleurie aux tons bleus et verts et des pantoufles roses, leur ouvrit. Un gros chat roux tigré tournait autour de ses jambes.

Skylar lui serra la main et se présenta.

— Je suis Dorothy Coggins, la propriétaire, répondit la dame, mais vous pouvez m'appeler Dottie.

— Enchantée, Dottie.

Puis Skylar se tourna vers Carlo, et le présenta comme un ami.

— Il est venu m'aider à m'installer, précisa-t-elle.

— C'est gentil de sa part. Et c'est un beau jeune homme, qui plus est, commenta Dottie.

Skylar fit un clin d'œil à Carlo.

— Ça, oui, approuva-t-elle. J'ai bien de la chance.

— Le gentil jeune homme de l'agence immobilière m'a fait un virement de la caution et du premier mois de loyer. Il a étudié le bail que je lui ai envoyé par e-mail et m'a dit que vous le signeriez à votre arrivée.

Lorsque Skylar eut signé ledit bail, Dottie lui donna la clé du studio. Puis elle prit son chat dans ses bras.

— Voici Rusty, notre chasseur de souris.

— Comme tu es beau ! s'exclama Skylar en caressant la tête du félin.

Dottie sourit, manifestement touchée par ce geste d'affection. Puis elle jeta un coup d'œil vers leurs deux voitures et demanda, l'air intrigué :

— Où sont les chiots ?

— Au salon de toilettage, répondit Skylar. Dès que je les aurai récupérés, je viendrai vous les présenter.

Carlo sourit et secoua la tête. Il n'avait rien contre les animaux, mais il doutait de s'attacher suffisamment à des chiots au point de les présenter à des personnes qu'il venait de rencontrer. En tout cas, c'était une bonne chose que Skylar et sa nouvelle propriétaire aient l'amour des créatures à poil en commun.

— Vous devriez suivre l'allée de gravier et vous garer à l'arrière, suggéra Dottie. Ce sera plus facile pour décharger vos affaires. Comme je l'ai dit au jeune homme de l'agence, l'appartement n'est pas grand. Mais il est propre et entièrement meublé.

— J'ai vu les photos qu'il m'a envoyées, dit Skylar. Je suis sûre que ce sera parfait.

Dix minutes plus tard, Carlo avait aidé Skylar à décharger ses achats et ses bagages dans le petit studio. Dottie avait raison, le logement n'était pas grand, mais il était d'une propreté impeccable. Carlo espérait seulement que les chiots de Skylar n'allaient pas tout mettre à sac. Si tel était le cas, Skylar pourrait dire adieu à sa caution.

Enfin, tandis que le soleil commençait sa lente descente à l'ouest, ils retournèrent au salon de toilettage. Les joyeux chiots n'avaient plus du tout la même allure qu'à leur arrivée. Leur pelage noir et blanc n'était plus sale ni emmêlé, mais brillant et bouffant.

— Selon le Dr Mayfield, ils semblent en bonne santé, rapporta la toiletteuse. Il pense qu'ils ont environ quatre ou cinq mois. Tenez, il vous a laissé sa carte.

Skylar la rangea dans sa poche.

— Je vais faire appel à lui, c'est sûr.

— Selon lui, ils ont des gènes de cocker et de terrier. Moi, je dirais qu'ils ont aussi un peu de caniche en eux.

Carlo devait l'admettre, ces petits cabots étaient mignons. Et leurs colliers rouges tout neufs leur allaient à merveille.

— Regardez-les. Ne sont-ils pas adorables ? s'extasia Skylar.

— Ils sont bien plus beaux maintenant qu'ils sont propres, approuva-t-il.

Elle se tourna vers la toiletteuse.

— Merci infiniment, Trudy. Vous avez fait un travail fantastique.

— Il n'y a vraiment pas de quoi. J'espère que vous les amènerez ici pour leur prochain toilettage.

— Vous pouvez compter sur moi, même si je ne sais pas combien de temps je vais rester à Austin. Je suis plus ou moins une touriste ici. D'ailleurs, j'ai quelques questions. Où se trouve l'épicerie la plus proche ? Et y a-t-il un parc dans le quartier où nous pourrions manger ?

— Il y a un snack à quelques mètres sur la gauche. Et vous trouverez un parc adapté aux chiens à environ deux rues d'ici.

— Super.

Skylar regarda l'heure sur l'horloge accrochée au mur.

— C'est parfait. Merci encore.

— Vous avez pensé à donner des noms à ces chiots ? demanda Trudy.

— J'ai toujours aimé Fluffy et Stuffy. Mais je vais peut-être opter pour des diminutifs, Fluff et Stuff.

Après avoir pris la carte de visite de Trudy, Skylar sortit du salon et posa les deux chiots sur le trottoir, afin qu'ils s'habituent à leur laisse. Malheureusement, les créatures n'appréciaient pas leurs nouvelles contraintes. Ils s'agitèrent, tirant sur les laisses tant ils étaient pressés d'aller dans différentes directions — sauf dans celle du snack.

— Pour les dresser, vous allez avoir du pain sur la planche, observa Carlo.

— Peut-être. Mais je pense que ces petits chenapans sont très intelligents. Et puis, comme vous le savez, j'ai beaucoup de temps libre.

Pour être franc, Carlo aimerait beaucoup qu'elle lui consacre une partie de ce temps.

— Si vous me laissiez porter Stuff ? proposa-t-il.

Il prit le plus petit chiot dans ses bras.

— Comme dirait John Wayne, « nous gaspillons la lumière du jour », rappela-t-il. Et j'aimerais passer un peu de temps au parc avant de regagner le vignoble.

— Bonne idée. Je meurs de faim.

Quinze minutes plus tard, munis de sacs contenant des sandwichs, des chips et des sodas, ils arrivèrent dans un petit espace vert. Carlo n'aurait pas appelé cela un parc, bien qu'il dispose de plusieurs tables de pique-nique et d'un tout petit terrain de jeu. Il y avait aussi un distributeur vert de petits sacs en plastique.

— C'est donc ce que Trudy voulait dire quand elle a mentionné que le parc était adapté aux chiens, conclut-il.

— J'imagine. Apparemment, nous sommes les seules personnes dans ce parc.

Carlo désigna une table près d'une fontaine à eau.

— Cela vous va ?

— Oui, c'est parfait.

Elle posa Fluff sur l'herbe et accrocha la laisse autour d'un pied de table. Carlo fit de même avec Stuff. Les deux compères ne semblaient plus gênés par leur laisse à présent. Ils se mirent à renifler le sol pour étudier leur environnement.

Pendant que Carlo posait les sandwichs sur la table, Skylar sortit de son fourre-tout plusieurs lingettes.

— Tenez, pour vous essuyer les mains.

— Merci.

Que transportait-elle d'autre dans ce grand sac ?

— Apparemment, vous pensez à tout, nota-t-il.

— J'essaie.

C'était un trait qu'il aimait chez elle. En fait, il aimait beaucoup de choses chez elle.

Cela devrait le perturber, lui qui avait décidé de n'avoir que de brèves idylles, mais cette philosophie ne semblait plus lui convenir si bien, depuis sa rencontre avec Skylar.

Il observa la table, où quelqu'un avait gravé des initiales. Il suivit les lettres avec son doigt.

B.K. AIME R.L.

Qui avait dégradé un bien public pour afficher ses sentiments ? Un ou une adolescente qui découvrait l'amour, sans doute.

En matière d'amour, Carlo avait déjà donné. Et il était un peu trop vieux pour croire à l'amour éternel à présent. Non ?

Pourtant, chaque fois que Skylar lui souriait, dévoilant ses charmantes petites fossettes, ou chaque fois qu'il entendait son rire mélodieux, il se surprenait à se demander si…

Mais que lui arrivait-il ? Quel sort Skylar lui avait-elle donc jeté ? C'était comme s'il s'était transformé en quelqu'un d'autre, quelqu'un qu'il ne connaissait pas.

Il observa le petit espace vert autour d'eux, puis leur repas : les sandwichs à la dinde à moitié entamés et posés sur des serviettes en papier, les chips et les deux canettes de soda.

Carlo aimait les bons vins et les restaurants haut de gamme. Il n'allait jamais dans les parcs pour pique-niquer. Pourtant, il était ici, à écouter Skylar lui parler de ce jour où sa grand-mère adorée et elle s'étaient rendues dans un refuge pour animaux à Houston.

— Grand-mère m'avait dit qu'elle voulait juste voir les chiots, et peut-être jouer avec les chatons. Mais quand nous sommes entrées dans le refuge et qu'elle a vu ce chat à trois pattes et ce chien borgne, elle était fichue.

— Qu'a-t-elle fait ? Elle les a emmenés chez elle ?

Skylar acquiesça d'un signe de tête.

— Tout à fait. Ils auraient dû être euthanasiés le jour même. Alors grand-mère les a adoptés. Elle les a appelés Tripod et Pirate. Je trouvais ça génial, mais mon père ne comprenait pas pourquoi elle voulait offrir son affection à deux vieux animaux handicapés. Je crois qu'il n'a jamais vraiment compris qu'elle essayait de changer le monde, à son modeste niveau. Mon père trouvait que c'était *elle* qui aurait dû changer.

Des larmes contenues brillaient dans le regard de Skylar, et Carlo se surprit à éprouver de la compassion pour ces animaux, et pour la petite fille qui avait adoré et admiré son excentrique aïeule.

À dire vrai, il éprouvait de l'admiration pour la grand-mère de Skylar.

— J'aurais aimé la connaître, commenta-t-il en souriant. On dirait qu'elle avait un sacré cran. Et un grand cœur.

Skylar émit un petit rire, teinté d'amertume.

— Oui. J'aurais aimé que vous la connaissiez, moi aussi.

— Que sont devenus Tripod et Pirate ?

Elle soupira.

— J'aimerais vous dire qu'il y avait une morale dans cette histoire.

— Comment ça ?

— Vous savez, comme ces histoires sur Facebook ? Du genre : une famille sauve un chien, il finit par les alerter d'un incendie ou fait fuir un cambrioleur, ou encore il sauve un enfant de la noyade.

Carlo hocha la tête, bien qu'il ne soit pas un grand adepte de Facebook. Les rares fois où il consultait sa page d'accueil, il ne s'attardait pas sur ce genre de messages.

— J'aurais beaucoup aimé annoncer à mon père que

l'un de ces animaux avait sauvé la vie de grand-mère. Mais au contraire, elle a bien failli se briser le cou à cause de Tripod. Un jour, alors qu'elle sortait ses provisions de la voiture, Tripod est sorti comme une fusée et l'a fait trébucher. Avant qu'elle puisse se relever pour le rattraper, il a été renversé par une voiture.

— Mon Dieu, c'est terrible !

— Je sais, c'est très triste. Il est mort sur le coup, et le vétérinaire a dit qu'il n'a pas souffert.

— Et Pirate ?

Elle sourit.

— Il n'était pas commode. Et lorsqu'il a mangé les bottes blanches vintage préférées de grand-mère, elle a décidé de lui trouver un nouveau foyer.

— Vous voulez dire qu'elle a mis le chien à la porte ?

— Au début, elle l'a seulement grondé et envoyé dormir dans le jardin. Elle avait bon cœur, et elle lui aurait pardonné le lendemain matin, mais il a hurlé comme un loup, alors elle l'a fait rentrer, pour éviter qu'il réveille les voisins. Le lendemain, elle l'a confié à un ami qui vivait à la campagne et qui avait besoin d'un chien de garde.

Skylar rejeta ses cheveux par-dessus son épaule.

— Malgré tout, grand-mère a essayé de donner à Pirate et à Tripod un foyer aimant et un nouveau départ dans la vie.

Carlo regarda les petits chiots énergiques, dont la vie avait changé dès l'instant où Skylar les avait aperçus.

La vie de Carlo allait-elle changer elle aussi ? Il en doutait. Après son divorce d'avec Cecily, il s'était repris en main, et s'était forgé une nouvelle philosophie sur les relations sentimentales. Il n'avait plus besoin de se trouver une compagne.

Mais quelque chose lui disait qu'un changement se

préparait. Quel genre de changement, il n'aurait su le dire. Et cela le déstabilisait, plus qu'il ne voulait le reconnaître.

La semaine suivante, Skylar avait représenté la marque Mendoza lors de plusieurs dégustations, dont l'une s'était déroulée dans un hôtel de luxe du centre-ville. Elle avait décroché de nombreuses commandes, qui augmentaient sensiblement le chiffre d'affaires du domaine. Tout le clan Mendoza l'avait non seulement remerciée, mais aussi félicitée pour le formidable travail qu'elle accomplissait.

C'étaient les éloges de Carlo qui la touchaient le plus. Il mettait toujours un point d'honneur à saluer ses efforts à la fin de chaque événement, mais en réalité, il n'avait même pas besoin de dire le moindre mot. Pendant les dégustations, elle devinait sa satisfaction dans sa posture, dans son sourire, dans son regard intense qui suivait chacun de ses mouvements.

Il l'avait observée avec la même intensité aujourd'hui, durant une dégustation qui avait eu lieu au domaine. Il venait de raccompagner les derniers clients, la laissant seule dans la salle de dégustation.

Dehors, Fluff et Stuff folâtraient dans l'herbe. Elle pouvait les voir par la grande baie vitrée qui donnait sur le jardin de sculptures.

Elle n'allait pas tarder à les ramener chez elle. Une fois qu'elle aurait essuyé une petite tache de vin sur le comptoir, elle serait prête à partir. Alors qu'elle se penchait pour prendre un chiffon humide sous le bar, la voix familière de Carlo résonna dans la pièce.

— Vous êtes encore là.

Elle se releva et vit Carlo avancer vers elle, un sourire sensuel aux lèvres. Le plaisir de le voir fit battre son cœur, mais elle réprima son émotion.

— J'allais partir, dit-elle avec un sourire léger.

— Merci pour ce nouveau succès. Les commandes d'aujourd'hui s'élèvent à deux mille dollars. Beau travail.

— Il n'y a pas de quoi.

Il était rare que les gens la prennent au sérieux. Et quand quelqu'un le faisait, Skylar trouvait cela très agréable. Surtout avec ce quelqu'un en particulier.

Le silence emplit la pièce. Parfois, quand ils étaient seuls comme à cet instant, ils semblaient hésiter à… À quoi, au juste ? Elle ne le savait pas avec certitude, et il valait sans doute mieux qu'elle ne s'attarde pas sur la question. Elle baissa les yeux et essuya de nouveau le comptoir de marbre, même si ce n'était plus nécessaire.

Bien malgré elle, ses pensées se bousculaient dans sa tête. Carlo et elle avaient évoqué l'idée de coucher ensemble. Pourtant, jusqu'à maintenant, ils n'avaient partagé que quelques baisers enfiévrés.

Bien sûr, ils flirtaient quand ils n'étaient que tous les deux, mais ils n'étaient toujours pas passés au stade supérieur. Elle était prête, pourtant. Simplement, elle n'avait encore tenté aucune approche dans ce sens.

Pourquoi cela ? se demanda-t-elle. Elle n'avait pourtant jamais eu de mal à faire le premier pas avec les hommes. Elle ne restait jamais en retrait quand il fallait agir.

Elle était peut-être prompte à passer à l'action, mais avec Carlo, elle était plus prudente. Et il y avait une bonne raison à cela : Carlo était un célibataire endurci qui enchaînait les conquêtes, et elle savait qu'il ne fallait pas attendre plus de lui que quelques nuits de passion.

Cependant, n'était-ce pas ce qu'elle voulait ? Une aventure divertissante pendant son séjour à Austin ?

— Vous n'avez pas besoin de faire le nettoyage, dit-il. L'agent d'entretien s'en chargera.

— Je sais. Je voulais juste essuyer quelques éclaboussures de vin.

Il s'appuya contre le bar, et elle huma une bouffée de son eau de toilette aux notes marines. Il était si près qu'elle sentit son cœur s'affoler. Carlo avait un tel effet sur elle ! Mais elle se garderait bien de le lui avouer.

Feignant l'indifférence, elle prit son sac et en sortit une boîte de pastilles à la menthe.

— Vous en voulez une ? proposa-t-elle.

— Non, merci. Je savoure encore le goût de la truffe au chocolat que je viens de voler au restaurant.

— Et vous n'avez pas pensé à m'en apporter une ?

— Non, je l'avoue, et je m'en veux.

Elle gloussa.

— Le chef Bernardo devrait vous interdire sa cuisine, avec tout ce que vous lui volez !

Elle glissa une pastille dans sa bouche et rangea la boîte dans son sac.

Concentre-toi, s'intima-t-elle. Difficile à faire alors que ses hormones rebelles avaient pris le dessus sur son esprit.

Tandis qu'elle passait une dernière fois le chiffon sur le bar de marbre, elle effleura avec son coude une pile de serviettes en papier qui tombèrent sur le sol.

— Zut !

Carlo et elle se penchèrent en même temps pour les ramasser, et leurs mains se frôlèrent. Elle plongea son regard dans le sien, et fut envahie par un tourbillon de phéromones.

Était-elle prête à aller plus loin avec lui ?

Oui, elle l'était. Mais ce serait prendre un risque. Et si elle développait des sentiments pour Carlo ? Lui n'en développerait certainement pas pour elle.

Elle aurait dû ignorer leur attirance manifeste, comme elle l'avait fait toute cette semaine.

Mais elle ne put s'empêcher de poser la main sur sa joue. Et quand elle sentit sa barbe naissante sous ses doigts, son bon sens s'envola.

Sans penser aux conséquences, elle posa les lèvres sur les siennes.

- 8 -

Carlo ignorait combien de baisers passionnés il pourrait encore échanger avec Skylar sans perdre la tête et sans lui promettre ce qu'il ne pouvait lui donner. Pour l'heure, il ne pensait qu'à une chose : la serrer dans ses bras et profiter de l'instant.

Ils étaient agenouillés sur le sol de la salle de dégustation. Leurs langues et leurs respirations se mêlaient, leurs mains se caressaient. Leurs saveurs s'associaient, formant un mélange exquis de chocolat et de menthe poivrée. Il en voulait plus. Bien plus. Et il avait le sentiment que jamais il ne serait rassasié de cette jeune femme si surprenante.

Tandis que leur baiser se faisait plus enfiévré, Carlo se demanda s'ils pourraient se réfugier dans un endroit tranquille, pour une exploration plus poussée. Avant qu'il puisse réfléchir aux différentes options, la porte de la salle s'ouvrit dans un grincement.

Bon sang. Qui les avait surpris, cette fois ?

Il s'écarta lentement de Skylar et se retourna. Son père était là, arborant de nouveau ce sourire fier qui semblait le rajeunir de vingt ans.

— Apparemment, dit Esteban, je tombe mal cette fois encore. Vous allez penser que je le fais exprès.

Carlo se releva. Il était peut-être agacé par cette interruption, mais il n'était certainement pas embarrassé. Ni son père, d'ailleurs. Et à en juger par la lueur amusée dans son regard, Esteban Mendoza prenait un grand plaisir à contempler le spectacle.

Un spectacle qu'il s'empresserait de raconter à toute la famille, sans nul doute.

Skylar, qui semblait un peu plus gênée par l'arrivée d'Esteban que la fois précédente, passa les mains dans ses cheveux. Puis elle ramassa une poignée de serviettes sur le sol.

— Carlo m'aidait à ranger la pagaille que j'ai mise, dit-elle en se relevant.

— Je vois cela, répondit Esteban, faisant un clin d'œil à Carlo. J'ai appris à mes garçons à toujours secourir une jeune femme en détresse.

Carlo ne prêtait plus attention à son père. Il était trop troublé par son attirance grandissante pour Skylar. Et par son envie croissante de faire d'elle son amante.

Une envie qu'il ferait bien d'assouvir, d'ailleurs. Lorsqu'il couchait avec une femme, son intérêt pour elle commençait à décliner, et il prenait ses distances. Si Skylar et lui faisaient l'amour, ils pourraient se débarrasser de cette maudite attirance et tourner la page.

Pourtant, il n'était pas lassé de Skylar, tant s'en faut. Pas plus qu'il n'était prêt à mettre la moindre distance entre eux. Mais il était contrarié par l'idée saugrenue qui ne cessait de surgir dans son esprit. L'idée qui suggérait qu'il était en train de tomber amoureux.

Avec les hommes, Skylar aimait s'amuser, elle l'avait dit elle-même. Et elle était justement le genre de femme avec laquelle il aimerait s'amuser.

Mais ce ne serait plus du tout drôle s'il laissait ses sentiments s'en mêler.

Bien entendu, Esteban Mendoza n'avait pas perdu de temps pour raconter ce qu'il avait vu. Pour rien au monde, il ne manquerait une occasion de divertir ses fils et son neveu.

Dès qu'il eut raccompagné Skylar et les chiots à sa voiture, Carlo gagna le bureau et fut aussitôt assailli par les plaisanteries de sa famille.

— Eh bien, grand frère, lança Mark, un sourire narquois aux lèvres. Ce ne seraient pas les cloches du mariage que j'entends sonner dans le lointain ?

— Très drôle, rétorqua Carlo.

— C'est pourtant ce qu'on s'est laissé dire, insista Rodrigo en riant.

Carlo n'était pas surpris. Son père avait imaginé une relation romantique là où il n'y en avait pas. Du moins, il n'y avait rien entre Skylar et lui tant qu'ils ne parlaient pas du problème — et qu'ils ne le réglaient pas.

— Quelle histoire abracadabrante as-tu entendue ? répliqua Carlo, même s'il avait sa petite idée.

Rodrigo croisa les bras et se fendit d'un sourire énigmatique.

— Juste que Skylar et toi avez fait monter la température dans la salle de dégustation.

Carlo lança un regard noir à son père, ce séducteur invétéré.

— Tu ferais mieux de rester sur tes gardes, conseilla Chaz.

Carlo secoua la tête.

— Vous faites toute une histoire de trois fois rien.

— Ce baiser tout à l'heure n'est pas le premier dont j'ai été témoin, argua son père. Et je doute fort qu'il s'agisse de « trois fois rien ».

— Ce n'est pas ce que vous croyez, se défendit Carlo.

Par la fenêtre, il lança un coup d'œil vers le restaurant. Le chef Bernardo était en train de donner ses instructions aux serveurs. Carlo devrait assister à cette réunion. C'était l'excuse parfaite pour s'échapper.

— Je suis content d'apprendre que ce baiser ne signifiait rien, intervint Stefan. Ça veut dire que je suis libre de courtiser Skylar. J'ai toujours aimé les petites blondes, surtout quand elles ont une forte personnalité, de grands yeux bleus et des courbes sensuelles. Puisqu'elle est libre, je tenterais volontiers ma chance.

Carlo se raidit. Il adorait ses frères. Vraiment. Mais il n'avait aucune envie que l'un d'eux courtise Skylar. Pas encore, du moins. Et peut-être jamais.

— D'accord, admit-il. Il y a un petit quelque chose qui couve entre nous. Mais je ne sais pas vraiment ce que c'est. Et à titre d'information, Skylar a les mêmes opinions que moi concernant le mariage.

— Donc, c'est juste une aventure ? demanda Chaz.

C'était ce que Carlo avait prévu, en tout cas.

— Même s'il y avait quelque chose de plus, je vous rappelle que Skylar vit à Houston. Donc, une histoire entre nous ne pourrait être que temporaire.

Chaz posa une main fraternelle sur l'épaule de Carlo.

— Pour un divorcé qui a juré de ne plus jamais s'engager, je dirais que tu joues avec le feu.

Chaz avait peut-être raison. Oui, Carlo pourrait développer des sentiments plus profonds pour Skylar, mais cela le rendrait vulnérable, et cette idée lui déplaisait.

— Vous ne pouvez pas m'en vouloir de me méfier des relations à long terme, plaida-t-il.

Tout le monde supposerait sans doute qu'il parlait de son mariage raté, qui constituait une bonne raison en soi. Mais Carlo était tout aussi traumatisé par le mariage désastreux de ses parents.

Lorsque ses frères et lui étaient enfants, leur père voyageait beaucoup pour ses affaires, et même quand il n'était pas en déplacement, il passait de nombreuses soirées avec ses amis. Il était peut-être sobre à présent, mais à l'époque, il avait un problème d'alcool. Les disputes conjugales avaient été nombreuses. À cause des absences de son père, de son alcoolisme et, peut-être, de ses éventuelles maîtresses — ce n'était qu'une supposition de la part de Carlo. Après chaque rupture, sa mère et son père se réconciliaient, et le cycle infernal recommençait.

Étant l'aîné, Carlo avait eu une place aux premières loges. Oui, il savait que ses parents s'étaient aimés. Mais sa mère avait fini par se lasser et par quitter son père. Leur divorce lui avait appris que l'amour ne suffisait pas toujours.

— Pour être clair, reprit-il, il n'y a aucun mariage dans l'air en ce qui me concerne.

Son cousin Alejandro, qui venait de rentrer d'un séminaire d'une semaine en Californie, s'avança vers lui.

— Je sais ce que tu ressens, Carlo.

Vraiment ? Alejandro avait récemment épousé Olivia Fortune Robinson, et il était plus heureux que jamais.

— Mais tu devrais laisser une chance à l'amour, plaida son cousin.

Carlo l'avait déjà fait une fois. Et il s'en était mordu les doigts.

— Certains hommes sont capables d'un engagement à vie, Alejandro, et tu en fais partie. Mais ce n'est pas mon cas.

Après son divorce, à Miami, Carlo s'était noyé dans le travail. Et depuis son emménagement au Texas, cela n'avait pas changé.

— J'aimerais beaucoup rester ici et parler de tout et de rien avec vous, mais j'ai à faire, dit-il en désignant d'un signe de tête le restaurant.

Pourtant, tandis qu'il s'éloignait, ce ne fut pas au

travail qu'il pensa, mais à une belle blonde toujours prête à s'amuser.

Et il comptait ne faire que cela avec Skylar. S'amuser.

Les invitations officielles pour la fête de la Saint-Valentin avaient été envoyées deux semaines plus tôt. La soirée aurait lieu dans trois petits jours. Tous les Mendoza qui travaillaient au domaine ou qui vivaient à Austin avaient mis la main à la pâte, mettant tout en œuvre pour faire de cet événement une réussite.

Carlo et Bernardo avaient concocté un menu alléchant. Esteban avait engagé un quatuor à cordes réputé qui jouerait pendant le repas, ainsi qu'un DJ populaire pour animer la soirée après le dîner. Alejandro, avec l'aide de ses cousins, se chargerait de la décoration des extérieurs et du restaurant.

Fidèle à sa parole, Carlo avait prévu une dégustation de vin avant le dîner, animée par Skylar. Ainsi, elle pourrait rencontrer les nombreux Fortune qui seraient présents. Bien entendu, elle était ravie de pouvoir les observer discrètement. Et elle avait proposé son aide pour les préparatifs.

Il faisait très doux pour un mois de février, et si la météo demeurait clémente, la dégustation aurait lieu dans le jardin.

Skylar sortit de son studio, tenant les chiots en laisse. Elle avait l'intention de les emmener au vignoble aujourd'hui, comme elle le faisait souvent. Là-bas, ils pouvaient jouer librement.

Alors qu'elle se dirigeait vers sa voiture, elle entendit Dottie l'appeler. La vieille dame s'était prise d'une véritable affection pour Fluff et Stuff. « Quand mon Punky a quitté ce monde, lui avait raconté Dottie, j'ai juré que je n'aurais plus jamais d'autre chien. C'est trop douloureux quand ils disparaissent. Mais ces petits fripons me donnent envie de revoir ma position. »

Aussi Skylar ne fut-elle pas étonnée quand Dottie demanda d'un air déçu :

— Oh ! vous partez ? J'allais vous inviter, les chiots et vous, au parc canin aujourd'hui. C'est l'anniversaire de Bailey.

— Bailey ? demanda Skylar.

— Vous savez, le poméranien croisé de Donna Mae ? Je vous l'ai présentée la semaine dernière, quand nous avons emmené Fluff et Stuff en promenade.

— Ah, c'est vrai.

À sa décharge, ils avaient rencontré plusieurs chiens ce jour-là.

— Si vous voulez les emmener au parc, cela me va, dit Skylar. Mais je ne reviendrai qu'en fin de soirée. Ça ne vous ennuie pas de les surveiller aussi longtemps ?

— Pas du tout. J'emmenais Punky au parc tout le temps autrefois. J'y ai rencontré beaucoup de gens très sympathiques. Ça me manque de ne plus discuter avec eux, mais après la mort de Punky… Eh bien, c'était un peu… difficile d'y retourner.

— Je comprends.

Skylar donna les laisses à Dottie.

— Je vous les confie. Je suis sûre que vous passerez un très bon après-midi tous les trois.

Puis elle grimpa dans sa voiture, sachant que les chiots étaient entre de bonnes mains.

Elle aurait volontiers accompagné Dottie. Elle n'avait jamais assisté à une fête d'anniversaire canine, et ça avait l'air d'être amusant. Mais elle tenait vraiment à vérifier tous les détails pour la dégustation de la Saint-Valentin.

Vingt minutes plus tard, quand Skylar arriva au domaine, elle remarqua plusieurs voitures appartenant aux Mendoza sur le parking, y compris celle de Carlo. Elle passerait le voir tout à l'heure. Pour l'instant, elle devait passer en revue le jardin de sculptures, afin de choisir le meilleur endroit pour le bar mobile.

Elle venait d'opter pour un coin près de la nouvelle fontaine quand elle entendit une voiture arriver. Curieuse, elle retourna vers le parking et vit trois femmes sortir d'une Cadillac récente de couleur blanche.

Skylar ne connaissait ni la conductrice ni les deux passagères — une jeune femme rousse d'une vingtaine d'années et une femme brune d'environ quarante-cinq ans. Puisque personne n'était là pour les accueillir, Skylar décida de jouer les hôtesses et les salua par un sourire amical.

— Bonsoir, mesdames. Puis-je vous aider ?

La conductrice, une quadragénaire blonde vêtue d'un pantalon noir et d'une chemise blanche, lui serra la main.

— Je m'appelle Betsy Wilkins, et je suis organisatrice de mariages pour Dentelle Blanche et Promesses. Et voici mes clientes, Joelle Pearson et sa mère, Mavis.

Skylar se présenta et déclara qu'elle travaillait pour le domaine. Ce qui était vrai, même si ce n'était que temporaire.

— Nous visitons plusieurs lieux avant de nous décider, expliqua Betsy. Mais nous n'avons pas encore trouvé d'endroit qui convienne. L'une de mes collègues m'a dit que le vignoble Mendoza allait accueillir des événements spéciaux dans un futur proche, alors nous sommes passées voir la propriété. Serait-il possible de la visiter ?

Skylar adorerait leur montrer les lieux, et décrocher le tout premier mariage du vignoble Mendoza. Mais elle ne voulait marcher sur les plates-bandes de personne.

Eh bien, que lui arrivait-il ? Il était rare qu'elle réprime son enthousiasme, ou ses impulsions. Mais elle respectait

Carlo et les autres membres de sa famille. Même Esteban, qui supposait que Carlo et elle avaient une liaison et qui ne se privait pas de les taquiner chaque fois qu'il en avait l'occasion.

— Je suis… animatrice en événementiel, dit-elle, exagérant un peu la vérité. Je serais ravie de vous faire visiter les lieux. Et si nous avons de la chance, nous croiserons Alejandro ou Carlo, qui pourront vous donner plus de détails sur le calendrier. Quand aura lieu le mariage ?

— Le 18 juillet, répondit la future mariée. Je sais que nous nous y prenons un peu tard, mais mon fiancé et moi finissons l'université en août, et nous désirons nous marier avant de devoir déménager.

— Félicitations, dit Skylar. Je dois vous le dire, si je devais me marier, j'adorerais avoir une cérémonie en plein air ici, suivie par un dîner. Suivez-moi, vous allez comprendre ce que je veux dire.

Quand elle les conduisit au jardin de sculptures, la mère de la fiancée laissa échapper un petit son de surprise.

— C'est charmant !

Puis elle se tourna vers sa fille.

— Qu'en penses-tu, ma chérie ?

— Ça me plaît. Et j'adore la fontaine. Les carreaux de céramique bleus sont assortis à la couleur des robes des demoiselles d'honneur.

— Il y a beaucoup de possibilités, assura Skylar. Si vous décidez d'organiser une cérémonie le soir, nous pourrons accrocher des guirlandes lumineuses blanches sur les arbres.

— C'est une idée formidable, approuva la fiancée.

— Nous comptons aussi faire installer un belvédère très bientôt, affirma Skylar.

Certes, ce n'était pas tout à fait vrai. Personne n'avait mentionné de belvédère, mais Skylar ferait tout pour convaincre Carlo d'en faire installer un, si les Pearson choisissaient d'organiser le mariage au domaine.

— Je vous propose de vous faire visiter La Viña, notre restaurant. S'il n'est pas trop occupé, je pourrai vous présenter Bernardo, notre chef.

— Ce serait parfait, dit Joelle, la future mariée.

Les trois femmes suivirent Skylar tout en discutant listes d'invités, menus de dîner et gâteaux de mariage.

Quand elles entrèrent dans le restaurant, les tables étaient déjà dressées pour le dîner. Mavis se dirigea vers l'une des hautes fenêtres.

— Seigneur, regardez-moi cette vue sur les vignes !

— C'est absolument superbe, enchérit Betsy.

L'organisatrice de mariages sortit de son sac une carte de visite et la donna à Skylar.

— J'ai plusieurs autres clients qui cherchent aussi un lieu de mariage original. Je vous appellerai pour organiser des visites dans les prochaines semaines.

Skylar espérait ne pas outrepasser ses fonctions. Carlo l'avait engagée pour animer des dégustations spéciales. Peut-être voudrait-il aussi qu'elle anime des événements spéciaux ? En tout cas, ce serait sa ligne de défense quand ils aborderaient le sujet.

— Si vous voulez bien m'excuser une minute, dit Skylar, je vais voir si le chef est disponible.

Lorsqu'elle entra dans la cuisine, le chef Bernardo était en train de rédiger une liste avec Carlo. Mais ce fut Carlo qui captiva toute l'attention de Skylar.

Aujourd'hui, il portait un pantalon de toile beige et une chemise blanche, dont les manches retroussées révélaient ses avant-bras musclés. Lorsqu'elle approcha, il leva les yeux vers elle et lui offrit un sourire éblouissant.

— Skylar, je suis content que vous soyez là. Je voulais justement passer en revue quelques détails avec vous.

Elle aussi était contente de le voir.

— Moi aussi, je voulais vous parler. Je reviens du jardin de sculptures, et je pense que ce serait une bonne idée d'ajouter des guirlandes lumineuses blanches dans les arbres pour la fête de la Saint-Valentin. Mais, plus important, il y a là trois personnes que vous devriez rencontrer. Elles sont dans la salle du restaurant.

Il fronça les sourcils.

— Qui sont ces personnes ?

— Une organisatrice de mariages et ses clientes. Elles songent à organiser un mariage ici en juillet.

— C'est génial. Juillet, ce serait parfait. Si toutefois elles décident de faire une réservation.

Carlo suivit Skylar dans la salle du restaurant.

Les trois femmes, qui contemplaient toujours les vignes verdoyantes à flanc de colline, se retournèrent vers eux.

— Betsy, dit Skylar, voici Carlo Mendoza, le directeur adjoint du domaine.

— Enchantée de vous rencontrer, dit Betsy en lui serrant la main. Nous étions en train d'admirer le paysage. Cela ferait un charmant décor pour un mariage.

— Merci, dit Carlo. Vous devriez jeter un coup d'œil au jardin de sculptures.

— Nous l'avons déjà vu. Votre coordinatrice en événementiel a été très efficace. Elle nous a aussi donné des idées pour la cérémonie.

Skylar risqua un regard furtif vers Carlo, pour voir comment il réagissait à ce que Betsy venait de lui apprendre. Il ne cilla même pas.

— Betsy est organisatrice de mariages chez Dentelle Blanche et Promesses, dit-elle. Et voici ses clientes, Mavis et Joelle Pearson. Joelle se marie en juillet.

Carlo serra la main des deux femmes.

— Enchanté. Je suis content que vous soyez venues

voir le domaine. Nous comptons en effet accueillir des événements spéciaux à partir de juin.

— Avez-vous une brochure que nous pourrions emporter ? demanda Betsy.

— Je crains qu'elle ne soit encore à l'imprimerie, dit Carlo. Nous commençons à peine à prendre les réservations.

Skylar ignorait qu'ils avaient déjà des réservations. Ceci dit, elle n'avait pas vraiment de raison d'être au courant de ce genre de choses.

— Votre chef pourrait-il nous parler des différents menus possibles ? demanda Betsy. Nous aimerions aussi organiser une dégustation de vin pour l'enterrement de vie de jeune fille.

— Absolument.

— Génial ! Mes clientes et moi devrons discuter de tout cela quand nous retournerons à mon bureau. Je vous tiendrai au courant quand nous aurons pris une décision.

— J'ai déjà pris ma décision, déclara Joelle. Je veux me marier ici. Je veux une cérémonie en soirée, dans le jardin, avec des lumières blanches dans les arbres, suivie d'un dîner dans ce restaurant.

— C'est tout à fait possible, déclara Carlo.

Il sortit de sa poche une carte de visite qu'il donna à Betsy. Puis Skylar et lui raccompagnèrent les trois femmes à leur voiture.

— Le versement d'une caution est requis pour retenir la date, précisa Carlo. Passez-moi un coup de fil et je vous enverrai un contrat avec tous les détails.

— J'imagine que nous travaillerons avec Skylar, votre coordinatrice, avança Betsy. Puis-je avoir votre carte de visite également ? demanda-t-elle à Skylar.

Que pouvait-elle répondre ? Qu'elle n'avait pas de cartes de visite, parce qu'elle avait menti sur ses fonctions au sein du domaine Mendoza ?

Alors qu'elle cherchait une excuse plausible, Carlo intervint.

— Skylar a été engagée récemment, dit-il, et ses cartes de visite sont encore en cours d'impression, comme nos brochures.

Qu'il soit béni ! Il avait joué le jeu, heureusement. Elle lui était si reconnaissante qu'elle pourrait l'embrasser.

Néanmoins, un baiser ne ferait que compliquer les choses, puisqu'elle était décidée à retourner à Houston.

À moins qu'elle ne change d'avis ?

Elle avait avoué à Carlo qu'elle songerait à l'éventualité d'une liaison. Et elle l'avait fait. Jour après jour, elle s'était remémoré leurs baisers enfiévrés. Et nuit après nuit, elle s'était endormie en songeant à ce que Carlo avait suggéré, à savoir laisser la passion suivre son cours.

Et chaque matin, elle s'était réveillée en arrivant à la même conclusion : ils devraient coucher ensemble, et voir comment leur relation évoluerait. Elle voulait faire l'amour avec Carlo, quelles que soient les conséquences.

Certes, s'ils devenaient amants, cela pourrait compliquer leur relation de travail. Mais, son emploi ici n'était que temporaire. Ce n'était donc pas une raison suffisante pour reculer.

Mais un autre élément la poussait à hésiter. Elle s'était attachée à Carlo, plus qu'à n'importe quel autre homme avant lui. Elle n'aurait jamais cru envisager le mariage un jour, pourtant elle pourrait reconsidérer la question avec un homme comme lui.

Carlo continuait d'user de son charme sur les trois femmes pendant qu'ils discutaient d'autres détails.

Enfin, lorsque Betsy fut repartie avec ses clientes, Carlo se tourna vers Skylar.

Maintenant qu'ils étaient seuls, elle redoutait un peu d'entendre ce qu'il avait à lui dire. Serait-il en colère parce qu'elle s'était immiscée dans les affaires du domaine ? Elle se prépara à des réprimandes.

À sa grande surprise, Carlo arbora un sourire qui illumina tout son visage.

— Vous êtes épatante.

Elle sentit son cœur s'emplir de joie.

— Vraiment ?

— Vous êtes une animatrice parfaite pour nos dégustations. Et maintenant, vous venez en substance de décrocher notre premier mariage. Betsy était impressionnée, c'est évident.

Il secoua la tête.

— Le mariage n'est pas votre tasse de thé, pourtant vous avez fait des merveilles.

— Un mariage et une réception, cela reste dans le domaine de la fête, non ?

— C'est juste. Quoi qu'il en soit, je dois d'abord consulter Alejandro, mais je pense qu'il sera d'accord pour vous proposer un poste permanent.

— Vous êtes sérieux ?

— Absolument.

Eh bien ! C'était une sacrée surprise. D'habitude, des mots comme *permanent* lui donnaient envie de prendre la poudre d'escampette. Mais pas cette fois.

— Merci, dit-elle. Il faudrait que je réfléchisse, mais je veux bien que vous en discutiez avec Alejandro.

— Bien. Je suis content.

Vraiment ? Elle espérait qu'il y avait davantage derrière cette offre que des raisons professionnelles. Carlo espérait-il la garder auprès de lui, afin qu'ils puissent commencer une liaison ?

— Avez-vous déjà vu le film *Jersey Boys* ? demanda-t-il.

Décidément, il ne cessait de la dérouter.

— Non, mais j'adore Frankie Valli et The Four Seasons.

— Parfait. Le film est programmé au cinéma Paramount, et j'ai deux places pour samedi soir. Cela vous dirait de m'accompagner ?

Oh ! oui. Elle mourait d'envie d'avoir un vrai rendez-vous galant avec Carlo.

— J'en serais ravie.

— Bien. Je passerai vous prendre vers 17 heures, pour que nous puissions dîner d'abord.

— Je serai prête.

Cette soirée semblait très prometteuse. Un dîner, un film et…

Carlo serait-il partant pour une conclusion romantique ? Elle l'espérait.

- 9 -

La soirée de la Saint-Valentin promettait de combler toutes les attentes de Skylar, voire de les dépasser. Ce serait une soirée chic, à laquelle elle aurait rêvé d'assister en tant qu'invitée. Toutefois, elle se réjouissait de servir les vins Mendoza, et de pouvoir observer les Fortune discrètement.

Comme Carlo l'avait prévu, la soirée commencerait par une dégustation de vin dans le jardin de sculptures, afin que les invités puissent admirer les améliorations apportées dans les espaces extérieurs. Bientôt, tout le domaine serait plein de conversations joyeuses, mais pour l'instant, seule l'eau qui coulait dans la fontaine brisait le silence.

Le soleil venait de se coucher, et les lumières scintillantes accrochées aux arbres donnaient aux lieux une atmosphère festive et romantique. On aurait dit qu'il y avait de la magie dans l'air. Comme si quelque chose de spécial était sur le point de se produire.

N'était-ce pas le cas, d'ailleurs ? Skylar rêvait de rencontrer des membres de sa famille paternelle et, ce soir, elle allait enfin réaliser son rêve.

Alejandro avait invité tout le clan Mendoza, et à en juger par les nombreuses confirmations de présence reçues, la plupart avaient saisi cette occasion de s'amuser. Étaient notamment attendus le frère d'Alejandro, Cisco, et son épouse, Delaney Fortune. Gabriella, sœur d'Alejandro et de Cisco, et son mari, Jude Fortune Jones, frère de Delaney, les accompagneraient. Si l'on ajoutait les Mendoza de Red Rock et tous ceux qui vivaient à Austin, cela faisait beaucoup de monde.

Skylar avait beau avoir étudié tous les articles d'Ariana Lamonte Fortune parus dans *Weird Life*, elle craignait de ne pas pouvoir reconnaître tout le monde. En tout cas, elle ferait de son mieux pour mettre un nom sur chaque visage, et se souvenir de chaque lien familial. Carlo lui avait communiqué à l'avance le nom des Fortune qui seraient présents. Mais elle doutait de pouvoir les identifier sans son aide.

Elle était si enthousiaste à la perspective de connaître sa famille paternelle biologique qu'elle avait passé bien plus de temps à se préparer qu'à son habitude. Pour l'occasion, elle était vêtue d'une robe rouge, au large décolleté et au dos nu, qui flattait sa silhouette. Elle l'avait déjà portée lors de précédentes dégustations, mais elle la trouvait particulièrement appropriée pour la Saint-Valentin. Ses cheveux étaient attachés en une torsade travaillée qui révélait ses boucles d'oreilles en diamants, un cadeau d'anniversaire de ses parents. Et pour finir, elle était un peu plus maquillée qu'à l'accoutumée. Lorsqu'elle avait lancé un dernier coup d'œil dans le miroir avant de quitter son appartement, elle avait été satisfaite de son apparence.

Prenant une grande inspiration, elle sortit dans le jardin. Elle voulait faire bonne impression ce soir, même si elle ne se présentait pas comme la petite-fille de Julius Fortune. Elle touchait enfin au but… Et elle avait hâte que la soirée commence.

Dehors, elle constata que quelqu'un avait déjà installé le bar mobile, ce qui était une bonne surprise. Toutefois, les vins qu'elle servirait n'avaient pas encore été apportés.

Elle s'apprêtait à aller les chercher quand Ricardo, l'animateur qui se chargeait des dégustations quotidiennes au vignoble, apparut et se dirigea vers elle. Il poussait un chariot chargé de verres à vin et de différentes bouteilles : sunny days, chenin blanc, desert sunset et syrah.

Pourquoi Ricardo était-il présent à cette heure-ci ? Peut-être était-ce pour servir les amuse-bouches ou pour aider les serveurs durant le dîner. Quoi qu'il en soit, elle le remercia d'avoir préparé son poste de travail.

— Pas de problème, dit-il, débouchant l'une des bouteilles.

— Allons-nous servir d'autres vins ce soir ? demanda-t-elle.

— Je ne sais pas. Carlo m'a demandé d'apporter ceux-là, mais il y a un autre chariot dans la salle de dégustation, que je vais aller chercher. Il est possible que Carlo ait d'autres variétés en tête.

Skylar n'avait encore vu ni Carlo ni ses frères. Sans doute étaient-ils occupés par les préparatifs de dernière minute à La Viña. Elle se dirigeait vers le restaurant quand elle entendit une voiture approcher. Elle ralentit le pas, songeant que les premiers invités allaient arriver.

Elle sortit son téléphone portable de son sac, dans lequel elle avait enregistré une liste des Fortune et de leurs conjoints, et la consulta. Plusieurs membres de la famille Mendoza figuraient sur sa liste.

C'est le moment, se dit-elle. *Tu t'en sortiras très bien.*

Alejandro Mendoza, le cousin de Carlo, figurait au sommet de cette liste. Il était propriétaire du domaine viticole et était marié à Olivia Fortune Robinson. Fait surprenant, quatre autres frères et sœurs d'Alejandro étaient également unis à des membres du clan Fortune Robinson. Joaquin était marié à Zoe, et Matteo avait épousé Rachel.

Plusieurs autres membres des Fortune Robinson seraient aussi présents : Ben et son épouse Ella, Wes et Vivian, Kieran et Dana, Graham et Sasha, Sophie et Mason… Eh bien ! Parviendrait-elle à se souvenir de tous ces couples sans s'emmêler les pinceaux ?

C'était peu probable. Malgré tout, elle se réjouissait d'avoir l'occasion de les rencontrer tous.

Tandis que les invités en tenue de soirée commençaient à affluer dans le jardin, prêts à festoyer, elle ne put s'empêcher de remarquer que tous les Fortune et les Mendoza étaient séduisants et éblouissants.

Elle hésita. Qui approcher en premier ? Puisqu'elle avait son rôle d'hôtesse à remplir, elle irait à la rencontre des gens et les inviterait à la rejoindre au bar, afin de goûter quelques vins. Elle consulta une dernière fois son téléphone. Elle avait relu les premiers noms quand Carlo apparut et posa un bras autour de ses épaules.

— Soyez plus discrète, conseilla-t-il. Sinon, vous allez éveiller les soupçons.

— Je vais essayer, mais c'est une soirée importante pour moi. Je suis un peu nerveuse.

Il lui caressa le dos, ses doigts provoquant un frisson électrique sur sa peau nue.

— Je sais que vous êtes censée travailler ce soir, mais je préférerais que vous soyez une invitée plutôt qu'une employée. Alors j'ai demandé à Ricardo de vous remplacer.

Eh bien ! C'était une charmante attention.

— Comment allez-vous me présenter ? demanda-t-elle.

Il la gratifia d'un sourire.

— Ce soir, vous êtes ma cavalière.

Elle sentit son cœur tressauter.

— Je ne devrais avoir aucun problème à jouer la comédie, assura-t-elle avec un sourire confiant.

Il l'attira plus près, et elle s'appuya contre lui, humant

une bouffée tentante de son eau de toilette aux notes marines. Faire semblant d'être la cavalière de Carlo serait une tâche très facile.

Ricardo revint de la salle de dégustation avec l'autre chariot.

— Je suis là, Skylar, dit-il en levant les pouces. Je prends le relais.

— Merci, Ricardo.

Elle regarda son beau cavalier. C'était presque enivrant de se dire qu'elle était sa petite amie. Les gens penseraient-ils qu'ils étaient amants ? Elle n'y verrait pas d'inconvénient.

Carlo était très élégant ce soir dans son costume noir, sa chemise blanche et sa cravate bordeaux. En fait, ils étaient si bien assortis qu'on pourrait croire qu'ils avaient accordé exprès leurs tenues.

— Venez, dit-il en la prenant par la main. Je vais vous présenter à quelques-uns de nos invités.

C'était le moment qu'elle avait tant attendu. Elle allait enfin rencontrer certains de ses cousins, et elle devait remercier Carlo de lui offrir cette chance. Mais pour l'instant, elle se sentait surtout fière d'être sa cavalière. Et elle espérait devenir son amante, très bientôt.

Tandis qu'ils traversaient la pelouse, Carlo serra sa main et lui murmura un compliment touchant qui annihila tout manque de confiance dont elle aurait pu souffrir.

— Vous êtes superbe ce soir. J'adore votre robe.

Elle sourit, et son cœur dansa une fois de plus. La seule chose qu'il aurait pu dire pour la rendre encore plus heureuse était qu'il l'adorait *elle*. Bon sang, pourquoi une telle pensée avait-elle jailli dans son esprit ? Elle s'empressa de la chasser.

Ils se dirigèrent vers Alejandro, qui discutait avec une jolie brune. Son épouse, sans doute. Skylar n'avait eu le plaisir de parler avec Alejandro que deux fois, car il avait été en déplacement toute la semaine. Mais elle était très impatiente de faire la connaissance d'Olivia. La jeune femme ignorait que Skylar et elle avaient le même grand-père : ce bon vieux Julius Fortune, qui avait laissé de nombreux enfants illégitimes dans son sillage.

Olivia avait épousé Alejandro l'an passé et portait maintenant le nom de Mendoza, mais c'était une vraie Fortune. Tout comme Skylar.

Avant que Carlo puisse la lui présenter, Alejandro serra la main de Skylar et déclara :

— Je suis heureux que vous soyez venue. Je voulais vous remercier de nouveau pour tout ce que vous avez fait pour nous en si peu de temps.

— Ça a été un plaisir, répondit-elle.

Elle était flattée par ces éloges. Elle avait l'impression d'être l'employée du mois !

— Mais pour être tout à fait franche, ajouta-t-elle, vos vins se vendent presque tout seuls.

— Je suis content que vous les appréciiez.

Puis il se tourna vers sa ravissante épouse.

— Olivia, je te présente Skylar Fortunado. Elle travaille pour nous depuis deux semaines, comme représentante de notre marque lors des dégustations spéciales de Carlo. Et il y a quelques jours à peine, elle a décroché notre premier mariage et notre première réception.

— Enchantée de vous connaître, Skylar, répondit Olivia en lui tendant la main.

Skylar lui serra la main, mais lorsqu'elle voulut prononcer une réponse polie, les mots se bloquèrent dans sa gorge. Mince. Elle n'était pourtant pas timide, d'habitude.

Quelle poisse ! Olivia était une femme très intelligente. Et si elle devinait que Skylar avait menti, et qu'elle n'était pas en couple avec Carlo ? Si elle comprenait qui Skylar était, et pourquoi elle était ici ?

Enfin, après quelques secondes qui lui parurent des heures, Skylar se reprit et répondit :

— Vous n'imaginez pas à quel point je suis contente de vous rencontrer !

Certes, c'était un peu plus franc et sincère qu'elle ne l'avait prévu. On aurait dit une groupie rencontrant son idole, mais elle était si heureuse de rencontrer enfin une cousine qu'elle n'avait pas pu contenir son excitation.

Heureusement, Olivia n'avait apparemment rien remarqué. Et elle n'avait pas l'air de soupçonner Skylar d'avoir des intentions cachées. Skylar en avait, certes, mais elle ne voulait faire de mal à personne.

Quelques instants plus tard, deux autres jeunes femmes brunes qui ressemblaient étonnamment à Olivia les rejoignirent. Olivia les présenta à Skylar : Zoe et Rachel, ses sœurs.

C'était fantastique. Skylar venait de rencontrer trois cousines d'un coup. Si elle ajoutait Nathan, cela faisait quatre membres de sa famille en tout. Mais elle doutait de revoir Nathan ce soir. Il ne semblait pas être du genre à aimer les mondanités. Et puis, sa femme Bianca jugerait peut-être que le trajet depuis Paseo était trop long.

— Si vous voulez bien nous excuser, mesdames, intervint Carlo, Alejandro et moi devons parler affaires.

Il serra la main de Skylar dans un geste rassurant, puis les deux hommes s'éloignèrent.

Les trois sœurs Fortunado, toutes élégantes, belles et intelligentes, parlèrent de choses et d'autres. Des choses concernant leur famille. Et Skylar but chacune de leurs paroles. Elle ne savait pas au juste ce qu'elle avait espéré de cette rencontre, mais ses attentes étaient dépassées, en tout cas.

Si elle se montrait habile, peut-être ses cousines pourraient-elles lui fournir des informations sur les autres Fortune qui assisteraient à la soirée.

Elle reporta son attention sur Carlo et Alejandro. Avaient-ils vraiment besoin de parler affaires ? Ou Carlo venait-il de lui offrir un autre cadeau inattendu ?

Si oui, cette conversation avec Olivia, Zoe et Rachel pourrait se révéler plus précieuse encore qu'une paire de chaussons lapins.

— De quoi voulais-tu me parler ? demanda Alejandro à Carlo tandis qu'ils traversaient la pelouse pour trouver un endroit tranquille.

En vérité, Carlo n'avait pas grand-chose à dire qui ne puisse attendre. Il avait seulement voulu offrir à Skylar un peu de temps pour connaître ses cousines. Mais cela, il ne pouvait pas l'avouer à Alejandro.

— Il y a deux ou trois choses que je voulais évoquer avec toi. Pendant que tu étais à ton séminaire, je suis allé voir quelques propriétés qui pourraient convenir pour notre projet de night-club.

— Bien. Est-ce que l'un d'eux avait du potentiel ?

Carlo lui fit part de ses opinions sur les trois sites.

— L'ancienne banque m'intéresse beaucoup, conclut-il. Elle est un peu petite, mais nous pourrions prévoir un agrandissement pendant les travaux de rénovation.

— Quel est le prix de départ ?

— Je ne sais pas. Elle n'est pas encore sur le marché, et je n'ai pas encore contacté d'agent immobilier. Skylar a suggéré que nous sollicitions sa sœur Maddie pour avoir des conseils. Je trouve que c'est une bonne idée.

Alejandro approuva d'un signe de tête, puis regarda le groupe de femmes composé de son épouse, de ses belles-sœurs et de Skylar. Toutes les quatre souriaient et semblaient avoir beaucoup de choses à se dire.

— Nous avons eu de la chance de tomber sur Skylar, commenta Alejandro.

— Oui, c'est vrai.

Toute sa famille avait eu de la chance, mais Carlo avait le sentiment d'être le plus chanceux de tous. Du moins, si sa relation avec Skylar prenait la direction qu'il souhaitait.

— Ton père a l'air de penser que c'est du sérieux entre vous, avança Alejandro.

Vraiment ? Carlo n'avait pas prévu que les choses aillent aussi loin. Il tenait davantage à Skylar qu'il ne l'aurait cru. Pour être tout à fait honnête, il n'avait pas très envie d'étudier de près ses sentiments pour elle.

— J'avoue que j'aime passer du temps avec elle, concéda-t-il.

Alejandro, qui allait bientôt fêter sa première année de mariage, hocha la tête d'un air sage, comme s'il avait ressenti exactement la même chose au début de sa relation avec Olivia.

Alejandro aurait-il laissé son épouse recueillir deux chiens errants et aurait-il traversé toute la ville pour trouver un salon de toilettage et un vétérinaire ? L'aurait-il volontiers aidée à emménager dans un petit meublé trouvé sur un coup de tête ?

Carlo en doutait. Et sa raison lui rappelait que Skylar était peut-être trop inconstante pour lui, trop versatile.

Néanmoins, il pourrait aisément contredire cette supposition. Skylar avait trouvé l'endroit idéal pour accueillir ses chiens en un temps record. Cela ne prouvait-il pas qu'elle était rationnelle, déterminée et pleine de ressources ?

— Qu'est-ce qui te retient, au juste ? demanda Alejandro.

— Pardon ? Je ne te suis pas.

— Tu as peut-être renoncé à l'amour, cher cousin. Mais ton regard est rivé à Skylar depuis cinq minutes, souligna Alejandro d'un ton amusé. Ton père avait raison, tu es mordu.

Carlo aurait aimé nier cette affirmation, mais il commençait à croire que son père avait vu juste. Et cela l'inquiétait. Si jamais il devait se fixer un jour, ce serait avec une femme qui s'engagerait à vie. Or, Skylar avait annoncé la couleur : elle ne cherchait que des relations sans lendemain.

Mais jamais il n'avouerait la vérité, pas même à Alejandro, pourtant capable de garder des secrets.

— Non, tu te trompes. Elle m'épate, c'est tout.

Mieux valait changer de sujet.

— J'ai une autre idée dont je voulais te parler, dit-il.

— Laquelle ?

— Nous sommes tous les deux déjà très occupés, et si nous décidons d'ouvrir un night-club, nous serons encore plus occupés.

— En fait, si le projet se réalise, c'est toi qui seras débordé. Gérer des établissements, c'est vraiment ta partie. Et moi, je m'occuperai de la production de nos vins, car c'est ce que je fais le mieux.

C'était un partage de travail équitable. Carlo hocha la tête en signe d'assentiment.

Il observa Skylar. Ses cousines l'écoutaient et riaient. Il aurait bien aimé savoir ce qu'elle leur racontait. Il adorait entendre sa voix mélodieuse, son rire cristallin.

Pour ne pas apporter de l'eau au moulin d'Alejandro, Carlo se reprit et se concentra de nouveau sur le travail.

— Au fait, Skylar a fait forte impression à l'organisatrice de mariages qui est venue au domaine il y a quelques jours. Celle-ci a même cru que Skylar était notre coordinatrice en événementiel, et je n'ai pas rectifié.

— Je vois où tu veux en venir. Si tu penses que nous devrions lui offrir un poste fixe, je suis d'accord. Jusqu'ici, elle a fait des merveilles, et je n'ai aucune raison de douter de ses capacités à décrocher d'autres contrats en événementiel. Mais elle travaillera avec toi. Tu ne crains pas que cela pose des problèmes ?

Si. Mais aucun ne concernait la capacité de Skylar à réussir dans son travail.

— Non. Je suis certain que tout se passera bien.

Tout ce qui lui restait à faire, c'était lui proposer le poste, et espérer qu'elle l'accepte.

— Tu sais, reprit Alejandro, si Skylar n'était pas si idéale pour représenter notre marque et si douée pour les affaires, je pourrais croire que tu essaies de marquer quelques points pour ton bénéfice personnel.

Carlo lança un regard à son cousin, qui observait sa jolie épouse et n'avait sans doute pas conscience que son commentaire avait fait mouche.

Oui, Skylar avait été une hôtesse fantastique durant les dégustations spéciales, et elle avait le sens du commerce. Il était donc logique de lui offrir un emploi permanent dans leur entreprise viticole. Mais Carlo avait aussi une motivation plus égoïste : il voulait avoir l'occasion de la voir chaque jour.

C'était bien là le problème… Passer autant de temps avec elle était risqué pour lui, puisqu'il évitait les relations sérieuses.

Il lui faudrait rester sur ses gardes. Car il ne devait surtout pas tomber amoureux de Skylar.

Skylar trouvait déjà que La Viña était l'endroit parfait pour un dîner ou une réception. Mais jamais elle n'aurait cru qu'avec un peu de décoration, le restaurant serait aussi romantique. Les tables aux nappes blanches étaient ornées de tulle blanc, de vases contenant des roses rouges et de chandelles.

Le quatuor à cordes qu'Esteban avait engagé avait joué pendant tout le dîner. Un repas constitué d'huîtres, d'une salade de homard assaisonnée d'une vinaigrette au citron, et de pommes de terre ratte accompagnées d'un filet mignon farci au crabe. Et comme si ce n'était pas assez nourrissant, le dessert était à se damner : soufflés au chocolat et fraises nappées de chocolat blanc.

Skylar avait assisté à de nombreux dîners chics, dans des décors de rêve. Mais aucun ne lui avait autant plu que celui-ci. Et les souvenirs de cette soirée resteraient à jamais gravés dans sa mémoire.

Tandis que les serveurs débarrassaient les tables et que le DJ se préparait à passer de la musique dansante, certains convives commencèrent à circuler dans la salle.

Quelques instants plus tôt, Carlo l'avait priée de l'excuser le temps qu'il aille saluer un client. Skylar en avait profité pour quitter la table, à laquelle étaient aussi installés le père et les frères de Carlo. Elle aurait pu continuer à discuter avec eux pour mieux les connaître, mais elle avait envie de se dégourdir les jambes. Et de continuer son enquête sur les Fortune.

Elle déambula entre les tables pour se diriger vers la fenêtre la plus proche, qui donnait sur les vignes.

Dehors, sur un banc en fer forgé, une femme d'un certain âge aux cheveux striés de mèches argentées semblait tenir cour, entourée de plusieurs autres femmes élégamment vêtues. Elle portait assez de diamants autour du cou pour illuminer le ciel.

Lorsque la femme tourna la tête, Skylar reconnut Kate Fortune, la matriarche du clan.

Nonagénaire, Mme Fortune était aussi belle en personne que sur les clichés que Skylar avait pu voir. Elle faisait vingt ans de moins que son âge. Sans doute grâce à de bons gènes, et peut-être aussi au sérum de jeunesse qu'elle avait mis au point, et qui lui avait permis de bâtir un empire cosmétique qui avait fait d'elle une milliardaire.

Skylar était intriguée par toutes les histoires qu'elle avait lues au sujet de Kate, et la voir ici, même derrière un mur de verre, lui procurait une grande joie.

— Je suis content de vous revoir, dit une voix masculine à l'accent traînant.

Skylar se retourna. À sa grande surprise, elle se retrouva face à Nathan Fortune. Son cousin avait troqué sa chemise de flanelle et son jean contre un costume bien coupé.

— Nathan, quelle surprise !

Elle offrit à son cousin un sourire amical.

— Je ne m'attendais pas à vous voir ici, ajouta-t-elle.

— Il m'arrive de venir en ville, de temps en temps. Et puis, je me suis dit que Bianca aimerait assister à une soirée spéciale. C'est notre première Saint-Valentin depuis notre mariage.

— Je suis contente que vous soyez là. C'est agréable de voir un visage connu.

Nathan observa la salle, s'attardant sur le parquet, les baies vitrées, le plafond circulaire bardé de panneaux de chêne.

— On m'a dit que le restaurant avait été rénové récemment. Les Mendoza ont fait du beau travail.

— En effet.

Skylar trouvait un peu étrange que Nathan semble plus intéressé par le décor que par les convives, dont la plupart étaient des parents. Elle avait le sentiment qu'il gardait ses distances. Elle espérait qu'il n'allait pas dévoiler son secret.

— Je n'ai… hum… rien dit à propos de mon… grand-père, bredouilla-t-elle.

— Rassurez-vous, je ne révélerai rien à personne. Mais je suis curieux. Racontez-moi, qu'avez-vous découvert ?

— Pas grand-chose. Juste que j'apprécie beaucoup Olivia, Zoe et Rachel, les trois cousines que j'ai rencontrées tout à l'heure. Mais je suis encore en phase d'observation, et la soirée n'est pas finie.

— Et comment les Mendoza vous traitent-ils ? Vous avez dû entrer dans leurs bonnes grâces si vous avez réussi à obtenir une invitation à leur fête.

— Ils sont formidables.

Carlo, en particulier.

Elle promena son regard dans la salle, jusqu'à ce qu'elle repère Carlo. Son attirance pour son patron au charme latin ne cessait de grandir, et c'est pourquoi elle avait décidé de rester à Austin plus longtemps que prévu. Peut-être allait-il la courtiser ce soir ?

Devrait-elle l'inviter à prendre un dernier verre chez elle tout à l'heure ? Ou était-ce trop tôt ? Elle ne voulait surtout pas effrayer Carlo. Pour une fois, elle aimerait vivre une relation sentimentale qui dure plus de quelques semaines. À dire vrai, le mot *indéfiniment* lui vint à l'esprit.

C'était une première pour elle, puisqu'elle n'avait jamais songé à avoir une histoire durable. Non pas que Carlo veuille se marier un jour ni quoi que ce soit de ce genre. Il avait été clair, il tenait à son célibat. Mais pour une raison insensée, chaque fois qu'ils étaient ensemble, l'imagination de Skylar s'emballait. Peut-être était-ce parce que Carlo se montrait si gentil, si respectueux de sa personnalité.

— Combien de temps comptez-vous rester à Austin ? demanda Nathan, comme s'il avait lu dans ses pensées.

— Je ne sais pas encore. Je travaille pour le domaine, pour l'instant.

— Vraiment ? En quoi consiste votre travail ?

— Je suis animatrice commerciale lors des dégustations spéciales. C'est un emploi à temps partiel, ce qui me convient. Et, bien sûr, c'est temporaire.

— Combien de temps durera le temporaire ?

— Qui sait ? J'ai tendance à me laisser porter au gré du vent, mais je me plais vraiment ici. Les Mendoza sont des employeurs sympathiques.

En vérité, il y avait un seul Mendoza à qui elle rendait des comptes : Carlo. Elle appréciait tous les membres de la famille, y compris Esteban. Mais c'était Carlo qui avait attiré son regard, qui avait charmé son cœur et qui occupait toutes ses pensées.

C'était compréhensible, puisqu'il était beau à se damner. Mais il ne s'agissait pas seulement d'attirance physique. Carlo semblait l'accepter telle qu'elle était. Et apprécier sa nature excentrique.

Sur le plan professionnel, elle avait l'impression de former une bonne équipe avec lui. Et sa fierté, parfois blessée par les critiques, s'était incroyablement renforcée depuis qu'elle travaillait pour les Mendoza. Toute la famille louait son travail, et cela la comblait de joie. Elle aurait aimé éprouver les mêmes sentiments au sein de sa propre famille.

Elle se demandait même si elle ne devrait pas envisager de s'ancrer pour de bon à Austin. Pas seulement pour des raisons professionnelles, mais aussi sentimentales…

Mais voulait-elle vraiment prendre le risque de gâcher l'admiration qu'elle avait réussi à susciter, et son estime d'elle-même, en cédant à son désir pour Carlo ?

Elle parcourut la salle du regard, et se renfrogna quand elle vit Carlo parler à une belle brune habillée d'une robe rouge écarlate et portant des escarpins vertigineux. Carlo souriait jusqu'aux oreilles, appréciant manifestement leur petite discussion. Bon sang !

Quand la jeune femme se mit à rire après quelque chose qu'il lui avait dit, Skylar se raidit. Ce n'était pas bon signe. Vraiment pas bon signe.

Elle n'avait jamais été jalouse. Car elle n'avait jamais eu aucune raison de l'être… Elle n'avait jamais tenu suffisamment à un homme pour craindre qu'il lui échappe.

Certes, elle n'avait pas le moindre droit sur Carlo, mais elle ne voulait pas le perdre avant même de découvrir ce qu'elle éprouvait pour lui.

Oubliés, les Fortune, la raison première de sa présence à cette soirée. Elle ne songeait plus qu'à une chose : interrompre le flirt entre cette femme et Carlo avant que… Eh bien, avant…

— Je suis désolée, Nathan. Ça a été un plaisir de vous revoir, mais je dois vous laisser. J'ai quelque chose à faire.

Quelque chose à empêcher.

Sans même attendre la réponse de Nathan, elle fila rejoindre Carlo pour lui rappeler sa présence — à défaut de faire valoir ses droits sur lui.

- 10 -

Carlo venait de saluer Wendy Fortune Mendoza, venue à la soirée avec son mari Marcos, quand Skylar surgit, l'air affolé comme si elle avait le diable à ses trousses.

Sans lui laisser le temps de faire les présentations, Skylar le prit par la main et déclara :

— Il faut que je vous parle.

Il ignorait pourquoi elle était si tendue, mais c'était sans doute important. Et urgent. Alors il demanda à Wendy de l'excuser et ajouta :

— Je reviens dans un instant.

— Pas de problème, répondit la jeune femme. Je suis sûre que nous aurons l'occasion de nous recroiser ce soir.

Skylar présenta ses excuses à son tour. Puis, serrant la main de Carlo, elle le traîna littéralement jusqu'à la salle du restaurant, et il dut accélérer le pas. Elle avait un problème, à l'évidence. Quelqu'un avait-il découvert son identité et la raison de sa présence ici ? Avait-elle décroché une grosse vente de vin ? Ou en avait-elle perdu une ?

En tout cas, traverser le restaurant au pas de course ne lui apportait aucune réponse. Il aimerait au moins avoir un indice.

— Que se passe-t-il ? questionna-t-il.

Sans ralentir la cadence, elle répondit :

— Je vous le dirai dans une minute.

Puisqu'ils venaient de passer devant une table libre, à

l'abri des oreilles indiscrètes, il tira sur la main de Skylar pour la forcer à s'arrêter. Puis il scruta son expression.

— Tout va bien ?

Elle se mordilla la lèvre, l'air pensive et un peu troublée.

Il était sur le point de suggérer de retourner dans le jardin pour prendre l'air quand la voix du DJ résonna.

— Bonsoir à tous ! Une fête de la Saint-Valentin ne serait pas une fête sans les tubes romantiques d'Elvis Presley, n'est-ce pas ?

Sur quoi, les premières notes de *Can't Help Falling in Love* s'égrenèrent, attirant plusieurs couples sur la piste de danse. L'air familier sembla répandre sa magie sur Skylar aussi, car elle s'exclama, les yeux brillants :

— Oh ! Carlo ! J'adore cette chanson !

Bien que désarçonné par ce changement d'humeur abrupt, il s'efforça de rester concentré et insista :

— Qu'est-ce que vous vouliez me dire ?

— Ça peut attendre. Dansez avec moi, Carlo.

Il aurait dû refuser, exiger une explication. Mais il la laissa le conduire sur la piste. Pour être franc, il avait eu envie toute la soirée de la serrer contre lui.

Il l'accueillit entre ses bras. Tandis qu'ils dansaient au rythme de la douce mélodie, il savoura la sensation de son corps contre le sien, de ses courbes féminines, qu'il caresserait s'ils n'étaient pas en public.

Néanmoins, après quelques secondes, sa curiosité l'emporta, et il revint à la charge.

— Qu'est-ce qui était si important pour que vous m'arrachiez à la femme de mon cousin ?

Skylar se raidit, recula d'un pas et plongea son regard dans le sien. Une ride s'était creusée sur son joli front.

— La femme de votre cousin ? Une femme mariée ? J'ai cru que…

Elle secoua la tête.

— Elle doit me prendre pour une idiote. Une idiote impolie, qui plus est. Je ferais mieux d'aller présenter mes excuses dès la fin de ce morceau.

Tout était clair à présent. Skylar avait eu un accès de jalousie. Carlo ignorait s'il devait se sentir flatté, amusé ou vexé.

— Vous avez cru que j'essayais de charmer une autre femme alors que je suis venu à cette soirée avec vous ?

— Eh bien… Vous n'avez jamais caché que vous tenez à votre vie de célibataire.

— Peut-être, mais jamais je ne serais irrespectueux envers la femme que je fréquente. Ce n'est pas mon style.

— Je suis navrée, Carlo. Je ne sais pas pourquoi j'ai réagi ainsi. Ce n'est pas mon style non plus.

Donc, il avait vu juste. C'était la jalousie qui avait provoqué cette réaction impulsive chez elle. Envahi par une bouffée de fierté, il l'attira contre lui. Elle appuya la tête contre son épaule, et son parfum sensuel affola son cœur, sans parler de son esprit. Était-ce bien raisonnable de se laisser charmer par Skylar ? Peut-être pas. Mais ce soir, il n'avait pas envie d'être sage.

Tandis qu'ils continuaient à danser, il oublia les affaires, sa famille, les autres convives. C'était comme si Skylar et lui étaient seuls au monde.

Excepté qu'ils n'étaient pas seuls. À côté d'eux, Alejandro et Olivia dansaient joue contre joue, l'air très amoureux.

Quand Alejandro croisa le regard de Carlo, son cousin afficha un sourire en coin. « Laisse une chance à l'amour », lui avait-il recommandé. Et apparemment, Alejandro lui répétait ce conseil ce soir, de manière silencieuse.

Plus loin, son père dansait avec l'une de leurs commerciales, une jolie quadragénaire récemment divorcée aux cheveux châtains. Par un jeu de jambes astucieux, Esteban se décala de sa séduisante partenaire pour lever le pouce et offrir un sourire de fierté paternelle à son fils.

En guise de réaction, Carlo leva les yeux au ciel. À cet instant, son frère Chaz et sa partenaire blonde les rejoignirent sur la piste. Son frère émit un petit sifflement et hocha la tête d'un air approbateur. Manifestement, sa famille appréciait Skylar, et prenait un malin plaisir à le taquiner, lui qui avait juré de rester célibataire.

En temps normal, il aurait été agacé, mais il était trop captivé par Skylar pour cela.

Ils dansaient comme s'ils se connaissaient depuis toujours — ou comme s'ils comptaient se connaître bibliquement ce soir.

À quoi bon nier plus longtemps ? À l'évidence, chacun d'eux savait très bien ce qui était en train de se passer.

— J'ai réfléchi, lui murmura-t-il à l'oreille. Si nous nous lancions dans une relation temporaire ?

Elle tourna légèrement la tête vers lui et sourit.

— Je suis partante.

Sa réponse provoqua un frisson électrisant en lui, qui attisa son désir.

— C'est la réponse que j'espérais.

Il se pencha de nouveau vers elle et ajouta :

— Je dois être présent jusqu'à la fermeture du restaurant. Mais si vous restez avec moi, je vous raccompagnerai.

Elle afficha un sourire à la fois tendre et sexy.

— Chez vous ou chez moi ? demanda-t-elle.

— Est-ce important ?

— Pas pour moi.

Elle se mit sur la pointe des pieds et déposa un petit baiser sur ses lèvres, comme pour lui faire savoir qu'ils étaient sur la même longueur d'onde.

— Tout ce que je veux, c'est passer la nuit avec vous, murmura-t-elle.

— Moi aussi. Dommage que nous devions attendre si longtemps.

— Je sais, mais l'attente ne rendra la nuit que plus intense.

— Et plus amusante.

— Hé, c'est supposé être ma réplique, non ?

— Ce sera ma devise. Du moins pour ce soir.

— J'en ai une autre : la vie n'est pas faite pour être ennuyeuse.

Elle avait peut-être raison. Pour sa part, il avait une certitude : quand il était avec Skylar, la vie n'était jamais monotone ou routinière. Tout ce qu'ils avaient à faire, c'était décider de l'endroit où ils passeraient la nuit. Et il prit la décision pour eux deux.

— Nous irons chez moi, conclut-il.

Skylar avait cru qu'il serait bien plus de minuit quand elle pourrait enfin s'en aller avec Carlo. Mais juste avant que le DJ annonce la dernière danse, Alejandro avait pris Carlo à part pour le prévenir qu'il pouvait partir plus tôt.

Elle avait laissé son véhicule sur le parking du domaine. Carlo l'avait emmenée dans sa propre voiture jusqu'à un gratte-ciel chic du centre-ville.

Une fois la voiture garée dans le parking souterrain, ils s'étaient dirigés vers l'ascenseur. L'appartement était situé au cinquième étage. D'habitude, quand elle était avec un homme, elle commençait à avoir des doutes bien avant cette étape. Souvent, elle décelait des signes de possessivité chez son partenaire, devinait des attentes irréalistes concernant leur relation. Alors elle trouvait un prétexte pour s'éclipser. Elle avait appris qu'il était plus facile d'écourter une relation plutôt que de risquer de se perdre, ou de perdre son indépendance.

Ce soir en revanche, elle n'avait pas de doutes ni

d'inquiétudes. Carlo semblait réellement l'apprécier telle qu'elle était, sans condition. Il ne la critiquait pas, et jusqu'ici, il n'avait aucunement essayé de la changer. De plus, il n'allait certainement pas tenter de la retenir ou de revendiquer des droits sur elle. Il avait été très clair là-dessus.

Elle devait l'admettre, elle était un peu nerveuse. Mais l'idée de passer la nuit dans ses bras, et dans son lit, lui faisait oublier toutes ses appréhensions.

Une fois qu'il eut ouvert la porte de son appartement, il s'effaça pour la laisser entrer. Le salon était joliment décoré, dans un mélange de cuir, de bois sombre et de verre. Des marines ornaient les murs. Mais c'était la grande baie vitrée qui attira Skylar en premier.

Elle se dirigea droit vers les vastes fenêtres et observa les lumières de la ville.

— Quel panorama fantastique ! s'extasia-t-elle.

Elle aurait pu rester ici des heures, à admirer la vue. Mais après avoir dansé toute la soirée, elle avait mal aux pieds, aussi retira-t-elle ses escarpins.

Elle se retourna vers Carlo.

— J'espère que ça ne vous ennuie pas que je me mette à l'aise ?

— Pas du tout.

Il enleva sa veste et la posa sur le dossier d'une chaise.

— Je vous en prie, faites comme chez vous. *Mi casa es su casa*.

Elle sourit.

— Si j'étais chez moi, j'enfilerais mes chaussons lapins.

Il lui rendit son sourire.

— J'aurais dû en acheter deux paires. Une pour votre studio, et une autre pour ici.

Ces paroles la flattaient. Apparemment, Carlo pensait qu'une nuit ne suffirait pas, et elle était bien de son avis.

— Au fait, vous ne m'avez toujours pas dit. Comment avez-vous fait pour dénicher ces chaussons ?

— J'ai recherché sur Internet quels magasins d'Austin vendaient des vêtements de nuit originaux. Puis j'ai téléphoné dans les boutiques indiquées, jusqu'à ce que je trouve mon bonheur.

Il retira sa cravate et la posa sur sa veste.

— Je vous l'ai dit, ce n'était pas grand-chose. Si j'avais fait chou blanc, je n'aurais jamais évoqué ma recherche, et vous n'en auriez rien su.

Le fait qu'il ait consacré tant d'efforts pour trouver ces chaussons la touchait. Carlo était vraiment un homme à part. Une perle rare. Et si jamais il souhaitait se remarier un jour, il n'aurait aucun mal à trouver des candidates.

— Merci encore, Carlo. Ce cadeau vous a fait marquer beaucoup de points.

— Ah, oui ? rétorqua-t-il, une lueur pétillante dans le regard.

— Oui.

À dire vrai, il marquait des points chaque fois qu'ils se voyaient, dans le cadre professionnel comme dans le cadre privé.

Il traversa la pièce pour la rejoindre.

— Puis-je vous servir quelque chose à boire ? Un café ? Un verre d'eau ? Ou un alcool ?

— Non, merci. Je n'ai pas soif.

Elle savait très bien pourquoi elle était ici ce soir. Et ce qu'elle voulait. Tout comme Carlo.

Seul problème : même si Carlo pensait peut-être le contraire, elle n'avait pas beaucoup d'expérience en matière de sexe. Alors, plutôt que de faire le premier pas, elle préférait laisser les choses se faire naturellement. Après tout, Carlo était un amant doué. Il saurait comment procéder. Avec lui, elle était entre de bonnes mains, elle en était sûre.

Mais Carlo ne tentait aucune approche… Et elle se sentait de plus en plus nerveuse. Elle n'avait jamais été patiente quand son cœur et son esprit voulaient quelque chose. Et ce soir, ce quelque chose, c'était Carlo.

Alors elle effaça la distance qui les séparait, et noua les bras autour de son cou.

— Je n'ai peut-être pas envie d'un verre, mais il y a autre chose dont j'ai envie.

Apparemment, c'était le signal qu'il avait attendu, car il la prit par la taille, la plaqua contre lui et l'embrassa à perdre haleine. En une seconde, elle fut emportée dans un tourbillon de chaleur, de passion et de désir. Une douleur sourde pulsa au creux de son intimité, que seul Carlo pourrait apaiser.

Elle semblait provoquer en lui le même tourbillon de sensations. Elle sentait ses veines pulser sous ses doigts, son cœur battre à se rompre. À moins que ce ne soit son propre cœur ?

Tandis que leurs langues se mêlaient, elle sentit la tête lui tourner, et ses jambes chanceler. Elle s'accrocha à lui et lui rendit son baiser avec autant d'ardeur.

Ils se caressèrent, s'explorèrent. Quand il atteignit sa poitrine, elle sentit le tissu de sa robe se froisser. Elle eut vaguement conscience d'interrompre le baiser le temps de baisser son décolleté. Et sans qu'elle ait à le lui demander, il se pencha et passa la langue sur son téton, exacerbant ses sens.

Au moment où elle crut s'évanouir de plaisir, il s'interrompit.

— Allons dans la chambre, déclara-t-il. Je ne sais pas combien de gens sont encore réveillés à cette heure-ci, mais avec les stores relevés et les lumières allumées, nous leur offrons sans doute un sacré spectacle.

Elle n'avait pas songé à cela. Elle aurait dû. Toutefois, elle n'était pas embarrassée. Ce n'était pas comme s'ils étaient nus. Pas encore, du moins.

Carlo la prit par la main et la conduisit jusqu'à son grand lit. Si elle se fiait à leurs baisers, leurs ébats allaient être époustouflants. Ahurissants. Magiques.

Tout semblait si parfait. Si naturel. Elle s'apprêtait à exprimer cette pensée quand il lui offrit un autre baiser bouleversant qui lui vola ses pensées, ses mots et, sans doute, son cœur.

Carlo avait l'impression qu'il n'en aurait jamais assez de Skylar. Tandis que ses mains glissaient au bas de son dos et sur la courbe de ses hanches, un afflux de désir monta en lui. Il la plaqua contre la proéminence de son entrejambe. Elle avait dû sentir à quel point il avait envie d'elle, car elle gémit contre sa bouche et se frotta contre lui, faisant monter son excitation d'un cran.

Quand il crut qu'il allait perdre le contrôle, elle détacha ses lèvres des siennes.

Son regard brillant se riva au sien, le capturant, le prenant en otage. Il devrait fuir, s'avisa-t-il. Mais il n'osait pas bouger. En fait, si Skylar avait la moindre demande à cet instant, il pourrait lui promettre la lune.

Elle se retourna lentement, révélant le dos nu de sa robe affriolante.

— Tu peux descendre la fermeture ? S'il te plaît ?

— Avec plaisir.

Il s'exécuta, puis la regarda faire glisser le vêtement sur ses épaules et le laisser tomber au sol.

Elle ne portait plus qu'un soutien-gorge noir qui ne laissait guère de place à l'imagination, et un string assorti.

Elle se retourna vers lui, sa peau rougie trahissant son excitation.

Son corps fin et souple était encore plus splendide que dans son imagination. Il ne put s'empêcher de s'émerveiller devant ses courbes parfaites.

Elle retira la pince qui maintenait sa coiffure en place, puis secoua sa chevelure épaisse et brillante, un geste qui le mit presque à genoux.

Pendant qu'elle dégrafait son soutien-gorge et retirait son string, il en profita pour se déshabiller. Lorsqu'il fut nu à son tour, il avança vers elle, le cœur battant.

Elle érafla son torse, une caresse qui provoqua un frisson le long de son dos. Incapable de résister plus longtemps, il emplit ses mains de ses seins fermes et ronds, leurs pointes rose foncé suppliant d'être touchées, embrassées.

Quand il prit un mamelon dans sa bouche, elle haleta de plaisir. Tandis qu'il passait la langue sur un sein engorgé, puis sur l'autre, elle serra son épaule, enfonçant les ongles dans sa chair.

— Je ne sais pas combien de temps encore je vais pouvoir tenir, dit-elle entre deux respirations saccadées. J'ai besoin de te sentir en moi.

Ravi d'accéder à sa requête, il la porta dans ses bras et la posa sur le lit. Ses magnifiques cheveux blonds s'étalèrent sur la taie d'oreiller bleu turquoise, et son corps parfait se détacha contre le couvre-lit. Elle leva les bras vers lui, lui intimant en silence de s'étendre à côté d'elle.

Il s'arrêta un instant, admirant ce tableau magnifique, puis sortit du tiroir de son chevet plusieurs préservatifs. Quelque chose lui disait qu'il leur en faudrait beaucoup cette nuit.

Une fois cette précaution prise, il la rejoignit sur le lit, où ils continuèrent à s'embrasser, à s'explorer, jusqu'à ce qu'ils ne puissent plus attendre pour unir leurs deux corps.

Il déchira l'un des emballages et déroula le préservatif sur lui. Lorsqu'il se plaça au-dessus d'elle, elle tendit la main vers son sexe dressé, s'ouvrit à lui et le guida jusqu'à ses replis secrets. Dès qu'il entra en elle, une déferlante de plaisir s'abattit sur lui. Skylar se cambra, allant à la rencontre de chacun de ses coups de reins.

Les sensations qu'elle faisait naître en lui étaient incroyables. Ahurissantes. Il tenta de se persuader que ce n'était que du sexe. Que c'était la même passion charnelle qui l'avait conduit à demander Cecily en mariage. Mais rien de ce qu'il avait jamais connu ou ressenti n'était comparable à ce qu'il vivait en cet instant. Et après cette nuit, il ne voulait connaître cela avec personne d'autre.

Tandis que Skylar atteignait les cimes du plaisir, elle poussa un cri et lâcha prise. Il frissonna, secoué en même temps qu'elle par une explosion sensuelle qui mit son cœur et son esprit sens dessus dessous.

Puis, tandis que les spasmes du plaisir se dissipaient, la réalité le rattrapa, et il dut faire face à une vérité sidérante, qui l'ébranla au plus profond de lui.

Il était tombé amoureux de Skylar. Il aimait une femme qui ne recherchait que des histoires éphémères, tout comme lui. Et ce qu'il éprouvait pour elle lui faisait terriblement peur. Car Skylar Fortunado avait le pouvoir de lui briser le cœur.

Tous deux s'étaient lancés dans cette aventure parce qu'ils avaient cru que ce pourrait être « amusant ». Mais les sentiments qu'il éprouvait ne lui donnaient pas du tout envie de rire. L'amour, ce n'était pas un jeu.

Ils étaient là, allongés et languides. Lorsqu'il l'attira contre lui, elle se laissa volontiers faire. N'était-elle pas un tant soit peu inquiète de ce qui était en train de se produire ? Ou considérait-elle tout cela comme un divertissement ?

Il ne risquait pas de lui poser la question. Car il n'avait aucune envie d'affronter la triste réalité : il était tombé amoureux d'une femme qui ne l'aimait pas.

Il la tiendrait dans ses bras jusqu'à ce que la dernière vague de plaisir se dissipe, en espérant que cette parenthèse ne s'achève jamais mais en sachant qu'elle s'achèverait. Qu'il le veuille ou non, ce n'était qu'une question de temps avant que Skylar ne passe à quelque chose d'autre, ou à quelqu'un d'autre.

Il faisait presque jour. Skylar était allongée dans le lit de Carlo, bien au chaud entre ses bras. Pourtant, elle était angoissée, et impatiente de s'en aller. Elle n'avait pas fermé l'œil de la nuit.

Elle avait passé la dernière heure à revivre chaque caresse enfiévrée, chaque baiser tentateur. Jamais, dans ses rêves les plus fous, elle n'avait imaginé que leur nuit de passion puisse être aussi fantastique. Pas plus qu'elle n'avait imaginé qu'elle finirait par vouloir passer chaque nuit avec lui. Pas seulement pendant qu'elle était à Austin, mais pour le restant de ses jours.

Hélas, l'homme de ses rêves ne voulait pas s'engager.

Dès qu'elle avait été en âge d'avoir une vie sentimentale, elle s'était promis d'éviter les relations sérieuses. Puis elle avait rencontré Carlo, et elle avait commencé à revoir sa position.

Elle avait cru s'être attachée à lui parce qu'elle le trouvait drôle. Et parce que, en tant que célibataire convaincu, il ne menaçait pas son indépendance. Mais à présent, elle se rendait compte qu'il y avait bien plus que cela. Ce n'était pas de lui que venait la menace. Mais d'elle.

Elle était tombée amoureuse de lui, follement, éperdument. Et maintenant, elle ignorait ce que l'avenir leur réserverait.

Il gardait une boîte de préservatifs dans sa table de chevet. Sans doute parce qu'il en avait souvent besoin. Dans ces conditions, que se passerait-il si elle tentait d'avoir une relation plus sérieuse avec lui ? Une relation qui pourrait requérir de lui un engagement, voire une bague de fiançailles ?

Il prendrait ses jambes à son cou. De cela, elle ne doutait pas. Et ensuite, que deviendrait-elle ?

Elle perdrait son emploi, un travail qu'elle aimait réellement, et le premier qui lui permettait de briller par ses propres mérites. Et, pire, le fait d'être rejetée par Carlo lui briserait le cœur.

Carlo dormait à côté d'elle. Sa respiration était régulière. À l'évidence, il était en paix, et n'avait aucune idée des inquiétudes qui la tourmentaient. Elle regarda l'horloge posée sur le bureau. Il était presque 5 heures du matin. Si elle n'avait pas laissé sa voiture au domaine, elle serait sortie sans bruit du lit et serait rentrée chez elle. Mais elle était coincée ici.

Bon sang. Dans quel guêpier s'était-elle mise ! Elle ne pouvait s'en prendre qu'à elle-même. Elle aurait dû être plus prudente.

Elle roula sur le côté. Carlo ne lui avait pas encore signifié la fin de leur aventure, pourtant son cœur était déjà meurtri. Il fallait qu'elle se confie à quelqu'un. La seule personne qui l'ait jamais vraiment comprise était sa grand-mère, mais elle n'était plus de ce monde. Il lui fallait quelqu'un de sage et de gentil. Quelqu'un qui lui offrirait sa compassion et ses conseils, sans la juger.

De tous ses frères et sœurs, Everett était celui qu'elle admirait le plus, celui dont les avis étaient toujours sensés. C'était toujours vers lui qu'elle se tournait quand elle était perdue, ou blessée.

Everett avait fait un choix de carrière parfait lorsqu'il

avait décidé d'étudier la médecine. C'était un sauveur, dans tous les sens du terme. Et il avait toujours su remettre les choses d'aplomb.

Mais pas cette fois. Même lui ne pourrait pas l'aider à remettre de l'ordre dans la pagaille qu'elle avait créée. Et personne ne pourrait guérir son cœur blessé.

Malgré tout, elle lui téléphonerait dès qu'elle le pourrait. En attendant, elle s'extirpa doucement des bras des Carlo, en s'efforçant de ne pas le réveiller. Puis elle ramassa ses vêtements éparpillés sur le sol et gagna la salle de bains sur la pointe des pieds.

Lorsqu'elle fut douchée et rhabillée, le soleil s'était levé, et Carlo s'était réveillé.

— Bonjour, dit-il. Tu es bien matinale.

— Je… Hum… Je dois aller voir les chiots. J'ai appelé Dottie hier soir, pour la prévenir que je rentrerais tard et que je passerais les chercher ce matin. Mais je ne veux pas profiter de sa gentillesse, d'autant que je devrai peut-être lui confier de nouveau les chiens bientôt.

Carlo écarta les draps, révélant toute la beauté masculine de son long corps musclé.

— Dès que j'aurai pris ma douche, je nous préparerai un petit déjeuner rapide, dit-il.

Elle eut un pincement au cœur lorsqu'elle s'imagina partager un petit déjeuner et échanger des banalités avec lui, dans sa cuisine. Mais elle ne pouvait céder à l'envie d'accepter.

— Ce n'est pas la peine. Je n'ai pas faim, et je mange rarement avant 9 heures.

— Tu ne veux pas emporter une tasse de café, au moins ? Ou un jus d'orange ?

Elle se força à sourire, en espérant que ses émotions ne se liraient pas sur son visage.

— Il vaudrait mieux reporter ça à une autre fois.

Il hocha la tête.

— D'accord, pas de problème. Une prochaine fois.

Mais il n'y aurait pas de prochaine fois. Elle ne pouvait s'accorder un luxe de ce genre. Car ses émotions étaient trop incontrôlables.

De nouveau, elle feignit un sourire.

— Merci pour cette superbe soirée.

— Ne me remercie pas, tout le plaisir était pour moi. Accorde-moi cinq minutes pour me doucher, et je t'emmènerai récupérer ta voiture.

Comme promis, il fut habillé et prêt à partir en quelques minutes. Il n'avait pas pris le temps de se raser, ce qui lui donnait un air de mauvais garçon qu'elle trouvait très attirant.

Durant le trajet, elle garda le silence. Les sourires factices lui avaient déjà demandé beaucoup d'efforts. Elle était incapable d'entretenir une conversation faussement insouciante.

Pire, elle n'était même pas capable de lancer des regards furtifs vers Carlo pour voir son expression. Elle avait trop peur de ce qu'elle découvrirait. Et de la souffrance qu'elle éprouverait.

Il se gara sur le parking et s'arrêta près de sa voiture, mais il ne coupa pas le moteur. Sans nul doute, il était impatient de retourner chez lui…

— Merci encore, dit-elle avec une joie forcée. C'était une soirée géniale. Et cette nuit avec toi était… magique. Il faudra que nous remettions ça un jour.

Était-ce une déclaration suffisamment légère et insouciante ?

— Avec plaisir.

Puis il l'observa, l'air soucieux.

— Est-ce que tu as des regrets ? demanda-t-il.

— À propos de quoi ? De cette nuit ?

Elle chassa son inquiétude du revers de la main.

— Non, pas du tout. C'est ce que nous voulions tous les deux, n'est-ce pas ?

— Oui.

Elle lui lança un baiser.

— Je te verrai plus tard.

— D'accord.

Elle empoigna son sac à main et se dirigea vers sa voiture.

L'amour ! Quelle blague ! Pas étonnant qu'elle ait voulu rester célibataire si longtemps.

Carlo était toujours là. Il attendit qu'elle monte dans sa voiture et sorte du parking pour repartir à son tour.

Dès qu'elle fut sur l'autoroute, elle composa le numéro de son frère par commande vocale. D'habitude, elle appelait Everett à son cabinet. Mais à cette heure si matinale, elle le trouverait chez lui.

Lorsqu'il décrocha, elle dut prendre quelques secondes pour rassembler ses pensées et ravaler ses larmes.

— Bonjour, dit-elle enfin. J'imagine que tu prends ton petit déjeuner, Doc ?

Elle qui avait voulu masquer son émotion, elle ne put retenir un sanglot.

— Qu'est-ce qui ne va pas, Skylar ? s'enquit son frère.

— Je… Eh bien, je crois que j'ai fait une grosse bêtise.

— Je t'avais bien dit de ne pas courir après les Fortune, non ?

— Il ne s'agit pas d'eux. J'en ai rencontré quelques-uns, et ils sont tous très gentils. C'est juste que…

Son regard s'emplit de larmes, qu'elle tenta de refouler.

— Est-ce que tu pleures ?

Elle renifla de nouveau.

— Ce sont mes allergies, c'est tout.

— Tu n'as pas d'allergies.

— J'en ai maintenant. Je suis allergique aux beaux bruns ténébreux.

— Où es-tu ?

— À Austin.

— Encore ? Quand rentres-tu à la maison ?

— Je ne sais pas, je…

Sa voix s'évanouit, et ses yeux s'embuèrent de nouveau. Elle ne pleurait pourtant jamais ! Du moins, elle pleurait rarement.

Elle soupira.

— Bon, je t'explique mon problème. Je suis tombée amoureuse d'un homme qui compte rester célibataire toute sa vie.

— Tu veux dire que tu as rencontré quelqu'un qui a la même philosophie de vie que toi ?

— Oui, c'est à peu près ça. Seulement, il semble que j'aie changé d'avis à propos du mariage. Maintenant, je rêve d'avoir un pavillon de banlieue avec une balançoire dans le jardin. Et cela me rend malade d'être comme ça.

— Et tu n'es à Austin que depuis deux semaines ? Je savais bien que ton impulsivité finirait par t'attirer des ennuis !

— C'est très soudain, c'est vrai. Mais c'est bien réel. Et je souffre. Qu'est-ce que je dois faire, Doc ?

— Fais tes bagages et rentre à la maison.

— Quoi, comme ça ? Je ne peux pas. J'ai… des responsabilités.

— C'est-à-dire ?

— J'ai un travail, pour commencer, bien que je doive sans doute démissionner. C'est un poste au domaine viticole Mendoza, et Carlo — c'est l'homme que je vois… Enfin, que je voyais. Bref, c'est le vice-directeur.

— Si tu n'es pas à l'aise avec lui, tu devrais partir.

— C'est bien là le problème. Je ne me suis jamais

sentie aussi à l'aise avec un homme. Mais si je reste, j'aurai le cœur brisé à coup sûr. Et ça me ronge rien que d'y penser. Je ne veux pas rester, mais je ne peux pas partir… Je suis en pleine confusion.

— Tu lui as parlé de ton dilemme ?

— Bien sûr que non ! Je ne veux pas lui faire peur. Ça gâcherait notre relation de travail. Quoique, elle est déjà détériorée.

— Écoute, Skylar, je vais venir te voir. Il faudra que je déplace des rendez-vous et une réunion, mais je serai à Austin dans un jour ou deux. Nous trouverons une solution. Et, avec un peu de chance, d'ici là, tu seras prête à rentrer chez nous.

C'était bon de savoir qu'Everett la soutenait.

— Merci, Doc.

— Où est-ce que tu habites ?

Elle lui communiqua son adresse.

— Mais téléphone avant de venir, avertit-elle. À l'heure où tu arriveras, je serai peut-être au vignoble. Ou au parc canin.

— Pourquoi est-ce que tu serais au…

Il s'interrompit.

— Ne me dis pas que tu as adopté un chien !

— Deux, en fait. Des chiots.

— Tu crois vraiment que c'est une bonne idée ?

— Non, sans doute, mais ma propriétaire, qui est aussi ma voisine, s'est prise d'affection pour eux. Elle s'en occupe de temps en temps. On peut dire que nous nous partageons leur garde.

Comme il ne répondit rien, elle ajouta :

— Oh ! Everett ! S'il te plaît, ne me dis pas que je suis trop irresponsable pour avoir des animaux de compagnie, encore moins…

Elle n'alla pas au bout de sa pensée.

— Je ne dirais jamais cela, Skylar. Un de ces jours, quand l'homme qu'il te faut entrera dans ta vie, tu feras une excellente épouse et une excellente mère. Et tu l'auras, ton pavillon de banlieue.

— Tu n'as pas idée à quel point ces paroles me touchent.

— Je suis sincère.

Elle n'en doutait pas un seul instant. Everett était toujours honnête.

— Je t'adore, Doc.

— Courage, Skylar. Tout finira par s'arranger. D'une manière ou d'une autre.

Elle aurait aimé le croire. Mais elle avait le sentiment que même Everett ne pourrait pas résoudre son problème.

- 11 -

Vingt minutes après sa conversation avec Everett, Skylar se gara devant son logement temporaire. Elle avait dit à Carlo qu'elle passerait voir Fluff et Stuff, et cela figurait en effet sur sa liste de choses à faire. Mais d'abord, elle devait rentrer chez elle pour se changer, afin que Dottie ne remarque pas qu'elle portait la même tenue qu'hier.

Non pas que cela compte. Ce qu'elle faisait de sa vie ne regardait personne. Du moins, c'était ce qu'elle s'était toujours dit jusqu'à maintenant.

Elle venait de rentrer dans son petit studio et de retirer ses escarpins quand son téléphone se mit à sonner. C'était sans doute Everett qui avait oublié de lui dire quelque chose. Mais quand elle saisit son téléphone et lut le nom de Carlo sur l'écran lumineux, elle eut un pincement au cœur.

Ses yeux s'embuèrent, et elle envisagea de rejeter l'appel. Si le simple fait de voir le nom de Carlo pouvait susciter une réaction aussi forte, comment allait-elle réagir quand elle entendrait le son de sa voix, et les mots qu'il prononcerait ?

Ses doigts se figèrent sur l'appareil, qui continuait de sonner. Si elle ne répondait pas rapidement, l'appel serait renvoyé sur sa boîte vocale avant qu'elle ait décidé si elle allait décrocher ou non.

Mais quel était le problème chez elle ? Certes, elle

n'avait pas toujours fait les meilleurs choix par le passé, mais elle n'avait jamais été indécise.

Reprends-toi, Skylar. Que ferait grand-mère dans la même situation ?

Son aïeule ne se comporterait certainement pas en froussarde. Elle décrocherait son téléphone.

Skylar fit glisser son doigt sur l'écran juste au moment où la sonnerie cessa. Génial. Et maintenant, que faire ?

Ignorant son appréhension, elle s'éclaircit la voix et rappela Carlo.

Lorsqu'il décrocha, elle laissa échapper un petit rire nerveux.

— Désolée, Carlo. Je n'ai pas réussi à trouver mon téléphone à temps.

D'accord, c'était un mensonge. Un tout petit mensonge, qui la fit pourtant rougir de honte.

— Je t'ai appelée pour savoir si tu étais bien rentrée. Tu avais l'air un peu… bizarre quand je t'ai déposée à ta voiture. Est-ce que tout va bien ?

Fichtre, non ! Elle ne savait plus du tout où elle en était. Et son cœur était en morceaux. Mais en aucun cas, elle ne pouvait révéler cela à Carlo. Sinon, il en conclurait qu'elle était instable ou faible. Qu'elle était une de ces femmes qui ont peur de ne pas pouvoir s'en sortir sans un homme à leurs côtés.

— Je vais bien, affirma-t-elle.

Un silence s'ensuivit, pendant lequel elle tenta de rassembler ses pensées et de trouver un scénario plausible. Sans y parvenir.

— Si tu le dis, finit-il par répondre. Mais je ne sais pas pourquoi, je ne te crois pas.

Sans doute parce qu'elle n'avait pas dit la vérité. Loin de là.

— Je voulais que tu saches, ajouta-t-il. La nuit dernière

était incroyable, et j'ai trois emballages de préservatifs ouverts pour le prouver.

Il avait raison sur ce point. Leurs ébats avaient été aussi exceptionnels qu'il le disait.

— Je suis tout à fait de ton avis, approuva-t-elle.

— D'habitude, je ne téléphone pas après une nuit d'amour. Je n'en éprouve jamais le besoin. Mais cette fois, c'est différent. Je ne suis pas très heureux de la façon dont les choses se sont passées ce matin.

C'était elle, la responsable. Toutefois, si elle n'était pas partie comme elle l'avait fait, cela aurait pu finir bien plus mal. Elle ne pouvait pas le lui dire, mais il fallait bien qu'elle trouve une réponse à lui donner.

— Je me suis beaucoup amusée à cette soirée. Et cette nuit avec toi était…

Un souvenir merveilleux, qu'elle n'oublierait jamais.

— Eh bien, c'était fantastique, reprit-elle. Et je pourrais vite m'y habituer.

— Et c'est une habitude que tu préférerais ne pas prendre.

Attendait-il qu'elle apporte une confirmation ? Elle pourrait le faire, mais ce serait un autre mensonge. Oui, elle pourrait très facilement s'habituer à se réveiller dans ses bras chaque matin. Mais ils étaient convenus de s'en tenir à une histoire éphémère.

Carlo avait affirmé que ses aventures reposaient uniquement sur le désir physique. Elle-même avait assuré qu'elle préférait ne pas avoir d'attaches.

Puis elle avait tout gâché, en tombant amoureuse.

— J'ai toujours été un peu mal à l'aise avec les conversations matinales après une nuit de sexe, avoua-t-elle.

Et cette fois, c'était bien pire.

— Moi aussi. Ces discussions peuvent être assez gênantes parfois.

Surtout quand les deux personnes concernées avaient des attentes et des espoirs si différents pour l'avenir.

— Ne te méprends pas, ajouta-t-elle. Faire l'amour avec toi était génial. Et j'ai vraiment apprécié ces moments.

En fait, elle les avait bien trop appréciés.

— Mais pouvons-nous en rediscuter plus tard ? Je viens de rentrer chez moi pour me changer avant d'aller récupérer les chiots. J'aimerais les emmener faire leur promenade matinale pour éviter à Dottie de le faire.

Une excuse plausible. Et cohérente avec ce qu'elle lui avait dit quand il l'avait déposée au domaine pour qu'elle récupère sa voiture.

— Bien sûr, dit-il, nous pouvons en reparler plus tard. Ou nous pouvons laisser tomber le sujet. Mais garde une chose à l'esprit : je suis la dernière personne au monde qui ferait pression sur toi. Ou qui te demanderait plus que ce que tu es prête à donner.

Oui, il avait été très clair là-dessus, dès le départ. Et elle avait essayé d'agir de la même façon. Hélas, elle avait opéré un virage à cent quatre-vingts degrés. Et maintenant, elle n'était plus opposée à une relation exclusive. Des mots comme *pour toujours* lui venaient même à l'esprit. Or cela ne lui ressemblait pas.

— Je ne suis pas inquiète, mentit-elle.

— Alors, tu n'as aucun regret à propos de cette nuit ?

Elle en avait des tas, mais plutôt que de l'admettre, elle leva les yeux au ciel, en espérant qu'elle ne serait pas frappée par la foudre lorsqu'elle proférerait son prochain mensonge.

— Non, pas du tout.

— Bien. Dans ce cas, le sujet est clos. Prenons les choses comme elles viennent, d'accord ?

— Cela me va.

Elle ferma les yeux pour empêcher les larmes de monter.

— On dirait que nous sommes toujours sur la même longueur d'onde, ajouta-t-elle.

— Au fait, j'ai prévu une dégustation spéciale au vignoble samedi après-midi. Tu seras disponible à 14 heures ?

Apparemment, Carlo pensait que rien n'avait changé. Par conséquent, il ne cherchait pas à s'éloigner d'elle. Certes, il n'avait fait aucune allusion au poste à plein temps dont il lui avait parlé. Mais c'était sans doute parce qu'il devait d'abord en discuter avec Alejandro.

En tout cas, si Carlo finissait par lui proposer cet emploi, elle devrait le refuser. Elle ne pouvait pas prendre le risque de voir Carlo au quotidien. Pas alors qu'elle avait de tels sentiments pour lui.

— Je suis libre samedi, dit-elle. J'arriverai même avec une heure d'avance, pour vérifier que tout est installé de la façon qui me convient le mieux.

— Parfait. Samedi, c'est aussi le jour où je t'emmène voir *Jersey Boys*. Alors je ferai en sorte que tu termines ton travail à l'heure prévue. Par précaution, je demanderai à Ricardo de venir te seconder.

Après toutes ces émotions, elle en avait presque oublié leur rendez-vous. Le vrai rendez-vous galant qu'elle avait tant attendu.

— Je ne suis pas inquiète.

Ce qui l'inquiétait surtout, c'était de savoir comment elle allait prendre ses distances avec Carlo.

Mais n'était-ce pas ce qu'elle était déjà en train de faire ?

Le silence s'instaura à l'autre bout de la ligne.

Enfin, Carlo conclut :

— Je ferais mieux de te libérer.

C'était exactement ce qu'elle avait craint depuis ce matin : que ce soit Carlo qui prenne cette décision. Voilà pourquoi sa fierté l'avait poussée à le libérer la première.

*
* *

Carlo avait senti que Skylar s'éloignait dès qu'il s'était réveillé, et qu'il avait constaté qu'elle était déjà levée et habillée. Par le passé, il s'était parfois senti soulagé quand les choses se passaient aussi aisément, mais ce n'était pas le cas avec Skylar.

Il n'avait aucune envie de voir leur relation se terminer avant même d'avoir pu se développer. À la simple idée qu'elle quitte la ville pour retourner à Houston, il avait du mal à respirer.

Qu'il le veuille ou non, il s'était attaché à Skylar.

Il y avait pourtant eu des signes avant-coureurs, auxquels il aurait dû prêter attention. Depuis leur rencontre, il ne cessait de penser à elle. Au début, il l'avait trouvée originale, divertissante. Elle était sympathique et drôle, et elle avait su insuffler de la joie dans sa vie. Il avait cru que c'était la raison pour laquelle il avait voulu passer de plus en plus de temps avec elle.

En réalité, il y avait une autre raison : il était tombé amoureux d'elle. Fou amoureux. Et maintenant qu'il avait couché avec elle…

Il secoua la tête lorsque la dure réalité le frappa une fois de plus. Il voulait garder auprès de lui une femme qui ne recherchait que des aventures sans lendemain. Il avait donc un sacré problème.

Et il avait l'impression de s'être comporté en idiot énamouré.

Il se mit à faire les cent pas, espérant ainsi chasser l'envie folle de déclarer sa flamme à Skylar. Comment pourrait-il lui avouer son amour alors qu'elle avait déjà deviné ses sentiments, à l'évidence ? Alors qu'elle prenait déjà ses distances ?

D'ailleurs, n'était-il pas logique qu'elle s'éloigne de lui ? Elle possédait un appartement à Houston, où elle avait aussi de la famille, une vie. Elle avait toutes les raisons de repartir. Oui, elle vivait à Austin, mais dans un studio loué au mois. Et si elle s'y était installée, c'était uniquement pour pouvoir accueillir les chiots. Sinon, elle vivrait encore à l'hôtel.

Il passa la main dans ses cheveux, puis continua à arpenter son appartement comme un lion en cage. Il avait besoin de parler à quelqu'un. Cela lui permettrait peut-être de remettre les choses en perspective.

Ce fut Alejandro qui lui vint à l'esprit, mais son cousin était un jeune marié totalement fou de son épouse, qui croyait que tout le monde devait trouver sa moitié pour connaître le même bonheur.

« Laisse une chance à l'amour », lui avait conseillé son cousin.

Mais bien sûr ! Carlo avait bien laissé une chance à l'amour, avec Cecily, et tout cela pour quoi ? La passion charnelle s'était éteinte au bout de quelques mois. Inutile d'être un génie pour comprendre que ce qu'il avait pris pour de l'amour n'avait été qu'une simple attirance physique.

Dans ces conditions, comment pouvait-il envisager de se passer la corde au cou une seconde fois ?

C'était pourtant bien la direction que ses pensées prenaient. Il perdait la tête, certainement.

Oui, sa nuit avec Skylar avait été magique — à la fois plus torride et plus douce que tout ce qu'il avait jamais connu. Mais le sexe n'était pas un rempart contre l'échec. Il ne suffisait pas à résoudre tous les problèmes. Carlo l'avait appris à ses dépens durant son mariage avec Cecily.

Toutefois, il devait bien l'admettre, il n'avait jamais autant souri avec son ex-femme qu'il ne l'avait fait avec Skylar ; il n'avait jamais apprécié sa compagnie comme il appréciait celle de Skylar. Et sur le plan sexuel, il n'y avait aucune comparaison possible.

Mais Skylar le quitterait dans quelques courtes semaines, voire plus tôt.

Il devait chasser ces pensées stériles de son esprit. Il fallait vraiment qu'il parle à quelqu'un. Un célibataire qui comprenait l'attrait de l'alchimie sexuelle, qui avait été déçu par le mariage, et qui tenait à son indépendance.

La personne la plus indiquée : son père. C'était le célibataire le plus heureux que Carlo connaisse. Esteban Mendoza saurait exactement quoi dire pour le raisonner. Et le plus tôt serait le mieux.

Carlo saisit son téléphone et passa un appel. Ce ne fut que lorsque son père répondit d'une voix assoupie que Carlo se rendit compte qu'il était très tôt.

— Désolé, papa. Je ne voulais pas te réveiller.

— Ce n'est rien. Que se passe-t-il ? demanda Esteban.

Carlo poussa un soupir tremblant.

— J'ai un problème, papa. Et j'ai besoin que tu m'aides à y voir clair.

— Bien sûr, mais attends une minute.

À l'autre bout de la ligne, Carlo entendit des draps se froisser et une voix féminine marmonner un son inintelligible.

Manifestement, Carlo et Skylar n'étaient pas les seuls à être rentrés en couple après la soirée de la Saint-Valentin.

— Chut, entendit-il son père chuchoter. Rendors-toi, chérie. Je vais répondre dans l'autre chambre.

Quelques instants plus tard, son père reprit la parole :

— Bien, Carlo, je t'écoute. Quel est ton problème ?

— Je ne savais pas que tu avais de la compagnie. À l'évidence, je tombe mal. Nous pourrons discuter plus tard.

— Tu me téléphones rarement, et encore moins pour me dire que tu as un problème. Que t'arrive-t-il, *mijo* ?

Carlo raconta à son père ce qui s'était passé, et lui fit part de ses sentiments pour Skylar.

Lorsqu'il eut terminé, son père répondit :

— Ça ne m'étonne pas que tu sois tombé amoureux de Skylar. Je l'avais même deviné avant toi.

— Tu veux dire, quand tu nous as surpris en train de nous embrasser ?

— Non. Tu as déjà embrassé des tas de femmes, mais je doute que tu en aies regardé une comme tu regardes Skylar. Je t'ai vu sourire plus souvent ces dernières semaines que ces dix dernières années. Tu es de nouveau heureux, et si tu veux mon avis, je pense que tu devrais foncer.

Mais Carlo n'était *pas* heureux. Bien au contraire.

— Merci pour ton conseil, papa. Malheureusement, Skylar ne souhaite pas avoir de relation sérieuse.

— Avec toi ?

— Avec personne.

Son père laissa échapper un son incrédule.

— On dirait que tu pensais la même chose avant, non ? Mais tu as changé d'avis. Peut-être qu'avec le temps, elle finira par revoir sa position, elle aussi.

— J'en doute. Et quand bien même elle changerait d'avis, je ne veux pas affronter un nouvel échec sentimental. Par conséquent, tout ce que je peux faire, c'est prendre mes distances.

— Ce ne sera pas facile, puisqu'elle travaille pour nous.

— Je ne sais pas combien de temps elle va rester. Je crois que je ferais mieux de ne pas lui proposer de poste à temps plein. D'ailleurs, le fait qu'elle soit hôtesse pour les dégustations spéciales, ce n'est pas non plus une bonne idée. Parce qu'elle n'éprouve pas les mêmes sentiments que moi.

— Et la dégustation de samedi après-midi ?

— Je lui ai déjà demandé d'être présente, mais Ricardo peut la remplacer.

— Tu la renverrais ?

— S'il le faut.

Ne serait-ce pas la meilleure solution ? Toutefois, il n'aurait peut-être pas à aller aussi loin. Il lui suffirait de rendre son environnement de travail inconfortable.

— Tu pourrais bien commettre une grande erreur, *mijo.* Skylar accomplit un travail formidable.

Elle lui avait aussi brisé le cœur, et s'il ne trouvait pas un moyen de la renvoyer à Houston, il serait fichu.

— Oui, je le sais bien.

Il savait aussi qu'il ne pourrait pas composer avec ses frustrations, qu'elles soient sexuelles ou émotionnelles.

Il devait laisser Skylar s'en aller.

— Merci de m'avoir écouté, papa. Tu peux retourner te coucher. J'ai les idées claires à présent, et je sais ce que je dois faire.

— Ne fais rien d'irréfléchi. Tu pourrais finir par le regretter.

— Non, rassure-toi.

Il remercia son père une nouvelle fois, puis raccrocha.

Lorsqu'il eut rangé son téléphone, il alla dans la cuisine pour préparer du café. Il lui fallait une bonne dose de caféine avant de mettre son plan en œuvre.

Il allait agir avec distance et détachement, comme il l'avait déjà fait une fois, pour rompre avec une femme qui avait ignoré ses avertissements et s'était accrochée à lui. S'il se montrait froid avec Skylar, peut-être démissionnerait-elle et retournerait-elle à Houston d'elle-même. D'une manière ou d'une autre, leur relation s'achèverait. Et il comptait mettre son plan à exécution dès aujourd'hui.

Samedi matin, Everett téléphona à Skylar et lui demanda de l'excuser s'il l'avait réveillée.

— Non, tu ne m'as pas réveillée. Pour tout te dire, je suis douchée et habillée, et j'ai déjà pris mon petit déjeuner.

Elle ne pouvait guère lui en vouloir de penser qu'elle était encore au lit. Elle avait tendance à être un oiseau de nuit, mais depuis qu'elle avait couché avec Carlo, elle avait du mal à trouver le sommeil.

— Où es-tu ? demanda-t-elle.

— Je viens d'arriver aux abords d'Austin.

— Alors tu n'es qu'à dix minutes de chez moi. Tu n'as qu'à m'y rejoindre.

Il avait déjà son adresse, mais elle lui indiqua l'itinéraire le plus simple depuis l'autoroute.

— À tout à l'heure, conclut-elle.

En attendant son frère, Skylar sortit Fluff et Stuff dans la cour. Lorsque Everett arriverait, elle demanderait à Dottie si elle pouvait garder les chiens aujourd'hui.

Quelques secondes plus tard, son aimable propriétaire apparut sur son perron.

— Bonjour, dit Dottie. Vous êtes levée de bonne heure.

— Oui, j'attends mon frère qui vient me rendre visite.

— C'est gentil à lui. Est-ce qu'il dormira chez vous ? Non pas que cela me regarde. Je suis juste curieuse.

— Je ne sais pas encore.

Si Everett réussissait à la convaincre, Skylar rentrerait à Houston avec lui dès ce soir.

Ce n'était peut-être pas une si mauvaise idée, du reste.

— Combien de temps reste-t-il ? demanda Dottie.

— Un jour ou deux. Je compte lui faire visiter la ville.

— Si vous voulez, je peux m'occuper de Fluff et Stuff. À moins que vous ne les emmeniez ?

— Ça ne vous dérange pas ?

— Non, au contraire. Je m'attache de plus en plus à ces deux petits monstres.

— Ce serait formidable. Merci, Dottie.

Après quelques instants, Everett arriva.

— Bonjour, lança Skylar lorsqu'il sortit de son véhicule. Tu as réussi à me trouver !

— Ce n'était pas difficile.

Comme c'était bon de le voir ! Il n'avait pas de remède instantané contre les chagrins d'amour, mais sa seule présence la réconfortait déjà.

Elle le présenta à Dottie.

— Everett est médecin à Houston, précisa-t-elle.

Dottie lui offrit une chaleureuse poignée de main.

— Ce doit être formidable d'avoir un docteur dans la famille.

C'était bien vrai. Mais Everett n'était pas seulement titulaire d'un diplôme de médecine. C'était aussi l'un des hommes les plus brillants que Skylar connaisse. Il pouvait être un peu trop sérieux parfois, mais c'était seulement parce qu'il voulait être le meilleur médecin possible. Sa générosité n'avait d'égale que sa compassion.

Skylar s'étonnait souvent qu'il ne soit toujours pas marié, et qu'aucune femme n'ait réussi à lui mettre le grappin dessus.

Car son frère était un homme séduisant. Avec son grand corps à la fois élancé et musclé, ses cheveux bruns et ses yeux bleus expressifs, il avait de faux airs de Christian Bale. Un peu moins aujourd'hui, cependant, car il portait ses lunettes, comme cela lui arrivait parfois. Skylar trouvait qu'elles lui donnaient l'air encore plus intelligent.

— Eh bien, reprit Dottie, se baissant pour prendre Stuff dans ses bras, j'ai été ravie de vous rencontrer, docteur. Si vous voulez bien m'excuser, j'emmène ces deux fripouilles chez moi et je vous laisse. Quand vous aurez visité la ville, je suis sûre que vous la trouverez très agréable.

— Merci, Dottie, dit Skylar. Et comptez sur moi pour lui faire visiter les plus beaux endroits d'Austin.

Puis elle s'adressa à son frère :

— Tu as déjà pris ton petit déjeuner ?

— Oui, avant de partir. Je n'ai pas faim pour l'instant, mais je voudrai sans doute déjeuner tôt.

— Ça me va.

Everett parcourut les lieux du regard, s'attardant sur la maison de briques à deux niveaux de Dottie, la rue bordée d'arbres et le quartier calme.

— Que penses-tu de mon refuge ? demanda Skylar.

— Le coin a l'air agréable, mais ça n'a rien à voir avec ton appartement de luxe en plein centre de Houston. Et je pense que c'est un quartier un peu trop résidentiel pour te convenir très longtemps.

Il avait peut-être raison, mais Skylar trouvait cet endroit très apaisant.

— Tu as réfléchi ? demanda-t-il. Est-ce que tu rentres à Houston avec moi ?

— J'ai réfléchi, oui, mais j'ai des engagements. J'ai une dégustation de vin à animer cet après-midi.

Elle avait aussi un rendez-vous galant ce soir, mais elle allait l'annuler, en se servant de la visite « surprise » de son frère comme excuse. Elle n'aurait pas pu en trouver de meilleure.

— Alors, où sont ces endroits à visiter que tu voulais me montrer ? demanda Everett.

Le seul qui vint à l'esprit de Skylar était le vignoble. Pourquoi ne pas l'y emmener ? Après tout, c'était ce qui l'avait poussée à rester à Austin. Le vignoble, et le beau directeur adjoint qui ne l'aimait pas comme elle l'aimait.

Elle préférerait ne pas croiser Carlo, mais il valait peut-être mieux qu'elle le trouve là-bas. Ainsi, Everett comprendrait pourquoi Carlo la captivait tant, et pourquoi elle vivait un tel tourment.

— Allons au domaine Mendoza, suggéra-t-elle. Je

pense que ça te plaira, et ça me donnera l'occasion de te présenter à mes nouveaux amis.

— Volontiers. Ta voiture ou la mienne ?

— La mienne. C'est moi qui conduis.

Vingt minutes plus tard, ils arrivèrent au vignoble et se garèrent près de plusieurs voitures, dont celle de Carlo. Skylar sentit son cœur faire un bond. Avait-elle pris la bonne décision en venant ici ? Serait-elle capable d'affronter Carlo ?

— C'est superbe, commenta Everett en débouclant sa ceinture.

Eh bien, plus moyen de se défiler à présent. Dans le pire des cas, elle fondrait en larmes en voyant Carlo. Et si cela se produisait, elle filerait chez elle pour faire ses valises, prendrait les chiens et rentrerait à Houston avec son frère.

Ce n'était pas le meilleur plan qui soit, mais c'était le meilleur qu'elle ait.

— Viens, Doc. Je vais te faire visiter.

Elle désigna la salle de dégustation, le restaurant La Viña, puis le conduisit vers le bureau. Esteban et Alejandro étaient en train d'étudier une commande.

Esteban releva la tête. Il observa d'abord Skylar, puis Everett. Il n'arborait pas son sourire habituel, ce qui était étrange. C'était sans doute parce que Everett et elle les avaient interrompus en plein travail, supposa-t-elle.

Elle présenta Everett aux deux hommes, mentionnant son titre et expliquant qu'il était son frère. Sur quoi, Esteban sembla se détendre et sourit.

— Où est Carlo ? demanda-t-elle.

— Ses frères et lui sont allés au centre de distribution, répondit Esteban.

L'absence de Carlo la rassurait et la décevait à la fois. Voilà pourquoi une relation avec lui ne serait pas une bonne chose, s'avisa-t-elle. Ses sentiments pour lui étaient trop compliqués, trop perturbants.

— Docteur, combien de temps allez-vous séjourner à Austin ? questionna Alejandro.

— Juste un jour ou deux. J'essaie de convaincre Skylar de retourner à Houston avec moi.

Esteban haussa un sourcil.

— Et cela fonctionne ?

Skylar sentit ses yeux s'embuer, et elle cligna les paupières pour refouler ses larmes.

— Je n'avais pas prévu de rester à Austin très longtemps, souligna-t-elle.

— Alors, j'imagine qu'un poste à temps plein ne vous intéressera pas, avança Alejandro. Je suis désolé que vous nous quittiez, mais si jamais vous décidez de revenir vous installer à Austin, sachez que vous aurez toujours votre place chez nous.

Une larme coula sur sa joue, et elle l'essuya prestement, en espérant que personne n'ait rien remarqué. Elle dut s'éclaircir la voix avant de pouvoir reprendre la parole.

— Merci, Alejandro. Quoi qu'il en soit, je serai de retour vers 13 heures pour la dégustation.

Elle fit signe à son frère qu'il était temps de partir. Elle avait tenu bon jusqu'ici, mais s'ils ne partaient pas maintenant, elle pourrait bien éclater en sanglots devant tout le monde.

Après une visite d'Austin, plutôt courte car Skylar était presque une touriste elle aussi, Everett et elle firent une halte dans un snack. Ils commandèrent à déjeuner au comptoir, puis s'installèrent à une table dans un coin de la salle.

Un jeune serveur leur apporta leur repas, et lorsqu'il fut reparti, Skylar prit la parole.

— J'aimerais que tu m'accompagnes à la dégustation cet après-midi. Indépendamment de ce qui s'est passé, j'adore les vins du vignoble Mendoza. Et je sais qu'ils te plairont aussi. Je parie que tu commanderas une caisse ou deux pour les emporter avec toi.

— Avec *nous*, tu veux dire ?

À contrecœur, elle acquiesça d'un signe de tête. Partir était la meilleure solution.

Il mordit dans son sandwich, et elle prit une bouchée de salade. Au même moment, deux jeunes femmes entrèrent dans le snack. Skylar ne leur prêta pas attention, contrairement à Everett.

Il se redressa et posa son sandwich.

— Qu'est-ce qui t'arrive ? demanda-t-elle.

Il marqua un temps avant de répondre, ne quittant pas des yeux les jeunes femmes qui commandèrent des brownies à emporter.

— Tu les connais ? demanda-t-elle.

— La jeune femme rousse, c'est Lila Clark.

Skylar posa sa fourchette.

— Qui est-ce ?

— Une fille que j'ai fréquentée au lycée.

Il continuait de la regarder, l'air sidéré.

Skylar pouvait comprendre qu'il soit si troublé. Cette femme à la magnifique chevelure acajou était d'une grande beauté. Elle portait une jupe en liberty et un chemisier vert pâle, ainsi que des ballerines. Peut-être parce qu'elle était grande. Du moins, pas si grande, mais comparée à Skylar, elle semblait immense.

— J'étais une gamine quand tu étais au lycée, rappela Skylar. Mais j'ignorais que tu avais une petite amie à l'époque. Tu avais toujours le nez dans tes livres.

Apparemment, il avait mis de côté ses études à certains moments.

— Que fait-elle à Austin ? demanda-t-elle.

— Aucune idée. Cela fait bien dix ans que je ne l'ai pas vue.

— Tu devrais aller la saluer.

Everett secoua la tête.

— Non, ce n'est pas une bonne idée. Nous avons tous les deux tourné la page, et nous avons chacun notre vie.

Peut-être, mais il observait toujours Lila, et son regard semblait mélancolique. Oserait-elle lui demander ce qui était allé de travers entre eux ? Et pourquoi ils avaient rompu ?

— Lila a l'air en forme, observa-t-il. Mais son regard n'est pas aussi brillant que dans mon souvenir.

— Peut-être qu'elle n'est pas dans un bon jour.

— Peut-être. Mais il y a une certaine tristesse chez elle.

Skylar n'avait aucun moyen de savoir si c'était le cas. Et elle ignorait quoi répondre.

Bizarrement, après que Lila et son amie furent reparties avec leurs brownies, Everett ne chercha plus à convaincre Skylar de quitter Austin.

Il la regarda droit dans les yeux.

— Si tu aimes Carlo, tu devrais te battre pour lui. Comme j'aurais dû me battre pour Lila.

Si Skylar n'avait pas été si obnubilée par ses propres problèmes, elle aurait pu questionner son frère sur son chagrin d'amour d'adolescent.

Au lieu de cela, elle médita son conseil.

Se battre pour Carlo.

Elle n'avait jamais eu besoin de se battre pour quoi que ce soit. Mais c'était sans doute parce qu'elle n'avait jamais voulu quelque chose aussi fort.

Rencontrer les Fortune lui avait tenu à cœur, c'est pourquoi elle s'était retrouvée ici, à Austin. Mais elle tenait encore plus à Carlo.

Il valait la peine de se battre, c'était certain. Mais elle aimerait avoir la garantie de gagner à la fin.

Que ferait sa grand-mère à sa place ?

Mieux valait se demander ce qu'elle-même allait faire.

- 12 -

Durant le trajet jusqu'au vignoble, Everett demeura silencieux et pensif. Skylar supposait qu'il songeait à Lila, et à ses années au lycée. Mais peut-être se trompait-elle ? Peut-être était-il simplement en train de réfléchir à un problème médical concernant l'un de ses patients.

Certes, elle aurait pu lui demander de partager ses pensées avec elle, mais elle était trop occupée à essayer de décider de ce qu'elle allait dire à Carlo lorsqu'elle le verrait seule à seul.

Quand Everett lui avait conseillé de se battre pour lui, elle avait tout de suite adhéré à cette idée. Mais elle ne savait guère comment procéder… Ce n'était pas comme si elle pouvait faire quoi que ce soit pour le faire changer d'avis, ou pour le convaincre d'abandonner son célibat et de s'engager avec une femme. Elle, en l'occurrence.

Et si elle commençait par jouer cartes sur table ? Elle pourrait avouer ses sentiments à Carlo, puis s'excuser de ne pas avoir respecté leur accord, à savoir : se contenter d'une aventure sans attaches. Après cela, la balle serait dans le camp de Carlo.

Elle lança un bref regard vers son frère. Il observait le paysage qui défilait derrière la vitre côté passager. Elle avait bien envie de l'arracher à ses pensées, pour pouvoir répéter avec lui ce qu'elle allait dire à Carlo. Mais c'étaient des mots qu'elle devrait trouver toute seule.

Lorsqu'ils arrivèrent au domaine, la voiture de Carlo n'était pas sur le parking. Étrange… Carlo essayait-il de l'éviter ? À cette pensée, son cœur déjà meurtri se serra.

Eh bien, elle n'avait pas le choix, elle devrait attendre que Carlo revienne. Lorsqu'il serait face à elle, elle lui ferait sa déclaration. Ensuite, elle affronterait les conséquences de sa confession, bonnes ou mauvaises.

Car la vie n'avait pas à être ennuyeuse — ni prévisible. Non ?

Plutôt que d'emmener Everett dans la salle de dégustation, elle se dirigea vers le bureau. Ainsi, elle pourrait demander à quelqu'un où se trouvait Carlo, et quand il reviendrait.

Ce quelqu'un, ce fut Alejandro. Lorsque Skylar et Everett entrèrent, il leva les yeux du document qu'il lisait et sourit.

— Est-ce que Carlo est dans les parages ? demanda-t-elle, bien qu'elle connaisse déjà la réponse.

— Il était là à l'instant. Mais il est parti quand Esteban lui a appris que vous comptiez quitter la ville.

Qu'est-ce que cela signifiait ? Que Carlo avait mal réagi à l'annonce de son prochain départ ? Qu'il tenait davantage à elle qu'il n'avait voulu l'avouer ? Qu'il était triste d'apprendre qu'elle retournait à Houston ?

Peut-être avait-elle tiré de fausses conclusions, tout compte fait.

— J'ai l'impression que vous tenez à lui, avança Alejandro.

À quoi bon nier ?

— Vous avez raison. Je ne voulais pas que cela devienne sérieux entre nous, et lui non plus. Mais je suis tombée amoureuse de lui.

Elle se mordilla la lèvre, puis regarda Alejandro dans les yeux, espérant qu'il aurait des réponses à lui donner.

— Est-ce qu'il a dit quelque chose à propos de moi ? De *nous* ?

— Non. Mais ne suivez pas son exemple. Tous les deux, vous devriez avoir une bonne discussion.

Alejandro avait raison. Elle reporta son regard sur Everett, qui hocha la tête en signe d'approbation.

— Très bien, dit-elle. Où est-il allé ?

— Chez lui. Il a demandé à Ricardo de s'occuper de la dégustation de cet après-midi, et il lui a donné une liste de choses à faire pendant son absence. Il a dit qu'il avait besoin de prendre l'air pendant quelques jours.

Ça n'augurait rien de bon. Il y avait un problème, c'était certain. Un problème qu'un simple coup de fil ne suffirait pas à résoudre.

Elle se tourna vers son frère.

— Il faut que je lui parle, en tête à tête.

— Je suis de ton avis, approuva-t-il.

Et cela signifiait qu'elle devrait laisser Everett ici.

— Alejandro, ça vous ennuierait de vous occuper de mon frère pendant mon absence ?

— Non, pas du tout.

— Vous pourriez par exemple lui faire goûter le Red River. Everett a toujours eu un faible pour le merlot.

Puis elle quitta la pièce en hâte, et sortit ses clés de son sac avant même d'avoir atteint sa voiture.

Carlo n'avait jamais eu autant envie de s'enfuir. Skylar s'en allait. Et pas dans un futur proche. Apparemment, elle s'en allait *maintenant*.

Lorsque Esteban lui avait annoncé que Skylar avait l'intention de regagner Houston, son monde avait volé en éclats.

— Elle était accompagnée de son frère, avait ajouté son père. C'est un médecin, et il a l'air très sympathique.

Le gentil docteur avait sans doute influencé la décision de sa petite sœur, toutefois Carlo doutait que quiconque puisse persuader Skylar de faire quoi que ce soit contre son gré. Mais cela n'avait guère d'importance à présent.

Skylar le quittait. Il avait le cœur brisé. Et il préférerait mourir plutôt que quelqu'un sache qu'elle avait un tel effet sur lui.

Par conséquent, il avait décidé de s'absenter de son travail quelques jours, le temps de reprendre ses esprits. Comme il ne pouvait guère s'échapper sans qu'Alejandro devine pourquoi, il était allé trouver son cousin pour le prévenir.

— Alejandro, j'ai besoin de quelques jours de congé, avait-il annoncé.

— Bien sûr. D'ailleurs, tu les as bien mérités. Quand comptes-tu les prendre ?

— Dès aujourd'hui. Je vais informer Ricardo des tâches qu'il devra faire à ma place, ensuite je rentre faire mes bagages.

Alejandro l'avait étudié un instant, comme s'il pouvait lire dans ses pensées.

— Ça a quelque chose à voir avec le fait que Skylar quitte la ville ?

— Non, c'est une coïncidence. J'ai simplement besoin de changer d'air.

— Une semaine te suffira ?

Peut-être. Il l'espérait, en tout cas.

— Oui.

— Où est-ce que tu vas ?

— Je ne sais pas encore.

Dans un endroit au climat tropical. Quelque part où le soleil et l'océan le berceraient et lui permettraient de panser ses plaies.

— Les Bahamas, peut-être. Ou le Belize, ou encore Cancún. Je me déciderai une fois chez moi.

Jamais il n'était parti en voyage sur un coup de tête, pour une destination choisie au dernier moment. Il se comportait aussi impulsivement que Skylar... Mais c'était tout ce dont il était capable pour l'instant.

— Est-ce que tu vas avoir une conversation avec Skylar avant ton départ ? avait demandé Alejandro.

— Non, ce n'est pas nécessaire.

À quoi bon ? Carlo ne pourrait pas la dissuader de s'en aller. D'ailleurs, elle avait sa vie à mener, et lui avait la sienne.

— Tu as envie de m'en parler ? avait insisté son cousin.

— Non, il n'y a vraiment rien à dire.

Encore moins à un homme heureux en mariage, qui avait sans doute oublié à quoi ressemblait une vie de célibataire.

Alejandro ne comprendrait pas ce que c'était que de voir sa vie bouleversée par une belle bohémienne, d'avoir le cœur brisé puis de chercher un moyen de ramasser les morceaux et de cacher sa vulnérabilité et sa peine.

Après avoir remercié son cousin de comprendre son besoin d'évasion, ainsi que son désir de garder ses pensées pour lui, il était rentré chez lui pour rassembler quelques affaires dont il aurait besoin pour son voyage : bermudas, shorts, T-shirts, et quelques maillots de bain.

Alors qu'il les empilait sur sa commode, il remarqua les places de cinéma qu'il avait achetées pour la séance de *Jersey Boys* ce soir. Il n'irait pas voir le film, finalement. Devrait-il donner ces places à quelqu'un ?

Skylar aimerait peut-être aller au cinéma avec son frère. Mais pour lui donner les tickets, Carlo devrait la voir, lui parler. Or, c'était au-dessus de ses forces.

Il venait de sortir sa valise de son placard quand on

sonna à la porte. Il avait rarement des visiteurs, alors il se demanda qui cela pouvait bien être.

Il posa sa valise sur le lit et alla ouvrir. Et il se figea. Skylar était là, devant lui. Elle était vêtue de cette robe noire irrésistible qu'elle avait portée lors de certaines dégustations de vin.

Elle lui offrit un sourire timide, et il crut que ses genoux allaient se dérober sous lui. Ce n'était pas une sensation agréable.

Il s'efforça de feindre l'indifférence.

— Qu'est-ce que tu fais ici ? demanda-t-il.

Le ton était plus rude qu'il ne l'avait voulu. Toutefois, il ne s'excusa pas. La visite de Skylar l'avait pris par surprise, et il était trop brisé, trop anéanti pour être poli.

Elle replaça une mèche de cheveux derrière son oreille.

— Je suis passée pour… voir comment tu allais.

— Je vais très bien, comme tu vois.

— Alejandro m'a dit que tu prenais quelques jours de congé.

Il hocha la tête.

— En effet. J'ai des choses à faire que j'ai reportées trop longtemps.

— Est-ce que ça a un rapport avec moi ? Avec… nous ?

Évidemment. N'importe qui pourrait le deviner. Alejandro l'avait deviné alors que Carlo avait nié. Skylar l'avait sûrement deviné aussi. N'était-ce pas pour cela qu'elle était venue jusqu'ici ? Pour lui dire qu'elle était désolée qu'il se soit impliqué émotionnellement ? Pour lui expliquer qu'il valait mieux pour eux deux qu'elle quitte la ville ? Si la situation n'était pas si triste et douloureuse, il pourrait même en rire.

— Non, Skylar, mes vacances n'ont rien à voir avec toi.

— En es-tu sûr ?

Il réprima un rire nerveux. S'il lui disait la vérité, elle retournerait sûrement à Houston à la vitesse de l'éclair.

Ne montre aucune émotion. Préserve ta fierté. Tu peux y arriver.

— Oui, certain.

La politesse voulait qu'il invite Skylar à entrer, mais il en était incapable.

— Quand pars-tu ? demanda-t-elle.

— Dès que j'aurai fait ma valise.

Il visualisa le bagage sur son lit, les vêtements qu'il avait posés près des tickets de cinéma.

Puisque Skylar était là, il pouvait les lui donner.

— Je ne vais pas pouvoir assister à la séance de cinéma ce soir, alors je vais te donner les tickets. Ça intéressera peut-être ton frère.

Il vit son regard vaciller. Puis elle secoua la tête.

— Non, nous serons déjà en route pour Houston ce soir. Tu devrais les offrir à quelqu'un d'autre.

— D'accord. Sois prudente sur la route. Si je ne te revois pas, je te souhaite une bonne continuation. J'espère que tu trouveras tout ce que tu cherches.

— Merci. Bonne continuation à toi aussi.

Elle désigna l'ascenseur d'un signe de tête.

— Je ferais mieux d'y aller. Mon frère est au vignoble, il m'attend.

Carlo voulut lui proposer de rester en contact. Mais c'était déjà assez difficile de la voir s'en aller maintenant. Il n'avait aucune envie de revivre la même douleur une seconde fois.

Quand elle disparut dans l'ascenseur et que la porte se referma, il retourna faire sa valise, tout en regrettant d'en être arrivé là.

*
* *

Skylar regagna sa voiture, des larmes chaudes roulant sur ses joues. Elle avait beau les essuyer, elles ne cessaient de couler.

Elle s'était trompée sur toute la ligne. Carlo ne ressentait rien de particulier pour elle.

« Vous devriez avoir une bonne discussion tous les deux », avait suggéré Alejandro.

Mais bien sûr ! À quoi cela avait-il servi qu'elle suive ce conseil stupide ? À présent, elle souffrait encore plus, et pour couronner le tout, sa fierté était en miettes.

Seul point positif, Carlo lui avait proposé de lui donner les deux tickets pour *Jersey Boys*. Elle roula les yeux, songeant à l'absurdité de son geste. Il était impossible qu'elle aille au cinéma et qu'elle apprécie le film sans lui. En l'état actuel des choses, elle allait même éviter d'allumer la radio, de peur de tomber sur une chanson des Four Seasons qui lui rappelle l'homme qu'elle avait perdu.

Quand elle arriva au domaine et se gara, elle observa son reflet dans le rétroviseur. Elle avait les yeux si rouges et bouffis que tout le monde saurait qu'elle avait le cœur brisé.

Et cela finirait par arriver aux oreilles de Carlo, tôt ou tard.

Mais après tout, qu'importait ? À ce stade, plus rien ne semblait compter.

Elle sortit de sa voiture, fit claquer sa portière et se dirigea vers le bureau, où son frère était en train de siroter du vin rouge. Une belle boîte blanche en carton portant le logo Mendoza était posée à côté de lui.

Donc, elle avait vu juste. Le merlot Mendoza lui avait tant plu qu'il en avait acheté une caisse.

Quand elle entra dans la pièce, Everett se leva aussitôt. Ayant sans doute compris qu'elle avait pleuré, il s'avança vers elle et la prit dans ses bras.

— Je suis désolé, Skylar. J'en conclus que les choses ne se sont pas très bien passées.

— Non, en effet.

Elle s'extirpa de son étreinte fraternelle.

— Bon, nous pouvons partir. J'ai besoin de quitter cette ville. Si nous parvenons à prendre la route dans une heure, nous serons à Houston avant la tombée de la nuit.

Elle devait faire ses bagages, mais aussi emporter les affaires des chiens. Ensuite, elle devrait annoncer son départ à Dottie.

Elle avait le sentiment que sa propriétaire lui proposerait de garder Fluff et Stuff avec elle, mais Skylar ne pouvait pas partir sans eux. S'occuper des chiots l'aiderait peut-être à apaiser sa peine, si toutefois c'était possible. Au moins, elle ne serait pas seule.

Puisque Dottie avait une petite retraite, Skylar comptait lui payer plusieurs mois de loyer. Ainsi, sa gentille propriétaire aurait un revenu complémentaire en attendant de trouver un autre locataire.

Everett venait de soulever la caisse de vin quand Esteban entra dans le bureau.

— Skylar, avant que vous ne partiez, j'aimerais vous parler, dit le père de Carlo.

Que pouvait-il bien avoir à lui dire ? Puisqu'il s'était toujours montré gentil envers elle, elle ne pouvait pas lui refuser cela.

— D'accord.

— Allons dans le jardin, nous serons plus tranquilles.

Esteban lui fit signe de passer devant lui.

Elle hocha la tête et sortit dans le jardin.

— J'ai appris que vous partiez dès aujourd'hui, commença-t-il.

— Oui, je rentre chez moi, à Houston.

— C'est une décision très soudaine.

— Pas vraiment. Mais j'ai toujours été un peu impulsive.

Il hocha la tête, l'air songeur.

— Vous saviez que Carlo partait, lui aussi ?

— Oui, il me l'a dit.

— Mon fils n'a jamais été impulsif.

Skylar sentit son regard s'emplir de larmes une fois de plus.

— Peut-être pas, mais je crois qu'il essaie de s'éloigner de moi.

— C'est sûrement vrai. Mais vos yeux rougis suggèrent que cela ne vous fait pas plaisir.

Elle soupira.

— J'imagine que ce n'est plus un secret, alors autant jouer franc jeu. Quand nous avons commencé à flirter Carlo et moi, c'était seulement pour passer du bon temps. Aucun de nous ne voulait de relation sérieuse. Mais ensuite, j'ai tout gâché en tombant amoureuse de lui.

— Est-ce que vous le lui avez dit ?

— J'allais le faire, mais il n'était pas du tout content de me voir, et il m'a pratiquement claqué la porte au nez.

— Il vous a ordonné de partir ?

— Non, mais il a été très froid. Il m'a souhaité bonne continuation.

Esteban posa une main paternelle sur son épaule.

— Carlo ne voulait pas vous faire de peine, *mija*.

Skylar leva les yeux au ciel.

— Croyez-moi, si vous aviez été là, vous ne diriez pas cela ! Il ne m'a même pas invitée à entrer, et il avait l'air très pressé de se débarrasser de moi.

— Tous mes fils sont têtus et effrayés par l'amour. Après avoir grandi avec deux parents malheureux en mariage, ils ont tous fait vœu de célibat, en quelque sorte. Surtout Carlo, qui a voulu croire au mariage, et qui s'est retrouvé divorcé au bout d'un an à peine.

— Oui, je suis au courant. Il m'en a parlé.

— Mais ce qu'il ne vous a pas dit, c'est que, malgré lui, il vous aime.

— Ce n'est pas l'impression que j'ai eue il y a vingt minutes.

— C'est parce que Carlo a peur de vous révéler ce qu'il éprouve réellement.

Elle avait envie de le croire, mais elle ne pouvait pas prendre ce risque. Et si Esteban avait tort ? Et si Carlo avait des sentiments pour elle, mais pas assez forts pour être durables ?

— Je suis navrée, mais je ne veux pas lui faire face. Pas après les mots qu'il a prononcés et le ton qu'il a employé.

Toutefois, elle ne se précipita pas vers la sortie, n'alla pas dire à Everett que sa conversation avec le père de Carlo était terminée et qu'ils pouvaient partir.

— Carlo a mon numéro, finit-elle par lâcher. S'il change d'avis, il peut m'appeler à Houston.

À cet instant, elle entendit une voiture arriver. Sans doute les premiers clients potentiels pour la dégustation de cet après-midi.

Mais quand elle lança un coup d'œil vers le parking, ce fut Carlo qu'elle aperçut.

Elle le regarda s'avancer. Manifestement, c'était elle qu'il venait voir. Cette fois, quand ils se retrouvèrent face à face, ce fut elle qui demanda sans aménité :

— Qu'est-ce que tu fais ici ?

— Je suis venu pour te présenter mes excuses.

— Pour quoi ? rétorqua-t-elle, bien décidée à ne pas lui faciliter la tâche. Pour t'être comporté en mufle ?

Il hocha la tête.

— Oui. Après la fête, nous sommes repartis du mauvais pied. Et la situation s'est dégradée petit à petit.

— Selon moi, ce n'est que lorsque je me suis réveillée dans ton lit que les choses ont mal tourné.

Esteban croisa les bras et observa Carlo d'un air sévère.

— Puisque tu refusais d'être honnête, dit-il, j'ai fait part à Skylar de tes sentiments pour elle.

Skylar guetta la réaction de Carlo, en se demandant si Esteban avait raison. Si tel était le cas, Carlo allait-il lui avouer son amour ?

Carlo n'était guère enchanté de cette interférence dans sa vie amoureuse, mais son père avait raison. Le visage rougi et strié de larmes de Skylar lui indiquait que, peut-être, elle tenait plus à lui qu'elle ne l'avait laissé penser.

— Oui, je t'aime, affirma-t-il. Je sais qu'aucun de nous n'avait prévu cela. Mais ça a été plus fort que moi. Et j'avais peur de t'avouer mes sentiments, parce que je pensais que cela allait te faire fuir, et que tu repartirais pour Houston.

— C'est vrai ?

À ce stade, cela ne servait à rien de mentir. Grâce à l'intervention de son père, son secret était dévoilé.

— Tu ne quittes pas mes pensées, Skylar, et quand j'ai mesuré tout ce que j'allais perdre… Eh bien, j'ai pris mes distances.

— Pourtant tu es là.

— Après ton départ tout à l'heure, j'ai compris que je venais de me tirer une balle dans le pied. J'ai pensé que je devrais essayer d'arranger les choses. Je ferai tout ce que je peux pour te convaincre de rester.

— D'accord.

— D'accord ? Tu veux dire que tu vas me donner une chance de faire mes preuves, et de réparer mes torts ?

— Non, dit-elle, un sourire dansant sur ses lèvres. Je voulais dire : d'accord, je vais rester. Je ne pars plus.

Et si tu m'avais accordé une minute pour m'expliquer, je t'aurais appris que je t'aime aussi. Il est clair que nous sommes faits l'un pour l'autre.

Toutes les appréhensions, toutes les craintes que Carlo avait pu avoir s'évaporèrent en un instant, laissant place à une vague d'espoir.

— Je suis bien de ton avis, ma chérie.

Esteban, qui les écoutait ostensiblement et qui avait l'air beaucoup trop amusé au goût de Carlo, se mit à rire.

— Alors, qu'est-ce que tu attends, *mijo* ? Ne te gêne pas pour moi. Allez, embrasse-la !

Carlo avait très envie de l'embrasser. Mais pas seulement. Il rêvait de l'emmener chez lui pour lui faire l'amour jusqu'à l'aube. Mais cela devrait attendre.

Pour l'heure, il enlaça Skylar et l'embrassa avec tout son amour. Quand ils reprirent leur souffle, Alejandro et un homme qui était sans doute le frère de Skylar les avaient rejoints.

— Je crois entendre sonner les cloches du mariage, commenta Esteban.

— Tant mieux, rétorqua Carlo. Car je vais faire ma demande en mariage dès que j'aurai acheté une bague. Et j'espère que Skylar dira oui.

Skylar rit.

— Je n'ai pas besoin de bague. Alors si tu me demandes en mariage — et j'ai des témoins —, je t'annonce dès à présent que ma réponse est oui.

Puis elle se jeta à son cou et l'embrassa éperdument.

Cette fois, quand ils mirent fin à leur baiser, Skylar pleurait.

— Qu'y a-t-il, Skylar ? Ne me dis pas que tu regrettes déjà ta décision ? C'était peut-être un peu trop tôt pour faire ma demande.

— Rassure-toi, ce sont des larmes de joie, Carlo. Il me tarde de devenir ton épouse.

Carlo se tourna vers son cousin.

— Je compte toujours prendre quelques jours de congé, à la différence près que je serai avec Skylar. Tu peux te débrouiller sans nous pendant une semaine ?

— Vous partez quelque part ? demanda Alejandro.

— Nous aviserons une fois que nous serons remis de nos émotions. En ce qui me concerne, je nous verrais bien rester dans mon appartement pendant des jours.

Skylar rit.

— C'est une très bonne idée.

Esteban donna un coup de coude à Alejandro.

— Eh bien, qui l'eût cru ? Les deux personnes qui ne voulaient surtout pas se passer la corde au cou viennent de comprendre qu'elles ne peuvent pas vivre l'une sans l'autre.

C'était bien vrai.

— Eh bien, Skylar, intervint son frère. Tu ne comptes pas me présenter à ton futur mari ?

— Bon sang, je manque à tous mes devoirs ! Je suis désolée. Carlo, je te présente mon frère, le Dr Everett Fortunado.

Le médecin voulut lui serrer la main, mais Carlo décida de le prendre dans ses bras.

— Enchanté de vous connaître, docteur.

— Je vous en prie, appelez-moi Everett. Et tout le plaisir est pour moi. Je suis ravi de voir ma petite sœur si heureuse.

Puis Everett s'adressa à Esteban et à Alejandro :

— Ça a été un plaisir de vous rencontrer tous les deux. Nous nous reverrons bientôt, j'en suis sûr.

Esteban arborait un sourire fier, celui d'un père dont le fils allait se marier.

— Oui, nous nous recroiserons le jour du mariage, sans nul doute, et peut-être même avant.

Everett tendit la main vers Skylar.

— Donne-moi tes clés de voiture, dit-il.

— Où est-ce que tu vas ?

— Il semble que tu aies un autre chauffeur, alors je vais ramener ta voiture chez toi, récupérer la mienne et reprendre la route.

Elle sortit ses clés de son sac et les confia à son frère.

— Merci d'être venu, Everett.

— Il n'y a vraiment pas de quoi. Je te dis à bientôt.

Sur quoi, il s'en alla.

Carlo consulta sa montre.

— Puisque nous avons tous les deux quelques jours de libres, si nous allions chez moi ? J'ai toujours ces places pour *Jersey Boys*.

— Excellente idée. Nous pourrons y aller… Si nous n'avons pas trouvé mieux à faire.

Carlo ne serait pas contre une autre forme de distraction.

— Voyons comment l'après-midi se déroulera, dit-il.

Puis il prit Skylar par la main et la conduisit à sa voiture.

— J'ai hâte de découvrir ce que la vie nous réserve, dit-elle.

Et lui aussi. Pour l'heure, il était impatient de passer l'après-midi au lit avec elle.

Le soleil venait de se coucher, et la chambre était plongée dans l'obscurité. Carlo et Skylar étaient blottis l'un contre l'autre, savourant un moment de félicité après leurs ébats cataclysmiques.

— Nous pouvons encore arriver à l'heure au cinéma, nota-t-il, roulant sur le côté et s'appuyant sur un coude. Du moins, si tu as toujours envie d'y aller.

— J'aimerais bien, si ça ne t'ennuie pas.

Mais aucun d'eux ne bougea.

— J'ai réfléchi, dit-il. Nous devrions peut-être trouver un autre logement. Puisque je vais devenir ton mari, je vais aussi devenir propriétaire de deux chiens. Il nous faudra une maison, avec une grande clôture. Ce serait plus adapté pour des animaux de compagnie.

— C'est adorable d'y avoir pensé. J'ai discuté avec Dottie tout à l'heure. Elle est d'accord pour garder les chiots quelques jours. J'ai l'impression qu'elle aura du mal à les abandonner. Nous devrons peut-être lui en donner un et garder l'autre.

Carlo rit.

— Prenons Fluff, il nous coûtera moins cher à nourrir. Stuff mange comme quatre.

— Bonne idée, approuva-t-elle en souriant.

Elle se mit sur le côté pour lui faire face. Elle adorait le voir nu, étendu à côté d'elle.

— J'ai une question, dit-il, promenant les doigts sur la courbe de sa hanche. Que comptes-tu faire à propos des Fortune ? Tu en as rencontré plusieurs, et tu les as trouvés sympathiques. Est-ce que tu vas leur révéler votre lien de parenté ?

— Peut-être. Mais pas tout de suite.

Elle tendit la main vers lui pour écarter une mèche brune de son front et sourit.

— Maintenant que je vais devenir une Mendoza, j'ai tout le temps devant moi. J'ai l'impression qu'il y aura beaucoup de Fortune dans ma vie à l'avenir.

Et si Carlo était d'accord, il y aurait aussi beaucoup de petits Mendoza dans leur vie, très bientôt.

Retrouvez en juillet 2019,
dans votre collection

Passions

La vengeance me va si bien, de Cat Schield - N°803

London a une seule mission : se venger de Tristan Crosby, l'homme qui a ruiné sa plus proche amie. Aussi utilise-t-elle sans scrupules tous les moyens à sa disposition pour y parvenir, y compris séduire l'irrésistible Harrison, le frère de Tristan, pour récupérer des informations confidentielles…

Une Fortune à protéger, de Stella Bagwell

Savannah ne le sait que trop bien : seul un homme de son rang pourrait trouver grâce aux yeux de sa richissime famille. C'est bien malgré elle qu'elle tombe sous le charme de Chaz Mendoza, le garde du corps chargé d'assurer sa sécurité. Et cette attraction semble réciproque… Peut-elle faire part de ses sentiments à son père sans risquer de tout perdre ?

L'Héritier et la pâtissière, de Barbara Dunlop - N°804

Si Deacon, l'éternel mouton noir, parvient à épouser Callie et à la ramener au sein de la famille Clarkson avec ses quatre enfants, il deviendra *enfin* l'héritier légitime de l'empire du même nom. Mais sa première rencontre avec Callie, la délicieuse pâtissière, est loin de le laisser de marbre… Comment cette femme pourrait-elle être la croqueuse de diamants qu'on lui a dépeinte pour qu'il accepte le contrat ?

L'Étau du passé, de Katherine Garbera

Lorsqu'un message l'extirpe des bras d'Ethan, avec qui elle vient de passer la plus belle nuit de sa vie, Crissanne panique. Mason, son ex-compagnon, est toujours en vie, contrairement à ce que sa société de production avait annoncé. Pire, il souhaite la revoir pour renouer avec elle. Désemparée, Crissanne n'a qu'une seule crainte : perdre Ethan à tout jamais…

Une escapade si romantique, de Reese Ryan - N°805

Adjugé ! Ryan Bateman, vous pouvez monter sur scène et retrouver votre partenaire. Le corps tremblant, le cœur en alerte, Tessa réalise à peine ce qui vient de se passer. Ryan, l'homme qu'elle aime en secret depuis toujours, vient d'enchérir pour partager un week-end romantique avec elle. Piégée par l'engagement qu'elle a pris auprès du gala de bienfaisance, Tessa n'a plus d'autre choix...

Le Double Secret d'Erica, de Judy Duarte

Lui, pilote sur la base de Wheeler Army ? Erica est sidérée face au salut matinal que vient de lui adresser Clay Masters. L'homme avec qui elle a partagé une nuit des plus exquises et qui ignore tout de sa grossesse est désormais son... collègue. À présent, seule une demande de mutation pourrait la sauver des sentiments qu'elle se refuse à accepter.

Un séducteur à détester, de Kat Cantrell -N°806

SÉRIE: DOUBLE JEU POUR DEUX FRÈRES 1/2

Sandra est perdue. Son attirance pour Valentino, frère jumeau de son ex-compagnon, est inavouable. Si le séduisant LeBlanc l'a embauchée en qualité de conseillère, c'est uniquement pour qu'elle le guide dans la reprise de son empire du luxe. Pas pour trahir sa propre famille. Sera-t-elle capable de lui résister ou devra-t-elle abandonner une mission pour la première fois de sa vie ?

L'homme (presque) parfait, de Kat Cantrell

SÉRIE: DOUBLE JEU POUR DEUX FRÈRES 2/2

Laurel Dixon n'a qu'un mantra : sauver le monde ! Aussi, lorsqu'une enquête sous couverture la pousse jusqu'aux locaux de LeBlanc Charities, est-elle déterminée à faire tomber Xavier LeBlanc pour fraude. Mais, en rencontrant le séduisant gestionnaire de l'association, Laurel se prend à douter pour la première fois de sa carrière. Se pourrait-il que Xavier soit aussi charismatique qu'innocent ?

Sur l'autel du bonheur, de Melissa Senate - N°807

SÉRIE: LES LES LIENS DU CŒUR 3/4

Seule au milieu de l'église de Wedlock Creek, où elle doit se marier par convenance, Allie perd patience. Son prétendant l'a abandonnée. Mais, alors qu'elle relève les yeux, Allie aperçoit une silhouette qui se découpe à contre-jour. *Theo*... Impossible. Ses émotions lui jouent des tours, car Theo, l'amour de sa vie, a disparu il y a plus d'un an de cela, avant de savoir qu'elle était enceinte...

Savoir-vivre et savoir aimer, de Melissa Senate

SÉRIE: LES LES LIENS DU CŒUR 4/4

Enceinte par accident, Ginger se voit rejetée par le père de l'enfant, sous prétexte qu'elle n'a pas les codes nécessaires pour faire partie de son monde. Déterminée à le reconquérir, elle n'hésite pas à s'inscrire dans une école de savoir-vivre. Mais, alors que Ginger fait tout son possible pour changer, le filleul de la directrice, le si parfait James Callagher, la pousse à s'accepter telle qu'elle est et à s'aimer... autant qu'il semble l'apprécier lui-même.

Scandaleuse Liaison, de Emilie Rose N°808

Quand Juliana Alden, la riche héritière, croise le regard de Rex Tanner, le séducteur à la réputation sulfureuse et au passé tumultueux qui se tient à l'autre bout de la salle, elle sait qu'elle ne peut plus reculer. Soit elle cède au désir qui la pousse depuis des mois vers cet homme incroyablement sexy, au risque de provoquer un scandale dans la bonne société de Wilmington, soit elle renonce définitivement à ses rêves en acceptant d'épouser le fiancé en tout point parfait que ses parents lui ont choisi...

Une nuit entre tes bras, de Sandra Hyatt

Alors qu'elle assiste au mariage de son meilleur ami, Callie succombe au charme d'un inconnu au regard de braise, et passe la nuit en sa compagnie. Pourquoi ne pas, pour une fois, faire preuve d'un peu d'audace ? Pourtant, elle ne tarde pas à se rendre compte que ce moment d'égarement était en réalité une terrible erreur. Car son mystérieux amant d'une nuit, qu'elle imaginait ne jamais revoir, n'est autre que Nick Brunicadi, son principal concurrent en affaires...

OFFRE DÉCOUVERTE !

Vous souhaitez découvrir nos collections ? Recevez **votre 1er colis gratuit* avec 2 cadeaux surprise !** Une fois votre colis de bienvenue reçu, si vous souhaitez continuer à recevoir nos livres, cela se fera automatiquement. Vous recevrez alors vos livres inédits** en avant première.

Vous n'avez aucune obligation d'achat et cette offre est sans engagement de durée !

*1 livre offert + 2 cadeaux / 2 livres offerts pour la collection Azur + 2 cadeaux.
**Les livres Ispahan, Sagas, Hors-Série, Allegria et Best Féminins sont des réédités.

☛ COCHEZ la collection choisie et renvoyez cette page au
Service Lectrices Harlequin – CS 20008 – 59718 Lille Cedex 9 – France

Collections	Références	Prix colis France* / Belgique*
❑ **AZUR**	Z9ZFA6/Z9ZF6B	6 livres par mois 28,49€ / 30,49€
❑ **BLANCHE**	B9ZFA3/B9ZF3B	3 livres par mois 23,35€ / 25,35€
❑ **LES HISTORIQUES**	H9ZFA2/H9ZF2B	2 livres par mois 16,49€ / 18,49€
❑ **ISPAHAN**	Y9ZFA3/Y9ZF3B	3 livres tous les deux mois 23,20€ / 25,20€
❑ **HORS-SÉRIE**	C9ZFA4/C9ZF4B	4 livres tous les deux mois 31,65€ / 33,65€
❑ **PASSIONS**	R9ZFA3/R9ZF3B	3 livres par mois 24,79€ / 26,79€
❑ **SAGAS**	N9ZFA4/N9ZF4B	4 livres tous les deux mois 35,35€ / 37,35€
❑ **BLACK ROSE**	I9ZFA3/I9ZF3B	3 livres par mois 24,79€ / 26,79€
❑ **VICTORIA**	V9ZFA3/V9ZF3B	3 livres tous les deux mois 25,69€ / 27,69€
❑ **ALLEGRIA**	A9ZFA2/A9ZF2B	2 livres tous les mois 16,49€ / 18,49€
❑ **BEST FÉMININS**	E9ZFA2/E9ZF2B	2 livres tous les mois 18,55€ / 20,55€
❑ **MAGNETIC**	K9ZFA4/K9ZF4B	4 livres tous les 2 mois 29,39€ / 31,39€

N° d'abonnée Harlequin (si vous en avez un) ____________

Mme ❐ Mlle ❐ Nom : ____________

Prénom : ____________ Adresse : ____________

____

Code Postal : ______ Ville : ____________

Pays : ____________ Tél. : ____________

E-mail : ____________

Date de naissance : ____________

❐ Oui, je souhaite recevoir par e-mail les offres promotionnelles des éditions Harlequin.
❐ Oui, je souhaite recevoir par e-mail les offres promotionnelles des partenaires des éditions Harlequin.

Date limite : 31 décembre 2019. Vous recevrez votre colis environ 20 jours après réception de ce bon. Offre soumise à acceptation et réservée aux personnes majeures, résidant en France métropolitaine et Belgique, dans la limite des stocks disponibles. Prix susceptibles de modification en cours d'année.Vous pouvez demander à accéder à vos données personnelles, à les rectifier ou à les effacer. Il vous suffit de nous écrire en nous indiquant vos nom, prénom et adresse à : Service Lectrices Harlequin CS 20008 59718 LILLE Cedex 9. Service Lectrices disponible du lundi au vendredi de 8h à 18h : 01 45 82 47 47 ou 33 1 45 82 47 47 pour la Belgique.

Composé et édité par HarperCollins France.

Achevé d'imprimer en mai 2019.

CPI
BLACK PRINT

Barcelone

Dépôt légal : juin 2019.

FSC
MIXTE
Papier issu de sources responsables
FSC® C108412

Pour limiter l'empreinte environnementale de ses livres, HarperCollins France s'engage à n'utiliser que du papier fabriqué à partir de bois provenant de forêts gérées durablement et de manière responsable.

Imprimé en Espagne.